絞首商會

夕木春央

講談社

目次

『安全な隠れ蓑《みの》が欲しいんだな？　君が人畜無害な人間だと保証してくれる衣装――それを着ていれば、誰も爆弾を持っているなどと思わない衣装が欲しいんだな？』僕はうなずいた。あの人は突然、獅子《しし》のように吼《ほ》えた。『いいか、それなら無政府主義者の格好をしろ、この馬鹿め！』その吠え声は部屋が揺れるほどだった。

――チェスタトン
『木曜日だった男』

序章

「戦争が始まったが、これは喜ばしいことかね？」
一人の男が、椅子《いす》に掛けたまま何気なく言った。

石油ランプが一つだけ吊《つ》るされた地下室は、十人で囲める大きさの円卓に大半の場所を塞《ふさ》がれていた。酒場を降《くだ》ったそこは下水道よりも深く潜っていて、パリの市街は頭上に遠かった。壁は石が剝《む》き出しで、歪《いびつ》な凹凸が室を実際以上に狭く見せた。それでも、幾多の動乱に踏み固められたそこは簡単には崩れそうもなかった。

男は、同席者がすぐには返事をしなかったので、自分で言葉を継《つ》いだ。

「ある意味では喜ばしいことだろう。違うかね？」

「そうだろうな」

隣の一人が短く相槌《あいづち》を打った。

「そうだろう？　どのみち我々の仕事は一度、世界を混乱させずにはおかないのだから、あらかじめ混乱しているに越したことはないのだ」

男の話を、他《ほか》の六人はストーンヘンジの円環みたいにおし黙って礼儀正しく聞いた。

彼らは皆母国語の他に二つくらいは言葉を知っていたが、喋《しゃべ》りたくなったら自分の喋りやすい言葉で喋るのが常だった。しかしフランス語で語られたことにはなるべくフランス語で答えるのが礼儀だと考えていたから、彼らはいちいち口を挟むよりは、黙って話が終わるのを待つのであった。

「飛行機の登場も、それが各国の議会に墜落してくれないでもないことを考えたら歓迎するべきだろう。多くの兵器が作られ多くの人が死んでいくこと、これは我々に与えられた大きな機会に他ならない。さあ、これが機会だとして、それは神が与えたもうたのでも何でもない。それは必然に過ぎない。権力が膨張してゆくのなら、自然に兵器も増えてゆくしかない。戦争は起こるしかなかった。我々はどうする？　起こるべきことを起こさねばならない」

「そうだな」

　別の、年齢不詳の顔つきをした東洋人が、英語で後を引き取った。

「もはや、ここに集まった者たちの出身国はあらかた戦争に加わっているじゃないかね？　私はこの戦争が、人々の期待しているほど早々に終わるとは限らんと思う。アメリカだってじきに参戦するかもしれない。兵力が投入されて、あちこちで爆弾が破裂している。それは良《い》いが、少々場所が偏り過ぎている。どうしてこう、誰も彼もそれをヨーロッパで爆発させなきゃならんと思っているのだ？

　兵士達がまたそうだ。世界中から集まって来て、ドイツを中心にしてあちこちの国境で押し合いへし合いしている。彼らは皆で戦線からクルリと方向転換をして、押し合いへし合いしてこいと命じたものを討てば、もはや国境は消滅して、それを争う必要もなくなるのだということに気づいていない。我々がやらねばならんのは海流に変化を齎《もたら》すようなことだ。本来と逆の方向に向かっていく人々の流れを変えねばならんのだ。難しいが、本当に海流を変えるよりは簡単なはずだ」

七人ともが、今更のことを確認して満足したように黙って頷《うなず》き合った。

彼らの身なりは示し合わせたようにでたらめで、掃除夫の格好をしているのが居る隣に、劇場で見かけるような派手な臙脂《えんじ》色の背広を着込んだのが座っていた。その服装の無秩序さは、彼らの思想が高次に束《たば》ねられていることを逆に示していた。

実際、彼らは仮に皆丸裸だったとしても同じことだったのである。それでも同じように円卓について、同じような話を変わらぬ熱意をもってしただろうし、この七人は、自分が裸であることに構わぬまま文明の大事を論じる滑稽《こっけい》さと不気味さを地下室に充溢《じゅういつ》させてもいた。

ロシア人の、鷲鼻《わしばな》の男は顰《しか》め面《つら》をして言った。

「私は皆さんが、戦争が始まったというのでちょっと浮かれ過ぎてるんじゃないかと心配してるんですがね。何だかわからんうちに始まって、何だかわからんうちに終わってしまうのが戦争ですよ」

「そうふてくされることもないじゃないか?」

イタリア語のアクセントを持った栗毛《くりげ》の男が彼の肩に手を置いた。

「君の気持ちはよく分かるが。せっかく地道に自分の国で爆弾を破裂させていたのに、まるで焼け石に水だった。手配されて逃げなきゃいけなくなるしな。で、結局戦争はロシアを巻き込んで、君がやったのの比でないような大爆発をあちこちで当たり前みたいに起こしているんだからな」

「だからこそ、国家は無くならねばなるまい？　国家も、軍隊も、一切の権力も」

さっきの東洋人がそう言った。

「そりゃ無論承知ですよ。しかし、今度の戦争で何にも出来なかったにしたって、いちいちがっかりしないようにってことです。地道にやっていくしかないんですよ」

「しかし、もう少し楽観的になったって悪いこともなかろう？　君の言うように地道にやっていくしかないのだからね」

最初のフランス人はそう宥《なだ》めた。鷲鼻の男がロシアから亡命する際にその手助けをしたのが彼だったので、鷲鼻は、まあ、そうかもしれませんね、と素直に応じた。

「そういえば、ムッシュー・ルーホンはどうして降りて来ないんだ？」

栗毛の男が訊《き》いた。

「私が来た時には客と何か争ってましたよ。常連の酔客《すいきゃく》が、酒がいつもと違うというので文句をつけてるんですよ」

最後に入って来た別のロシア人がそう教えた。

「それに、席の場所が変わっているからいつも通りにしろとか」

「伝統というのは、どんなところにもカビみたいに涌《わ》いてくるものですな」

禿頭《とくとう》の、金縁眼鏡《めがね》の英国人が退屈そうに言う。

「いや、それはそうとして、今日はまだ全員が揃《そろ》ってないじゃないかね？　ドクトゥール・ムラヤマが未《ま》だ来ていないじゃないか。彼はどうした？　ハルカワ」

フランスの男は年齢不詳の東洋人をそう呼んだ。

「ムラヤマはもうじき来るはずなのだが。そう、実はな、彼は日本に戻らねばならなくなったらしい。だから、今日を逃すと当分会う機会はないだろう」

「そうだったのか？　何だ、ハルカワ、君はもっと早く言うべきだった。花でも贈らねばいけなかったのじゃないかね？」

栗毛の男が戯《おど》けて言う。

「何、これからは誰にもそんなことがあるだろう。私はもうしばらくヨーロッパに残るが。ムラヤマは日本で大きな邸《やしき》を建てるつもりだそうだ。日本じゃこういう会合をこんな狭いところでやらずに済むかもな。彼の肩書きなら、世界の何処から誰を招いていても不審でないから都合が良い」

「しかし帰ってしまうのか。惜しいことをした。いろいろ聞きたい話があったんだがな。面白い研究をしているそうだろう?」

「あの、皆が知っていて、私だけが知らずにいるのなら申し訳ないのですが」

鷲鼻の男が控《ひか》えめに切り出した。

「ムラヤマ博士とは、どちらのムラヤマ博士のことです?」

1　殺人事件

一

　例えば、四間余りの綺麗《きれい》に均《なら》された通りを挟んだ斜向《はすむ》かいの武家屋敷は、未《いま》だ屋内に電気すら引き入れず、文政《ぶんせい》の頃から百年近くも地震や大火の危機を助かってきた家の伝統をひとつたりとも改めてはならないとしている。

　或《ある》いは最近建った隣の和洋折衷《せっちゅう》の二階建は、混凝土《コンクリート》や南洋の重厚な木材の直線や曲線を複雑に組み合わせ、歪ながらも明治開化から五十年余りを過ぎた記念のような姿をしていたが、しかし、それら辺り数十軒の、いずれも時代のスケールのどこかに従順に並んでいようとする邸の群れに混ぜてみたとき、村山《むらやま》家の邸宅は調和を欠いていた。

邸自体には、悪趣味だとか豪奢《ごうしゃ》だとか非難を受けるような表だった特徴はなかった。耐火建築の洋館で、床面積が五百平米に及ぶ立派なものである。

それが異質であったことには、村山邸からは、様式、と呼ぶようなものが一切排除されていた。装飾は殆《ほとん》どなく、ただ縦であるべきところを縦に、横であるところを横に造った建物である。

施主は村山梶太郎《かじたろう》という人物で、二月前に急逝した。


村山邸の庭に村山鼓堂《こどう》博士の殺害屍体《したい》が見つかったのは、四月の下旬に入った、空が地上にのしかかるような雲でたっぷりと曇った朝のことである。日の光こそないが、夜の影が皆取り払われるまでに明るくなってから、書生の宮尾一郎《みやおいちろう》は二階に充てがわれた自室の戸を抜け、家中が未だ寝静まっていることを確かめると、寝巻きの浴衣のはだけたまま階下に降りた。

昨夜はこっそり出かけて、明方にこっそり裏口から帰ってきた。寝台に寝そべったが、興奮が収まらずに朝を迎えていた。女中の起きない前だから、台所でパンにバターを塗ったのを勝手に食べるつもりだったが、宮尾は不意に思いついて郵便受けの朝刊を検《あらた》めるべく先に玄関に向かった。

邸の庭は、勝手に生《は》えてきたように無造作な楓《かえで》の木が植えてあるほか、全面七十平米に石畳が敷かれただけである。玄関の向かいには立派な鉄門があって、鉄門が繋《つな》がっているのは五尺四寸の宮尾を隠しきる高さの混凝土の塀である。三年ばかり前、村山邸が泥棒に入られたのちに設けられた。

この日宮尾には庭を眺《なが》めて余計な考えを巡らすだけの暇もなく、その視線は石畳の半ばの一点に釘付《くぎづ》けになった。最初に縦縞《たてじま》模様の背広を見分けて、寝不足の頭に渦巻いていた不埒《ふらち》な考えは消し飛んだ。宮尾は慌ててそれに駆け寄った。

「うわっ――」

うつ伏せになっていたのを、肩のあたりをつまみ上げるようにして宮尾はその顔を見た。村山鼓堂博士が既に事切れているのは明らかだった。

そろそろ五十路《いそじ》に入ろうとしていた、顎髭《あごひげ》を生やした顔面は蒼白《そうはく》で口が半端《はんぱ》に開いている。金縁の小さな丸眼鏡は歪《ゆが》んでいた。腹部に幾つも傷があって、ネルシャツと背広に赤黒い大きな染《し》みをつくり、余程の血を失ったのがわかる。宮尾は、屍体を石畳に横たえて、頭を上げると、すぐ脇《わき》に博士がいつも持ち歩いているズックの鞄《かばん》が落ちているのに気づいた。

宮尾はそれ以上屍体に触るのを止《よ》し、邸に駆け戻った。

村山家の住人は極めて少ない。

村山の表札を門前に掲げてはいるものの、家人のうちにその姓を持つのは目下、庭先で屍体になっている村山鼓堂博士だけなのである。住むものの血縁は皆、三親等以上離れている。

大体、村山梶太郎が死んでからは、使用人でなく家族の待遇で暮らしていたのは村山鼓堂博士ともう一人だけであった。二人とも、その信条も生活態度もそれぞれ異なり、無理にお互いを家族と思い込むこともしなかった。どちらも相応に世事を心得ていたし、村山邸は他人同士が住むにも十分な広さを備えていた。

博士が誰かに殺害されたことは明白である。が、廊下を急ぐ宮尾の頭に、博士を殺すに至る諍《いさか》いの覚えは、村山邸の中にも外にも浮かばなかった。

宮尾は迷わず、一階奥の水上淑子《みなかみとしこ》婦人の居室に向かった。扉を叩《たた》いて呼ばわった。

「淑子さん、淑子さん、俺です。大変ですよ。とんでもないことが起こりました」

七時にならず、まだ婦人は寝ている時間である。

「何です。どうしました」

声が聞かれるまで少しかかったが、眠そうではなく、昼間同様の威厳《いげん》が響いている。

「庭ですよ。とにかく、もう、どうしようか、来てもらわないと――」

「落ち着きなさい。身支度をしますから、玄関で待ってらっしゃい」

「そんな場合じゃないですよ。急ぐんです。村山博士が、殺されてるんですよ」

返事は無く、しかし間もなくドアは開いた。

水上婦人は室内着にしている白いワンピースをともかくきちんと着ていたが、髪は整えられず瞼《まぶた》には皺《しわ》が残っていた。長身の婦人は、宮尾を僅《わず》かに見下ろして冗談事を許さない表情を示した。

「博士に何かがあった？　あなたは殺されている、と言いましたか」

「その、刺されたみたいなんですよ。腹のあたりを、何かで」

宮尾は、婦人が扉を閉める際に、部屋の中を盗み見た。小さな洋画や彩色写真が掛けられて、村山邸の中では人間らしい心遣《こころづか》いの表れた部屋である。硝子《ガラス》の嵌《は》まった小さな書棚や、黒檀《こくたん》のサイドテーブルの上は几帳面《きちょうめん》に整頓《せいとん》してある。しかし、ベッドの上にネグリジェが乱雑に脱ぎ捨ててあるのに、庭の屍体と同じ日常からの逸脱を感じて、宮尾は思わず不逞《ふてい》にそれをじっくりと眺めた。

婦人は彼の品のない行いを見咎めたようだったが、無言のまま、宮尾の先に立って廊下を歩き出した。

玄関を開けて水上婦人は息を吞《の》み、歩を速めて屍体に近寄った。

「ほら、この格好でここに殺されてたんです。俺、抱《かか》え上《あ》げてみたんだけども――」

「見ればわかりますよ。むやみにお隣に聞かせたらよくありませんから、少し静かになさい」

婦人も、全くの冷静ではなかった。屍体を足下にして身じろぎもしない。処置を迷っている。

「――俺、警察に電話したらいいですかね？ してきますよ」

「ええ、ええ、そうでしょうね。電話と、――博士はこのままにしておく方がいいのでしょうね」

宮尾は玄関の電話に向かった。水上婦人は、女中達を起こしに行ったらしかった。

二

村山博士殺害の報は腓返《こむらがえ》りのような衝撃を東京府中の警察に齎した。

生前の彼が警察と密接な関《かか》わりを持っていた為《ため》である。博士は法医学の一大権威であった。東京帝大の教授であり、指紋の判別法であれ毛髪の鑑定法であれ、西洋の最新知見を輸入し警察に紹介し、実際の刑事裁判の上でも証拠たり得るまでになったのは村山博士の働きが大きい。殊に、血液に関わる研究に於《お》いては世界的にも最先端にいた。

西川《にしかわ》警部は一朝にして一月分の変事が纏《まと》めて押し寄せてきたような心持ちであった。

折しもそれは、突如、東京市電の青山《あおやま》、大塚《おおつか》、広尾《ひろお》三車庫の従業員、一千名余りが罷業《ひぎょう》に踏み切り運行不能に陥《おちい》るという騒ぎの朝であった。市内の交通は混乱を極め、各所の警察署がいずれも緊張を強めた最中に入った村山博士殺害の急報だったのである。

警部は色を失った住人を屋内に休ませ先に現場の検分を行う構えであった。生前親交のあった者の遺体だけに特有の敬意をもよおし、彼は石畳に転がるそれを直立して見下げることを避け、傷を検める警察医と一緒になって石畳に膝《ひざ》をついた。おそらく、捜査には被害者自身の研究を大いに活用することになる。

「ナイフだろうね」

「そうですな。ズブリと、内臓がかき廻されたみたいになってますな。随分出たもんだ」

腹部は浸したように血で覆《おお》われて、どこをどう転がされたか、全身のあちこちにも掠れた血痕《けっこん》が散見された。

「お？　何でしょうな。これ」

警察医が、血の染みた背広の内ポケットから小さな塊《かたまり》を引っ張り出した。彼は手袋越しにそれを擦《こす》って、警部の方にかざして見せる。

木切れに穴を開けて黒い紐《ひも》を通したものであった。

「お守りか何かかね？」

「まあ、他の使い道も思いつきませんな。こんな物を持ち歩いていたとは知らなかった」

生前の村山博士はお守りの似合う人柄《ひとがら》ではなかった。警部は手袋をして、見憶《おぼ》えのある生成《きなり》色のズックの鞄を取り上げた。日頃博士が持ち歩いていたもので、これにも血が付着している。

開けてみると様子がおかしい。中身は洋書が二冊、筆記具、幾らかの書類、鍵束《かぎ》、それだけなのだが、鞄の内側の方がよほど酷《ひど》く血が滲《し》みているのである。

「何だこれは？」

「何か血のべったり付いたものを入れてたんじゃないですかな。でなきゃそうはならんでしょう」

警部は折りたたまれた西洋紙が一枚、二冊の本の間に挟まっているのを見つけて引っ張り出した。広げると、タイプ打ちの、英文で読めないが手紙らしい書き振りである。やはり血が付いていて、特に、三十行余り印字されているその真ん中がくっきり赤黒く染まっていた。

「妙だな。何でこの一枚だけが？」

最下部を見ると文章は途切れ、続きがあるようである。なぜ半端な手紙が一枚だけあるのか。

手帳が入っていたのを捲《めく》ってみると、予定は殆ど書かれていない。実際、西川警部の知る限り、彼の生活は自宅と大学の法医学研究所への往復だけで大抵が済んでいた筈《はず》である。

が、四月二十五日、今日の午後のところに「面談、平野《ひらの》氏」とだけ書き込まれていた。

「警部、急いで辺りを調べたほうが良いのではありませんか。手掛かりが残っていないものでもないでしょう」

刑事の一人に背後から声を掛けられた。警部は躰《からだ》を捻《ひね》って立ち上がった。

「そうだな。研究所にはまだ連絡はつかないのかね?」

それは鼓堂博士の研究所で、西川も出入りがある。

「誰だか分からん宿直《しゅくちょく》が電話に出たんですが、電車が止まってるせいなのか、向こうにはまだ殆ど誰も居ないみたいで不用意な話は出来ません」

「さっさと誰かを直接向かわせないといかんな」

庭を一見して判《わか》るのが、どうやらここが殺害現場ではないことである。屍体にこれほど血が付着しているに拘《かかわ》らず、石畳には屍体から擦れて移ったらしい血痕が僅かに見られるばかりであった。

どこか他所《よそ》で殺されて、庭まで運ばれてきた。そして、鞄もろとも投棄された。奇妙なことである。殺した相手を、どうして自宅まで届けてやる必要があるのか?

ともあれ実際の犯行現場を見つけることは重要であった。屍体の出血量から考えて、現場がそれとわかるままに残されているかもしれず、早く調べるほどに見つけられる可能性は高かった。

西川警部は警察医の他に七人の刑事を引き連れて検証にあたっている。西川は刑事らに、現場が遠方であるほど屍体の運搬が困難なことから一先《ひとま》ず村山邸の周辺を当たってみること、一人は研究所に向かい聞き取りを行うことなどの段取りを言い渡した。その時、東京地方裁判所の検事である三田《みた》が門前に到着した。

西川と馴染《なじ》みのある検事である。挨拶《あいさつ》の後、現況《げんきょう》を伝え、今から聴取《ちょうしゅ》を行うことを告げた。

玄関に向き直り、屋内を目指す前に、辺りから超然として聳《そび》える邸を見上げて三田は言った。

「こんな建築は見たことがないな」

窓の配置からそれが住居であることは疑い得ないが、ただ家のかたちを成すものを組み合わせただけで出来た村山邸は、しかし佇《たたず》まいは散漫ではなく建物自体に個我を与えたようである。

「もう亡くなったそうですが、村山梶太郎という、鼓堂博士の親戚の人が計画したんですよ。建てた当人は、欧羅巴《ヨーロッパ》に居た頃、通りに似たような家ばっかりだったもので酔って帰ると玄関を間違えたから、自分の家は分かりやすくしたのだと笑ってましたがね」

「君は前にも来たことがあるのかね」

それは、鼓堂博士に招かれた訳ではなかった。西川が過去にここを訪れ、村山梶太郎と顔を合わせたのは、三年前に村山邸に泥棒が入った時である。捜査に遣わされたのが西川警部であった。

鼓堂博士との交友の薄い三田検事は事情を何も知らない。警部は、小事件ながらに、その登場人物と一緒に脳裏に鋭い印象を残した盗難事件を彼に語ろうとしたが、その時、玄関が開き水上婦人が様子を窺《うかが》いに顔を出したので話は遷延《せんえん》された。警部は検事と連れ立って邸内へ向かった。

村山邸の応接室は、床に黒い毛氈《もうせん》が敷かれた上に、小さなテーブルを挟んで上等の安楽椅子が二脚ずつ向かい合わせて置いてあり、しかし来客への配慮はそれだけであった。壁に絵を飾るような気配りはされていない。

「どうもご苦労様でございます。お掛け下さいまし」

二人にそう言って安楽椅子を勧める婦人は、どうやら平静を回復していた。化粧こそしていないが、さっきは乱れていた髪は綺麗に整えられ、西洋式に結《ゆ》っている。

「お茶をお出しするのもおかしな気がいたしますから失礼しております。用意はございます」

「いや結構です、どうも。今日は大変な日ですな。水上さん、憶えてらっしゃるか分からないが、私は三年前にもあなたに挨拶をさせて頂《いただ》いた筈ですな。あの泥棒が入った時です」

「ええ、わたくし憶えております。西川警部でいらしたかしら」

西川は改めて名乗った。三田検事が横眼《め》で説明を促《うなが》したが、警部はひとまずのお悔《く》やみを述べて、今朝からの市中の交通の混乱を婦人に語った。

「――まあ、そういう日に起こった事件なのですな。いずれ許されざることです」

水上婦人は膝に両手を置き黙って聞いた。その様子に眼が馴染むうちに、警部の記憶は色彩を取り戻して明瞭《めいりょう》になった。

「そう、先にお訊きしとこうと思うが、こちらでは二月前にも不幸がおありだったのでしょうな？　村山梶太郎さんがお亡くなりになったと新聞で読みました」

「ええ、先々月の十二日でございました。心不全だそうで」

「梶太郎さんは、お父上ではないのでしたな？　叔父様でしたか」

「そうでございます。わたくしの叔父です」

「確か、人類学の論文を、西洋の雑誌に発表なさっていたのでしたな。私にはよく分からんが」

「ええ」

西川警部が会った時の村山梶太郎氏は六十過ぎで大柄《おおがら》に白髪の紳士であった。彼も鼓堂氏と同じく博士で、日本における人類学の先駆者として知られていた。そして、盗難の被害者であった。

「すまないが、その三年前の事件というのを話して貰《もら》ってもいいかね？　今日の事件と関わりがあるのかね」

三田に請《こ》われて西川警部は婦人に確認をしながら三年前のことを話した。

邸に泥棒が入ったのは大正六年三月四日の深夜である。住み込みの女中は里帰りし、住人達は他所に泊まり込んでいた。午前二時を廻り、泥棒は、庭を囲む低い生垣を越えて物置小屋の屋根から二階の窓に取り付き、鉄格子《ごうし》の嵌まっていなかった窓の半月錠《クレセントじょう》を、針金を差し込み器用に解錠した。

屋内に侵入した泥棒は梶太郎氏の書斎《しょさい》に向かい、金庫を三十分ばかりかけて開き、現金を盗み出した。犯人の手際は良く、翌日帰宅した梶太郎氏が金庫を検めるまで盗難は発覚しなかった。

「ちょっと待ち給《たま》え。西川君、馬鹿に事細かに判っているじゃないかね？　犯人が針金で錠を開けたことなどどうやって知ったのだ」

「それは、本人がそう言ってましたからね。まあそうなんでしょう」

　水上婦人が頷く。

「なんだ、捕まっているのか?」

「ああ、申し遅れましたね。こちらに侵入《はい》ってしばらくしてから捕まりました。なんか、大変な美青年の泥棒だったですな。ねえ?」

「ああ、そうでしたかしら。泥棒が美青年であっていけないこともありませんでしょうけれども」

　婦人は面白くもなさそうに言う。警部は執り成すように付け加えた。

「いや、しかし、この事件と関係がないと限ったものでもありませんな。一応調べんと、あれは多分もう出獄したろうから——」

「どうぞお調べ下さい。わたくしも出獄したと聞きました」

「はあ、そうさせて頂きますよ。——ですから、水上さんにも、くれぐれも何も隠し立てせずにご協力頂きたいものですな」

　西川警部はさっきから、安楽椅子の底が抜けているような気分で落ち着かずにいた。彼の心に纏わりつくのは、生前、一度だけ顔を合わせた村山梶太郎博士の面影《おもかげ》である。

泥棒事件の捜査の時、彼は警察の介入を笑顔で拒絶した。

盗まれたのは梶太郎博士の現金だったのである。にも拘らず、博士は警察が現場である書斎に入り込んで調査を行うことに協力しなかった。「鼓堂君が早まって通報してしまって、無論通報して悪い筈もないが、私には失くした金の惜しさよりこの上書斎を掻《か》き廻される迷惑の方が甚大である」という都合を、白髪の紳士は異国の法律をひとに説くような丁寧さで警察に諭《さと》した。邸の周辺の聴き込み捜査のみが行われ、泥棒は別の犯行をきっかけに、別の現場で捕まった。

西川は梶太郎博士の言い分を信じなかった。しかし、真実なぜ博士が警察を書斎に入れることを拒《こば》んだのかは一向に分からなかった。ただ西川の心中に留まったのは、梶太郎博士と、村山邸にうっすらと覚えた、理知と衝動が化学作用を起こしたような悪寒である。

それは何かの突出した思想が醸《かも》したものに違いなく、朝から続く東京市の擾乱《じょうらん》などとはまるで種類が異なっていた。もっと周到でさり気無く、実際、梶太郎博士の公の顔は警視庁にも友人がいる社交家であった。

今、向かい合っている水上婦人に、西川は梶太郎博士の残り香を嗅《か》いでいる気がした。単に彼の発揮する警察の権力に水上婦人が畏《かしこま》ることをしないせいか、或いはそれは婦人ではなく邸に染みついたものなのかもしれない。いずれ西川は平静に警察の職務を続けなければならなかった。

「そろそろこの事件のことをお訊きせねばなりませんな。水上さんは、村山鼓堂博士とはどういうご関係です？　前にも伺ったかもしれないが忘れてしまった」

「博士は、わたくしの伯父の、梶太郎の兄に当たるわけですけれど、その妻の妹さんの長男だったのです。少々ややこしいのですけれど」

「今お宅にお住まいなのは、どなたとどなたですか」

「わたくしの他、宮尾という書生と、あとは女中が二人、それだけでございます」

「水上さんのご両親やご亭主やお子さんは？」

「両親はとうにおりません。夫は別れました。子供は──、外国におりますが、もうずっと会いません。わたくしの一番身近な親類は叔父でございました」

「ふん、そうですか。なるほど。それじゃ、昨晩のことです。鼓堂博士はどこにいらしたのかご存知でしょうかな？」

「家にはおりませんでした。いつも通りに帝国大学の研究所へ行っていた筈でございます」

「そうでしたか。で、水上さんは、今朝まで庭の異変にお気づきにならなかった訳ですね。当然鼓堂博士がお帰りのところも見ていらっしゃらない」

「ええ」

「博士は昨夜、何時頃お帰りの予定だったんです？」

「さあ、存じませんけど、わたくしがやすんだ後に帰ってくることは珍しくございません。零時を過ぎて市電が終わってしまったら、研究所から歩いて帰ってくることもございましたから」

研究所から小日向台町《こひなただいまち》のここまでは、徒歩なら三十分くらいはかかる。

「鞄に手帳が入っていたのを見たんですが、今日の午後に平野氏と面談、という予定があったらしいのですよ。何でしょうな？　心当たりはおありじゃないですか」

実は、訊かずとも警部にはその名に心当たりがあった。警視庁の特高課《とっこう》に平野という人がいる。鼓堂博士とも交友があったと聞いている。

「――ええ、特別高等課の平野さんでしょう。わたくしも存じております。今日の午後に会う予定だったと聞いております」

警視庁に確認を取ることを警部は心に留めた。

「時に、博士の服装はどうでした？　昨日出かけた時と何か変わっていませんか」

「わたくしは博士の外出する姿を見ておりませんから存じません。でも、外行きにはたいがいあんな格好をしていますから、きっとあの通りだったのじゃございませんか」

「ええ、そうですな」

警部が過去に鼓堂博士に会った際にも、縞の背広にズックの鞄の、庭に見つけた通りの装いであることが大抵だった。

「じゃあ、おそらくいつも通りに外出から帰ってきた格好なのだろうと、それは良いとしましょう。今のお話と、現場の様子を素直に受け取るなら、博士はどこか他所で何者かに殺害され、それから、こちらの庭まで運ばれて来たとみられるのですよ。奇妙なことですがな」

警部は石畳に血痕が殆ど残っていないことを説明する。水上婦人も、落ち着いてからそれに思い至ったという。

「何であれ犯人は、昨夜から早朝までの間に庭に入り込んで屍体を遺棄《いき》していった、ということになります。手軽なことではありませんな。重いし、見つかる危険もある。水上さん、本当に、夜のうちに変わった物音なり、何か気づいたことはありませんでしたか」

「わたくしは気がつきませんでした。よく眠っておりましたので。それに、ご覧の通り分厚い壁のおうちでございますから」

「犯行に何か心当たりはおありですかな？　怨《うら》みを買っていたとか、金銭関係とか」

「さあ。わたくしも、鼓堂博士の私的な交友はあまり存じません。一緒の宅に住んではおりましたけど、お付き合いはお隣さんのようなものでございました」

「お金の方はどうです？　遺産はどこに行くんですか。博士のご家族は？」

「わたくしの知る限りでは、妹さんがいるだけです。ご両親はお亡くなりですし、奥様もいらっしゃいません」

妹は静子《しずこ》といって、博士とは二十近くも年が違う。宇津木《うつぎ》という人のところに嫁《とつ》いで、すぐ近所、同じ通りに住んでいるそうである。

「お金のこともわたくしは聞きません。それほど大金持ちだったとも思えませんけれど」

「そうですな。質素なほうを好まれましたからな。このお宅は？　誰の持ち物になるんです？」

「このおうちは、もうずっと前にわたくしどもの手を離れているのです。もともとは叔父の梶太郎のものでございますけど、色々お金を使って、ここも抵当に入れてしまったのでございます」

抵当権者の親切によって、しばらくは住まわせてもらっているのである。それでも猶予はあと二月余りで、そのうちには引き払わなければならないのだという。

「すると水上さんは？　どうなさるんです？」

「これといって何も、財産もございません。ここを出たら働きます。今までは叔父の研究助手のようなことをやっておりましたけど、今度は外国語学校の先生をやることにお約束をしております」

一問一答はあたかも互い違いの煉瓦《れんが》を積み上げていくような約《つづ》まやかさで進行した。水上婦人の口調は一貫して淡々と、感情は殆ど表れなかった。西川は、婦人から鼓堂博士の死の悲しみの痕跡《こんせき》を探して見つけられなかった。

屍体はほんの一、二時間前に突如平常を破って庭に発見されたのである。西川の内でもその悲しみは未だ形を成すだけの間がない頃であった。婦人にそれが無くて怪しくはない。

しかし、当たり前のことを訊いていく西川には、捜査が将棋倒しのごとく自身の手を離れて勝手に行われているような居心地の悪さがある。私事の悲しみを靄《もや》にしてぼやかしてしまう何かが村山邸には立《た》ち籠《こ》めていた。

「――もしかすると鼓堂博士の遺品をお借りしなければならないかもしれませんな。

手紙や手帳や日記や、そういうものになりますが、どなたが管理しておられますかな?」

血縁からいえば妹の静子である。多分兄の持ち物には頓着《とんちゃく》しないから、一言了承を得れば遺品を動かして問題はないだろうと婦人はいう。

「でも、鼓堂博士は、あんまりここに持ち物を遺《のこ》していないのじゃないかと思うのですけれど。博士の部屋には驚くほどものがございませんから、研究所に置いていたのじゃありませんでしょうか。もしもそういうものがあるなら、でございますが」

手紙なら鼓堂博士は方々から受け取っていた筈だが、日記の習慣があったか婦人は知らなかった。

「研究所の方にも当たってみることにしますよ。後で、鼓堂博士のお部屋も見させていただきますが、よろしいでしょうな?」

「ええ。結構でございます」

「じゃあ、一先《ひとま》ずここまでにしましょう。取り調べを続けますのでね、呼んで頂きたいのが――」

西川は、水上婦人に次の参考人を招喚するよう命じ、聴取はそこで打ち切られた。

「あれは随分変わった女だな。そうじゃないかね?」

婦人を退室させた後、尋問の間、殆ど沈黙を通してやりとりを眺めていた検事が言う。

「まあ、確かにあんまり見ないような女性ですな。新しい女というのでもないでしょうが」

「西洋の女みたいじゃないかね？」

「ふん、そうなのですかな。そういえば、独逸《ドイツ》だか、外国にいたこともあるらしいですな。三年前にそんなことを聞いたようだ」

三

邸の食堂は、意外なほど普段の通りであった。

宮尾はダイニングチェアに座ったままあたりを眺めてそう思った。そこは栗皮《くりかわ》色一色の、柄《がら》もない絨毯《じゅうたん》が敷かれただけでやはり様式の見当たらない作りであるが、広い。細長いテーブルが二列並べられた、二十人が一緒に食事をしても窮屈でない食堂である。綺麗に片付けられている。

水上婦人が女中を起こしたから、警察が来るまでに全員が村山博士の屍体を観察した。何が起こったのだか、家中が重々承知である。二人の女中は豪胆にも朝食の支度《したく》をしている。屍体を見て、もはや宮尾は空腹ではなかったが、水上婦人は用意しなさいと女中に命じた。

まだ朝が早いが、事件の現場になった村山邸には一人来客があった。白城宗矩《しらきむねのり》はテーブルに、宮尾の向かいに座って今朝の新聞を広げていた。

彼は村山家と数十年来の付き合いがあって、水上婦人をほんの幼《おさな》い頃から知っているという男である。同じ通りに住んでいて、朝刊を取りに表に出た時に数軒離れた向かいの村山邸の前に警察が群がっているのに気づいてやってきた。屍体の検分中だった警察に彼は、ひとまず邸内で待っているように申し渡されていた。

「宮尾、お前はどうするんだね。出かけるのは、すぐには警察が許さんのじゃないかね？」

白城がテーブルに新聞を下ろして声を掛けた。

宮尾は警察が来るに際して服装をシャツに絣《かすり》の合わせの学生着に着替えていたが、白城は目覚めたきりの、最前の彼同様の浴衣姿で、西洋の貴人が寝間着姿でも使用人に威厳を損《そこ》なわないような尊大さを宮尾に向かって発している。

「いや、俺は、構わないいんですよ。今日は別に、用はないです」

「なんだそうかね。余計なことを心配しなくて済むな」

羨《うらや》ましいな、俺はどうするかな、外出どころでないのには違いないだろうがな、と、新聞に向き直り、白城は粘《ねば》っこい口髭を鼻孔に擦り付けるような仕草《しぐさ》をした。彼は三河護謨《みかわゴム》工業という製造会社に勤めていると聞いている。日曜だが何か用があったらしくて、しかし結局今日は外出を諦《あきら》めようという。

水上婦人が扉を開けて食堂に入ってきた。

「白城さん、応接室で警察の方がお待ちですから行って来て下さい」

「ああ淑子分かった。行こう」

「それから、今日は電車が大変に混乱しているそうでございます。ストライキに入ったのだとか」

「何？　なんだ、どうせ外出もままならんな」

白城は両手をテーブルにつき立ち上がって、食堂を出て行った。婦人は白城が座っていた隣の椅子に腰掛けて、テーブルに残された新聞に手を伸ばした。彼らの振る舞いは、凶事に際して敢《あ》えて日常を強調しているようであり、それでいて不自然なところが何もなかった。

ともあれ村山家とその周辺は、今の所、鼓堂博士の変死を凡《おお》そ冷静に受け止めたのである。

この光景に宮尾が思い出すのは、二月前、梶太郎博士が死んだ日のことである。彼は、二月の寒い朝に心不全を起こしているのを女中に発見された。その死は、最初にピアノ線を弾《はじ》いたような衝撃を齎したのち、音が薄れていくようにただ葬礼をされ追福をされ、静かになっていった。その時も、粛々《しゆくしゆく》と進められたその後始末は不人情ではなく、何より梶太郎博士の意志がつくったこの村山邸では当然そのように行われるべきと思えた。

梶太郎博士は水上婦人を伴って欧羅巴《ヨーロッパ》で何だかの研究をしていたのだが、世界大戦が始まってしばらくした頃に帰国した。そして、五年ほど前に随分な金を使ってこんな邸を建てた。

宮尾は四年余り村山邸に住んでいるが、それが建てられた訳をよく知らない。

梶太郎博士は様々な地位の人物をここに住まわせていた。ある時には代議士が一月も泊まり込んでいたり、一方で、さっぱり身なりの良くない、身元のしれない西洋人を何人も泊めていたこともある。殊に、一昨年に世界大戦が終結するまでは、宿人の出入りは激しかった。大抵は数日から数ヵ月程度滞在して去った。

滞在者を集めていたのは梶太郎博士であったから、客は博士が体調を崩すにつれ少なくなり、亡くなるまでには皆邸を出て行った。博士の死後には、宮尾に二人の女中に水上婦人に鼓堂博士、僅か五人が寝泊まりするだけになっていた。

宮尾は、雑誌社に勤めていた、梶太郎博士の顔見知りの従兄弟《いとこ》に村山邸を紹介された。

梶太郎博士は、宮尾が会った時には六十歳、貴賤《きせん》にまるで構わぬ人で、しばしば宮尾には判る筈のない西洋思想の話をして困惑させられた。宮尾には人間の心理や性格を、少し付き合ってみるともう分かったと見切りをつけてあとは内心で軽蔑《けいべつ》する癖《くせ》があったが、博士はその人物を摑《つか》んだ気になることが出来ず、分からないが故《ゆえ》に彼には少しの敬意を持っていた。

「宮尾さん」

いつの間にか、新聞の見出しを一通り眺め終えた水上婦人が宮尾の方に向き直っていた。

婦人は宮尾の全身の形《なり》を、彫刻家が作品の出来を値踏みするように凝視している。

宮尾はふと不埒な考えから我に返る時、しばしばこの婦人の眼差《まなざ》しに突き当たった。

「何を考えているのです」

「いや、だって変な事件だから、どういう訳かなあと思ってただけですよ」

宮尾は鼓堂博士の死に心を痛める素振りを見せるべきかどうか迷っていたが、水上婦人にそういう気が無いらしいので、それに倣《なら》おうと思った。

「警察の方に色々お話を訊かれるでしょうけど、くれぐれもいい加減なことを言わないように、頭の中で用意をしておくことです。つまらないことを言ってはいけませんよ」

「いや、別に考えておくことなんかないですよ。そんな、隠さなきゃいけないことは――」

「誰が隠しごとの話をしているのです。何かを偽るとかを問題にしているのではないのですよ。あなたがいい加減なことを警察に喋ってひとに迷惑をかけることを心配しているのです。博士とどんな関係だったか、それに昨夜は何をしていたか、きっとそんなことを訊かれるでしょうから、きちんと正しいことを話せるようにしておきなさいというのですよ」

水上婦人は宮尾の生活には立ち入らずとも、その不真面目さだけを見抜いているようであった。そして、彼みたいな書生には身辺のことについていちいち叱言《こごと》を言ってやる人が居なければならないと思っていると、宮尾はそう看做《みな》していた。

彼は、はあ、とだけ婦人をろくに見ず答えた。それだけで問題は無かった。梶太郎博士の死去したのち、邸を管理して彼に小遣いをくれるのは婦人だったし、あとは時々叱《しか》るだけであった。

しかし宮尾は、婦人の叱言をきっかけに次第に心中の不安が大きくなり、落ち着きを失った。

彼には、まさに、隠さなければならないことがあったのである。誰に知られても問題だが、警察にバレるのは殊更まずい。昨夜、宮尾は村山邸を抜け出して、村山鼓堂博士の妹であり、宇津木英夫《ひでお》という人の妻である、静子と逢《あ》っていたのである。

宇津木夫妻は村山邸を訪ねてくることが頻繁であった。英夫氏は波《は》田《た》製紙という小さな会社をやっていて、出張で留守にすることが多い。三年余りも関係は続いていた。

警察はアリバイを問題にする。もし、彼らが宮尾に嫌疑を向けて、昨夜の行動を執《しっ》拗《よう》に探るとしたら、静子に逢っていたことを白状しなければならなくなるだろうか？　静子が打ち明けてしまうこともあり得るか。警察は早晩彼らに事情を訊くことになる筈である。或いは近所だからもう刑事が行っているのかもしれない。ことの成り行きを想像するのは困難であった。

扉が開いて、白城が戻って来た。

「宮尾、次はお前だそうだ。警察が呼んでいる」

彼はむしろ気楽な口調でそう言って、水上婦人の向かいに掛けた。宮尾は心の鎮まらないまま、腰を上げた。

「淑子、警察の人ら、随分長電話するものだな。一度断っただけで勝手放題に使っている。今月から度数制になったろうが？　あれはこちらで持つことになるのかね？後で払ってくれる気か」

「さあ、知りませんけど、どうであっても仕方ありませんでしょう？　こんな場合です」

「請求してみるべきだろう。鼓堂君の事は、知り合いに知らせなくていいのかね？」

「勝手にそんなことをしたら警察の方が喜ばれないのじゃありませんか。博士の鞄の中に手帳が残っていたなら、住所録を見て使いを送ったり、あちらで取り計らうでしょう。任せておくのがよろしいのじゃありません？」

宮尾が部屋を出る間際に二人はそういう会話を交《か》わしていた。そろそろ、厨房《ちゅうぼう》からは味噌汁《みそしる》の匂《にお》いがごくのどかに漂って来ていた。どうやら今、この家で一番動揺しているのは自分だと思ってみると、宮尾は心細さを一層強くした。

四

「ずっと部屋で寝てましたから。物音も、あの鉄の扉、結構最近に出来たんですよ。だから別に軋《きし》んだりしないし、夜中に誰か開けたって気づきませんよ」

「まあ、とにかく、君は一人で部屋に居たというのだね」

「――そうです」

西川警部は、宮尾という書生の顔をマジマジと眺める。白城はこの書生を、やや享楽的な大人しい青年、と評した。とりたてて疑わしくもなく、隣の三田検事と顔を見合わせ、宮尾を解放した。

その後に二人の女中の聴取を行った。彼女らは、こんな非常の際には水上婦人の態度に倣うのが良いと考えているらしかった。二人とも驚くほどに邸の事情に無関心で、昨夜もグッスリ眠っていて、人に気兼ねしなくていいからお気に入りの職場なのだとか、邸が人手に渡るので辞めねばならないのが残念だとか、でも次の奉公先は婦人に手数をかけて見つけてもらったとか、そんな話をした。それで邸内の聴取は一通り済んだ。

女中たちが出て行くのと入れ違いに、刑事の一人が応接室に入って来た。

「三田検事、お電話です。特高の、平野課長でらっしゃいます。何か、急なご用事で、この事件と関係があると仰るのですが」

連絡を取ろうと思っていたのが、向こうから掛けてきたのである。

西川警部が応接室で待っていると、十分ばかりで、検事は電話のある玄関ホールから戻って来た。

「平野君は、事件のことを向こうで勝手に知って、連絡をくれたんだ。今日、博士と会う約束をしていたというのだろう？　それが死んだというから吃驚《びっくり》して電話をして来たのだ」

「どういう約束だったんですか？」

「向こうでは何の用だったのかはっきりとは聞かんと言っていた。一週間ばかり前に、鼓堂博士から電話が掛かって来て、直接会わないと話せない重大な用件があるから都合をつけてくれないか、と言われて、今日の午後四時に平野君の家で会うと決めていたのだそうだ」

「ほう？　重大な用件ですか」

「そうだ」

手帳に、面談、とだけ書かれていたのは、おそらくはこのことである。

「それだけじゃ事件と関係があるとは限らんですな」

「その通りだがな。しかし平野君は、鼓堂博士が近頃妙なことを仄《ほの》めかしていたというのだな。それが――、或《あ》る、無政府主義者の集団に狙われているかもしれん、というのだ」

そう言ってしまってから、三田検事は自分の声が応接室の外に響かなかったかと気遣った。

突飛《とっぴ》な話であった。が、検事にも警部にもそれを鼻であしらうつもりはさらさらなかった。

噂《うわさ》があったのである。近頃起こった、政治家や皇室の鹵簿《ろぼ》、軍の幹部などに対する襲撃は、各国を跨《また》いで活動する無政府主義者の過激派の活動の一環らしいと目されていた。

博士がそれとどう関わりを持ったのか分からない。しかし、重大なことを特高課のものに相談をする、つい前日に殺されたのならば、事件に繋がるものとみるべきかもしれなかった。何より西川警部は、無政府主義者という言葉を聞いて、それが村山邸に感じた特異な気配と嚙《か》み合《あ》っていることを直感した。

「もう一度家のものに心当たりがないか訊いてみるかね？」

「いや、訊くならもうちょっと背後の訳を調べてからじゃないですかな。不用意な質問は出来ない」

二人は、水上婦人を頼んで邸の二階の鼓堂博士の居室を検めた。

部屋は十二平米余りで確かに極めて素っ気《そ　け》なかった。寝台と、小さな本棚に洋書が五十冊程度、サイドテーブルの抽斗《ひきだし》を開けても万年筆が一本とインキが入れてあるだけであった。書き物の類は全くない。婦人に断って絨毯を捲ってみたりもしたが、無益であった。婦人が言うように、博士は殆どの私的なものを研究室に保管していたと見えた。

一階に降りると、さっきの刑事が玄関ホールの電話に出ていた。

研究所に連絡がついたのだという。受話器を受け取って警部は呼ばわった。

「もしもし」

——あ、警部、私です。捜査一課の篠山《しのやま》です。

研究所に向かうよう命じた刑事である。

「どんな様子だね？」

――ちょうど、ここの者たちが集まり始めたとこです。研究所は完全に止まっちゃってますね。当然でしょうが。今事情を訊いています。まだ、あんまり役に立ちそうなことは判っていないんですが、芦原《あしはら》という人が、警部の顔見知りだというのですが、代わりましょうか？

「芦原君か。代わってくれ」

警部は、研究所には遺留品の鑑定の為に幾度となしに訪ねている。応対に出るのは、いつも村山博士か芦原という助教授のどちらかであった。彼は警部よりふた回りも若かったが、研究に関する芦原の解説を、警部はむしろ博士のよりも分かり易く聴いた。

――西川警部ですか。芦原です。ご無沙汰《ぶさた》しております。村山博士が殺害されたとのことですが、そちらの刑事さんを疑うわけではありませんが、本当なのでしょうね？

「事実だよ。博士の解剖については、もしかすると君たちのところに頼まなければならないこともあるだろうな。それはそれとして、なるべく早く知りたいことがあるから答えてもらいたいのだ。まず、昨夜、博士が何時に研究所を出たのか知ってるかね？」

——僕は、博士よりも先に下宿に帰っちゃいましたから、何時か自分で知っている訳じゃないんですが、宿直によると、零時を過ぎていたみたいですね。直接確認しますか？

「いや後で構わん。それから、博士は昨夜、帰りがけにどこかに寄るとか、そんな話をしていなかったかね？　夜中を過ぎて、そんなことも考えにくいのだがね」

——しませんでしたね。もしそうにしたって、誰かに話すこともなかったのじゃないですか。刑事さんが、今西川警部が仰ったことを皆に訊いてまわってますよ。

「分かった。帰ったのが零時を過ぎていたとなると、博士は歩いて帰ってきたのじゃないかと思うんだが、小日向台の家までどの道を歩くんだか知っているかね？」

——それも、誰も知らないんじゃないかな。家まで一緒に歩いたことのある人なんかいないでしょうしね。でも、そんな遠回りもしないでしょう？　きっと。

「博士の邸のものは、博士が私的な書類を研究室に保管していたんじゃないか、というのだが、心当たりはあるかね？」
――ああ！　そうです。実は、ここの一室を博士が殆ど私室代わりにしていまして、そこに博士自身のものをいろいろ保管しているんですよ。公私混同でいかんと思うんですが。昨夜ですがね、宿直のものによると、博士が遅いのでどうしたのか見に行ったら、部屋で何やら書類の整理をしていたんだそうです。手紙とか、封書をいろいろ机の上に放り出していたとかで、十幾通はあったみたいですが、それらを鞄に押し込んで、遅くなってしまった、と帰って行ったんだそうですよ。

鼓堂博士は、その帰路に鞄に沢山の封書を持っていたことになる。今朝見つかった鞄の中は血まみれになっていて、手紙は半端な一枚しか見つかっていない。殺害犯が持ち去ったのか？　何の手紙であるか。

――西川警部、今ちょっとそのことで揉《も》めているんです。実は、その博士の部屋が閉まっているんです。刑事さんがね、そこを開けろと頑張ってらっしゃるんですが、鍵が無いんですよ。
「鍵？」

――鍵です。研究所に、その部屋の鍵が無いんです。予備が宿直室にあった筈なんですが、多分、博士が持って行っちゃったんですよ。ご自分の部屋にしてましたから、他の誰も入れたくなかったんでしょう。刑事さんはとにかく中を見せろと仰いますけど、何分《なにぶん》開けられませんし――

博士の遺留品の鞄の中に、鍵の束があった。問題の鍵が交ざっていると見える。

――それに、門外に出せないものもあるでしょうから、我々も慎重になりますので。

「私が行って立ち会うことにしよう。鍵を持っていく。君たちの懸念にも配慮するから、それでいかんかね？」

――ああ、そうして頂くのがいいでしょうね。僕からこっちのものに説明しておきます。

西川警部は、処置を申し渡して電話を切った。鍵の入った博士の鞄は鑑識に廻《まわ》すべくすでに警察署に運ばれていて、急がねば巡回車が警視庁に持って行ってしまう。それを取り返してこなければならない。

　現場検証はこともなく行われ、片がつきつつあった。西川が聴取をする間に見つかった証拠とされるべきものは、門の鉄扉から発見された血痕で、屍体を運び込む際に付いたものと思われた。重要そうなものはそれくらいで、後は、一町余り先の空き地に池があり、兇器《きょうき》が発見されていないことから一応そこを浚《さら》ってみることを考えていた。三田検事は平野特高課長に会って話を訊いてくるというので、一旦《いったん》検証に区切りをつけて、村山邸を去ろうと決めた。

　が、一人の刑事が玄関に駆け込んできて、それはしばし延期された。

「警部、妙なものが見つかったんです。ほら、兇器ですよ。血塗《ちまみ》れのナイフが見つかったんです」

「何、どこにあったんだ？　誰が見つけた」

「それが、吾妻橋《あづまばし》ですよ。浅草寄りの川下側の欄干の許《もと》に、形の歪んだブリキの罐《かん》を紐で縛った妙な包みが落っこちてたんです。それを、通りがかりの豆腐屋が拾って開けてみたんですよ。そしたら、中に血塗れのナイフとハンカチが入ってて、ビックリしてあっちの交番に届けたんです」

「ほう？　吾妻橋とは妙に離れているな」

　ナイフは屍体発見現場で見つからなかった兇器か。橋はここから五粁《キロ》余りも遠くである。

偶然とは思いにくいが、村山博士殺害に使われたものと断定も出来ない。

「とにかく鑑識にかけないことにはなんとも言えんだろうが——、しかしなあ」

心の騒《ざわ》めきを忘れ、すでに表面に現れた事柄《ことがら》だけを眺めても、これは釈然としない事件になりつつあった。

村山邸で見つかった屍体は、どこかから運ばれてきたらしいのである。なぜわざわざ庭に遺棄したのか？　隠して事件の発覚を防ごうと考えなかったのか。

警部は、村山邸内にて犯行が行われた可能性を考えないでもなかった。が、後処理が大変であるし、屋内の誰かに気づかれる危険があまりにも高い。それに、邸の門扉から見つかった血痕がある。聴取からは、邸に住む人々が結託している印象は持たなかったし、屍体の状態は外出中に殺されたと見る方が自然である。ナイフを五粁《キロ》余りも先に投棄するのも、やけに遠すぎるから、単に、そちらの方角に逃走中の犯人が証拠を川底に隠蔽《いんぺい》しようとして、焦りと夜闇《やみ》のためにしくじったと考えるべきかもしれなかった。

西川警部は水上婦人を呼んだ。婦人には、警察の機構が何らの不具合なしに働いていることを強調しておかなければならない気がして、警部は昨晩博士が研究所から幾通もの封書を持ち帰っていたのが判ったことや、殺害に使われたかもしれない兇器の見つかったことを話した。そして、必要により何度でも再訪する必要があることを念押ししつつ邸を去ることを告げた。

ともあれ、捜査を急がねばならない。――そう思って、検事と肩を並べて玄関を出た西川警部の頭に、大粒の雨が落ちてきた。警部は解決の前途遼遠たることを宣告されたように思った。

博士が歩いたかもしれない研究所からの帰り道を刑事たちが捜索している。大きな血痕が残されているであろう現場を捜しているのである。未だ発見の報告は無く、どこかにそれが残っていたとして、雨が皆洗い流してしまう。殺害現場から犯人を辿《たど》ることはもはや困難であった。

五

――いや、すごい雨ですね！　裾《すそ》が大分濡れてしまった。絨毯を汚してしまわないかな？

宮尾は、玄関でこういう声が響くのを食堂で聞いた。彼は一息ついて安心しかけたのだが、これを聞いて再び喉元《のどもと》を突き上げる不安に襲われることになった。声の主は、宮尾がその妻と一緒に欺いている、宇津木英夫であった。

彼は様子を確かめずにじっとしていることが出来ず、胸を抱えるようにして食堂を出た。

宇津木は玄関を閉じたところで、それを迎えた水上婦人は宮尾に背中を見せている。

「おや、宮尾君！　こんにちは。酷いことになったね」

「はあ、こんにちは」

人死にがあったすぐとは思えない普段の明朗な声であった。その顔立ちは醜《みにく》くはなく、少し鼻や口が大柄で大雑把な感じがする。

宮尾はまず、宇津木が静子夫人を伴っていないことに小さく安堵《あんど》した。普段、宇津木には声をかけられても、挨拶を返して、あとは後ろめたさと軽侮を以《も》って見送るだけにしているのだが、今日ばかりは黙っていることが出来なかった。

「えっと、大変ですね？　ほら、静子さんは博士の――、妹さんですから」

「ああ、そうだ。いや、吃驚した！　うちに刑事が来たんだけど、こちらが夜に何をしてたんだかとか、話させておいて事情をちゃんと教えてくれん。どういうことなのか訊きに来たんだ」

「静子さんはどんな様子です。おうちにいるのでございましょう？」

「ああ、大分参ってしまったみたいですね。静子は昨晩友達の家に行っていたんですが、帰ってきたらこんなことになっていましたから——、一人にして欲しいと言っていて、私じゃどうにもならなかった。まあ、女中がいるし、大丈夫だと思うが」

「晴太《せいた》君は？　平気なのでございますか」

「ああ、うん、それも女中に頼んでおいた。今は学校の同級生の所に行かせているんですがね、帰ってきてからのことをね。まあ少々不安ですが——」

晴太というのは宇津木夫妻の小学生の一人息子である。宇津木は失礼しますよと言って、婦人より先に立って食堂の方に歩き始めた。勝手を知っているから案内を待つことをしない。

「——じゃあ、全くの通りすがりの犯行ということはないでしょうね！　わざわざ庭に捨てていくんですからね。財布とか時計とか、そういうものは盗《と》られてたのかな？

どうでした？」

「慌てておりましたから、確かめもしませんでした。それに、遺体をあれこれ勝手にさわると警察がお怒りになるんでしょう？　そんなことを聞きますけれど」

「じゃ警察はなんて言ってたんですか？」

「さあ、特には何も」

「教えてくれなかったんですか？」

「いいえ、わたくし訊きませんでしたから」

「何だ、訊いてみればいいだろうに！　まあ、教えてくれなそうだけれども——」

「盗られていなかったそうだぞ。俺は確かめた」

白城が横から教えた。彼は、朝からずっと村山邸に居残っている。

それなら、犯人は私の知っているやつかもしれないよなあ、と、宇津木はぼやくように言う。

彼は、屍体が見つかってからの経緯を水上婦人に一から喋らせた。宮尾も、食堂の長テーブルに、紅茶をすする三人から少し離れて座り聞き耳を立てた。午前のうちに家に帰ったであろう、静子の様子を探りたいのである。

昨夜は向島《むこうじま》の待合で逢った。

　静子は、夫に、女学生の頃の友達の下宿に一夜だけ泊まるといって、宮尾は、水上婦人が休む午後十時を過ぎてから、勝手口から村山邸を抜け出した。水上婦人はしばしば無言で宮尾に気を配っている様子が見られるので、婦人が起きているところを正面から出て行くことはしない。

　今朝も、婦人の起床に間に合うよう急いで帰ってきたのである。勝手口から戻ったから、その時は屍体に気づかなかった。明るくなってから庭に出て、最初にそれを発見することになった。

　宇津木の家には既に警察が訪ねたという。当然、静子も人ごとだと澄ましてはいられない筈なのである。昨夜のことを訊かれ、何と答えたのか？　兄が死んだのだから、狼狽《うろた》えていて不審ではない筈だが。まさか白状してしまったか？　宇津木にそんな様子は無いが――

「近頃は科学捜査が発達しているでしょう。警察はどんなことをしていました？」

「博士の持ち物を、手袋などして一つ一つ検めたり、そんなことでした。おかしな様子だったそうでございますから。鞄の中が血に染まっていたりとか、便箋が一枚だけ残っていたりとか」

「それは、おそらく血痕とか指紋とかの鑑定なんかするんでしょうね。正に鼓堂君の領分だったな。——宮尾君! 君は心当たりはないのかね。誰が犯人だと思う?」

突然に、自分に矛先が向いて宮尾は面食らった。こういう言葉が無為に発されているのか、常々、宇津木を極めて単純で自分の妻の不貞にも気づけない鈍な男と決めて軽蔑していながら、変事が起こってみると、彼の無神経な明朗さは不気味であった。

「俺は知りませんよ。よく眠ってたし——、博士のことも、よく知らないんだし——」

「そりゃ、知ってるんなら黙ってちゃいかんだろうさ! 誰だと思うか、と訊いているんだ」

「宇津木さん、宮尾にそんなこと訊いたって仕方ありませんでしょう」

水上婦人がそう言って、宮尾は無理に喋らずに済んだ。彼は宇津木から自然に視線を逸《そ》らすことが出来た。彼の眼は何の飾りもない食堂の壁を眺めた。

少なくともこの邸には、自分は見捨てられているのだと宮尾は思った。彼の姦通《かんつう》は一部の学友の間やカフェでは手柄《てがら》話にもなった。しかし村山邸の建物やそれを造った意志は、宮尾の行いに一切気遣いをすることなく、軽蔑すらしない筈であった。そうして彼はあたかも一匹の鼠《ねずみ》にされて、隠れる隙間《すきま》も無い村山邸に放り出されていた。

最後の客は午後五時頃にやって来た。宮尾は、宇津木から聞けることは無さそうだと見切りをつけ、一旦自室に戻っていたが、呼び鈴が鳴ったのを耳にして階下に降りた。

来客は生島泰治《いくしまやすはる》だった。日生《ひなせ》製粉という会社の重役である。四年くらい前にこの通りに引っ越して来てから度々往来があって、村山梶太郎博士と懇談するようになった。自然、水上婦人や白城、宇津木に鼓堂博士とも交友が出来たのである。

玄関では婦人と白城が出迎えていた。生島は、妙にきちんと背広を着込んで、髪の毛をポマードで塵芥《ごみ》虫の羽みたいに綺麗に撫《な》でつけてあった。ステッキを頼りなくぶら下げて、シャツの襟からは、人形の首が抜けかかっている如《ごと》くに覚束《おぼつか》ない顔つきの頭が突き出して、出迎えた二人を見上げている。何だか金でも借りに来たみたいだと宮尾は思った。

「どうも、水上さん、村山さんが、殺されたとか――、本当ですか？」

「ええ」

「君は何をしていたんだね？　日曜だろうが。出かけていたのか？　ここの騒ぎに気づかなかったのかね？」

「気づきましたが、ちょっと約束があったもので。寝過ごして、急いでおりましたからな」

「警察が出入りしていたじゃないかね。家の前を見れば分かっただろう？　只事《ただごと》でないのが明らかじゃないかね？　何の約束だ？　それほど大事だったのか？」

「いや、まあ――」

「白城さん、何をそんなにお責めにならないといけないのです？」

婦人が執り成した。白城はふんと鼻を鳴らして、しかし追及をやめた。

生島を伴って彼らが食堂に向かうのに、宮尾ももじもじと同行した。生島は、宮尾を意識しているのかいないのか、努《つと》めて眼を合わせないようにしているようであった。生島もまた、口外すべからざる或る理由により、宮尾にとっては眼の離せない人物だったのだが――

食堂には宇津木が帰らずに待っている。この白城、生島、宇津木という三人は皆同じ通りに住んでいて、村山邸とは殊更に縁の深い人々であった。むしろ、近所で村山両博士や水上婦人と友人付き合いをしていたのは殆どこの三人に尽きた。宮尾は彼らが村山邸に一堂に会す場面を幾度も見ている。

水上婦人は、全員が揃ったところで、ことの次第をもう一度、疲れの滲み始めた声で語った。

「早く解決せんことには困るな。生島君、君は未だ警察とは話さんのだな？」

「ま、未だですよ。しかし、そうか、私も聴取を受けることになるな――」

「そうだ。――どうだ？　皆、何か心当たりがあるかね？」

「あるでしょう。何しろ、特高課長に会おうとしていたそうじゃないですか？　平野さんに。こうなってみれば、鼓堂君が何をしようとしていたのか、もうはっきりしたでしょう？」

宇津木がそう言うと、水上婦人と白城は当然の同意を示したが、生島は彼らが首肯するのに取り残された様子であった。彼らから幾つか椅子を離して様子を窺う宮尾にも何を意味するか分からないが、そのまま会話は続いた。

「そうだ。淑子、梶太郎さんの御遺品はどうしているんだ？」

「遺品には手をつけておりません。わたくしには分からないものばかりですから、しばらくそのままにしておこうと思っていたのです」

「確かに、それが賢明だろうがな――」

「その、梶太郎さんが関係あるんですか？」

生島が訊く。

「確信はないがな。生島君、君は本当に分からんのか？　惚《とぼ》けているのかね。あの、中山《なかやま》の事があっただろうが。特高の平野君と会う約束をしていたのだぞ？　君だって知っていた筈だ」

中山のこと、とは何か宮尾は知らない。白城は宮尾に分かる言葉を使わぬよう計っているようでもあった。彼は話を続けた。

「そう、警察は、鼓堂君は昨晩研究所で手紙を整理していたと言っていたそうだな。何の手紙だ？　本当に鼓堂君のものだったのか？」

四人は二人ずつ向かい合って腰掛けていたが、次第に椅子を近づけ額を寄せ合い、宮尾を憚《はばか》るようにした。

宇津木が引き取る。

「うん、そうですね。淑子さん、もしや、お葬式の以後、梶太郎博士の書斎に鼓堂君が出入りしてた、などということはないですか？」

「それは、――ございました。一度、鼓堂さんが書斎から出て来るところに行き当たって、わたくし、みだりに部屋のものを動かさないように諌《いさ》めたことがございます」

「じゃあ、きっとその時でしょう！　何かを見つけてこっそり持ち出したんだな」

彼らは無言になって、故梶太郎博士に関するなんらかの認識の一致を確認したようであった。

やがて白城が巨石を動かすような重々しさで切り出した。

「——淑子、提案なんだがね、今の機会に梶太郎さんの書斎を皆で検めてみたらどうかね？　鼓堂君の部屋は触るなと警察に命じられたから仕方がないが、梶太郎さんの方は構わんだろう。どうせ人手の要る仕事だ。我々は梶太郎さんをよく知っていたのだから、まだ淑子も心安いだろう」

「ああ、それはいい！　淑子さん、他にそんな機会はないかもしれませんよ」

宇津木がそう言い、水上婦人も了承した。そういたしましょう、と四人は順次に立ち上がった。

宮尾は中腰で身の置き場に迷った。ふた回り以上も年下で、梶太郎博士や鼓堂博士と四人のような付き合いのなかった彼は相手にされていない。それでも彼は静子の話が出るのではないかと気が気でなくて、居心地が悪いながらに食堂に残っていたのである。

宮尾が理解したのは、どうやら村山梶太郎博士の死の残響は邸内に消えておらず、それが鼓堂博士の殺害に繋がっているらしいことである。彼らから大事な何かを聞き漏らすのが不安であった。宮尾はやはり四人の後ろを、書斎まで、鼠の歩みでそろそろとついて行った。

梶太郎博士の書斎は二階である。二十平米の部屋で、大小不揃いの書棚が壁を全面埋めつくしている。中身は書籍だけでなく、方々からの手紙や、書き止《さ》しの論文などもあった。それらは書棚を溢れ出して、机や金庫の上まで残らず書類に埋もれている。

宮尾は滅多《めった》にここに入ることはなかった。三年前、泥棒騒ぎのどさくさの時に一度だけ足を踏み入れたが、何も触れぬ前に出ていなさいと梶太郎氏に放り出された。

白城が真っ先に扉をくぐって、故無く散らばった書類をパラパラと捲った。

「淑子、どうしたものかね？　どう整理をしようかね」

「論文は、後でわたくしがみます。ひとまず、手紙だけを仕分けてみるのが良いでしょう。差出人を分けて、それから日付の順にして――」

宮尾は、作業を手伝うのを遠慮して、書斎の入り口近くで四人の仕事を眺めた。毛筆で書かれた和文のものも少しはあるが、手紙の多くは仏独英露《ふつどくえいろ》様々であり、宮尾はどれにも明るくない。

「随分難しいのが多いなあ。これは誰なんだ？　印度《インド》からだな――」

紙面に眼を凝《こ》らしながら宇津木がぼやく。

彼らは、しばしば書類を見せ合い憂鬱《ゆううつ》に囁き合った。

十五分程も整理が続いて、ふと生島が、白城の様子に眼を留めた。

白城は、もう二分ばかりも手を止めて、机の上に一通の手紙を置いて、立ったまま熟読しているのである。生島はその背中に言った。

「どうしたんですか？　何か――」

「いや――」

白城は躊躇《ためら》いを見せたのち、左に一歩、生島に場所を譲った。

何処から白城はその手紙を見つけたのか、宮尾は気がつかなかった。彼は机の陰になった書棚の奥を入念に漁っていたようであった。生島はそれを読みながら、白城同様に佇まいを落ち着かなくする。

水上婦人と宇津木も、机に集まっていった。手紙を廻し読みして、四人は皆表情を一様に硬くし、探るように互いに顔を見合わせた。

宮尾は、ゆっくりと四人の半円に近寄って、真ん中にある手紙を覗《のぞ》き込《こ》んだ。

英文の手紙である。便箋《びんせん》四枚に及んでいて、タイプではなく手書きであった。読みにくい筆記体で宮尾には一語も判別できない。

「なんです？　どうしたんですか？　この手紙――」

訊いても、誰も答えない。宮尾は水上婦人を見上げた。

「何が書いてあるんですか。そんな、大ごとなんですか――」

「静かにしなさい。あなたには関係ありません」

宮尾は手紙に伸ばしかけていた腕を引っ込めた。恥ずかしさで一歩引き下がったが、四人は皆宮尾を一顧だにしない。それきり彼らは喋らなかった。

宮尾は、四人が一体何を読んだのかは全く見当がつかなかった。しかし彼は手紙が四人の関係に何か重大な作用をしたと思った。今、それを囲んで互いを睨《にら》む姿には、つい先程まで分業仕事をしていた旧知同士の安心は見る影もなかった。彼らは皆、闇中に鉢合わせたように各々の躰を固め、眼は裏切り者を探す眼で、明白に互いを疑っていた。

もっとも、それが現れたのはほんの一瞬であった。彼らは直《す》ぐに無言の敵意を各々取り繕《つくろ》った。そして再び手紙を囲む半円を崩し、友人の作法を取り戻したが、しかしその場に現れた深刻な何かは、落雷の焼け跡のように決して消えていないのが明らかだった。

宮尾は、もはや四人が彼にここにいることを許さないと察した。居た堪《たま》れずに書斎を出た。自室に戻ると書斎から話し声が聞こえ始めたが、それは小さく安らかでないことだけが分かった。

六

翌日、月曜日である。西川警部は再び村山邸に聴取に向かうつもりであるが、そろそろ警視庁の鑑識から入るかもしれない連絡を待つことに心が傾き、大塚の警察署内に依然留まっていた。

署では、昨晩より警視庁の命により非番の巡査にまで招集をかけ、市電の車庫に集まった従業員たちの警戒にあたっている。ストは続き、昨晩には一時全《すべ》ての東京市電車が停止するに至った。今日のところは、東京市電気局の処置により非常運転が行われている。

警部はオートバイに乗るし、村山邸まで歩いても遠くないからそれが足止めをするのではないが、不況の憂鬱は木造の警察署の中に染み入ってくるようであった。

昨日は結局、屍体を運び込んだ帝大の法医学研究所で一日が終わった。故人と付き合いがあったせいもあり、また研究室で博士の遺品を調べるのに、警部が終始立ち会うことを研究所のものが希望していた為でもあった。

目下、村山邸周辺の調査から得るところは無いが、昨日は会い損ねた関係者がいる。兇器入りのブリキ罐の見つかった吾妻橋周辺の聞き込みには今日も刑事が派遣されていた。

警部の職務とは無関係だが、ストは警察組織に負担を強《し》いているし、近々日本初の労働祭が開催されることも噂から予定に変わっていた。それはきっと何事にもならない筈であったが、秩序の騒めきは、嵐《あらし》に家を揺さぶられるように警部の職業精神を落ち着かなくした。

落ち着かないのは、被害者の村山鼓堂博士の背後に噂される無政府主義結社のせいもあった。地中から引き抜こうとする棒の先に何がつながっているやら分からず、いずれ特高と連携を取らなければならないかもしれない面倒も待ち構えていた。

「お電話です」

電信技手が部屋にやってきて彼を呼んだ。西川は隣室に立った。

――西川警部ですか。鑑識の長田《おさだ》です。

「ああ、うん。警部の西川だ。どうだ?」

——はあ。まだ時間が掛かりますが、一点だけご報告が。村山博士の鞄から見つかったという手紙、指紋を調べました。はっきりしたのが四つ見つかったんです。

「それで？」

——調べたら村山鼓堂博士のじゃなかったんですよ。じゃあ誰だか、一応と思って、泥棒の指紋と比べてみたんですよ。ほら、三年前に事件の家に入ったっていう泥棒がいるでしょう？　そしたらね、当たりでした。それ、四つ全部泥棒のなんですよ。他は無いです。

「何？」

予期せぬことに西川は、記憶を、葉書を箱からぶちまけるように引っくり返した。西川の与《あずか》り知らぬところで捕まったその泥棒の顔を、彼は裁判の時に遠目に見たきりである。それが硝子を削って造ったような美青年で、犯行の供述が微に入り細を穿《うが》ち、極めて正確であっただけが印象に残っている。

忘れていたその名前を聞き取って電話を切った。西川は躰を震わせ、村山邸に向かう両脚を立たせた。

七

午後三時頃帰宅した宮尾も、西川警部に話を訊かれた。

事件の翌日だが、午前中、宮尾はともかく早稲田《わせだ》の学校に行ったのである。鼓堂博士の解剖が済まないので、葬式の日程は決まっていない。心中は講義を聴くどころではなく、何より宇津木の家に行って静子と話を合わせておきたかった。しかし、宇津木が会社に出て、息子が小学校に行っているにせよ、日中では家に一人置かれている女中の眼を欺くことが難しかった。

警部から宮尾が気にかけているような質問は一切なく、故人の日常と犯人の心当りを再び訊かれただけで済んだ。その代わり、彼が気にする静子のことは警部の口ぶりからは何も窺えなかった。

宮尾は応接室で警部と話してから自分の部屋に戻ったが、日暮れごろに彼が引き上げたのを見計らって廊下へ出ると、梶太郎博士の書斎に向かう水上婦人に行きあった。婦人は壁の染みにでも気を取られた風に、宮尾とまともに顔を合わせず、食事が出来ています、とおざなりに階下を指してみせた。

昨日、三人の客が帰ってから、婦人は他所の家に来たみたいに落ち着きがなかった。そんな様子を婦人が明確に表すことが例になく、しかも今日、警部との面談を経て婦人の懸念はより具体的になったのではないかと宮尾は疑った。

夕食を済ませ風呂《ふろ》を済ませ、そろそろ寝ようかという頃である。宮尾は、扉を開けっ放しの、散らかったままの梶太郎博士の書斎に、寝巻きに着替えた水上婦人の後姿を見た。宮尾には気付かず、デスクの上に手をついて、前かがみに何かを眺めている。

やがて、扉の陰《かげ》の宮尾は水上婦人の独《ひと》り言《ごと》を聞いた。婦人の独り言など珍しい上に、その言葉があまりに彼の知るその性格とかけ離れていて、宮尾は耳を疑った。

「どうしたら、どうしたらいいのか——、探偵？　探偵を頼めばいいのかしら？」

2　依頼

一

「じゃあいっそ探偵はどうだ」

「うん？」

蓮野《はすの》は鉱石の結晶の如くに整った顔を私に向けて、困惑するか、見くびるような眼付きをした。

「何で探偵だ？　何がいっそなんだ」

「さあ、もうそんなことしか思いつかないな。探偵小説をいくつか読んだ限りじゃ、君みたいなのが結構出てきたぜ？　案外務《つと》まるんじゃないか？」

私の投げやりな言葉に、回転椅子にだらしなく腰掛け、足を投げ出していた蓮野は姿勢を正した。

「君は興信所みたいなやつのことを言っているんじゃないのかい？」

「違うよ。そういう調査が君に務まらないのは僕も分かるさ。小説に出てくる探偵になり給え」

「探偵とはどういうものなんだか碌《ろく》に知らないが、しかし僕はそんな無責任な仕事は出来ないよ」

そう、はぐらかすような穏《おだ》やかさで蓮野は言った。彼を眺めながら私は暫《しば》し考え込んだ。

私は、幾つかの芸術作品でしか、蓮野ほどに美しい人間を見たことがない。

面長で、髪も睫毛《まつげ》も眉毛《まゆげ》も黒々として、肌との対照がはっきりしている。風雨に滑《なめ》らかに削られた稜線《りょうせん》のように、民族的な特徴が見当たらない無国籍の貌《かお》である。身長は六尺をやや超える。それはどちらかというと無機的な美しさで、この上彼を彫刻や絵画に写し取ってみても、きっと元の姿以上には美しくならない。

蓮野は頭脳もその容姿と相応に優れ、二つは自然に釣り合っていた。彼がそうあろうと努める時には、彼の姿も言葉も物腰も、誰もが尊敬するよりないものになった。

奇妙にも、彼は自分からその美点を生かすことを殆どしなかった。蓮野は大変な人間嫌いなのである。

友人は少なく、しかし一見して彼に人付き合いに悩みを抱えるような不器用さは感じられない。だから、尋常小学校に入ってから、帝大法科大学を出て銀行で働き始めるまで、出会った殆ど誰にもその性情に気付かれることは無かった。

が、横浜の銀行に五ヵ月勤めて、蓮野はついに忍耐が叶《かな》わなくなった。

「――僕はよく分からないが、泥棒というのは無責任な仕事ではないのかね？」

蓮野は、銀行を辞めたのち、一度は泥棒になったのである。

人に会わないことが職務の一部だから、適職ではあった。金満家の家を主に、なかなか優秀な仕事ぶりだったらしいが、三年ばかり前、品川の貿易商の家で彼は捕まった。それから去年の六月まで投獄されていたのである。

「無責任なものかね。大変な責任を持たないといけないさ。失敗したら牢屋に入らなきゃいけない仕事なんてそう無いだろう」

「そりゃ、まあそうだな」

人嫌いが嵩《こう》じて泥棒になった奴だから、出獄の後、今度こそ職を探そうとすると途方にくれるよりなかった。私は知人の伝手《つて》を手繰《たぐ》り、翻訳の仕事を貰ってきて、しばらくはそれをやらせている。蓮野は英仏独に通じているし、英語は和訳も英訳も自在である。期日に遅れることも無いし、論文を頼めば極めて評判が良い。

しかし、私の交友に研究者などそう居《お》らず、それに蓮野は文学の翻訳は出来ないというから、彼の仕事は常に途切れがちである。目下、私の友人の依頼の、浮世絵に関する小史の英訳を手掛けているが、その次の見通しは無い。

ここは世田谷《せたがや》の外れの蓮野の家の、彼が書斎とも応接室ともつかない使い方をしている部屋である。蓮野は捕まったのち、赤坂の、両親から継いだ家を売って今のところに住み替えた。明治の終わりに宣教師が建てた、節くれだった慎《つつ》ましやかな洋館で、家の前に乗合馬車の道が通り、辺りは畑と雑木林ばかりである。

「――じゃあ、探偵というのが、なんで無責任な仕事なんだね？」

探偵、というのは、しかし何のようすがも無しに思いついたことではない。

昨年の秋から、私の周辺で、泥棒だとか手形詐欺だとか誘拐だとかの事件が頻発して、その解決に蓮野の泥棒的才能を頼ったことがあったのである。

彼はさして興味も示さずに聞き返した。

「さあ。そもそも彼ら、結局何がその職務なんだ？」

「え？　そりゃ、犯罪事件の真相を明かして、犯人を捕まえたりとか、そういうことだろ？」

「犯人を捕まえるのは警察だろう？　手錠は警察が持ってるし、僕だって警察に捕まった。留置場があるのも警察署だ。そんなことを除《の》けてしまったら、残る探偵の仕事というのは、真相を見つけ出す、ということなんだろう？　こんなに楽な仕事があるか？」

「楽なのか？」

「楽だろう。その上いい加減で不誠実だ。真相とかいう本当にあるのかどうか分からないし、本物だか誰にも判別出来ないものを見つけたと言い張ればいいんだから、こんな簡単なことは無いよ。

犯罪事件なら、警察が犯人を推定して捕まえて、真相を判定するのは裁判所だろう。手間も時間も掛かる。そういう決め事が出来たのも最近だ。昔じゃト占《ぼくせん》なんかして決めてたのを、もうちょっと誰にも納得のいくようにしようと人類総掛かりでややこしい制度を作り上げてきたんじゃないか。

探偵というのは、そういう面倒で、しかし大切な手順の先頭に割り込んで、ほらこれこそ唯一無二の真実でございますよと言い張るんだろう？　しかも間違ってたって責任を取らない。警察や検察が何か間違いをやったことが発覚したら新聞が大騒ぎして、ことによっちゃそれで牢屋に行かなきゃならない場合もあるが、探偵ってのはそんなことは無いんだろう？」

「まあ無いだろうなあ」

推理を外して投獄された探偵の話など聞いたことがない。

「その上報酬を貰おうとか、あまり人を馬鹿にしているよ。仕事でも何でもない。だからやらない。まだ泥棒に戻るほうがいい」

蓮野の真面目と不真面目の区別は難しい。彼の会話は精確さを重んじて誤りに神経質だが、実用性には拘《こだわ》りを見せない。十幾年の付き合いに拘らず私はその性格を摑みかねている。

実際、私と彼の付き合いは、人間関係というよりも芸術家と作品の関係に似ていた。蓮野は、尊敬すべき、しかし私的な趣味とはまるで外れた大家の傑作のようなものであった。理解出来ずとも根底に何か一貫した主題があるのだと思っていたし、私の芸術上の使命が彼と全く違うものを目指していることが分かっていたから、彼の容姿や能力を妬《ねた》む必要も無かった。

それに彼は、あまりに優れていながらも、芸術家が創作の熱中からふと我に返ったときに自作に覚えるような、名状しがたいバカバカしさをしばしば感じさせた。私にとっては、彼は決して付き合いづらい友人ではなかった。

「じゃあ、探偵が無責任なのはいいとして、警察だの、裁判所はその任を果たしているかね？　そりゃきちんと君を捕まえたんだから、そんなに見下げたものでもないんだろうが――」

「何とも言えないな。別に理知を以って証拠を見極め犯人の僕に辿り着いたんじゃなく、忍び込んで仕事をしている最中を、おいこら何をするかと捕まえるんだから、そんなの幼稚園児でも出来る。

裁判もなあ。一から十まで信用して良いものじゃない。僕が偶々《たまたま》どこでいくら盗んだんだか自分で全部憶えてたから良かったが、そうじゃなきゃ彼らどうする気だったんだろうかね？」

「ああ、君ありゃ偉かったな。自分がやったことは憶えとかなくちゃいかんな」

私は蓮野が捕まるに際して弁護士を探したりとか色々世話を焼いたので、裁判の経緯は詳しく知っている。判決は自白に依拠するところが大きかった。

「――そういえば、麻布《あざぶ》の伊藤《いとう》さんの家で僕が書斎のドアノブを毀《こわ》したことになってたが、あれは最初から毀れていた。知らぬ間に僕のせいになってたな。面倒だから訂正しなかったけども」

「え？　そうだったのか」

「間違いはあっちゃまずいし、でも起こるんだが、色々試行錯誤してなるべくそれを犯さないように、裁判制度にしろ科学捜査にしろ工夫を凝らしている訳だろう。探偵なんてのが個人の流儀でそれを真似《まね》しちゃ駄目だよ。無責任な職ということにかけては多分絵描きと双璧《そうへき》だろうな」

蓮野は私に向けた眼を狭めた。

いかにも私は絵描きである。曖昧《あいまい》な苦笑いを彼に返した。

私は、上野の美術学校を出てから、しばらく日本画を描いて売り暮らしていたが、四年前、展覧会に出品した油絵を晴海《はるみ》商事という商社の社長に面白がられて、以来その後援を受けている。

日本画と違って洋画をまともに扱う画商はいない。生活にならないからあまり描かずにいたのを、晴海社長が色々試してみたらいいだろうというので近頃は油絵ばかりやっている。あとは時々肖像《しょうぞう》画を頼まれたり、雑誌の表紙を描いたり、そんなくらいのことで妻まで養っているのだから、風船で天幕を吊った下に暮らしているようなもので、私の仕事の実用性と責任の有り様がいい加減であることは間違いなかった。

「――で、結局今日は何をしに来たんだい？　僕の仕事がいよいよ無いと、それだけか？」

蓮野の翻訳の仕事は皆私が取り次いでいる。依頼が途絶えた、どうしようか、ということを伝えて、それがああいう話になったのである。

彼は私の頭越しに窓の外の庭を見た。そうしてまた、実際を重んじないことを言った。

「まあいいさ。ここは日当たりはそこまで良くないが、土は硬くないし、場所を選べば大根だの甘藍《かんらん》だの植えられるね。困らずにすむ」

私の顔を見飽きたか、それきり蓮野は躰ごと窓に向き直って床に長い脚を投げ出してしまった。春の気怠《けだる》い沈黙が起こって、私も、何の故も無しに書斎を見廻す。

四坪くらいの極く当たり前の広さの部屋で、紅殻《べんがら》色の分厚い、しかしボロボロの土耳古《トルコ》絨毯を敷いている。蓮野の座る回転椅子の奥にはマホガニー製の、幅広の虫喰《く》った書き机があって、後は鉄製の重たすぎる電気スタンドや真っ黒い書棚やらが部屋を埋めている。

この世の余り物を集めてきたような観《ご》があって、蓮野に相応《ふさわ》しい部屋だが、彼の趣味ではない。世紀の変わる頃まで倫敦《ロンドン》で骨董《こっとう》屋をやっていた、死んだ私の祖父の持ち物を譲ったのである。

蓮野は沈黙の鈍《にぶ》さに合わせてゆっくりと、テーブルに置いてある煙草《タバコ》の罐を静かに開いた。取り出した一本を慎重に唇に挟んで、珍しい舶来のライターで火を点けると、吸うとも吐くとも判らぬくらいに燻《くゆ》らせ始めた。

私が本来の用件を切り出そうとした時、不意に外で自動車の止まる音がした。周囲六町余りに他の家は無い。用があるなら蓮野のところである。間もなく、呼び鈴もノッカーも無い玄関の扉が、小刻みに鋭く叩かれた。

蓮野に来客など珍しい。私は彼の表情を窺った。

「どうした？　何か約束があるのかね？」

「いや――、何だろうな」

心当たりの無い顔つきで煙草を灰皿に伏せ、蓮野は部屋を出て行った。

二

ずいぶん時間が掛かったのちに、蓮野は書斎を出る時よりも謎の深まった表情で、洋装の中年婦人を伴って戻って来た。

「どうも、彼が井口《いぐち》です」

蓮野は私をそう婦人に紹介した。私は立ち上がるのとお辞儀をするのを同時にやって妙な格好をつくり、蓮野の隣の小さなストゥールに移動した。婦人は、あらどうも、とそっけなく答え、彼が勧めるままにさっきまで私が座っていた安楽椅子に掛けた。

「紅茶でも淹《い》れてきます。少々お待ち願えますか」

蓮野は奥の台所へ出て行く。その背中に婦人はあらどうも、と同じことを同じそっけない口調で言った。私は彼女と二人だけで書斎に取り残された。

蓮野が何も説明しないまま不在にしたことを訝《いぶか》りながら、私は婦人の方を窺った。四十歳くらいと見える。仏蘭西《フランス》かどこかの、大戦前のデザインのテーラード・スーツを着て、喪服にも見えるものの胸元の白いレースが派手である。洋装も珍しいが、それも余程着慣れている。婦人は部屋を一瞥《いちべつ》した。家主のことを探ろうとする一瞥だったが、詮索《せんさく》的になり過ぎる前に婦人は私に注意を向け、凝視、と呼ぶべき厳しい視線をこちらに呉《く》れた。

婦人の、風態だけでなく、その仕草にまで何やら見憶えがあるように感じた。

「井口、さん？」

婦人は、見知らぬ部屋に相応しい声音を探すように慎重に私を呼ばわった。私は威儀を正した。

「蓮野さんはどんなご様子ですかしら。ええ、ご出獄されてからこちらは」

――彼が獄中にいたことを知っている。

心中に警戒が一時に広がったが、お構いなしに婦人は続けた。

「お困りでなければ宜《よろ》しいのですけれど。ずっとここにお住まいなのでしょうね？　お一人で？　ご結婚などされてないのでしょうね」

はあ、と、依然相手の素性の分からぬまま、余計なことを言うまいと私は言葉を探した。婦人は私の当惑を見極めて言い足した。

「お忘れでも、全く無理はございませんでしょうけれど。でも、わたくしの方では井口さんのお顔だけは憶えておりましたから。わたくし水上でございます。水上淑子。――やっぱりご記憶じゃございませんかしら」

「あ、――ああ！」

埃《ほこり》を冠《かぶ》ったレリーフに水を浴びせたように、記憶が蘇《よみがえ》った。言葉を交わしたことこそ無いが、過去に、私は今と同じような黒い洋服と厳しい表情の水上婦人を確かに見かけている。

裁判所でのことである。私も婦人も傍聴人席に居た。長椅子を私の一列前、通路を挟んだ左手の奥に、公判を通して身じろぎもせずに座っていたのが珍しかったのだ。

水上婦人は、蓮野が以前に泥棒をしに訪ねた家の住人なのである。

「はあ、いや、確かに蓮野は一人で暮らしてますね。困ってるのかどうか、まあ本人は困ってないように見えますが——、いや、まったく」

正体が分かって、婦人の来意がますます解らなくなった。蓮野は前の家を売り、盗んだ分はその金で以てずっと前に決着がついている筈である。今さら、盗まれた人が盗んだ人に何用があるか？

「お忙しくはないのでしょうね？　わたくし、蓮野さんにご相談があって参ったのです。お話を聞いてくださるでしょうね？」

「さっぱり忙しくはないですが、しかし——」

何の相談か？　それだって変な話である。私は襟に右手を差し込んで首筋を撫でたり、しかし言うべきことは何も思いつかないので、仕方なく黙って婦人に顔を向けた。

水上婦人は、こちらが視線を注げば、それに勝る鋭い眼差しを返すひとであった。私は「相談」の実際が説教めいたものかと疑ったが、しかし膝を閉じた上にハンドバッグを押さえ込むように抱えた姿には、何かへの懸念が滲《にじ》んでいた。説教をするときに、一緒に懸念を持ってくる筈がなかった。

そこに、私と水上婦人に妙なつながりをもたらした当人が銀の盆を抱えて戻って来た。

蓮野は女中を雇うのを嫌がり給仕も何も一人でこなす。三つの紅茶のカップを各々に振り分けて、テーブルの真ん中に得体の知れない灰色の焼菓子の皿を置く。そして、私の隣の、木製の回転椅子のねじ込みを下げて視線を揃え、ようやく腰掛けた。

「お久しぶりですね。まったく驚きました」

蓮野は柔和な笑顔で言った。知らぬ間に彼はシャツやベストの襟や裾から、ネクタイの曲がり具合まで文句のつけようなく整え直していた。それと、水上婦人の洋装に囲まれ、袖《そで》に絵具《えのぐ》の散った私の紺絣は酷く場違いになった。

蓮野はその立ち振る舞いにきめの細かい階調を持っていて、困惑から友好を表すまでをまるで継ぎ目の分からぬように行き来することができた。彼は気味の悪い来客に、今年の桜は綺麗だったとか、景気が悪くて船が売れないらしいとかの世間話を無《ぶ》難《なん》にしてみせた。

「――それで何やらご相談だそうですが。どうなさいました」

「ええ、お話ししなければならないことがございます。大事なことなのです。くれぐれも、御内密にしていただかなければならないのですが」

そう言いつつ、水上婦人が横眼に気にしているのは私の存在らしかった。

「井口君ですか？　彼は僕とは別の人間ですから保証はできませんが、多分信用していいんじゃないかと思います。ねえ？」

「え？　いや、うん」

私は馬鹿真面目に背筋を伸ばして婦人に表情を引き締めてみせた。

「それに、水上さんが井口君を措《お》いて僕をより信じるのなら、随分不思議なことだと思います」

「――ええ、結構でございます。では、お尋《たず》ねいたします。蓮野さん、近頃、こちらに警察の方がお見えになった、などということはございませんか」

「はあ？」

躰を引いて、私は婦人と蓮野を見比べた。婦人は真率なままだし、蓮野は世間話の時から顔つきを変えていない。私は一人勝手に声をあげ狼狽えて、思わず蓮野を指差して言った。

「ええと――、こいつ、また何かしましたか」

「お見えではないのですか」

婦人は素直な意外さを声に表した。警察と関わりのある話か？　私は、泥棒の他に何か蓮野に似つかわしい犯罪があったろうかと考えを巡らせ始めたが、ともあれ水上婦人は話を始めた。

「三日前のことでございます。わたくしのおうちの庭で、村山鼓堂博士が殺されているのが見つかったのです。ご承知ですかしら？　蓮野さん、あんまり新聞などお読みじゃなさそうですけれど」

私は愕《おど》いて蓮野の顔を見た。彼は一瞬瞼を高く持ち上げて、初耳だという風であった。

いかにも蓮野は水上婦人のいう如く新聞など読まない。私は事件のことは承知していたが、新聞記事に出ていた邸が蓮野の過去の仕事先であったなどということは綺麗に忘れていた。

「――村山鼓堂博士ですね？　法医学の」

蓮野は記憶を辿っている。

「ええ。そういえば、蓮野さんが宅にいらした後で警察に通報をしたのも鼓堂博士でございます」

「ああ、そうでしたか。それはお手数をかけましたね」

婦人はまだ言葉の手綱を緩《ゆる》めぬようにしている。そうして蓮野の感情の動静を観察していた。神経症の人を相手にする時の気遣いで、彼の犯罪に話が触れて、蓮野の温厚さが破られる心配が消えていないのである。

私は、そんな話で蓮野が態度を乱さないことを承知していたが、婦人の話の存外な重大さにむやみに緊張した。当人の蓮野は、怪訝《けげん》そうながら、落ち着いて婦人の顔を眺めている。

「ともかく、ご承知でないのならお話ししなければなりません。込み入ったお話でございます」

蓮野の平静さに納得したか、小学校の教師のような面持ちで私と蓮野の顔を一つずつ見据え、水上婦人は長い話を始めた。

三日前、四月二十五日の朝、村山邸の庭で書生が屍体を発見した。現場の様子を見る限り、それはどこか他所から運ばれてきた可能性が高い。博士は先夜帝大の研究所を出て、徒歩の帰宅の途中であったとみえる。

私が新聞で読んだようなことのほかにも、婦人は警察の聴取や、特高の平野という知り合いや研究所に問い合わせるなどして情報を集めていた。

「警察の方がおっしゃるには、博士が殺害されたのは、二十五日の午前零時から二時までの間だろうとのことでした。解剖をなさったそうでございます。――」

水上婦人は、私と蓮野が紅茶と菓子に手をつける様子を注意深く眺めてから、ようやく自分のカップに慎重に口をつけた。

「アリバイを確かめたり、色々捜査をしているみたいでございます。今にお話ししますけれど、疑うべき組織があるのです。――そして、博士の鞄から手紙が見つかったことは申し上げましたでしょう？　文面をみてみましたら、それはわたくしの叔父の、梶太郎の手紙でございました。それを、鼓堂博士が持っていたのです」

婦人は手紙の話に力を込めた。

それは英文タイプの手紙だそうである。鞄に残っていたのは最初の一枚だけであった。文章が半端で、もともと複数枚あったことは確かである。

一昨日、警察は便箋の文面の写しを持って村山邸を訪れ、その心当たりを訊いた。婦人はそれが、梶太郎博士がバークリー氏という加奈陀《カナダ》の知人に向けて記したものであることを証言した。梶太郎博士は記すだけ記して出さずじまいにしたようで、何故《なぜ》か、それを鼓堂博士が持っていたのである。

蓮野は殊更の関心を示して、婦人に質問をした。

「それは鼓堂博士が持っていたもので間違いないのですね？　犯人が鼓堂博士に持たせた可能性は如何《いかが》です」

「その可能性はどうやらございません。と、申しますのも——」

水上婦人は今一度訝しげに蓮野を注視した。

「西川という警部さんから、手紙を鑑識にかけた結果を伺いました。ひとに漏らさないようにとのことでしたけれど、お話ししてしまいます。

手紙に指紋が残っていないか確かめたところ、叔父や、鼓堂博士のものは見つからなかったそうでございます。二人とも手紙を扱う際には指サックを使う習慣でしたから。ですけれど、一人分だけが検出できたのです。それが、蓮野さんのものだったのでございます」

「え？」

私は再び甲高《かんだか》い声を上げた。

「何で君の指紋があるんだ？」

「——だから、僕が三年前に梶太郎さんの書斎にお邪魔した時に残していった指紋だろうと仰るんでしょう？　水上さん」

蓮野はそう私を鎮めた。婦人は頷いた。

「叔父にしろわたくしにしろ、あれ以来蓮野さんをお招きした憶えもございませんから、その時の指紋に違いないだろう、と警察でもお考えでございます。博士の他の持ち物からは蓮野さんの指紋は見つかっていないそうでございますから。蓮野さんがもし博士を殺害なさったなら、よりによって手紙にだけ指紋を残していかれるようなこともなさらないでしょうし」

それは道理であった。

婦人の話の筋道が見え始めて私は少し気を緩めた。

蓮野の泥棒仕事の詳細をいちいち訊くことは遠慮していたから、三年前の出来事には想像が及ばない。

「どういう訳で指紋なんか残していったんだ？　君にしちゃ間抜けだな。憶えてるのかね」

「憶えてるよ。僕が行った時、梶太郎さんの書斎は、それはもう散らかってたんだよ。部屋中書類だらけでね。

あの手紙は棚に置いてあった。宛名書きを終えた封筒もあって、それにタイプで打ち終わった便箋を几帳面に角を合わせて四つ折りにしたのを、もう一度広げて重ねてあったんだ。多分梶太郎さんが出す前に文面を確かめる気になったんじゃないかな？で、棚板がちゃんと固定されてなくて、手をついた時に一段分の書類を部屋中にぶち撒《ま》けちゃったんだよ。そのままにしとくと申し訳ないと思ったんだが、何枚か金庫の下に入っちゃって、手袋のままじゃ隙間に手が入らなかったので素手を差し込んで取った。指紋は、まあうっかりしたんだが、別にいいかと思っていたんだがな。他所では指紋を残したりしてなかったからなあ」

紙に付いた指紋は何十年も残ることもあるらしいよと、蓮野は人ごとみたいに私に言った。捕まった時に取られた指紋が警視庁に保管されていたから、照合が早かったのである。

ああそうでございますか、と婦人は理路整然とした解説がされたことに呆《あき》れた。

「――ですから、こちらに警察がいらしたのじゃないかと思ったのですけれど。そういうものが見つかったのですから、尚《なお》のことです」

殺人事件のあった家に、過去に泥棒に入ったことがあるというだけで事情を訊かれるには十分な筈だが、遺留品から指紋まで見つかっているのである。

「警察は何をやってるのかな？　何で来ないんだ」

「忙しいんだろう。僕に構っている暇が無いんだろうな。来るのも面倒だしなあ。そういえば水上さんはどうやって僕の家を見つけたんです？」

「晴海商事の社長さんに弁護士をお願いなさったそうではありませんか。番号を調べて、晴海さんにお電話してみましたら、快《こころよ》く教えてくださいました。被害者が加害者を見舞うのは大変結構だから是非行ってやれと」

　それは、晴海社長の仕業としてはいかにも当然であった。

「ともかく、蓮野さんは、手紙をご覧になったのでしょう？　三年も前のことになりますけれど。どんな封筒だったかご記憶ですかしら」

「朱色に笹の柄の入った絵封筒でちょっと変わってましたね。宛名に William Barclay とありました」

「ああ、まさにその手紙でございます」

　婦人によると、警察が研究所の宿直に確認したところ、宛名までは憶えていなかったものの、鼓堂博士が事件当夜鞄に収めて持ち帰った束の中に蓮野が今言った通りの膨らんだ封筒があったそうである。

「そのお手紙、どんな内容だったのかご記憶ではありませんか。是非、知りたいのです」

　これまで、一体殺人事件の起こったばかりの家からやってきたとも思えぬ沈着さであった婦人は初めて眼に熱意を見せた。手紙の二枚目以降は失われているのだ。

　殺人事件の証拠である。蓮野は座り直して、表情を相応に真面目にした。

「幾らか憶えています。しかし、水上さんはその手紙をご覧になったことはないのですね？」

「わたくしは見たことがございません。ですけれど、先ほど申しましたように、一昨日警部さんがみえた際に、現場に残っていた一枚目の写しを読ませていただきました。何ということのない、研究のことや、戦争で負傷なさったご家族のお見舞いを書いた私信のようでございました」

「一枚目でしたら『I am most grateful to you for not forgetting my interest in Eskimo dwellings and for sending me the photographs.』という文章で始まっていたのじゃないですか？」

「ええ、ええ——、その通りです」

水上婦人は膝のハンドバッグを開いて、警察から聞いた文面の写し書きをとり、蓮野に見せた。一瞥して彼は小さく頷き、見憶えのあることを示した。

「井口君に訳して聞かせていいでしょうね？」

「ええ、結構でございます」

私のエスキモーの住居への興味を忘れずに写真を送って下さった親切に感謝する。実のところそれらはあなたが期待したように私の研究に役立つものではないのだが、しかし私の収集に加えるのには楽しい品物であった。

あなたの息子のことは、私もあなたと同感である。失くす必要もないのに片目を失くしてしまったとも、両目を失くす前に帰ってこられたのだとも、どちらの考え方も出来るが、どちらを取るかは当人に任せておくべきだろう。私も、失っていない者はただ黙って失った者に必要なことを見極めることに努めるのが良いと思う。本当は、私には子供がいないから、子供の片目を失くしたあなたに意見をする資格は無いのだが。

(中略)

戦争に賛成する理由も反対する理由も私は際限なく思いつくが、しかしヨーロッパの街並みが傷むことを大いに惜しむ。一度は眺めて愛《いとお》しんだものが、自分の知らないところで壊れていくことを想像するのは辛《つら》いものである。たとえそれが惨憺《さんたん》たるものであっても、私はそれをもう一度自分の目で眺めることを望んでいる。私の現在の体調を考えるならその機会は訪れそうにないが、もし再びドイツやフランスを訪ねることが叶うなら――

話にあった通り、半端に終わっている。水上婦人の話では、加奈陀《カナダ》のバークリー氏というのは貿易商で、婦人とは面識が無く梶太郎氏とどんな付き合いがあったかは知らないという。

「やっぱり僕が見たものと同じで間違いありませんね。この続きの文面が問題なのですね？」

「ええ」

「少し時間を頂けませんか？　なるべく精確なことをお話ししようと思います」

婦人はすぐには返事をしなかった。

蓮野の記憶の細密さは彼の裁判所での弁論を聞いて水上婦人も承知している筈であった。しかし、婦人は自身の頼みが盗人《ぬすっと》らしからぬ誠実さで彼に受け止められたことを怪しんでいた。それでも、やがて婦人は頭を低くした。

「そういうことでしたら、お願いいたします」

「ええ。なるべく頑張りますよ。それがご用件ですか？」

「――いえ」

婦人は躊躇いを見せた。紅茶を少し含んでから言った。

「もう少しお話に付き合っていただきたいのです」

話の順序を混乱しているのではなく、水上婦人は本来の用件を告げるのを先延ばしにしている。

書斎には当惑が蟠《わだかま》っていた。蓮野と水上婦人が各々の当惑に互いを引き込んでいた。それは、存在する筈のない敬意が互いにみられたせいであった。

蓮野の丁重さが婦人を当惑させるのは当然である。それは、蓮野の人間嫌いを世間から綺麗に覆い隠している丁重さで、人間嫌いでない普通の泥棒に会うつもりの人は誰しも蓮野の前で当惑した。しかし、水上婦人が、見知らぬ泥棒の蓮野に事件の内情を打ち明けたこと、それには説明がつかないのである。私は落ち着かなかった。

「――警察の方も、手紙の全文を明らかにしたいとお考えのようでした。当然でございましょう？　蓮野さん、あのお手紙は、全部で幾枚だったのですかしら」

「五枚でしたね」

「それを、犯人は一枚だけ残して持ち去った、ということになりますでしょう。理由は分かりませんけれども、とにかく、それが犯人にとっては重大だったのに違いないのでしょう。犯人を探すなら、知らなければなりません」

「あの」

私は、気にかかっていたことを訊かずにいられなくなった。

「そもそも、どうして村山鼓堂博士は、自分のでもない梶太郎博士の手紙を持っていたんです?」

「ええ。鼓堂博士は、叔父の死後、彼の書斎にこっそり出入りすることがございました。手紙はそこから持ち出してきたものなのでしょう」

殺害当夜の研究所で、帰りしなの博士が幾通もの手紙を鞄に収めていたのを、所の宿直が眼にしている。どうやら、鼓堂博士は村山邸の書斎から持ち出した手紙を一時研究所に保管していて、それを持ち帰ろうとしていたと見られるが、しかし現場に残されていた鞄からは、件《くだん》のタイプ打ちの一枚しか見つかっていない。

「何の為に鼓堂博士は梶太郎博士の手紙を持ち出したんですか? 殺害ののち、犯人がそれを鞄から持ち去った訳だから、重要なものなんでしょう?」

「ええ――、わたくしはその理由に見当をつけております。鼓堂博士が、事件の当日の午後に、平野さんという特高警察の方と会おうとしていたことはお話ししましたでしょう? 心当たりがあるのです。鼓堂博士は、わたくしの叔父の梶太郎のことで、特高警察のひとに話さなければならないことがあったのに違いありません」

婦人は、膝のハンドバッグから幾通かの封筒と、新聞の切り抜きを取り出した。それを一旦、紅茶のカップの脇に置いた。

「わたくしは長年、叔父の助手のようなことをしておりました。叔父と欧羅巴《ヨーロッパ》に渡って研究の手伝いをしていたこともございますし、一緒にいた年月は短くございませんのです。ですけれど、わたくしは叔父の個人的な生活の、ある部分をあまりよく知らないのです。叔父は教えてくれませんでした。――でも、全く隠そうとしているようでもございませんでした」

水上婦人は、梶太郎氏の存命だった頃の或る出来事を語った。

半年ほど前のことだそうである。梶太郎氏は、近所に住む宇津木氏、生島氏、白城氏と水上婦人の四人を、新橋の洋食レストランに誘った。

「ジェニイという店で、叔父の馴染みのひとがやっているから普通以上のもてなしを受けられるというのです。叔父の鼓堂博士はおりませんでした。その晩は帝大にいて、夕食の時間には間に合わなかったのですけれど、叔父は最初から招かなかったようでございました」

食事の最中のことである。ジェニィは、調度品も給仕の作法も隅々まで西洋式に拘った店で、独りの客が入るような構えでもなかったが、みすぼらしい和服を着た、若すぎる青年が連れもなしに入って来た。

給仕は怪訝な様子だったが、それに何も言わせぬ先に青年は「ハルカワさんに取り次いで頂きたい」と言いつけた。給仕は、万事了解したと青年を店の奥に案内して行った。

「その時はそれきりのことでございました。青年が、ハルカワという人に何の用があったのだか、考えもいたしませんでした。ですけれど、一月くらいして、こんな記事が新聞に出たのです」

婦人はこちらに切り抜きを差し出した。

警視廳爆彈魔《けいしちやうばくだんま》を特定《とくてい》す

警視廳《けいしちやう》特別高等課《とくべつかうとうくわ》は去《さ》る十一月《ぐわつ》五日《か》立憲國民黨議員《りつけんこくみんたうぎゐん》柏木實則氏《かしはぎみのりし》の乘《の》りおる自動車《じどうしや》を目掛《めが》けて爆裂彈《ばくれつだん》の投擲《とうてき》されたる事件《じけん》の主犯《しゆはん》を東京市内《とうきやうしない》の學生中山美智夫《がくせいなかやまみちお》と特定《とくてい》したり。通行人竝《つうこうにんなら》びに容疑者親族《ようぎしやしんぞく》の證言《しようげん》により確證《かくしよう》を得《え》たる由《よし》。警視廳《けいしちやう》は行方《ゆくへ》を追《お》うも足跡《そくせき》は意外《いぐわい》にも辿《たど》れず良民《りやうみん》の協力《けふりよく》が廣《ひろ》く求《もと》められたり――

記事の左上には青年の写真が載っている。なかなか像の鮮明なものが残っていたとみえる。

「その写真の、爆弾を用いた狼藉の犯人が、わたくしたちがジェニイで目撃した青年なのです。白城さんが記事を見てお気づきになって、わたくしたちを集めて確かめたのでございます。叔父を抜きにして」

四人が集まって、やっぱり彼がこの中山だったのに違いないと結論が出た。さらにこの後、この青年がこっそりと仏蘭西《フランス》に亡命したとの続報があったそうである。それ以降の足取りは知れない。

もちろん、この犯罪が一青年の政治的憤激の発作に過ぎないと見なすのは難しかった。爆弾を手に入れ、更に仏蘭西《フランス》に逃げている。背後に彼に左袒《さたん》した何かが存在していなければならないが――

「それまでにも、叔父が何らかの思想に基づく活動をしていることはうすうす感づいておりました。このことがあって、それが案外恐ろしいものかもしれないと思うようになったのですけれど――、今度の事件の後で、叔父の遺品をきちんと検めてみて、ことがはっきりいたしました」

叔父は、どうやら、無政府主義者だったのです。それも、国際的な結社に参加して、重要な役割を負っていたらしいのです」

話はただの殺人事件を超えて私の日常から大きく飛躍した。

無政府主義の結社。普段なら、到底実際上の問題になるとは思えない事柄である。

私はそれが、水上婦人でなく蓮野の口から語られたならこれほど驚かなかっただろう、と考えて隣を見た。

案の定蓮野は真剣さを崩していない。水上婦人も、その話をするのに、直ぐ頭上の雨雲の青黒さを語る如くに迷いが無い。

「――鼓堂博士は、結社の告発を試みたのではないかと思うのです。そして、博士が叔父の書斎に出入りしていたのは、その結社に関わる何かの証拠を見つけたかったのではないかと。持ち出された手紙はその証拠であったかもしれないのです」

一見して分からないが、手紙にはなんらかの符牒《ふちょう》が含まれていて、それを鼓堂博士が解読し、特高課長に報告しようとしていた、そういうことなのか。

「でも、あのバークリー氏宛の手紙は、暗号文らしくもなかったですね」

「あの手紙のことは、一体何の証拠になるのか、それとも鼓堂博士が勘違いをしていただけなのか、わたくしも存じません。あれは、鼓堂博士が十幾通も持ち出したうちの一通に過ぎないのでしょうから。ですけれど、他にとても確かな証拠がずいぶんございました。少なくとも、叔父が秘密結社において重要な地位についていたことは間違いがないのです」

婦人は、テーブルの上に出していた封筒の幾つかを取り上げて、お読みくださいと蓮野に手渡した。切手が貼《は》られているものも、貼られていないものもある。急死した、村山梶太郎博士の書斎に遺されていたものである。

彼が一通ずつ便箋を取り出して読んでいくのを私は首を寄せて覗いた。英仏独露など様々に書かれたもので、私は英語をわずかに理解するほかは読めない。しかし、毒々しいくらいに鮮明な楷書《かいしょ》で書かれた日本語の一通を読むだけで、その事情の穏やかならざることは分かった。


手榴弾《しゅりゅうだん》は先回と同型の物なれば少なき場合には二十個多きには多いだけ慾《ほ》しく候《さふらふ》　自爆を望まぬ故自動車は必須《ひっす》に此有《これあり》候へども貴下にて手配の叶はぬ場合には知らされたく存じ候　ピストルを全員に持たせたく候故——


「——随分直截《ちょくせつ》的な内容ですねえ。物騒《ぶっそう》だな。でも、特に暗号などは使っていないんですね」

私がそういうと、婦人は封筒を指差した。

「これらは、国内の郵便でやりとりされたか、それとも叔父に手渡されたものでしょう。中身が外に漏れることをあまり心配しなかったのじゃありませんか」

封筒をみれば、切手が貼られているものは国内便である。切手の無いものの宛名は空白であった。

「これはね、大戦中に、露西亜《ロシア》で政治犯の脱獄を手伝って手配された人たちを、政治犯もろともちょっとそっちで面倒見ておいてくれ、と、そういう手紙だ」

蓮野が一通を選んで私にそう解説した。水上婦人も頷いた。

「Gallows & Co. というのが結社の名称なのでしょうね？　よく出てきますね。妙な名前だな」

「ええ、そのようでございます。もちろん、広く知られる組織ではございませんけれど、日本では絞首商会、と呼ばれているそうでございます」

婦人曰《いわ》く、一説では、英吉利《イギリス》にあったGallo & Co. という商社を隠れ蓑にしていたのがこの結社の起こりなのだそうで、自称か他称か、ふざけていて起源は分からないが、地下の活動においてはいつしかGallowsを名乗るようになった、とされているらしかった。

「ここにお持ちした以外にもたくさん手紙があるのですけれど、絞首商会の同志諸君に申し送られたし、というような文言をよく見ました。ともあれ、事件の晩、書斎でわたくしたちはこんな書類をたくさん見つけて、途方に暮れてしまったのです」

水上婦人が選んで持ってきた封書は、大概がそういった結社の事務連絡のようなものらしい。それらがごっそりと急死した梶太郎氏の書斎に遺されていたのだ。

「外国郵便で来たお手紙もございますけれど、なんだか調子のおかしい時候の挨拶などが書かれていましたから、それはきっと暗号文なのでございましょう」

蓮野は、便箋を畳んで封筒に戻し、婦人に返した。

「これで、叔父がそういう結社に関わっていたことははっきりしましたでしょう？　それに、お持ちしませんでしたけれど、遺された手紙に誰かの仲介を請うものが二つほどあって、その中に、ジェニイにハルカワを訪ねるよう伝えられたし、という文言を見つけたのです」

もはや結社との関係は疑えなかった。蓮野から返された証拠の手紙を鞄に戻し、水上婦人は、彼に見せずに手許《てもと》に残してあった二通から一つを取り上げた。

「そして――、これが何よりも問題なのです。お読みいただければ明白でございます」

差し出された封筒には三銭の切手が貼られていて、国内から出されたものだが、しかし中の便箋は英文であった。

蓮野は読みながら次第に顔つきを難しくした。数十秒で一通り目を通し、私に訳して聞かせた。

貴君の健康の問題は極めて重要である。無論それが快癒することを我々も一番に望むが、しかしそれが叶えられざる場合の処置は十分に講じられなければならない。貴君の代役が務まるものが容易に見つかるはずのないことは我々も重々承知である。それでも、貴君が負っていた幾つかの責務は滞りなく引き継がれなければならない。

とりわけ、村山鼓堂博士の監視を行うには、何より博士の身辺遠からざるところに身を置く必要があることから、我々の方で貴君の後任を用意することは困難である。よって、我々は、貴君の、貴君自身の親類友人から後任を見つけ出し、博士の監視を任せるという提案に反対しない。それが最上の方法であることは明白である。

（中略）

貴君が、人物の性情を判断するのに確かな鑑識眼を持っていることは疑わないが、くれぐれも慎重であることを望む。もしも鼓堂博士がついに我々を権力の極めて粗い網に生じた一つの裂け目に過ぎないとみなし、権力に向かいその内情を打ち明けようとするとき、彼の命は奪われなければならない。我々はそれに割《さ》く手を持たないから、貴君は一切を任されている。

これまで貴君はやや大胆に過ぎたかもしれない。今後貴君の周辺では監視が厳しくなるかもしれず、権力の影が貴君らの周囲に消えない内は、お互いに連絡を控えることになる。いずれ行われる貴君の葬式にも、我々は欠席する。よって、後継の人物はおそらく殆ど一切のことを独断で行わなければならないだろう。鼓堂博士の命が奪われたのち、執行人は権力からの追及を受けねばならないことになるが、我々はこれをも独力で切り抜けることを期待する。無事に遂行出来る人物は多くはないと思うが、貴君の人脈を信頼している。無論、真《まこと》に非常のことがあれば、我々は助力を惜しまないだろう。ジェニイにて我々と連絡のつくことはくれぐれも忘れぬよう申し置く。

「博士の屍体が見つかった日の晩、白城さんがこれを叔父の書斎で見つけたのです。おうちに来ていた方たちと一緒に、そこを整理している時に」

それは正に書斎の四人を絶句させ硬直させる筈の手紙であった。蓮野はふさわしいだけ仰々しく訳した。これによれば、故梶太郎博士は、鼓堂博士の監視を誰かに任命していたらしいのである。

それが、ついに博士を野放しに出来ないと決めて、殺害に踏み切った――

「あの、その時これを読まれたのは、生島さん、白城さん、それと――」

「宇津木さんと、わたくしです。あと、書生がおりましたけれど」

「そして、皆さんは梶太郎博士と親交が深くていらしたんですよね？」

「書生は親しいとまでは申しませんけれど、わたくしたち四人はそうでございました」

「その――、犯人は、その四人の方たちの誰かかも知れないということになるんですか？　つまり、そのうちの誰かが、鼓堂博士の殺害を引き継いだと？」

「ええ井口さん。どうやらそうではないかと考えられるのです。

　叔父の交友をわたくしは少ししか知りませんから、結社に誘われるくらい親密だったひとがどれほどいたかは分かりません。でも、鼓堂博士の監視を任せられるひととなると、多くはありません。監視をするというのなら、そのひとはおうちの近くか帝大の内部に居なければなりませんでしょう？　ですけれど、わたくしには叔父が帝大の研究所の中にまで同志を持っていたとは思えません」

　私は、話に挙げられた人たちをもう一度数え直し、訊いた。

「それで、鼓堂博士の妹の、静子さんは容疑者から除外して良いとお考えになったんですか？」

「その通りです。いくら叔父でも、実兄の博士を殺しなさいとその妹に命じたとは思えません」

「ええと、その四名の方達は、村山博士が二十五日に特高の人に会おうとしていることを知り得たんですか？」

「ええ。たとえば、博士の手帳を盗み見たのかもしれません。それに、平野さんは、面談の約束を市内の会席場から電話して決めたのだそうで、その時に誰かに聞かれてしまったのかもしれないと気になさっておいででございました。でも、そんなことを考えるまでもなく、わたくしたちは、皆、知っておりました」

それは、事件の前の金曜日のことだそうである。

件の四人に、鼓堂博士を加えた五人が村山邸で夕食を取っていた。日頃から彼らは食事を共にすることが多く、またしばしばそれは日取りを決めずに偶々集まることで起こった。梶太郎博士の死後も習慣は名残を残して、その日も、鼓堂博士が早くに帰宅して顔が揃ったのである。

食事中に女中が入ってきて博士に告げた。

「先ほど平野さんからお電話がございました。お会いするのは二十五日の午後四時に変えていただきたいとのことです」

予定を二時間遅らせたいとの連絡だったのである。そのとき博士は女中を叱りつけそうに表情を歪めたが、平常の顔に戻した。

「もちろん、博士は明かして欲しくなかったのでしょう。でも、女中はそんなことは思いもかけませんでした。わたくしたちは皆平野さんという方を知っていて、女中も承知でしたから、まさかそんな話をしてはいけないなどとは考えもしなかったのでございました」

「ちょっと待ってください。皆さん、特高の方とお知り合いだった？」

蓮野が訊く。

婦人によると、平野という人はもともと生島氏の友人であった。氏に村山邸の人々と親交が出来てから、平野氏を友人として連れてきて、それで皆と付き合いが出来たという。

「そのお話では、みえたのはきっと一、二度ではないのでしょうね？」

「ええ。みな色々お話をしましたし、平野さんも楽しんでおられるようでしたから。叔父とも」

無政府主義者の梶太郎氏はよほど大胆な人だったと見える。

事件の前にはみな鼓堂博士が平野氏に会うことを知っていた。もっとも、監視を任されていたなら、婦人が言ったような方法でそれより先に告発を目論《もくろ》んでいることを知っているべきではある。

「そういう事情でございますから、やはりわたくしは、四人の中に犯人がいると考えるべきだと思っております」

話は次第に焦点を絞り倍率を上げていくようであった。婦人は自分が四分の一の殺人容疑者であることをはっきり宣言したのである。

蓮野はそれを無為に受け止めた。

「いきさつはよく分かりました。——話が変わりますが、梶太郎博士はご病気だったのですね？」

「ええ、膵臓癌《すいぞうがん》でした。結局、心不全で逝ったのですけれど」

「村山鼓堂博士と、梶太郎博士は随分複雑なご関係だったみたいですね。二人のお付き合いはいかがだったんです？　なぜ一緒にお住まいだったのでしょうね」

「わたくしは、やはり、よく知らないのです。付き合いというのなら、一応親類にはちがいないのですから、数十年来のものでしょうけれど、果たしてどれだけ親しかったか分かりません」

ちょうど頭のうちに持ち上がっていた疑問を抱えて、私は話に割り込んだ。

「そう、分からないというなら、鼓堂博士の思想信条が僕にはよく分からないんですが——、梶太郎博士が無政府主義者であったことは明らかみたいですが、鼓堂博士はよね？」

一体何だったのかな？　とにかく、そういう梶太郎博士と一緒に暮らしていたんです

「わたくしも存じませんけれど、でも、三年前の鼓堂博士は少なくとも、家に泥棒が入ったら警察に通報して犯人は逮捕されるべき、とそういう思想を持っていたのにも違いないのです」

「ああ、そうか。そうでしたね。一方の梶太郎博士は警察に自宅を捜査させると自分の方が捕まっちゃう思想の持ち主でらしたわけでしょう？　単純じゃないですね」

「わたくしは、おそらく、鼓堂博士も過去に絞首商会に関わっていたのではないかと考えております。そして、心境が変わり、叔父の死後、ついにそれを告発しようと決意したのではないかと」

「なるほど」

きっと転向したのだ。婦人が持ってきた、鼓堂博士の殺害を託そうという手紙の文面から判断しても、それが自然である。

婦人は蓮野と私の質問が止《や》んだのを見受けて、振りかぶるように言った。

「ですから、蓮野さんにお願いしたいことがあるのです」

「はあ」

　お願いという婦人の声に、感情の揺らめきが混じった。それは頼みごとを述べるには礼儀として有るべき揺らめきで、婦人は不安なのであった。英文の手紙を睨んでいた蓮野は頭を上げた。

「——探偵をしていただきたいのです。そして、鼓堂博士を殺害した犯人を見つけ出していただきたいのです」

　それは、突拍子《とっぴょうし》も無いことであり、しかし想像の及ばないことではなかった。婦人が蓮野を引《ひ》き摺《ず》り込《こ》む当惑の底、これほどに事件の詳細を打ち明けたこと、その最後に有りうるのはそれであった。そして、もし、二人の間の特殊な因縁や常識を忘れて蓮野と水上婦人がテーブルを挟んで向かい合う光景だけを眺めるなら、それは正に探偵と依頼人の姿に似つかわしかった。

　しかし、蓮野は意外極まりないことに接した表情を見せた。

「——それは、僕に、事件の現場を調べるなり、被害者の背後の人間関係を探るなり、容疑者を尋問するなりして、真犯人を特定しろということですか」

「左様でございます」

　分かりきったことに返事をする調子である。

「僕の知る限りそれは警察の仕事だったと思います。しかも、依頼なんかせずとも大抵勝手にやってくれますよ。僕などすごく迷惑しました。で、僕は、警察に繫がりは無いですからね。溝ならあります」

「きっとそうなのでしょうね。わたくし存じませんけれど」

「——とにかく、警察がすでにいるわけですから、僕がそこに交じって犯人を探すというのは、何だか、デッキブラシで箒《ほうき》を磨《みが》くみたいなことの気がしますが」

「警察に協力して真犯人を見つけて欲しい、というのではないのです。わたくしは、どうしても、警察とは無関係に、犯人を見つけ出したいのです」

婦人は断固とした口調で言った。

それはまた新たな当惑を生んだ。蓮野は、自分の前職を棚に上げることになった。

「警察を信用なさらないのですか?」

「そうではございません。ただわたくしは、わたくし自身によって犯人を見つけなければならないのです」

「何故です?」

「それは申し上げられません」

その言葉がやはり断然としていたので、蓮野はそれ以上の追及をせずに黙った。

もちろん、如何《いか》に蓮野が探偵紛《まが》いの容貌《ようぼう》をしていようが、水上婦人がそれを本物の探偵と間違えた筈はなかった。婦人は世事を十分に弁《わきま》えた常識人に見える。それが、どうして、自分の家に侵入った泥棒に探偵を依頼しようなどと思いついたのか？

――そう私は訊いた。

「それは、ことの自然ではありませんか。わたくしは警察を頼りたくないのですから。すると、幾らかでも探偵のことを知っていそうなのは、わたくしの知る限りでは泥棒しかおりません。八百屋さんや酒屋さんに、殺人犯を見つけて欲しいなんてお願いするわけにはいきませんでしょう？　それに、警察に関わらないことの専門家でもあられます。

時に蓮野さん、妙なことを心配いたしますけれど、四月二十五日の午前零時から二時までのアリバイはお持ちですかしら？　探偵が疑われるのでは、ことが面倒になりますでしょう？」

婦人は先走っている。

「――アリバイはありますね。随分運の良いことですが。その晩ちょうど、意地の悪い親戚が弁護士まで連れてきて別に訊いていないことを色々喋って行きましたからね。彼らが、僕がいっそ殺人罪でも背負って牢屋に入っている方が身のためだ、とでも考えない限りは証明できるでしょう」

「それは結構でございました。やっていただけますか？　わたくし、探偵の相場など存じませんけれど、お礼はどれくらいご用意すればよろしいでしょうか。あまりたくさんお支払いできるわけでもございませんけど」

「ちょっと待って下さい。いや、お金の問題ではないのです」

もはや双方とも言うことが滅茶苦茶《めちゃくちゃ》である。蓮野にしたら、無論金以外の問題は山積みだろうが、過去に村山邸から現金を盗んでおいて、そんなことを言っても白々《しらじら》しいといったらない。

「僕に真犯人を見つけろと仰いますが、それは、つまりはどういうことです。僕が証拠を挙げ犯人を警察に引き渡し、裁判所に有罪を認めさせる、ということですか」

「回りくどいことをおっしゃいます。それなら最初から警察に任せればよい話ではありませんか」

「全くその通りですね。それでは水上さんが僕に要求するのは何です？　客観的真実ですか」

「まるで、客観的真実などというものがどこかに存在するみたいにおっしゃいますわ。そんな無理難題は申しません。ただ蓮野さんは、誰が犯人であるか、他の誰でもなく、わたくしを納得させてくだされば良いのです。他のことは望みませんし、それをしてくださったのなら、後はみなわたくしが責任を持つべきことでございます。何も心配していただく必要はございません」

「泥棒であった僕にはなかなか難しいことですね。どこまでのことをすれば水上さんに納得していただけるのか僕は知らない」

「あら、そんなことはございませんでしょう」

水上婦人は時計を確かめた。婦人の方は、もはや、お互いに投げかけ合った当惑から覚めているように見えた。そして蓮野の顔に向けて言った。

「お会いしてまだ一時間にもなりませんけれど、お話をしてみてよく分かりました。滅多なことではございませんでしょうけれど、おうちに侵入った泥棒が、探偵として信頼するに足る、ということだってありえないではございません。蓮野さんにはわたくしを納得させていただくだけのちからが十分におありでしょう。わたくしは、蓮野さんを信用いたします」

婦人は蓮野を見つめ続けることをせずテーブルに視線を落とし、前傾していた躰を引いた。表情からは厳しさが薄れ、熱心さだけが露《あら》わになった。

蓮野には決して自分への信頼を強《し》いない配慮のようでも、何かの後ろめたさを隠す仕草のようでもあったが、いずれであれ、柔らかい水上婦人の心情が見え隠れしたように私は感じた。

が、信用する、と言われて蓮野は一層に困った表情になった。そんな訳無いんだがな、と私にもおそらく水上婦人にも聞こえる声で呟《つぶや》いて、やがて妙なことを言った。

「――水上さんは、無政府主義者でらっしゃいますか？」

「あら」

返事が待ち受けていたどれでもなくて虚を突かれた風である。婦人は厳正さを取り戻した。

「わたくしをお疑いですかしら」

「疑うのではありませんね。しかし、僕は人を見たら泥棒と思うほうですから、どんな方でもお会いして一時間あまりで人殺しをするはずがないと決めるのは早過ぎるかな、と思うのです。

ただ、今お訊きするのは、事件のことを一旦措いて、水上さんはもしかして無政府主義思想の持ち主でらっしゃるのかな、ということなのですが」

「突飛なことをおっしゃいます。わたくしに、思想とつくものは全く分かりません。ですけれど、それによって人の命を脅かしたりするべきでないことは、わたくしも心得ております」

「はあ」

「それに、人のものを盗むべきでもありません」

「仰る通りです」

蓮野が泥棒になった動機が、思想と呼ぶべきものであったかは分からないが。

蓮野の質問は再び、婦人と一緒に私を当惑させた。何故婦人にそんなことを訊いたのか、水上婦人の依頼を受けるべきか迷っているのか、それとも如何に断るか決めかねているのか？

彼が喋らないのを見受けて、婦人は、テーブルに一通、蓮野に見せずに残していた封筒を取り上げた。それを、両手のひらを重ねて、心臓を隠すように大事に持った。

「これは、いつお見せするか迷っていたのですけれど」

「はい？」

「何だか脅しのようにも思えるものでございますから。蓮野さんがわたくしのお願いを容《い》れてくださるものか分かりませんけれど、いずれにせよ、お見せするつもりでいたのです。これも叔父の書斎に遺されていたもので、もしかしたら蓮野さんの御身に関わることかもしれません」

突き出すように封筒を手渡され、蓮野は便箋を取り出した。読み終わった蓮野は、どういう訳か世にも情けない表情をして、便箋を私に差し出した。日本語の、荒々しい万年筆の筆跡である。

貴君の報告《はうこく》は絶望《ぜつばう》を以て受け入れられたり。よもや金を盗《ぬす》まれるとは！　油断《ゆだん》一つにて計畫《けいくわく》の一切を放棄するのやむなきに至りしはいかにも悔《くや》し。餘《よ》は件《くだん》の泥棒の正體《しやうたい》を明らかにするを望む。少なくとも、計畫《けいくわく》の阻止を意圖《いと》しおりしや或いは只《ただ》のコソ泥に過《す》ぎざるやは突《つ》き止めらるゝべきなり。

嗟《あゝ》、あれは政府中樞《せいふちゆうすう》に痙攣《けいれん》を起こさしむる一大好機にあらざりしや。あれを皮切りに爆發《ばくはつ》の連鎖《れんさ》を生じせしめ天皇に至る權力《けんりよく》の一切を痲痺《まひ》せしめ得たにあらざりしや。金が恨めしきなり。權力の定めし金無くして爆彈《ばくだん》一つ手に入らぬ我と汝《な》が身が不甲斐《ふがひ》なきなり。

泥棒が憎《にく》きなり。その奴の肛門《かうもん》より腦髓《なうずゐ》を槍《やり》にて貫《つらぬ》きたきなり。井戸底に捕へ蓋《ふた》をせし上にて餓死《がし》を待ちたきなり。

——私にも薄々ことの次第は判る。

絞首商会の面々は、大規模なテロを企《たくら》んでいたらしい。多分、計画は相当に進行していて、人員を集めたり、実行の寸前まで漕《こ》ぎ着《つ》けていたのである。

どうやら爆弾の調達資金を、土壇場になって蓮野が梶太郎博士の書斎から盗んでしまった。計画は中止、これを書いた結社の誰だかは怒り心頭である。

「こんなことをお訊きするのも白々しいですけれど、蓮野さん、近頃危ない目に遭われたことはございませんでしょうね？　誰かに狙われたり」

「危ない目には幾度か遭いましたが、別に秘密結社のせいではないですね。主なところは井口君のせいです。まあそれはいいんですが、しかし――」

蓮野が泥棒に入ったのは三年前で、もう大分時間が経っているが、結社に蓮野の正体が知れたのは彼が逮捕されてからだろうし、監獄を出たのは十ヵ月余り前のことである。日が経《た》ち過ぎている気もするが、今頃になって報復をされないものでもない。

「蓮野――、君、こうなったら結社のことを調査しといた方がいいんじゃないかね？　こんなの警察は助けてくれないだろ？　少なくとも君が殺されるまでは」

「それは、そうだろうな。警察は仕事が遅いからね。そう、本当に遅い。どうせ捕まえるのなら、僕が村山さんのところに侵入する前に捕まえればいいじゃないか。それなら僕が秘密結社に命を狙われることも無い訳だし、僕の屍体を眼前に頭を悩ます面倒も防げるだろうにね。効率が悪い」

「まあ、君を村山邸で泥棒をする前に捕まえてたら、沢山の政治家やら何やらが爆死して、警察の仕事は尚更《なおさら》ややこしくなってた筈だがね」

「ああそうだった」

蓮野はそう素《す》っ惚《とぼ》けて、水上婦人に、よろしいですか、と断ってから煙草に火をつけた。婦人は真顔で私と蓮野の会話を聞いていたが、やがて焦《じ》れたように口を開いた。

「いかがです。お受けいただく訳にはまいりませんか。犯人はわたくしの身近におります。見ず知らずの、東京市の何百万人から探すわけではございません。見つけることも、蓮野さんならきっと難しくないと思いますわ」

三

午後四時を過ぎた。水上婦人は帰り、蓮野は、ティーカップやら焼菓子の皿やらを片付けないままに回転椅子に座って、ぼんやりと頭を摩《さす》っている。

「君、どうするんだね。やるのか？」

「どうしようかね」

蓮野は明確な返事をしなかった。水上婦人は、ではなるべく早くにお返事を下さい、わたくしは大抵宅におりますから電報でも打った上でいつでもお訪ねくだされば結構です、あんまりお日にちをとられるならまたお邪魔します、と言い残して去った。

蓮野に、探偵になれというのである。彼は突然降って湧いた災いを当然のように悩んでいる。

「そうだ、君知ってるか？　二十五日からストで市電がまともに動いてないんだ。非常運転で数が少なくて全然来ないし、来ても満員札が下がってる。僕は今日上野から省線で来たんだよ」

「そうなのか？　それで警察がなかなか来ないのか」

そういえば、警察もストに人手を取られている筈であった。

「だから水上さんは自動車で来たのか？　わざわざ。そんな際なら中々捕まらなかっただろうな」

「ああ、うん。自動車屋は大いに儲《もう》かってるらしいよ。なんでそこまでして来たのかね？」

婦人は、どうして蓮野に探偵を頼みたいのか、最後まで理由を説明しなかった。

「——嵌められる、というのが一番ありそうじゃないか？」

「ほう」

蓮野は私の説に、案外に面白がる返事をしたので、私は却って戸惑った。一番ありそう、と言いつつ私は自説にそれほど納得している訳でもない。

「しかし、水上さんは君のアリバイを確認していたな。博士殺しの罪を着せられるわけじゃないのか？　蓮野、君が申し立てていたアリバイは本物なのかね？」

「本物だよ。もう十年も会わないような親戚だ。東京に出てきたついでらしいんだが、なんか遺産の相続のことで、くれと言いもしないのにお前にはやらんからなと念を押しに来た。追い払おうと思って台所に生えた苔《こけ》をお湯に溶かして出したら怒らせて、明方前まで怒鳴《どな》り散《ち》らしていった」

「とにかくアリバイはちゃんとあるのか。じゃあ何だろうな？」

「さあ。少なくとも、僕を尻《しり》から脳天まで串刺《くしざ》しにしたい人が事件に関わっているらしいからな」

「尻から脳天まで串刺しにしてやるのになんで探偵を頼まなきゃいけないんだ？」

「僕も分からん。そんなことせずとも、ここで出来るよな」

そう言って蓮野は四坪余りの自分の書斎を見回した。

私は水上婦人の謹厳な姿を想像上の絞首商会の面々に交ぜてみようとしたが、果たしてそれがあり得るべき姿か、その像は明瞭にならない。

「蓮野、梶太郎博士は絞首商会との連絡に交わした手紙を書斎に大量に遺していて、鼓堂博士は隙をみてそれをこっそり持ち出していたんだろ？」

「そう言っていたね」

「――で、梶太郎博士に後継を任された誰かが犯人らしいんだろう？　後継を指名するという手紙、あれは博士の書斎にあって、事件の日の晩に容疑者たちでそこを整理した時に発見したんだったな。なら、水上さんが後継の執行人だというのは考えられないのじゃないか？　梶太郎博士から任を託されていたなら、自分の住む家なんだから、そんな証拠はとっくに始末していて良い筈じゃないか」

「それも理屈だが、そう決める訳にもいかないだろうな。鼓堂博士が存命の間に梶太郎博士が遺した手紙やらを処分することは危険だよ。鼓堂博士は書類のことを知っていたのだから、それを動かすと水上さんが絞首商会側であることを不用意に教えてしまうことになりかねない。鼓堂博士が書斎を漁《あさ》っていたからといって、水上さんは諫めるくらいのことしか出来なかったと思う」

「でも、水上さんは博士が死んだ後、やってきた容疑者たちが、書斎を見てみようと言い出したのに逆《さか》らわなかったんだろう？　本当に絞首商会の人なら——」

そう言ってみたものの、結局、水上婦人が彼らを書斎に通したという事実だけでは、婦人を容疑者から除外する訳にはいかないのであった。

「例えば、梶太郎博士から仕事を引き継いでいたとして、水上さんからすると、書斎に入れることを拒めばそれはそれで自分への疑惑を強めることになったのかもしれないし、まさか博士がそれほど決定的な手紙を遺しているとは考えていなかったのかもしれないな。若《も》しくは、あの後継を託す手紙は何らかの事情で発見されなければいけなかったとか」

「他の三人を結社に巻き込みたかった、とかか？　今の所じゃ何とでも考えられるか——」

書斎で問題の手紙を発見した白城氏にも同じことがいえた。彼がそれを見つけて、慌てて懐《ふところ》に隠すことをしなかったからといって、白城氏が犯人でないとは限らない。その場では、彼は自然な振る舞いに徹するしかなかったのかもしれない。

そもそもこれは、水上婦人が村山邸での出来事を正確に語った場合に限り、意味を持つ推測である。間違いないと思われるのは、蓮野には、どこか遠くから方位磁石の針を向ける如くに誰かの悪意が向けられていたし、今も向けられているかもしれないということだけである。

「どうあれ、何もしない訳にはいかないだろ？」

結局、私の覚束ない想像の中に出来上がったのは、水上婦人の話に出てきた容疑者の四人が結託して、伏魔殿の如き村山邸で蓮野を抹殺すべく待ち構えている光景であった。

分かってるよ、と言って蓮野は躰を少し起こした。

「――君、水上さんは無政府主義者に見えたかい？」

「え？　君が訊いてたことか？　僕は無政府主義者がどんな顔をしているんだかは知らないよ。君、あんなことを質問して何になるんだね？　無政府主義者が、自分は無政府主義者ですと教えてくれる訳がないだろう」

「まあね」

蓮野は私の返事を覚書きを辞書に挟んでおくみたいに受け止めて、再び椅子に深く沈み込んだ。

「――結局どうする気だ？　まだ迷ってるのか？」

「そうだなあ。やっぱり村山邸には行ってきた方がいいかな。分かることはあるだろうな」

「大丈夫か？　井戸に落とされないか」

「注意しとけばそうそうやられないだろう。気をつけるよ。何より、梶太郎氏の書斎だね。片付けられてなきゃ、いろいろ重要なものがあるんだろうが、――こんなことなら、三年前にもっといろいろ漁っておけばよかったな。育ちの良さが出てしまった」

「君、人の家じゃ行儀よくするからな。自分ちの台所には洗ってない皿溜《た》め込《こ》んでるのにな。そう、そういえば君、手紙の内容を思い出しておく、と水上さんに約束したじゃないかね？　三年も前じゃないか。思い出せるのか？　そもそも泥棒の最中に他人の手になる他人宛の手紙なんぞをちゃんと読んだのかね？」

「読んだ。ちゃんと順番通りに並べないといかんと思ったからね。別に必死で思い出さなくとも大体憶えてるから大丈夫だ。一字一句間違いないかと言われたら自信はないけれども」

明後日にでも村山邸を訪ねてみることにしよう、と蓮野は結論を出した。

私はそろそろ辞すことにした。結局、そもそもの用件を話し合うどころではなかった。

近々、私の知人のところに、ジュコーフスキーという露西亜《ロシア》の主教が訪ねてくることになっていて、その話し合いに通訳として蓮野に入ってもらうことになっているのである。少々難しい問題が絡んでいるので相談をしておきたかったのだが、その心配と引き換えに、もっと差し迫った、しかし馬鹿馬鹿しいような感じのする心配を持ち帰らなければならなくなった。

これはきっと、今の気節にふさわしい事件であった。今日は四月二十八日、四日後には、私の家の近く、上野公園で労働祭が開かれると聞いている。

*

「おい、今日は四月の二十八日だろう。あと二日しかない。君、あの稟議書《りんぎ》はどうした」

「そちらに」

大竹《おおたけ》は生島取締役《とりしまりやく》の、パイプなんかが転がった事務机を大雑把に指差した。生島が顔を顰め、机上の書類を手元に掻き集めるのを残してそのまま立ち去ってやろうかと考え、しかし思い留まった。

「これかね？」

「ええ」

書類を引き当てた生島がそれを一瞥で済ませず熟読するので、大竹は手を後ろに組んでその場に残った。

「おい、人事部の分の印が押してないぞ？」

「あ、そうでしたか？　どうしましょうか。貰っておいて頂けますか？」

生島は執務室内を見渡した。他に事務机が二つ置いてあって、事務員が二人、タイプを打ったり算盤《そろばん》を弾いたりの仕事をしている。

日生製粉の執務室である。暇ではないが差し迫ったことは何一つなく、代わりに株価暴落の後始末の不安をうっすら湛《たた》えているだけで、事務員二人は露骨に生島達の会話の行き先を窺っていた。

「まあいいだろ。私が貰っておいてやる」

「どうも。すみませんね」

大竹は満足して執務室を出て、隣の事務室の自分の机に戻った。机上にあるのは、数年も前の書類を纏め直す、誰かが思いついたのをたらい回しにされた仕事である。

終えるのは別に明日でも来週でもよく、一月後に完成させたなら、依頼人の方でこんな仕事を頼んだかとポカンとするかもしれないものであった。山積する領収証やらに無造作に腕を重ねて、大竹は物思いに耽《ふけ》った。

考えるのは生島取締役のことである。大竹の上司であり二十ばかりも年長であり、別に頭の悪いこともないものの職業上の野心に乏《とぼ》しく、親族を頼って入ってきた日生製粉で、いつのまにか重役に押し上げられていた男である。元よりさして敬意を払われている訳ではないが、それにしても、五月ばかり前から大竹と生島との関係は不可思議な捩《ねじ》れを起こしていた。彼は生島に二十円余りの金を貸しているのである。

去年の十一月の休日に小日向台町にある生島の自宅を訪ねたときである。座敷《ざしき》で彼を相手に話をしていたら、どこかの旅館の番頭みたいな男が訪ねてきた。最初は生島の妻と話をしていたのが、急ぐからとそれを押し切って座敷の襖《ふすま》を開けた。

大竹を気にしながら番頭風の男が話すのが、借金の催促らしかった。生島がごにょごにょと言葉を濁《にご》すのを、大竹は、休日だから銀行から金を引き出せないことを言っているのだと思った。

精々二十円のことだというので、大竹は失礼やもしれませんがと立替を申し出た。

一応、生島には証文まで書いてもらっている。

取締役の収入金であれば困る額ではない筈である。が、以来、催促しても返済はされない。代わりに生島は大竹に少々横柄になることを許さざるを得なくなった。彼は取り立てを苛烈《かれつ》にはせず、仕事上で生島の自尊心を毀損《きそん》しすぎることもせず、その均衡が半年近くも続いていた。

この心地よさに二十円程度の価値はあると大竹は思っていたから、それは悩みの種になる問題でもなかったが、しかし生島が金を返さないのは不思議だった。他所からも借りていて、無礼を忍べば返さずに済む大竹の口は放っているのか？　だとしたら何にそれほど浪費しているのか？

さして真剣に考えはしない。が、三日前に生島の住む小日向台町で彼の知人の法医学博士が殺害された事件があって、それが社内の噂に上るようになってから、大竹の生島への興味は深まっていた。大竹の周囲の低級社員に生島の借金のことを知るものはいないから、別段彼を犯罪者扱いする意見は聞かれていないが、どうかして、それと事件とが繋がっていることはないのか。

午後二時を廻った。十分ばかり前、生島は会社を引けると声を掛けていった。退勤が四時の大竹は、ミルクホールで新聞を見ようかと思って室を出て、一階へ降りた。

　変事は正面玄関で起こっていた。

　退社したと思っていた生島の姿が扉の側にある。向かいに男が二人居て、彼らは背広姿であるが、商談のような気配はない。

「どうあれ一度来ていただくのが早いですよ。ちょうど退勤なさるところだったんでしょう？　さっきそう仰《おつしや》ったでしょうが。忙しいというならここで時間を潰《つぶ》しているべきではないのですよ」

　背広の男達はエントランスをわざとらしく見廻した。

　遠巻きに彼らの様子を窺っているのは大竹だけではなかった。湯飲みの盆を持った給仕は聞こえぬふりの許される距離に彷徨《うろつ》いているし、部署の違う社員は廊下の陰に隠れていた。

「だから、そう、無茶を言うものじゃない。いつまでとも何の用だとも言わずに、もう少し人の迷惑も考えないのか。こんなところに話をしに来おって――」

「こんなところで話をしているのは生島さんですよ。だから署まで来てくださいと言うんじゃありませんか。それに用件はお話ししたでしょう？　村山博士のことについて、ちゃんと説明してもらわないとならないことがあるんですよ。それからはっきり確かめたいことが。来なきゃ結局最後に損しますよ」

「だから、私の家にでも来れば良いものを、会社にやって来て、この方が引っ張って行きやすいと考えたんだろう？　用件だって何のことだか分からんじゃないか。親切ごかしをやめ給え。何――、何を疑っている？」

「とにかくきちんと弁解をしていただくよりないのですよ。さあ、行きましょう」

「私じゃないぞ」

もはや刑事としか思えない背広の男に腕を摑まれたのを生島は振り払った。

「違う！　何を根拠に疑っている？　私は殺していない！　おい平野君だ。特高の平野君が――」

「ああ、平野さんとお知り合いなのでしたかね。心配されていることと思いますよ。署に行ったら西川警部から連絡を取ってみても宜しいですよ」

彼らの声は高まって、大竹の背後からも、それを聞きつけた上階の人たちの足音が集まって来ていた。生島は足音に気を取られたか、頭を動かして、その時に、柱の陰に隠れるともつかない格好で立っていた大竹と視線がかち合った。

「ねえ、殺してないのならなおさら構わんでしょう」

生島は、再び腕を摑まれる前に肩をすぼめて従順を示した。彼は刑事二人に押し挟まれるように日生製粉を出て行った。大竹が振り返ると、集まった七人余りの社員が、ペンギン鳥の群れのように無言で生島を見送っていた。

3　或る記憶と襲撃事件

一

世田谷に蓮野を訪ねた翌日である。私は、昼過ぎから東京駅近くの飲料会社の広告課と面談をし、夕方、徒歩の帰路についた。

市電のストは未だ続いている。私は協議がどう進行しているのか知らないが、明日にはようやく全面回復の見通しがつく情勢だと雑話の中で聞いた。

今朝の新聞は、交通の混乱の他に季節外れの流行性感冒の猛烈ぶりを報じていて、村山邸の事件の続報もあった。曰く「警察は現場近隣より会社重役を勾留せしも容疑を見極め得ず昨日深更解放したり」というのであるが、これでは何が起こったのだかはっきりしない。

水上婦人の話では、容疑者たちは皆それぞれ大小の会社にて高い地位にいるとかだったから、その誰かが勾引され夜更けになって解放された、ということかもしれない。が、誰が如何なる嫌疑を受け、それは一体晴れたのか不明である。

いずれ蓮野が明日村山邸に行くつもりだというから、それを待てば詳細が聞ける。

私の家は上野駅から北西に上野公園を過ぎたあたりで、周囲は寺が多い。シラカシの生垣を巡らせて、西側に石柱を立てて真鍮《しんちゅう》にＩＧＵＣＨＩと彫った表札を嵌め、門扉を付けずに入り口にしてある。入ると細やかな花崗岩《かこうがん》の石畳が玄関まで続いていて、庭は芝ばかりである。昔は白樺《しらかば》の木を数本植えていたが、枯れてしまった。

あとは、離れがある。右手にそれを眺めながら私は夕日の照る家に歩いた。

家は二階建である。二間ばかり張り出した車寄せがあって、玄関ドアには、呼び鈴もあるが、獅子の細工の施された黒光りするノッカーが付いている。十八世紀のものらしい。玄関を開けると、ホールは二階までを吹き抜けにしてあって、奥への廊下と応接室の扉、二階へ続く幅の広い階段がある。梁《はり》や柱には欧米の美術館の収蔵を影絵にしたような典麗な装飾が施されている。

二十年ばかり前、欧羅巴《ヨーロッパ》から帰ってきた祖父が建てた家なのである。祖父は倫敦《ロンドン》で骨董商をやって相当の資産を築いたが、父があれこれ事業をやって悉《ことごと》く失敗し、家だけを残して概《おおむ》ね使い果たした。以前は玄関ホールに彫刻などを置いていたが、それらはすでに散逸して、あるのは友人の画家に譲りうけた北欧の教会を描いた一枚と、私が十五の頃に描いた色遣いの拙《つたな》い祖父母の肖像だけである。

祖父母や、母はもう大分前に世を去り、病《やまい》を得て庭の離れに寝付いていた父はつい二週間前に死んだ。二年ばかりの間に幾度も覚悟をやり直し、死に際は安らかだったので、船出に抛《ほう》る紙テープが尽きたあとのように家の中はからりとしている。

今ここに暮らすのは、私と妻の紗江子《さえこ》だけである。もはや私の身の上にはそぐわない家だが、引き払うべき事情もなく、熊《くま》のほら穴に住み着いた野ネズミのごとくに暮らし続けている。

二

仄かに匂いがして空気が暖かかった。西洋料理の気配である。私はキッチンに向かった。

「お帰りなさい」

キッチンも一切が西洋式であるが、紗江子は我関せずとばかりに着慣れた茶色の地味な絣をたすき掛けにしている。瓦斯《ガス》台の鍋を無心に木杓子《じやくし》で掻き廻しながら、私の足音に振り向きもせず言う。

「いかがでした。お仕事は」

「まだ仕事でもないさ。ただ落書きを自慢してきただけのことかもしれないよ」

知人の紹介で急に広告の図案を提案することを求められて、新しく描くのが癪《しやく》だったために、アトリエの抽斗に溜めてあった反故《ほご》紙に描いた思いつきを見せてきたのである。

「じゃあ、蓮野さんはどんな様子でした？　世田谷まで行ったんですか？」

「蓮野に会ったのは昨日だよ。あいつは全くもっていつも通りだったが、しかし、ちょっと妙なことが起こってるんだ。あまり言いふらすとまずいんだけども――」

「あら。どうしました」

紗江子は右手を杓子に残したまま、扉そばの柱に凭《もた》れている私の方をようやく顧みた。昨日、妻は義父の世話に実家に帰っていたために、蓮野の家でのことを未だ説明していなかった。

私は話の糸口を迷ったが、ふと中央の配膳台《はいぜん》に食器が三揃い出されているのに気を取られた。

「あれ？　誰か来てるのか？」

「峯子《みねこ》が来てるんです。今二階にいますよ」

「ああ、何だ、そうか」

峯子とは、紗江子の姉の娘で、だから、血縁はないが私の姪《めい》である。姪だが妻とは年が五つしか違わない。昔から紗江子と姉妹の近しさで遊んでいて、私と結婚してしばらくは遠慮していたのが、最近はよく訪ねてくる。

背後で軽《かろ》やかな小走りが聞こえた。振り返ると、峯子が戸枠に右手を添え、キッチンに身を乗り出した。

「あ！　叔父さんお帰りなさい」

「ああ、うん」

峯子は花模様の絣を着て、掃除でもしていたのか、その上に前掛けをしていた。髪は腰まであるのをお下げに結っているが、そろそろリボンを結ぶことは止したようである。

「蓮野さんに会ってたんでしょう？　どうしてたの？」

紗江子と同じことを訊く。私は、いろいろあった、あとで話すよ、と答えて、紗江子が大豆のシチューを皿に装ったのを、居間に運ぶのを手伝った。

二十平米余りの居間には八人が座れる黒檀のテーブルが置いてあって、大きな柱時計を据えてある。暖炉《だんろ》があるが、五年余り、一度も火を入れていない。

峯子が来ると、長テーブルの真ん中に紗江子と並んで掛けて、その向かいに私が一人で座るのが常であった。血縁があれど二人はあまり似ておらず、紗江子がやや面長で強い眼差しを持っているのに対して、丸顔の峯子の眼は、未だ何も要求することのない大きな眼である。それでも、二人が並ぶと確かに家族の面影があらわれる。

食事の味を損なわないことを慮《おもんぱか》りながら私は話をした。

「村山鼓堂博士？」

「うん。あれ、知らないかな？　今週の始めから、ずいぶん大きく新聞に出てたんだがな」

「私新聞読まないのよね。読んでるとみんな怒るのよ。お父さんもお母さんもおじいさんも」

峯子は、彼女にあまり似つかわしくない博士という言葉に何事かを考え込む顔をした。

妻の実家は矢苗《やなえ》家といって、峯子はそこの一人娘である。去年女学校を卒業して、しかし以降も家に残って、生け花だの裁縫だのを教わったり、そんな生活をしている。一人娘だから余程立派な入り婿《むこ》を見つけなきゃいけないと、両親がそういうつもりでいるらしい。縁談の話は二度しか聞いたことがなく、それもあっさりたち消えになったという。

私の話は水上婦人に披露された蓮野への復讐《ふくしゅう》を求める手紙のことに差し掛かった。

「——大変じゃありませんか。蓮野さん大丈夫なんですか」

「あいつのことだしなあ。分からないが、心配はしといた方がいいんだろうな」

紗江子は納得のいかない面持ちである。

「心配くらいではどうにもならないでしょう。どこかに逃げた方が良いのじゃありませんか」

「このうちに匿《かくま》ってあげたらいいんじゃないかしら。ここ広いでしょう?」

峯子までがそんなことを言った。

「そりゃこっちで勧めてやるのはいいが、あいつは嫌がるだろうな。それに、逃げるのも隠れるのもいつまでやってればいいか分からない。危険でも事情を確かめずには済まないんだろう」

人嫌いの泥棒であるに拘らず、紗江子も峯子も蓮野に馴染んでいるのには相応の理由がある。

今年の一月に、こともあろうに峯子が誘拐に遭ったのである。矢苗家の家族は警察に通報する勇気がなくて、私も付いて行ったものの、蓮野がほとんど独力で犯人を追いかけた。親戚から借りた自動車を大破させたりしながら、ともあれ無事に峯子を救い出してきたのである。

博士の殺害のことは新聞に出ているままを説明したが、それ以外のことは暈《ぼか》して話した。水上婦人の他聞をはばかる様子に気を遣った。

峯子は無関係の話を聞くにしては何やら真剣な顔つきであったが、突然、あ、と声を上げた。

「私、村山鼓堂博士っていう人知ってるわ」

私はスプーンを動かす手を止めた。

「知ってる？」

「ええ。今思い出したの。三年くらい前だけど、私、帝大の村山博士の研究所にお母さんたちと一緒に行ったことがあるのよ。博士が、研究に協力してほしいって」

「ああ、――そんなことあったわ。忘れてました」

驚いているところに、追い討ちのように紗江子が言った。

大変な偶然である。面食らったが、訳をきちんと聞けば、それは不思議がるようなことではなかった。

矢苗家が協力を求められたのは、血液型の遺伝に関する研究なのだという。村山博士は何百という親子の血液のサムプルを集めていて、そのうちの一つに選ばれたのである。研究の内容からして、なるべく品行方正な家庭を探して、それで矢苗家に白羽の矢が立ったのではないかと思う。

「お父さんが、知り合いの人から聞いて、それでうちが頼まれたのよ」

「紗江子は一緒じゃなかったのかね？」

「ええ。私はあなたに会う少し前で、ちょうどご縁談で名古屋に行ってましたから」

峯子は、それと繋がる何かを思い出そうと努めているらしかった。やがて不安そうに言った。

「叔父さん、私、研究所で村山博士がおかしな話をしてるの聞いたのよ。多分私しか知らないんじゃないかしら」

それは、大正六年の八月のことだそうである。日付は憶えていないが、深川の夏祭りに行った数日後の某日、峯子は、両親と祖父母とともに昼過ぎに所内の一室に案内され、村山博士に血液採取の説明を受けた。

「私、村山博士っていう人、何だか怖かったのよ。気味が悪かったの。私が知ってるお医者さんみたいじゃなくて、白い手袋してるけれど、草臥《くたび》れた背広着てて、あごひげも生やしてたわ。

それで、ちょっと血を頂くがそれだけだから何も心配しなくて宜しい、とかそんなことだけ言って、何をするのだかちゃんと説明してもらえなかったのよ。お父さんも教えてくれないし、私、何の研究なのかあんまり分かってなかったのよね」

峯子は、泥濘から大きな岩を掬い出そうとするみたいに、顔を顰めて記憶を掘り起こしている。

煉瓦造の研究所は、その頃まだ築十年にもならないのにくすんでいて、監獄の雰囲気を湛えていたという。ねじくれた医療器具が並んでいるし、屍体の解剖をするところでもある。峯子は、事情を知らないのが酷く心細かった。

早速、採血を終えてしまおうと、助手が注射器を持って来たり支度を始めたが、急に小使が来客だと言って博士を呼びに来た。

「すぐ戻るって村山博士言ってらしたけど、なかなか戻ってこなかったの。助手の人、勝手に始めていいのかどうかわからないらしくて、みんなで往生しちゃったのよ」

しばらくはおとなしく椅子にかけて待っていたが、やがて峯子は手洗いに立った。案内が不親切であった。峯子は通路を迷った。階段を二階に上がってしまった。道理で考えれば二階に手洗いは無いが、一見して見当たらないので、ついでに所内を見廻ってやろうと考えたのである。

「そんなことする気なかったんだけど、博士も研究所も不気味だったから、何か西洋の吸血鬼の住処《すみか》のような気がしたのよ。それに私、なんにも聞かされてなかったから、様子を探っておかないと後で悪いことが起きるような気がしたのよね。そんな筈ないんだけど」

吸血鬼などというものをよく知っているなと私は思った。

ともあれ、それによって峯子は村山博士と来客との会話を聞くことになったのである。

「二階の、一番奥の部屋だったんだけど、普通のお客さんをそんなところに連れて行くのも変でしょう？　それに、普通じゃない話し声がしてたの。だから聞いちゃったわ」

——頼むから教えてくれ。

——そんな必要は無い。

——いつまで続ける気だ？　それを黙っていて何になる？

——君に教えて何になるというんだ。知れば何かが出来ると？

——それは君の決めることではない！　それに——、私は君がどういう活動をしているのか知っているぞ。


数秒の沈黙。


——君が何をどこまで知っているのだか疑わしい限りだが、そうだとして、それがこの話と何の関係がある？　脅しかね？　それを暴露しようというのか。君がそんなことをしないのは分かりきっているじゃないかね。

——なんでもいい、とにかく教えてもらう！　君はそう、はぐらかし続けていればいずれたち消えてしまうことだとでも思っているのか？　いいか、時間の解決する問題では決して無い。何年掛かろうがいつかははっきりさせてもらうぞ。

二つとも男の声で、どちらが客でどちらが博士か峯子は区別がつかなかった。不穏な話らしく、その意味は分からない。

扉が開きそうな気配がしたので、峯子は立ち去り家族の待つ部屋に戻った。

峯子は、これを聞いて不安を増したものの、自分に危害が加わりそうだというのでもなく、その時は誰にも言わなかった。数十分後、採血を何事もなく終えて、そのまま研究所を出た。それでも、漏れ聞いた会話は薄暗い研究所の記憶と一緒になって頭に残っていたのだという。

「事件と関係あるかしら」

「うん――、どうだろうな」

三年も前である。が、それを言うなら水上婦人が問題にしていた蓮野の指紋付きの手紙だって三年以上前のものなのである。「活動」だとか、組織との関わりを疑うべき言葉も出てきている。放っておいてよい話ではないかもしれない。

「蓮野さんに教えてあげなくていいのかしら？」

「教えなきゃいけないとしたら、蓮野よりまず警察じゃないかな」

「でも、蓮野さん、警察より先に犯人を見つけてくれって言われてるんでしょう？」

「まあそうだけども、別に僕らが頼まれたわけじゃないしなあ。蓮野も警察に知らせろと言うと思うよ。研究所に確認すれば、来客が誰だかわかるかもしれないしな」

そうかしら、――そうね、と、峯子は億劫《おっくう》そうに言った。

私が峯子を見知ったのは、紗江子と結婚してからだから、まだ一年と少しにしかならない。会ってしばらくは、どこにもあるような家で、なるべく邪魔にならないように暮らしている一人娘だと思っていたのだが、よくよく観察してみるとそれは正しくなかった。

普段はそんな兆候をまるで見せずにいながら、峯子は時折妙に思い切りの良いことをした。今年の一月に誘拐に遭った時には、蓮野と一緒になって、犯人を相手に土嚢《どのう》をぶつける火掻き棒で殴るピストルをぶっ放すという大立ち回りをやって、一緒に居た私も危ないところを救われた。

まだ十八である。両親は結婚が遅れる心配をして、峯子自身はしばしば不平を漏らしながらも、これまで生け花だの裁縫だのをおとなしくやってはいる。が、多分、家族が期待するほどの安穏な人生を送ることはないのだろうなと、私は血の繋がらない親戚の気楽さで彼女を眺めていた。

「叔父さん」

「なんだい?」

「蓮野さんって、無政府主義者なのかしら?」

私は笑いそうになったが、よくよく考えてみると馬鹿馬鹿しい質問ではない。

「——どうかな? いや、まあ、違うんだと思うよ。特高に、貴様は無政府主義者か、とか訊かれるなら、はっきり違うと言えるだろうさ。危険思想と看做《みな》されるような意味で無政府主義者なんじゃないだろう。でも、そのひとの気性とか性格を穿り返《ほじく》したら、大概の人には、君は無政府主義者だろうと言いがかりをつけることも出来るんじゃないかな」

無政府主義思想に格別の知識はない。私が知っているのは、例えば、近頃丸善の洋書部には刑事が張っていて、マルクスやクロポトキンの著書を買っていくものがあると尾行がつくらしいとかの俗がましい話だけである。

「どんな人にも、権威など無くなってしまえば良いと願う瞬間はあるだろう。蓮野は、警察とか、法律とか、色々なものに抵抗してたし、やってることは無政府主義者みたいだけども、それが主義と呼ぶほどの思想かどうかは分からないな。言うこともやることもめちゃくちゃだからなあ」

蓮野は思想家のようで思想家ではなかった。私は彼を人間嫌いと呼ぶが、それはただ彼の習性を観察した形容句に過ぎない。その習性の意味、彼がどうして人間が嫌いなのか、私はその理由を知らないし、理由など無いのかもしれないと疑っていた。どちらかといえば彼は私と同じく芸術家に近い。しかし、私は彼が自分の芸術の才能を否定するのを幾度も聞いている。

そう言うと峯子は妙に納得した顔をした。

「私は、初めて会った時、あなたのこと無政府主義者なのかしらと思いましたよ。なんだか、人間社会のことなんかなんにも考えてないような人たちと一緒になって、しかも絵を描いて暮らそうなんてまともな大人の考えることじゃないでしょうからね。世の中を転覆させないとそんなこと出来ないだろうと思ってました」

紗江子が横から私にそう言った。

人間社会のことなんかなんにも考えてないような人たち、とは私の同業の友人を指す。皆が皆当てはまるのではないが、幾人かについては私も同意するよりない。

「何にも考えてないんなら無政府主義者じゃないだろうに。考えているからこそ政府なんぞいらんと言い出すんだろう。僕には、悪いがそんな志は無いね。ただ、世の中を雨宿りをするみたいにやり過ごしていこうというだけだよ。そして、雨音を聞きながら、その憂鬱を種に絵でも描こうというだけだ。何もひっくり返しやしない」

「知ってますよ。私はひっくり返されたら困ります」

夕食の後、峯子は泊まらずに帰ると言った。外は既に暗い。家は神田である。ここから三粁《キロ》余りあって、峯子は歩くという。私は心配したが、峯子は気遣いを受けることが嫌そうだった。コトコトと街路に靴音を響かせながら、夜道を一人去って行った。

*

翌日、四月の三十日である。

夕方で、昏《くら》くなりつつある。峯子は一人静かな街並みを歩いていた。大塚の警察署に西川警部を訪ねた帰りなのである。昨日、井口の宅から帰って、峯子は三年前に研究所で聞いたこと、博士の殺害のことを両親に相談した。

母は、お呼びがかからないのに出しゃばる必要はないと言ったが、父は、報告しておかないと後で叱られるかも分からんなと懸念を漏らした。母は父に異を唱えることはしない。

警察に電話をしてみたら、すぐに村山博士の事件に当たっているものに繋ぐことが出来ず、改めて電話をするか、それとも出頭を願いたいという。

今度は父は、協力してやるのだから刑事を家に寄越すくらいのことをしても良い筈だと不機嫌になったが、そこで峯子は自分で警察署に出向くことにした。警察の捜査の進展具合が分かって、何か蓮野に役立つことがないとも限らないと期待していた。

蓮野は今日、村山邸に行った筈である。

が、西川警部は三年前の峯子の話を何の反応も示さずに聞いて、役立つとも役立たぬとも言わず、じゃあご苦労だったと帰されただけであった。肩透かしで、頭が片付かないような気がしたので、行きは市電に乗ったのを、西川警部の顔を脳裏に浮かべて杖《つえ》で小突いてみたりとか、考え事をしながら歩いていた。

家への近道を選びながら通りを折れていくにつれ、辺りは寂《さび》しくなった。

峯子が背後に不穏な気配を感じたのは、一旦出た市電の通りを横切って、塗装の剝げた郵便ポストの角を曲がり、木塀の立ち並ぶ、がらんとした街路に出た時である。

峯子に続いて、十五間ほどを空けて灰色の自動車が路《みち》を折れてきたのを、振り返った眼の端《はし》でちらりと見た。

すれ違うことも出来ない狭い路である。――峯子は、自動車につけられていることを直感した。

思わず、持っていた鞄を振り落とさぬよう肩に掛け直した。警察署を出てから、その自動車を幾度か眼にしていた。峯子に車種は分からないが、二人乗りでタクシーではない。ちょうど辺りに人影が全く無くなったのである。それを機にして自動車は距離を詰めてきたらしいと思った。

どうしたら良いか？　峯子は大声を上げることを躊躇《ちゅうちょ》した。尾行者の意図が分からない。悪意は明確でない。叫んで誰にも聞かれなければ、自分の身は余計に危なくなるかもしれない。

少し早足になった。路は真《ま》っ直《す》ぐでなく、自動車は屈曲に従って背後に見え隠れする。しかし、確実に迫って来ている。

右手に、墓地と林とに挟まれた路地が枝分かれしていた。おそらく自動車は入れない。

峯子は早足を駆け足にしてそこに逃げ込んだ。

暗かった。手入れされない雑木林が西の残照を見上げる高さまで遮《さえぎ》っている。砂利道に、所々小石が突き出しているようである。峯子は蹴《け》つまずいた。

林の中に逃げ込めばやり過ごせるか。そうも考えたが、足元が悪くて、灯《あか》りを持って追いかけられれば逃げきれない。

路地を見通す。雑木林の反対側には建物の影が立ち並ぶが、その窓にはいずれも灯りが無い。

墓地の塀を走り過ぎた先にあったのは洋館の裏門であった。留め金が外れて、微風《そよかぜ》に煽《あお》られるままになっている。峯子は裏庭に素早く滑《すべ》り込《こ》んだ。門扉を背にして、閉めるとそれは軋った。

塀の向こうに耳を澄ましながら、建物を見上げた。それほど大きくない、二階建の洋館である。色味は分からないくらいに昏くなっているが、売家の張り紙が見える。じっと気配を静めていると、足音が塀の外を行き過ぎるのが分かった。

追跡者は車を降りたのか。ここに逃げ込む瞬間は見留められずに済んだようである。峯子はそっと、殺していた息を大きく吐いた。

荒れた庭を洋館の正面の方に廻る。庭草が着物を隔《へだ》てて峯子の膝を擽《くすぐ》った。

正門は閉まっていた。音を立てぬように門扉に力を込めてみるが開かない。外側に鎖でも掛かっているのかしら？　踏み台になるものもなく、峯子には塀を乗り越えるのは容易ではない。腕を伸ばして触ってみると、塀の上には泥棒避けに硝子片を植えてあった。

それに、不用意に外に出て鉢合わせしてもまずい。どうしたものか——

その時、峯子は裏門の外に足音が停止するのを聞いた。

振り返って躰を硬くした。裏門が開かれ、懐中電燈《でんとう》の灯りが庭に差し込んでくるのが見えた。

どうして気づかれた？　路地の先に、峯子が隠れうる場所が他に無かったのかもしれない。ここにいるに違いないと見当をつけられたのか。

峯子は正門から庭を忍び足で横切り、洋館の陰に身を隠し裏門を入ってきた人影の様子を窺った。

庭を歩くのに雑草をなぎ倒したから、人が立ち入った跡は歴然と残っている。それに、灯りを持っていない峯子には確信は無かったが、どうやら足許の土が柔らかかった。足跡を残しているかもしれない。峯子がここにいることは隠せない。

人影は、裏門の扉を閉じ、足許を検分したらしかった。懐中電燈を一振りして辺りを半円形に照らした。それから、雑草の跡を辿って、峯子の居る方に向かって来た。

峯子には、人影が灯りを振った隙に、懐中電燈を持たない右手に太い棒状のものを握っているのが判った。もはや、捕まれば無事で済まないことは明白になった。

それでも峯子は、声をあげて誰かに助けを求める選択が出来なかった。誰にも届かず、自分の居所を教えて敵の害心をいや増す恐れもあったが、何よりも念頭に今年の一月に経験した事件がある。

峯子は裁縫を習いに通う帰り道を襲われ誘拐に遭った。以来、父も母も峯子を一人で外に出すことを不安がるようになった。

これまで、不平を漏らしながら、凡《およ》そのことは両親に従ってきた。しかし、蓮野たちに助け出され家に帰った翌日に、父母や女中のついでにしか外出を許さないと彼らが定めようとしたのには全霊をもって抵抗した。もともと、両親が行かせると決めた裁縫に行く途中に攫《さら》われたのだ。

だから、内心少し怖いのを、普段通りに一人でどこにでも行く。峯子は、何もしないうちから、今の状況は自分に責任があって、自分で解決しなければならないのだと決めていた。

ゆっくり洋館のぐるりを敵と反対の方に回って行く。今度は足許をなるべく乱さぬようにする。

このまま相手を取り残して裏門から出られるかしら？　警戒されているだろう。敵は何人だか分からない。庭に入ってきたのは一人だが、塀の外に残りが待ち構えているのかもしれない。

それにあの裏門は軋る。今あそこを開ければきっと直ぐにも聞きつけられる。塀の中に留まって敵をやり過ごすのが一番良いか。出来るだろうか？　洋館を間に挟んで隠れんぼを演じているのである。

峯子は裏門の所まで来て、その向かいの洋館の出窓の下に屈《かが》んで聞き耳を立てた。敵は焦り始めたか、次第に早足になる。

灯りが建物の角を曲がってきた。ここに居ては見つかる。一か八か裏門に飛びついてみるか、どうしようか――、峯子は足元を探って、煉瓦が幾つか落ちているのに気づいた。

煉瓦の一つを、敵の近くに放って気をそらす。そして門に飛びついて、塀の外に出る。もう一つを右手に持っておいて、外で誰か待っているようならいきなり鳩尾《みぞおち》でもぶん殴ってやることにする。あの車には座席が二つしかなかったし、仲間がいるにせよ多くはない。

誤算は裏門の閂《かんぬき》であった。

峯子が駆け込んだときには掛かっていなかったそれを、敵は鎹《かすがい》に押し込んでいた。閂は錆び付いて堅かった。峯子は焦るが、それはなかなか動かない。

背中に懐中電燈の円光を向けられた。

振り向くと、逆光の先の敵が駆け寄ってくる。閂は抜けない。——走り方を見て、ようやく峯子は敵が男だと確信を持った。

峯子は、男に間合いを詰められる前に反転して、洋館の裏口に向かった。

ノブを廻してみるが開かない。峯子は直ぐにノブを放り出して、扉の隣の窓に眼を向けた。

雨戸はない。代わりに四尺くらいの材木を十字に交わして打ち付けてある。嵐に備えていたのを、そのまま空き家にしたらしい。一瞬の躊躇いの後、峯子は、右手の煉瓦を窓硝子に思い切り打ち付けた。

ガシャと、音は予期したより小さかった。峯子は未だ肩に残していた鞄を振り捨てて、窓枠に少し残った硝子に構わず、交差した木に両手を掛け、飛び上がった。足を先に、屋内に滑り込む。

硝子片の散らばった床に峯子はしゃがんだ。

台所である。リノリウムの床で、片付いているが、埃が積もってしばらく使われていないようであった。何かが腐る臭気がしている。

下駄《げたば》履きだったならとっくに捕まっていただろう。銘仙の裾の下に洋靴を履いた足許を見て峯子はそう思った。両親、特に母は峯子が和洋折衷の着合わせをすることを嫌がっていた。

さあ、どうしようか？　峯子は窓辺から離れて立ち上がった。振り向くと、窓の外から貌を目掛けて照らされた。峯子が予期した通りに、男は材木の隙間をくぐることが出来ないらしい。峯子の躰の大きさで、なんとか引っかからずに通り抜けたのである。

男は、無理に躰を差し込んでくることをしない。それなら峯子も、こちらに突き出した男の上半身だか下半身だかを煉瓦で殴りつけてやる構えである。照らされた隙に、室内の様子が少し分かった。流しの下に桶《おけ》が置いてある。峯子は中身が何だか当たりを付けてそれを引き摺り出した。手探りで木蓋《きぶた》を開く。想像通り、糠床《ぬかどこ》である。——腐っている。家の主は忘れていったのだろうか？　殺気立った男の気配を背後に、峯子は流しの下のバスケットを探ってみた。小麦粉らしい、白い粉末が入った大きな瓶《びん》を見つけた。やれるだけのことはやっておこうと決めた。

瓶と桶を両脇に抱えて窓の側に戻る。男は灯りを差し向けたが、峯子はそれに構わず、おもむろに、男の顔面を狙って、腐った糠床をぶちまけた。

「ふぐうッ――」

妙な声を上げて、男は顔を逸らした。その隙に、峯子は桶を瓶に持ち替える。

再び男が正面を向くと、今度は小麦粉を、鐘をつく動作で顔面に振り散らした。

彼は勝手口のドアノブを激しく揺すり始めた。峯子はノブに顔を寄せ、扉の錠がしっかりと掛かっていることを確かめて、それから流しの上の棚に並べてあった包丁二丁を回収した。武器にする気はない。奪われれば自分が危なくなる。男に使わせない為である。

峯子は硝子片に引っ掻かれて乱れた着物を端折《はしょ》った。ゆっくりと、闇に向かい両手を前に突き出して屋内に続くドアに向かった。

廊下に出て、スイッチを探って押したが、電燈は点かない。電気は止まっている。

まず表玄関に廻った。施錠されている筈だが、万一がある。他の一階の窓はみな材木が打ち付けられていた。峯子は建物を一周してきたから、それは間違いない。

正面口は閉まっていた。男はどこかを破らねば入ってこられないことになる。

峯子は玄関ホールの階段を上がった。

二階には廊下を挟んで四室があった。いずれの部屋にも、寝台や安楽椅子や、大物の家具が揃えてある。家具付きで売るつもりか、それとも運び出すのを先延ばしにしているらしい。峯子は部屋を見て廻る。

どの部屋の窓も一階同様に打ち付けてあった。裏門側の部屋からそっと下を覗いてみると、男は持っていた鉄棒か何かを梃子《てこ》にして窓の材木の釘を抜こうとしている。手間取っているが、いずれ破られるには違いない。

裏門の閂を掛けたこと、この状況でも応援が来ないことから考えて、男が一人だけなのは殆ど確実になった。彼から逃げ切れば良い。

峯子は南側の部屋の戸を開けた。調度のない空っぽの部屋である。

内開きの窓の外を覗くと一階の庇《ひさし》が張り出していて、外塀にかなり近い。その向こうは倉庫か何かである。

ここにも材木が打ち付けてある。さっきの、一階の窓よりも隙間が狭いが、抜けられないことはない。ここから逃げれば良いか？

庇はトタンか何かの安い造りで、上に乗れば、おそらく音に気づかれる。

それなら、男を、屋内の、なるべく近くまで引き付けるのが良い。そうして、窓をくぐって庇から塀を越え倉庫の脇に飛び降りる。そうすれば、正門側の路地に抜けられる。男は一旦一階に降りて、裏門を廻ってこなければいけないことになるから、多分撒くことが出来るだろう。

峯子は腕を振り子のようにして、二丁の包丁を窓から放って倉庫の屋根に投棄した。

あとは待つ。窓枠に腰掛け、着物の裾を隙間に通して両足を庇の上に出しておく。

階下でミリミリと不気味な音が響いている。その音は井戸のポンプを漕ぐ音のように、窓枠に躰《と》を停めて感情の働き始めた峯子の、追い詰められていることへの恐怖と、苛立《いらだ》たしさと怒りを迫《せ》り上げた。

——どうして追われているのかしら？

当然、昨日叔父から聞いた事件に関係があるのだろう。余程重要なことを峯子は聞いてしまったのか？　既に、話せるだけ警察に話してしまった筈だが、まだ口を封じるべきことがあるのか。

何より、事件には政府要人の爆殺まで企むような秘密結社が関わっているというのである。それに目をつけられてしまったのか？

敵の男は一人だけである。そんな結社が関わっているにしては、やり方が原始人風な気がする。でも、こんな時の急な刺客は一人しか都合がつかないのが当たり前かもしれないし、ピストルなんかぶっ放して音を聞きつけられたくないなら、案外あんなのが最善策なのかもしれない。

釘目の破裂する響きがして、軋む音が止んだ。そして、静かな足音が屋内に侵入した。

一階を彷徨いてから、男は階段を上がる。足音が二階に到達したら行動を起こすつもりである。峯子は材木に掛けた手に力を込める。

二階で扉が開いた。男が階段を上がりきった。

峯子は腰から上半身を隙間に通す。――狭い。着物を引っ掛けて動けなくなれば一巻の終わりである。

トタンに足を下ろした音はやはり大きく響いた。聞きつけた男は南側の部屋に駆け込んで来る筈だ――

灯りが差して振り向いた。顔面を小麦粉で真っ白にした男が窓に突進してくる。

飛び降りねばならない。窓枠から手を離す。

庇の傾斜は急である。気をつけねば真下に滑り落ちる。

少し右に動いて、男の腕に捕まらないようにする。着地点を見据えて、両腕を振り勢いをつける。

が――

跳ぼうという瞬間、端折っていた着物の裾が滑り落ちた。脚が縺《もつ》れ姿勢が崩れた。墜《お》ちる峯子は、右足首を塀にぶつけた。激痛が弾け、続けざまに地面に胸を強《したた》かに打った。

数瞬、意識が飛んだようであった。我に返ってみると、呼吸が殆ど出来なかった。鳩尾を木槌《きづち》で打たれたような心地がする。

立ち上がろうとしたが、右の足首から突っかいが外れたようにカクリと力が抜けた。触ってみると、指の腹に血がべったりとついた。塀の上に植えられた硝子片で、太い血管を切ったらしい。

直ぐにも止血をしなければ危険であることを悟った。が、逃げなければならないのだ。今度こそ叫び声を上げたかったが、胸が痛くて、意思に関わらない低い唸《うな》り声が出てくるだけである。

峯子は足を引きずって歩き出した。

闇に追い越されていくように、視界が次第に狭まる。足首の傷は熱を持って、鉄柱を熱するように全身に広がり力を奪った。だんだん頭が不明瞭《ふめいりょう》になる。

誰かを見つけるよりない。さっきの、車で追いかけられた道に向かっている。通行人がいるかもしれない。

血の跡を残している。男には簡単に追跡されるだろう——

歩速は次第に落ちた。後ろから足音が響いてくる。峯子は胸を押さえて振り返った。

男が迫ってくる。ようやく路地を抜けようとしたところだが、目前には誰も居ない。電車の音が遠く聞こえる。

峯子は失神した。

4　容疑者集会

一

「——だから、今日の午後にでも、峯ちゃん、警察署に行ってくるつもりなんだそうだ」

「一人でかい?」

「うん。どうやらね」

ふうん、と蓮野は私を見下ろして言った。

江戸川橋《えどがわばし》で彼と待ち合わせた。村山邸まで十分ばかり歩く。私は、そもそもは無関係なのだし、同行して役に立つとも思えないが、紗江子や峯子はやけに蓮野の心配をしていたし、殊に、三年前峯子が研究所で聞いたことはなるべく早く彼に教えておくべきだろうと思った。

まだ正午まで間がある。レース生地《きじ》が裂けているみたいに所々青空が覗く、春らしいぼやけた日である。辺りは図体《ずうたい》の大きい邸宅が多くて、使い走りの女中に行きあっても、上等の着物を着ているように見える。今日は私も、普段はあまり着ない黒い縮《ち》緬《りめん》に羽織《はお》りで、何処ぞの夜会に招かれても失礼でないくらいに身なりを整えている。

蓮野は英国式の正装であり、礼儀の点からも美的な点からも申し分なかったが、これも彼の家財と同じく元々私の祖父の持ち物だったのである。彼を褒めるには当たらない。

「そう、一昨日の晩、君が帰ってから刑事がうちに来てアリバイとか色々訊いて行ったな。水上さんの予言通りだった」

「ああ、そうだったか」

蓮野の口調からすると刑事との面談は面白くなかった様子である。

「君、昨日はどうした？　何か調べたのかね？」

「調べた。僕は知らなかったし、君も憶えがないみたいだったけども、絞首商会という結社は日本の新聞にも幾度か出ているね。図書館でざっと探したら四つ記事が見つかった。ただ、それらは皆国外の話だ。例えば、瑞西《スイス》で、地下に隠れているところを警察に踏み込まれた話が二年くらい前の新聞に出ている。

日本での絞首商会の活動を報じたものは見つからなかった。見落としたのかもしれないが。水上さんが言ってた、ジェニイという洋食屋に現れて衆議院議員を襲撃した中山という青年の事件にしても、絞首商会とは結び付けられてはいなかったな」

日本で事件を起こして記事になっているのなら私も憶えていて良さそうなものだから、事実紙面に出てはいないのじゃないかと思う。

「まだ誰も気づいてないのか？　日本でそいつらが活動していることに」

「いや。水上さんが、その事件の犯人の中山という青年が仏蘭西《フランス》に亡命したとの続報が出たと言ってたろう？　その記事にも絞首商会の名前は出てなかったが、しかしどうして彼が仏蘭西《フランス》に逃げたことが判明したのか書いてない。警察が隠していると観《み》るのが自然じゃないかな？　記者が知っているんなら何か書きそうだし、警察も、追跡できた以上は背後の事情を少しは分かっているんだろう」

「ああ、そうなるか」

記者には警察から仏蘭西《フランス》に逃げたとの情報だけを出して、それ以上は秘匿しているのか。

考えてみれば、村山邸の事件に於いても、生前の博士が平野という特高課長に懸念を漏らし、警察は既に結社の関与を疑っているという。彼らが事前に絞首商会という組織の情報を得ていなければ、その疑惑を深めるのにもう少し時間が掛かりそうなものである。

「結社は結局、何が目的なんだ？　世界中あちこちでいろいろやってるみたいだが――、無政府主義、なんだろ？」

「そう。思想的な起源は分からないな。例えば、露西亜《ロシア》で革命も起こったし、前世紀から、欧羅巴《ヨーロッパ》の色んな都市で社会主義の大会があるだろ？　それに無政府主義者が合流する動きもあるらしいが。ああいう運動は結局、差し迫った不満が殆ど何も介せず直接に火を点けた訳だろう」

蓮野が言うには、それは資本主義や君主主義の暴発みたいなものだから因果《いんが》がはっきりしている。そこに必ずしも堅固な思想は必要ない。極単純な肉体の不足が行動を後押ししてくれるのである。だから、今起こっている運動は時代の潮流の中に起こった一つの渦潮に過ぎないのかもしれない。

「しかしね、絞首商会は違うように見える。もっと冷静だ。そういう狂瀾《きょうらん》から距離を置いてる」

「でも、君を殺そうと熱《いき》り返ってる奴もいるらしいんだろ？」

「そんな奴だって少しはいるだろうさ。どんな組織にもね。それは措いて、単に物質の不足を補うための運動なら、結局それは自分の国と戦うことになるだろ？　自国の政府を倒さないことには満たされないんだからね。今の社会主義運動や無政府主義運動も、国家を一つにするとか、廃絶するとかを目指しても、結局、目前の敵は各々の国の政府と政治だ。

でも、絞首商会は既に世界中に根を張ろうとしているらしいだろう。他の異国の主義者たちの集団が、ブルジョアとの妥協が取りざたされたりして分裂と合流を繰り返している間にだ。その代わり、彼らはまだ地下深くに隠れているみたいだけども。絞首商会がやろうとしているのは、より厳密で徹底的なことだ。空き腹でなく精神を充足させるためだから、それはもう丁寧に行う気だ。渦潮の中を流れに任せている気はなくて、潮流を逆に泳いで行こうというんだ。麺麭《パン》の略取をしようとしている訳じゃないんだろうな」

そういう意味では芸術家の美意識と職人の忍耐を持った人たちかもしれないよ、と蓮野は言った。

「しかしそれは、彼ら本気なのかね？　精神にばかり基盤を置いて、いずれ全世界の政府を妥協なく消滅させ、その上に何も造らず、又造らせぬことを目指していると？

そんなことが――」

「そんなことが本当に実現可能かどうかは僕らの考えることじゃないだろうな。絞首商会の一員でもないのに、彼らの直面する困難にまで気を廻してやる必要は無いさ。

君だってその内どうせ死ぬにも拘らず、どういう訳だか今死ぬのは止して、せめてボーッとしていれば良いものを色んな面倒をおして食べて寝て勉強して働いて結婚して、こともあろうに絵なんぞ描いているだろ？　それも手慰みの暇潰《ひまつぶ》しに描くんじゃなくて、半日置きに懐中時計のゼンマイを巻かなきゃいけないと思い込んでる人みたいに神経を尖《とが》らせて、必死で描いている」

「そこまでじゃあないよ。いや、君よりは余程気楽なつもりだがな。君こそ、鏡のない座敷牢《ざしきろう》に自分で志願して閉じこもって、誰も、自分すら観ないのに化粧を余念無くやって、硬い床に正座を崩さない女性みたいな暮らしをしてるじゃないか？」

私の反論が澱《よど》みなかったことに蓮野は笑った。

「――それはいいさ。座敷牢だとしたって、別に鍵は掛かっちゃいないんだよ。

その論でいくなら、絞首商会の方々は、彼らに特有の精神の働きで、大概の人がなるようにしかならぬと思っている世界の有り様を根底からひっくり返してやろうとしてるんだろう。それも、画家が自作の評価を後世に託すみたいに、じっくり取り組む気なんじゃないか？　多分気長なんだよ。それに慎重だ。だからまだあまり表面に出て来ない。そして寄木細工の解法を探して箱を引っ掻くように、各国でテロを験《ため》して世界に火をつける糸口を探している。今判っている処《ところ》だと、まあそういう風に見える」

話は索漠《さくばく》としていて、それが蓮野が推《すい》した絞首商会の基幹に現実味を持たせていた。気に入らぬ作品に美術館の片隅《かたすみ》を占めることを許すように、私はそんな思想の存在を認めねばならないと感じたことが我ながら不快だった。

「──気味が悪いな」

「全くだよ。実に気味が悪いよ」

蓮野は、絞首商会でなく、私に向かってそう言った。

通りを曲がって、村山邸がいよいよ近いのが言われずとも分かった。

「本当に大丈夫なのか？　大した用意もせずに訪ねて──」

「どうだかな。犯人を見つけろというのはともかく、僕が安全かどうなんだかを見極めるのがな。結社の人ら、謝ったら許してくれるのかな？」

確かに、婦人の話に従えば、犯人は既に四人に絞られているのだから、依頼である、婦人の納得出来るように犯人を見つけ出す、ということはそこまで難しくないのかもしれない。しかし、蓮野が未だ結社に遺恨を残しているか否かを探る術があるのか。

二

蓮野に様子を聞いてはいたが、確かに村山邸は、平凡を嫌ったものを見過ぎた私の眼にも奇妙な建物だった。洋館ではあるが、歴史の気配がない。直線ばかりで造られている。どの時代に置きつけても、馴染みそうにない建物である。

塀が馬鹿に高くなったなあ、とか呟きながら、蓮野は鉄扉を押し開けて庭を進んだ。

屍体があったのだというそこを私は気味悪く眺めたが、彼は構わない。まっすぐ玄関まで進んで呼び鈴を使った。

はい、と返事が聞こえて即座に扉が開いた。

「お待ちしておりました。どうぞ」

水上婦人である。女中を介さずに待っていた。蓮野が何も言わないうちからそう挨拶をして、中に通そうとしたが、後ろに私が控えているのを見て眉を顰《ひそ》めた。

「井口君は僕が心細いだろうと思って付いてきてくれたのです。別に居なくたっていい気もしますが、しかし僕は自分だけでは翻訳の仕事もできない奴ですから彼の心配は不当とも限らない。容疑者の中で一人ぼっちになって泣いてしまったら迷惑をかけます。同行させて宜しいですか？」

結構でございます、と婦人は短く言って、私と蓮野を中に入れた。

玄関が閉まると外の物音は途絶え、壁が音を飲み込んでいるかの如くに屋内は静かであった。どこを向いても灰色の漆喰《しっくい》が一様にそっけなく塗られている。玄関ホールに上《あ》がり框《がまち》は無く、婦人は革靴を履いていた。

右手の壁に、頭に二つベルのついた電話機があまり丁寧でない工事で取り付けられている。この邸において、それは船底に一つだけへばりついた富士壺《ふじつぼ》みたいな夾雑物《きょうざつぶつ》で、その奥にある階段を見ると手摺《てすり》すらない。事件の現場であることに起因しない根深い不穏さを私は邸に感じた。

「何からいたしましょう」

一先ず梶太郎氏の書斎を見せて頂けますか、と蓮野は答えた。その心算であったか、では、と言って婦人は私たちを先導した。

「そう、昨日、お葬式の時に、帝大の方から妙なことがあったと聞き込んでまいりました。研究所に泥棒が入ったというのです」

階段を上がりながら婦人がそう言った。

「泥棒？」

こういう話を聞くと、私は真っ先に蓮野が灯りの落ちた所内に侵入しているところを思い浮かべてしまうが、当然彼は関係がない。

「泥棒でございます。医学部の学生さんから聞いてまいりました。事件の次の日の夜のことだそうで、なんでも、宿直さんのほか誰もいなくなった深夜に研究所に忍び込んで、書類を色々荒らしていったらしいのですけど、詳しいお話は聞きそびれてしまいました」

事件以後警察は毎日、それも一日一度と限らず訪ねて来るが、帝大の泥棒事件のことはこれまで教えられていないという。婦人は鼓堂博士の歿後《ぼつご》の始末に忙殺されていて、自分で研究所を訪ねて詳細を聞いて来る暇もなかったのである。泥棒と博士の殺害との繋がりは未だ判然としない。

水上婦人の探偵の依頼は謎めいたままで、何も明らかになってはいない。婦人は一昨日と同じく訳を語らず、しかし蓮野を探偵としてもてなす作法は、何ら常識に反することをしていないかのように上品であった。蓮野も今日は、その訳を詮索しようとする気振りは見せない。

二階の廊下で、階下に降りようという女中とすれ違った。彼女のくすんだ茶色の着物に眼を奪われ、その眼を婦人と蓮野の洋装と、自分の黒い縮緬に向けた。灰色一色の村山邸の壁を背景にして、その不統一は、筋が混乱した芝居を書割のない舞台でクルクルと演じている様である。

廊下の奥の書斎の扉を、あちらでございますと婦人は右腕を差し向けて示した。蓮野は、ああ、と懐かしそうな嘆息を漏らした。

扉が開かれ、思わず私も同じような声を上げた。凄《すさ》まじく散らかった部屋である。机、金庫、書棚、それらの上が雪が降ったみたいに書類で埋まっている。婦人の話にあった通り手紙が多いが、書きかけの論文らしいのとか、白紙のままの西洋紙も混ざっている。

「おい、これ、全部確かめるのか？」

「それはちょっとな。酷く時間が掛かる。ここに泊まりこまなきゃならんことになるな」

「必要なのでしたら、それも結構です。お部屋はたくさんございます」

一歩先んじて書斎に入っていた水上婦人が振り向いて言う。

蓮野は、なるべく遠慮しておきます、早く済むのが良いでしょう、と答えて書棚の方に向かった。何も分からぬ私も黙ってそれに倣った。

「水上さんはこれらの書類を何処まで確かめられたのです？　全てとなれば、一日二日では済まなそうですね」

「三分の一ばかりでございます。わたくしには読めないものも多くございますから」

婦人は、露語は殆ど習ったことがないのだと言った。

「事件の日に容疑者の方々とご一緒に整理をしようとなさったのでしたね。その時は、他に重大なものは見つけなかったのですか。例の、梶太郎氏が誰だかに結社の仕事を託す手紙以外にですが」

「いえ。あの時には、お互いに、どうしてよいものかわからなくて、それ以上片付けを続ける気になりませんでしたから。それに、犯人はその時の、——わたくしを含む、四人に絞られるのが殆ど確かでございますから、少なくとも、わたくし自身で先に調べてしまうまでは、もう、一緒に書類を確かめようとは思っておりません」

公正を期して矛盾を起こした婦人の言葉を蓮野は聞き流した。

「なるほど」

「そう――、申し上げるのが遅くなりました。今日の午後二時、白城さん、生島さん、宇津木さんのお三方がいらっしゃるというのです。皆さん、事件のことが知りたいのだそうです」

婦人の話では、事件の夜、書斎で手紙を見てからは、心の整理がつかなかったか、噛み合わぬ会話を交わした後三人ともがバラバラと帰宅した。しかし、その翌日から、皆事件のことを気にして、隙を見ては村山邸を訪ねてくるようになったのだという。

昨日村山博士の葬式が行われた際、自然容疑者の四人が揃って、式の場でなんとか許されるくらいの熱心さで事件を検討した。平日であるが婦人の他は各々重役の地位にある人たちだから、時間を都合して、今日の午後にその続きをやる約束になっているらしい。

好都合ではある。容疑者四人と纏めて面会出来る。が、それもまた奇妙ではないか？　なぜ皆そんなに犯人探しに熱心なのか。愉快なことではないのに違いなかった。

蓮野はそれだけ聞いてしまうと書棚に詰め込まれた書類に手をつけた。

私は訊くべきことを思い出した。昨日の新聞に出ていたことである。

「あの、警察の捜査はどうなんです？　進展具合は分からないんですかね。昨日の新聞で、容疑者の誰だかが一時勾留された、とか報じてましたけど」

「ああ、――ええ、そうでございます。それは、生島さんでございます」

婦人によると、どうも、彼の犯行を示唆《しさ》する証拠が見つかったらしい。

「でも、もう解放されている訳でしょう？　容疑は晴れたんですか？」

「そうなのです。疑いが晴れたと申しますか――、いかがいたしましょうか？　わたくしも一通り事情を承知しておりますけれど、これから生島さん御本人がいらっしゃいますから、その時にお話しする方が確かかもしれません」

「後で結構ですよ。どうせまだ何も分かっていませんからいつ聞いても同じです」

書棚に向き合う蓮野が振り返りもせずに言った。

彼が今見ているのは手紙ではなくてタイプ打ちの論文である。私は歩み寄って手元を覗いた。英語だが、私にはまるで馴染みの無い単語が並んでいる。

「これは亜米利加《アメリカ》の雑誌に載ったものだよ。読んだ憶えがある」

蓮野は私に向けてそう解説した。

「僕は、梶太郎博士とは一度もお会いしませんが、著述はいくつか拝読しています。論文や、たまに雑誌に寄せてた身辺記なんかもですね。——そういうのを読んで、じゃあお宅にお邪魔してみようかと三年前に思い立ったんですが」

喋りながら彼は論文に顔を寄せた。

「これは僕が三年前にここで読んだ手紙と同じ字のようですね。同じ機械で打たれたみたいだな」

蓮野は、別のタイプ打ちの書類を取り上げた。

「あれ？　こっちは字が違ってますね」

「ああ、それならきっと違う機械で打ったものなのでしょう。叔父は大学と、ここと、それぞれでタイプライターを使っておりましたから」

水上婦人は近寄ってきて、蓮野の顔と、彼の持つ論文に交互に鋭い視線を投げた。

「その論文が、バークリーさん宛の手紙と同じ機械で打たれたというのは確かでございますか」

「だと思いますねえ。Ｐの縦棒がちょっと欠けてるでしょう？　同じでしょうね。これですか？」

蓮野はデスクの上に眼を移した。

黒く艶《つや》光りする大きなタイプライターが置いてある。レミントン社のインターナショナル配列のものだという。私は全く使ったことがないから、そう聞いても何のことだか分からない。

「ええそうです。よくご記憶ですわね。そんなことまで――、あの手紙はここで打たれたものに間違いないのですのね」

水上婦人はなぜか、気がかりが晴れたような、納得したような顔つきであった。

「そう、蓮野さん、お読みになった手紙の内容を思い出していただくとお約束をいたしました。いかがでございます」

「もう少し時間を頂けますか。こういうものを見ていると記憶が蘇る気がする。きちんと紙に書き起こしてお渡しするようにしますよ」

蓮野は書斎を見廻しながら言った。それから、手近の書類を示してみせる。

「配置を変えてしまってもよろしいのですね?」

「ええ」

容疑者たちがやりかけの整理の続きをすることになる。

書斎は不思議であった。書類はただ片付いていないのではなく、散乱しているというべきなのだが、別に蓮野が三年前に散らかしてそのままになっていた訳でもなく、彼が来た時もこんな具合だったという。梶太郎博士は、手紙やら論文やらの書類の風呂に浸《つ》かって生活していたのである。

水上婦人によると、村山梶太郎氏は、安政《あんせい》二年、豪商の家に生まれた。東京医学校を卒業したが、帝国大学が設立されるとそこで人類学の研究を始めた。彼は解剖学、考古学、言語学等の各分野の橋渡しをして黎明期の日本の人類学の中軸となったのである。明治二十年に帝国大学教授となり、明治三十二年には博士号を授与されている。

ふた回りも年下の、姪の水上婦人はまだ二十歳にならない頃から彼の助手の仕事をずっと続けてきたのだという。

私は、人類学の教授でありながらテロリストである、故村山梶太郎博士の人物が解らなかった。

この書斎を見てもそれは変わらなかったが、しかし代わりに、彼が、単に紙上と少数の記憶に残るだけの人物にあらずして、鳩《はと》の群れの中の鴉《からす》のような、特別な迫力をもって少し前まで実在していた実感を覚えた。おそらくはその純粋で底抜けの思想にふさわしい人物であったのだ。

「叔父は、届いた手紙や、或いは自分の書き付けや、そういうものを処分する習慣が無かったのです。そんなことをすると忘れてしまうから困ると申しておりました。かといって、整理整頓は時間の無駄に過ぎないというのです。細々《こまごま》した文章を憶えられないのは人の頭脳の当然だが、自分が置いたものをどこにやったのか自分で忘れてしまうのは愚物である、と、そういう考えで行っていたことのようです。それに、蓮野さん、英吉利《イギリス》のGilbert Keith Chestertonという評論家をご存知でしょうかしら」

「名前は知っていますね。読んだことはありません」

「その人に、『The Man Who Was Thursday』という小説があるのですけれど、そこに出てくる無政府主義結社の人は、無政府主義者であることを隠すために、自分が無政府主義者であることを平気で人に話してしまうのです。叔父は、まさか自分が無政府主義者であることを公言してはおりませんでしたけど、でも、結社に関係した書類を隠すのに、同じような方法を採ったのでございましょう」

無闇《むやみ》に隠匿しては却《かえ》って目立つ。自身の研究と一緒にしておけば誰かに気取られる恐れも低い。つらつら眺めてみれば、ひと続きの論文が方々に分散していたり、ただ無造作に投げ出したより、意図して混ぜられている風でもある。蓮野が見たところ、配置は正真正銘の気まぐれで法則性はなさそうだという。

そして、一昨日婦人が蓮野のところに持ってきたような不穏な手紙がそこかしこに見られる。

「ずっと一緒に暮らしておられても、こういった書類には気がつかなかったのですね」

「ええ、どこに何があるかわからなくなるからと、叔父はわたくしに書類を触らせませんでした。叔父の死後も、あまりに量が多いものでしたから。それに、前に申し上げた通り、叔父が危険な思想を持っていたことには薄々感づいていたものですから――」

確かめるのが怖くて、鼓堂博士の事件が起こるまで整理をせずにいたのだと婦人は言った。

「それにしても、ここまで重要なものをこんなにたくさん放り出しているとは、いくらなんでも考えておりませんでした。四人でここを検めるまでは」

「しかし、鼓堂博士はそういう書類があることを知っていたのでしょうね？　だから、告発の証拠になりそうな手紙をここから持ち出した」

「ええ。書斎はわたくしが鍵をかけておいたのですけれど、一度それをこっそり持ち出して部屋を漁っていたことがございました。わたくしはみだりなことをしないよう諫めたのですけれど――」

「水上さんは、梶太郎博士のことを警察に届けようとは考えなかったのですね」

「――ええ。身内のことでございますから」

「博士の鞄から、僕の指紋が残った手紙が見つかった訳でしょう？　それが梶太郎博士のものであることも分かっています。さらに、殺害前に鼓堂博士が幾通もの手紙を研究所から自宅に持ち帰った、という証言もある。すると、警察は、梶太郎博士が遺した書類を見せろと言ってくる筈ではないですか？」

「ええ。警察の方はそうおっしゃいました。ですけれど――、わたくしは、嘘《うそ》を申しました。書類はみな処分してしまったと。疑わしいものは残されていなかったと」

その告白の中身と裏腹に水上婦人の声は真面目だった。聞いて、蓮野は振り返り、婦人の顔をまともに見た。婦人もそれを見返した。

二人とも口を開かず沈黙が起こった。言葉を探すのではなくて、ただ喋らなかったのだが、友好や憎悪の沈黙でもなかった。困惑か請願、それか期待、何かの抽象的な要求を互いにぶつけ合っている様であった。蓮野は眉根を少し下げた。

しかし、それより表情を動かすこともなく、彼はさっさと書類の方に向き直ってしまった。

「他の容疑者の方達も、警察には話さなかったのですね？　梶太郎博士が、身近な誰かに鼓堂博士の殺害を託したかもしれないことを」

「ええ」

そうですか、と、蓮野は追及を打ちとめた。

つまり、警察が知っているのは、村山鼓堂博士が絞首商会の告発をしようとして殺されたらしいこと、それに、もしかしたら梶太郎博士が結社に関わっていたかもしれないこと、である。それ以上は彼らには分かっていない。

「鼓堂博士は、告発の証拠に供する手紙を選ぶのに、あまり吟味している暇がなかったのでしょうね。きっと、眼につくものをいい加減に選んで持って行った」

「きっとそうでございましょう。もし、わたくしが博士を注意せずに、書類の奥から、あの、自分の殺害を誰かに託そうという手紙を見つけていたなら、わたくしたちをもっと警戒していたでしょう」

その水上婦人の言葉に、初めて博士の死を悼む調子がかすかに滲んだ。

「だから、結社と無関係な手紙でも一応持って行ったのかもしれないですね。あの、ウィリアム・バークリー氏宛の手紙もそうかもしれないと」

「それに、バークリーさん宛のは、叔父が書いて、しかし出さず仕舞いになったものでございましょう？　他のものはみな叔父が受け取ったものでございますから、念のための資料として持ち出したのかもしれません」

蓮野は詳細に内容を検討するより整頓を優先することにしたと見える。会話に気を取られもせずに分別を続けていく。自分の家は散らかし放題にしているくせに、その手際は優れている。論文と覚書き、手紙と未使用の西洋紙を仕分けして、それぞれを言語別に分類する。さらに手紙は差出人別に、覚書きは年代を推測しながら並び替える。不明なものと半端なものは脇によけておく。私は庭の雪融《ゆきど》けを眺める心地であった。

日本語のものだけでも手伝おうかと思って、私は論文の山に手を伸ばした。

「井口さん、どうぞ余計なことはしていただきませんよう」

何も憚るつもりはなかったが、私は悪戯《いたずら》を見つかったみたいに振り返って、水上婦人の手元をじいと見据える凝視に突き当たった。バツの悪さを堪えきれずに、反《そ》っくり返《かえ》るように直立して私は一歩引き退《すさ》った。

私は、私を気詰まりにさせることを厭《いと》わなかった婦人の言葉を怪しんだ。何をすると思ったのか？　私をそこまで信用しないのなら、何をもって蓮野を信じるのか。書斎の主の心理と同じく、水上婦人の脳内で起こっていることは、私には測れない。

午砲が響いた。私は村山邸の中でも午砲が聞こえることを奇異に思った。女中が昼食に呼びに来て、それを受けて婦人が言った。

「お二人とも、サンドイッチなど、たいしたものではございませんけれど、ご用意をしております。よろしければ――」

「いや、遠慮しておきます。これを早く済ませてしまいたい。井口君食べるか？」

「え？　いや――」

私は空腹であった。が、仕事をせずに自分だけ食事をするのも気が引けた。

大体、食べて大丈夫なのか？　毒でも入っていないか？　私にとって、それはあり得る話であった。私もいい、と言うと、婦人は女中を一階に降ろしてしまった。

自身も書斎に留まって、昼食を取ろうとしない。監視の眼付きのまま、蓮野が整理を一区切りさせるまで婦人は私と蓮野の背後に残っていた。

午後一時を少し過ぎて、蓮野は部屋中の書類を十四余りの山に纏め終えた。

「どうなんだ？」

「どうだろうね」

彼によると、梶太郎氏が鼓堂博士の監視と抹殺を誰に引き継いだのか、それを直接示すような証拠はどうやら残っていない。まあ当然のことで、武器やテロ計画について書かれた手紙にも、蓮野が眼を通した限り、ハルカワという人物を除いてはっきり人名に言及しているものは存在しなかったという。

ウィリアム・バークリー氏という、鼓堂博士の鞄に残されていた便箋の宛先の人物から届いた手紙は三通見つかった。内容は彼の貿易の仕事や家族のことを知らせてきたもので、梶太郎氏の手紙の文面と比べて不審なものではなかった。

見知らぬ送り主の、横文字で書かれた、奇妙な文章ながら一見して穏当なことしか書かれていない手紙には何らかの符牒が隠されているらしいのだが、ちょっと見る限り解読は難しそうである。

「でも、これだけあるんだろ？　内容と、結社が起こした事件を丁寧に比べていけば、分かることもあるんじゃないか？」

「まあねえ。僕の仕事じゃなさそうだけども」

それは直接に絞首商会を相手にすることになるから、彼はまだ乗り気にならないようであった。

水上婦人は黙って聞いていた。すると、階下に人声の騒めきが吹き込んできたのが分厚い床を通して伝わってきた。

来客であった。婦人は書類の山を気にしながらも早足で書斎を出て、間もなく戻ってきて言った。

「白城さんたちがいらっしゃいました。すぐお会いいただくのが宜しいでしょうね？」

三

広い食堂で三人の四、五十の男が、揺さぶられたチェス盤の駒《こま》みたいに椅子を離し、向かい合って長テーブルを囲んでいる。白城、生島、宇津木と名前は聞いているが、誰が誰とは分からない。三人とも、村山邸と同じ通りに住んでいると聞いた。

「そちらはどなただね」

手前の、一番年嵩《としかさ》の、白髪交じりのヌメヌメした髭の男が私たちを見て言う。

「こちら蓮野さんと、お連れさんでございます」

三人は皆一様にピクリと痙攣《けいれん》した。蓮野という名前は彼らの記憶を刺激したらしかった。皆が何事かを思い出そうという顔つきになり、私は一悶着《ひともんちゃく》起こることを直感した。

「蓮野というのは、確か――」

「ええ、三年前こちらに泥棒をしにいらした方です」

彼らは事情が飲み込めずにいる。

白髪交じりの男は、蓮野に、威嚇《いかく》する風に言った。

「君は——、何をしに来た？ 何の用がある。何を企んでいるのだ？ 無論、今起こっとることを承知で来ているのだろうな。何だ？ 今度はまた、別の手で金が貰えると思ったのか？」

「違います白城さん。わたくしがお呼びしたのです」

「呼んだ？」

白髪交じりの男が白城氏のようである。彼はテーブルの縁を左手で握り、躰を浮かせて立ち上がる素振りを見せた。

「どういうことだ？」

「助けていただこうと思って、仕事をお願いしたのですよ。わたくしは、蓮野さんに、この事件の犯人を見つけていただこうと考えています」

いよいよ三人ともが、ごく当然の反応を見せた。水上婦人の正気を怪しみ顔を見合わせ、つかの間の連帯を強めた。後ろの誰だかは、それで我々と垣根《かきね》を作れるかのように、こちらに聞こえる声で「泥棒にか？」と呟いた。

「淑子、説明をし給え。なぜそんな事を考えた？　――お前、どうやって淑子を誑《たぶら》かした？」

「誰にわたくしが誑かされるというのです。無理を言って来ていただいたのですよ。皆さん、犯人を見つけたいと言って、いくら話し合っても一向に埒《らち》があかないではありませんか。どなたかにお願いするしかないでしょう」

「だからと言って、――よりによって、ここに入った泥棒に頼むという法があるか。どうやって信用しろというのだ？」

「では白城さんは他の誰を信用するおつもりです。誰なら信用に値するのです？　弁護士ですか？　軍人さん？　どんな地位を持った人なら、そんな仕事を依頼しても安心できるというのですか。

　蓮野さんほどふさわしい方が他にいますか。幸いにも、世間の誰からも相手にされない仕事をなさる方です。誰よりも確実に、秘密にするべきことを秘密にしていただけるではありませんか」

　蓮野は私に目配せをした。以前に私のパトロンの晴海社長が、彼に、全く同じ理由で秘すべき書類の翻訳を依頼したことがある。

　蓮野は敢えて口を出さずに容疑者たちのやりとりを静観すると決めたと見える。

「それに、何を頼まれるにしましたって、一度は泥棒に入った家にのこのことやってくるなどということが普通の人にできますか。そんな恥知らずで、情けないことが、あなた方にできるでしょうか。他のどんな立派な方にも？　蓮野さんはわたくしの求めに応じていらしたのです。これだけで、蓮野さんが普通のどこにでもいる泥棒でないことがはっきりしているではありませんか。

探偵を依頼するからには、普通の方であってはいけないのに決まっています。何の権力の裏付けも無しにひとの秘密を探りだすような恥知らずな真似ができる、非凡な方でなくてはならないのに違いありません。そうでございましょう？」

水上婦人は、塵芥《じんかい》にしか見えない土くれが如何に貴重で美的に優れた遺品であるかを説く考古学者の口調であった。

容疑者の三人は答えなかった。納得はしないが、言葉を見つけかねたのと、実際、蓮野が居てもそれほど不利益を被《こうむ》ることはないのではないか、そう考えだしたものに見えた。水上婦人はくるりとこちらに向き直った。

「大変失礼をいたしました。どうぞ、お話に加わっていただきましょう」

蓮野は前に進み出て、容疑者たちに向かい合った。それから、神経質な顔を、ふっと柔らかい笑みに変えて言った。

「初めまして。蓮野です。水上さんに大変適切な紹介をして頂きましたから、この上の挨拶は遠慮しておきますが、――これは僕の友人で、井口朔太《さくた》といいます。残念ながら、信用がおけないという点において彼は僕に遠く及ばないのですが、それでも画家を職業にしている奴です。世間の眼で眺めれば、十二分に信用ならない男でしょう」

蓮野に倣って笑顔を作ろうとしたが上手《うま》くいかず、半端な薄ら笑いを浮かべて、井口です、と挨拶した。私がまさに画家であり、世間の信用しない奴である印象を与えることには成功した。

「どうぞ、宜しく！　私は宇津木です。泥棒と知り合う機会ができるとは思わなかったな」

沈黙が広がったところに、一番奥に座っていた、茶色の背広の男がそう言った。

宇津木氏は、当惑から立ち直り、取るべき態度をこれと決めたという風に、混じり気の無さすぎるにこやかさであった。

自分だけ黙っているわけにもいかないと思ったか、宇津木氏の隣の白シャツの男が、私は生島だ、と眼も合わせずに言った。こちらだって聞かずとも分かっている。

紹介を終えて、水上婦人は、自ら容疑者の席に加わるように、白城氏の奥の椅子に掛けた。

「で、僕が泥棒であることを問題になさっていましたが、しかし、このうちのどなたかは殺人犯でいらっしゃる。常識を当てはめれば、そちらの方がより大きな問題でしょうね」

宇津木氏が、蓮野の言葉に反応する。

「うん、確かに問題だ。だけども――、私が気になるのは、それが何故問題なのか、ですよ。いや、君が、何故それを問題と考えるのか、です。蓮野君、君はどうして淑子さんの依頼に応じる気になった？　なぜ、鼓堂君を殺した犯人を見つけ出さないといけないと思うのかね？」

「金だろう。他に何がある」

白城氏が割り込んで言う。彼は未だ蓮野を視界に入れず、水上婦人の方ばかりを向いている。

「淑子、いくら払うことにしているのだ？　余裕はないんだろうが。集《たか》られる事になるぞ――」

婦人よりも、蓮野の方が早く答えた。

「残念ながらそれは違いますね。実のところ、僕と水上さんとの間には、未だに報酬についての取り決めは出来ておらず、僕は、それがうやむやのままにことが進行し、最後には忘れられていることを期待しています。金銭の授受について、人心の軋轢《あつれき》から生じる面倒が耐え難いのです。だから、給金の受け取りに絶対他人が関係しない泥棒を職業にしていたのですよ」

「成る程。面白いね」

宇津木氏が言う。

「では何かな？　好奇心か？　それとも義憤かね」

「好奇心でもありません。縁故もなしにただ知りたいから知りたいというのは傍迷惑《はためいわく》でしょう」

依然、私と蓮野だけが立っていた。長テーブルを囲んで掛ける容疑者四人に、蓮野は近寄り過ぎないようにしている。

「――義憤というのは性欲みたいなものです。身内でもない見知らぬ赤の他人が殺されてそれは許せんと憤るのは、自分の妻でもない人に欲情しているみたいなもので、みっとも良いことではない。それでもいい歳《とし》した親爺《おやじ》さんたちが料亭で女給の品定めをやるみたいに、世間のあれはけしからんこれもけしからんとか噂するのを美徳みたいに考えている人が随分います。

それだけなら、趣味が良くないだけで誰の迷惑にもなりませんが、もし、人殺しは許せない、見つけ出してやる、とかいって他人の家に乗り込んでいくのだとしたら、そんなのは人の妻に夜這《よば》いをかけると同様大義の立つことではない。僕はそもそも、義憤などというものを覚えることが殆ど無いのです」

四人は、泥棒の面影の全く見当たらない蓮野に呆気《あっけ》にとられ、黙って話を聞いている。

蓮野は、一応の依頼人である水上婦人の方を窺ってから、彼自身が事件に関係することになった経緯を語った。

「――ほう！　随分重大事じゃないか。確かに、義憤でも何でもなく、まっとうに事件に関係する権利がありそうだな。そうじゃないですかね？」

思いがけず、絞首商会のテロ計画を妨げてしまった話を受けて、宇津木氏は白城氏と生島氏に向けてそう言った。二人は、不承不承の同意を示した。

「――ありがたいですね。僕も居心地が良くなる。

いかにも僕は、義憤に駆られてやって来た訳ではないのですが、しかし多くの人にとって、義憤とは堪え難いもののようですね。だから、世界中大概どこにでも娼館《しょうかん》があるように、警察組織なんていうのがどの国にもあります。

僕は、宇津木さんにさっき訊かれたのと全く同じことを皆さんにお訊きしたいのです。どうして、村山博士を殺害した犯人を見つけねばならないのです？　なぜ警察に委《ゆだ》ねておかないのですか」

それは確かに、ある意味では、真犯人以上の大きな疑問であった。

彼ら四人は、事件以来、機会をみては顔を突き合わせて真犯人探しを行ってきたのだと水上婦人は言っていた。なぜそれを、大概の人がそうするように、ただ警察に任せておこうとしないのか？

「警察より先に犯人を見つけねばならん。無政府主義の結社が関わっているのだろう。放っておけばどんな目に遭うか分かったものではない。あの、幸徳《こうとく》事件がどうなった？」

白城氏が実例にあげたのは、十年前、社会的無政府主義者の幸徳秋水《しゅうすい》を始めとする二十余人が逮捕され、後に処刑された事件である。判決の根拠の薄弱なることや死刑者が二十四人に及んだことについて国外から相当の非難を浴びていたという話を仏蘭西《フランス》帰りの友人から聞いたことがある。

宇津木氏と生島氏も、白城氏に同調した。

私は、この説明に釈然としなかったのだが――、やはり蓮野は追及をしなかった。

　蓮野はそれから容疑者たちに村山梶太郎、鼓堂の両氏との関係を訊いた。

「友人だ。他に適切な言い方は無い」

白城氏が無愛想《ぶあいそう》に言い、同意を求めるように宇津木氏と生島氏を見た。宇津木氏が後を引き取る。

「一番付き合いが長いのは白城さんだね。もう数十年にもなるでしょう？」

「三十六年だ」

白城氏は三河護謨工業という製造会社に勤めているのだそうである。十八の時に、大学に勤めていた白城氏の父を通して、当時二十代半ばの梶太郎氏とその家族に出会った。両親の居なかった水上婦人は当時四歳で、梶太郎氏の家族と同居していて、婦人と白城氏はその頃から面識がある。

私は水上婦人と白城氏との間に自然な親密さが見出《みいだ》せない為に、氏が婦人のことを、淑子、と呼ぶのに不潔さを感じた。

「——私は、先に鼓堂君を知っていて、その後から梶太郎博士に会った。鼓堂君とは私も三十幾年の付き合いになるね」

宇津木氏は、十五の時に学生の鼓堂博士を知った。二人は同年だったそうである。

それから二十二年の後、氏は博士の妹と再婚して親戚となり、以後は梶太郎氏との付き合いも増えた。

「私も、白城さんも、梶太郎博士と友人であったから、近所に住んでいるようなところが無いでもない。博士に家を紹介して貰ってね。が、生島さんは逆ですね。近所に住んでいたから博士と近づきになった方です」

「まあ、そうですな」

生島氏は、気の進まぬ様子でそう答えた。蓮野の方を見もしない。

彼は通りすがりの立ち話から梶太郎博士と親交を持ったそうで、付き合いは四年に満たない。

「梶太郎博士と鼓堂博士のお二人はどうでした？　ご親戚だったのでしょう。付き合いはいつから続いていたのですか？」

「昔から、盆や正月に顔を合わすくらいのことはあったろうが、交際が深くなったのは鼓堂君が医学士を目指すようになってからじゃないかな。鼓堂君の方が十以上も年下だが、梶太郎さんもそもそもは医学をやっていたというし、法医学と人類学で、まあ、交わるところもあるのだろうな。欧羅巴《ヨーロッパ》に行った時のこともあるしね。――淑子さんも同行したんでしたね」

「ええ」

大戦の始まる前に三人は欧羅巴《ヨーロッパ》に渡り、研究をやっていたそうである。水上婦人と梶太郎博士は明治四十年、その五年後鼓堂博士が独逸《ドイツ》に渡った。婦人によれば、当地での両博士は頻繁な往復があったという。婦人と梶太郎博士は開戦後しばらくして帰国し、一年ほど遅れて鼓堂博士も日本に戻ってきた。

「皆さんは村山のお二人のことをどこまで承知されてたんですか？　梶太郎博士が無政府主義秘密結社の一員であることは薄々感づいていらしたのでしょう」

蓮野が訊いたのは核心であり、微妙な質問だった。ふん、とか、ああ、とか、来賓《らいひん》の容疑者三人はすぐに口を開かず、まず水上婦人が彼らを代表する返事をした。

「前にお話ししました通り、わたくしたちは皆、それを考えないでもありませんでした。中山という青年の起こした事件がございましたし、奇妙な方たちとの付き合いがあまりにも多かったものでございますから」

「わ、私はそんなこと思いもしない。こんなことと分かっていたら付き合いを遠慮していた――」

生島氏は慌てて弁明したが、他の容疑者たちはあまり真剣に取り合うつもりはなさそうであった。白城氏は冷ややかに言った。

「そうかね？　あの中山の事件の時は、生島君も入れて真剣に話し合ったじゃないかね？　君は確かに俺たちよりは付き合いが短いが、どんな思想を持っているのだか、それくらいは察せられようじゃないか。梶太郎さんは、俺たちには、自分が無政府主義者だという事を無理に隠していなかったと思うぞ」

「皆さんは、それでも梶太郎さんのことを警察には密告しなかったのですよね」

容疑者たちを棘《とげ》で刺す蓮野の言葉に、白城氏は睨みを利かせた。

「そんなことが出来たと思うかね？　確かな証拠も、確信も無かったし、あったとして、博士一人を密告して何になる？　絞首商会は周到な組織なのだろう。梶太郎さんの書斎にあるものだって、あれを使って警察がどこまで有効な捜査を出来るのか俺は疑問だ。それに――、見せるにも、今となっては、遅い」

そのことの是非には僕は何も言いませんよ、と蓮野はつまらなそうに言った。

「ただ、村山梶太郎さんが、確かな人物鑑定をしていたということです。少しくらいそれを匂わせても、皆さんがそれを警察に明かさず、梶太郎さんを遠ざけはしないと見抜いていた訳でしょう」

「違いないね」

宇津木氏は一人落ち着いてわずかに笑みを見せている。

「それに、皆梶太郎さんを十分に尊敬していました。いや、少なくとも私は。梶太郎さんは不思議な人だったからね！　考えてみると、彼は、まさに無政府主義者であるべき人だった、と言えるかもしれない。彼がそういう危険な活動を裏で行うことは、全く板についていた。

梶太郎さんは、こんな家を建てられるくらいの遺産を相続したし、学者としても名の知れた人だった。そういう、彼個人の恵まれた資格を当たり前に行使して安穏と暮らすとしたら、却って人生に不真面目であるような、そんな印象を受けただろう。要するに、梶太郎さんが無政府主義者であるのは、納得すべきことなのだ、と私は感じていたんだ」

「ふむ、そうだな。俺は無政府主義というのを真面目に考えた事はないが、激烈な意志を持つことでしか保《たも》ちえぬ人間性というのがあるのだろう。俺はその魅力を否定せんつもりだ。そこの君だって、泥棒の友人を遠ざけていないのだろう？」

そう言って白城氏は私を見た。私は、はあ、と間抜けに頷いた。

「わたくしには血のつながりがございます。思想がどうあれ、縁が切れるものでもございません」

水上婦人までがそう言うと、何故か生島氏は狼狽えた。

「いや、私だって、別に軽蔑しているのじゃない。無論博士は尊敬に値する人物だったが――」

よく分かりました、と蓮野は彼の話を打ち止めた。

「じゃあ、村山鼓堂博士の方はどうです？　どうも、博士の方も、おそらくは過去に絞首商会の一員であった、と考えるよりないのじゃないかと思われるでしょう？」

事件をきちんと順序立ててみるなら、当然のことである。水上婦人に見せられた、結社内の連絡手紙によれば、鼓堂博士は前々から絞首商会に監視されていたのである。

即座には殺されず、監視である。敵対関係がはっきりしているならわざわざ見張ることはないし、そんな手間をかける以上は博士に価値があったのである。それに、鼓堂博士は梶太郎博士が死してのち告発を試みたのだから、その死が告発を決心させたのかも知れず、それはただの梶太郎博士の身辺の問題に留まらずに組織自体に打撃を与えるだけの公算があった筈だと思う。鼓堂博士自身が一度は結社の内部にいたものと考えるのが一等筋が通っていた。

二日前、蓮野に会いに来た時に婦人はそんなことを語ったが、他の容疑者も既に同様の結論に達していたものらしかった。

「――わたくしも、叔父との付き合い方から、そんな想像をしたことはございました。あまり気遣わないようにしておりましたけれど」

「俺も考えんでもなかったな。梶太郎さんと一緒にいることが長かったし、彼は法医学の研究を熱心にするようになってから自分の心を隠すようになったんじゃないかね？　そんな気がする」

「実のところ、鼓堂君は、若い頃は無政府主義者であったことは間違いないんですよ」

宇津木氏は断言した。

「若いと、自分が考えていることは隠しようがない。本当に大人になるというのは、自分の思想を人から隠すことを十分に学び終えた時でしょうね。二十代の半ばくらいまでは、彼が無政府主義に感化されていることを私ははっきり感じ取っていました。でも、今白城さんが仰るみたいに、彼は次第に自分を隠せるようになりましたからね。歳をとってからのことは分からない」

しかし宇津木氏も、梶太郎博士との付き合いから、彼が結社に関わっていることを想像することも出来たという。

「確かに、私も、そういうことを考えないではなかったですな――」

生島氏は残り物に与ろうとするみたいに三人に追従した。何故だか分からないが、さっきから生島氏は、三人と蓮野、それに私の顔色を窺いながら日和見の態度をとっている。

蓮野は急に矛先を変えた。

「生島さんは、無政府主義者ではないのですか」

彼は蓮野の質問がどういう意図で発されたものか全く理解出来ないらしかった。

「君は何を言う？　何を根拠にそんなことを思いついた？　どうして私が、あんな、爆弾を破裂させたりするような輩《やから》だと――」

「生島さん、蓮野君は、生島さんはテロリストなのですか、と訊いた訳じゃないでしょう。無政府主義者なのか、と訊いたのですよ」

宇津木氏が親切な補足をした。

「――どちらにしろ私は違う」

「ええ、そうなのでしょうね。白城さんはどうです？」

白城氏はすぐには答えなかった。やがて蓮野が萎縮《いしゅく》して口数を減らすことを期待する威圧的な口調で言った。

「俺も、お前が何を考えているんだか良く分からん。仮に俺が無政府主義者だとして、それを訊いてどうする？　それを正直に言う筈があるかね？　お前はそうやって、犯人が誰なのか本人に教えてもらおうとしているのか？」

「さあ、無論のこと本人に教えてもらうに越したことはないと思います。一番簡単で確かです。——宇津木さんは如何《いかが》です？　無政府主義者ですか」

「違うね」

　宇津木氏は一人愉快そうである。

　水上婦人は静観している。蓮野が前に同じことを訊いたから意図は察せずとも戸惑ってはいない。

　私は、一昨日には分からなかった蓮野の質問の意味がようやく分かった。それは私が水上婦人の態度に感じた疑問に繋がるのだ。彼ら四人は、自分たちの中から無政府主義秘密結社に属する殺人犯を見つけ出そうとしているらしいが、その無政府主義者を探すのに、無政府主義的方法をもってしようとしているのである。

　警察組織を介入させたくないという。どうしてそんな合意が成ったのか？　それでも皆、無政府主義者ではないというのだ。

　白城氏は、幸徳事件の時のように、警察が強権を振るう可能性を危惧《きぐ》しているのだという。だから早く犯人を見つけたいと——、これはおかしいと思った。彼らには、平野という特高課長の友人がいるのである。いくら何でも、捜査を公平にする配慮を求めることくらい出来るのではないか？　犯人を見逃してもらおうというのは無理だとしても。それをせずに、勝手に四人で集まって、相談をしているということの方がよほど不審で危険ではないか？

何かがことの背後で捩れている。

不意に扉が開いた。皆が一斉にそちらを向いた。顔を覗かせたのは、着流しの、二十歳くらいの青年である。

「あ――」

狡《ずる》そうな表情を浮かべた彼を、私は、多分話に聞いた宮尾という書生であろうと見当をつけた。

彼は言うべきことを用意しておきながら、いざ扉を開けて言葉に詰まったようであった。戸惑ったのは、きっと私と蓮野の貌を想像していなかった所為《せい》なのだと私は思った。ようやく彼は言った。

「何をやってるんです？　ずっと妙な相談ばっかりして――、警察が変に思いますよ。何の話なんですか」

「あなたには関係が無いというのです」

　水上婦人が間髪入れずに言った。書生は食い下がった。

「教えてくれてもいいでしょう？　俺の身になって下さい。同じ邸で、殺人事件の容疑者がお顔を突き合わせて何か相談されてるんじゃ、心配になるじゃないですか。俺、警察に相談しなけりゃいけなくなるかも知れませんよ――」

「あなたが警察に相談しなければいけないことがあると思うのなら、それは是非相談なさい。今はお馴染みでないお客さまもいらっしゃいます。事件が起きたんだから、行儀を悪くしてよいという道理もありません」

　書生は再び絶句した。結局は自分を見つめる六人の視線に負けてきまり悪く部屋を出て行った。彼は、お馴染みでない客と紹介された蓮野の顔を、本当に馴染みがないんだか疑う顔つきであった。

　一昨日婦人は書生のことを殆ど語らなかったし、今日も、これまで誰も彼を話にあげなかった。彼の乱入は温室に突然風穴が空いたようであった。私は、この奇妙な容疑者会議とは異なる不穏な気配を宮尾に感じた。それはほんの短い対面だったが、嫌疑の外にいるらしき書生が、異様なまでに、誰よりも事件に狼狽していることが私にも伝わったのである。

「急いで犯人を見つけなきゃいかんな、そうじゃないかね？」

白城氏が、扉が閉まるなり、全員に向かって言った。風穴を塞いでしまって、宮尾という人間を追い出したことに四人は安心していた。彼らは互いを疑りながら、どうやら格別の容疑を持つもの同士の連帯をしているのでもあった。私が不思議に思った宮尾の様子に、彼らには構う気が無いらしかった。

「もう無政府主義がどうだとかの話はよかろう。鼓堂君を殺したのが誰かだ。それが問題だ」

ようやく話は、事件の具体的な検証に移った。

四人とも、アリバイの有無を警察に確認された。夜間のことだから、そんなものは無いのが普通である。部屋で一人寝ていたとか、深夜の街を散歩に出たとかそれぞれ訴え出た。

「――そう、蓮野さんはまだご存知ない筈ですけれど、警察の方によると、吾妻橋で見つかったナイフとハンカチは、血液型が博士のものと一致したのだそうでございます」

鑑定は村山鼓堂博士の所属していた研究所にて行われたのだそうである。

兇器の入ったブリキ罐の発見場所は、村山邸から五粁《キロ》余りも離れていたのだが、当日、他の事件が報告されたでもないし、血液型まで一致したとあって、そのナイフが犯行に使われたものであることは間違いないと警察はみている。

「ですから、ナイフが入っていたブリキの罐を警察が色々検査したそうでございます。そうしたら、困ったことになりました」

水上婦人は弁解を促すように生島氏に視線を向けたが、彼は、何です、何故私が説明してやらなくちゃいけない、と乞《こ》われぬ先からぶっきら棒に突っぱねた。どうやらこれが、昨日の新聞に出ていた、生島氏が警察に連行されたという話であった。

「ナイフや血まみれのハンカチからはなんの指紋も見つからなかったのですけれど、ブリキの罐から、生島さんの指紋が発見されました」

兇器がいよいよ村山博士の殺害に使われたらしいと決まったので、容疑者の指紋が一通り採取され、罐に残っていたのは生島氏のものであることが判明した。

当然その罐の出処が問題になった。

「生島さんによると、ブリキの罐は、事件の二週間くらい前から生島さんのお宅の庭に放り出してあったものだそうです。屑屋《くずや》さんに持って行ってもらうおつもりで。そうでございますね？」

「――そうです。なかなか引き取りに来ないから、それでこんな面倒なことになった」

二週間前から、生島氏は家中のガラクタを軒下に集めて積み上げていたのである。量が多いので、日を決めて取りに来ることになっていた。

事件の日曜日、屑屋はガラクタを引き取っていったが、勝手に持って行かせたから罐が一つ無くなっていたことには気づかなかった、と生島氏はいう。同じような罐が山のようにあったから、一つくらい紛失していたところで目につく筈もなかった。ともあれ、兇器の入っていた罐が元々生島氏の庭にあったものであることは、指紋まで見つかっているとあり、氏には否定のしようがなかった。

「ブリキの罐は、塀の外から軒下を覗けば見つけられるのだから、庭に入れば誰にでも持ち出せたのだ。私の指紋が残っていたというなら、犯人がそれを見越して使ったんだ。それしかない――」

「ええ、あるいはそうかもしれません。ですけれど、もう一つ、生島さんには不利益なことが判明しております」

事件の朝、ブリキ罐の発見された吾妻橋にて、生島氏を目撃した人物が見つかったのである。

警察は、橋の周辺の聞き込みを行って、事件当日の朝四時頃吾妻橋を通った新聞配達から、山高帽にステッキをついた背広の男を目撃したという証言を得た。風態から氏ではないかと疑いが生じ、指紋の件と合わせて、生島氏は拘引されるに至った。警察署で氏は新聞配達に引き合わされた。この人に間違いないと新聞配達はいい、警察は生島氏に説明を要求した。

「――私は散歩をしていたのだ。それも夜通しのだ。本当なのだから仕方ない」

生島氏は、当夜午後十時頃から午前五時頃まで七時間にも及んで散歩をしていたというのである。

信じがたいが、事実なのだという。無論、証明出来るものはない。

「考え事が止まらなくなることがあるのだ。時々そういうことをやるのだよ。妻も承知だ」

警察は、依然生島氏への嫌疑を強めつつある。

会社にいたところを氏は一度連行され、冗々《くだくだ》しい取り調べを受けたが、今の通りの証言をして、聴取は膠着《こうちゃく》し氏はひとまず解放された。やはり特高課長の平野と顔見知りであったことが幸いしたようで、変に逃げ廻るようなことはくれぐれもするなと念を押されたという。初対面の生島氏が無口で、また不機嫌であるのは必ずしも氏の性格ばかりでなく、その懸念に当てられているものらしかった。

「――君がそれほどの悩み事を抱えているとは俺は知らなかったがね。一体何を、一晩も歩き廻って考え込まなきゃいかん事があるのだ？　本当に、よく警察が納得したものだな」

白城氏に言われて、生島氏は書き損じを屑かごに投げ入れるように答えた。

「それは、こんな際だ。不況だし、私にも悩む自由くらいあって構わんでしょう」

その様子は、おそらく昨日のうちに生島氏に向けた疑惑の言葉は出し尽くされて、今はその絞り残しが垂れだしたものらしかった。私には、黙っている水上婦人と宇津木氏が生島氏を観る眼にも、慎重な疑惑が籠《こも》っているように見えた。

しかし、生島氏の容疑には多くの疑問がある。

「それは、ええと、警察は、生島さんがブリキの罐を橋の上からでも投棄しようとしたと考えているということですよね？　そして、川に沈めたかったのが、うっかり欄干の辺りに落ちてそのままになった――、ということですか？」

蓮野が黙っているので、私が訊いた。

「――そうだ。いや、とにかく警察はそう考えているのだ」

ブリキの罐は潰れていていて、蓋をしてもきちんと密閉されない状態だったという。それを紐で縛ってあった。川に投げ捨てたのち水が浸入して罐が沈むよう工夫したのではないかと見える。

　生島氏はなぜだか、自分で論理だった反論をしようとしない。それは、焦燥で氏の頭が働いていないのか、既にそれは済んでいて、疲れ切っているのかもしれなかったが、私は当然提起すべき疑問を述べた。

「でも、そうだとして、なぜ、吾妻橋に兇器が捨てられることになったんです？　生島さんは歩いていたんでしょう？　自動車で通りかかって、窓から投げ捨てるのならともかく、徒歩でやってきて、川底と間違えて橋の上に投棄して気づかず去るなんてことあるんでしょうかね？」

「それは分かりませんでしょう。わたくしでしたら、罐を捨てようというときに誰かが通りかかったら、慌てて、いい加減に投げ捨てて逃げ出してしまうかもしれません」

　水上婦人は澄まして言う。

　が、そのまま納得するわけにもいかなかった。辻褄《つじつま》の合わないことが多くある。

　まず、犯人は、何故ナイフやらの物品を吾妻橋まで出向いて隅田川《すみだがわ》に投棄しなければならなかったのか。そんな遠方に行かずとも、屍体発見場所の村山邸のすぐ近くに、江戸川や、池もある。そこに投げ込むだけで簡単にことは済む。それを、殺してからわざわざ五粁《キロ》先まで運んだことになる。

「だから、生島さんが犯人でも、兇器を持ったまま吾妻橋まで散歩に行く必要はないですよね？　結局、自分に容疑が向くことになってしまったくらいですから」

「――そうだな」

生島氏の返事である。依然、私が同席することを認めていないのか、氏の容疑への疑問を挙げているにも拘らず、氏は私に同意することが嫌そうであった。

「だったら、もしかしたら、誰かが生島さんに罪を着せようとしたのかもしれませんね？　生島さんの家の庭からブリキの罐を持ち出して、兇器をそんなところに投棄して――」

私は喋ってしまってから、少し言葉が直截過ぎたか、それとも部外者の私の口から言うべきことではなかったかと思った。この可能性は未だ口に出して検討されていなかったのか、四人の容疑者たちは、木の葉を指で弾いたみたいに震えて緊張を新たにした。

「そうだ。確かに、そうでもなければ筋が通らない。誰かが私のことを見ていたのか？　――そうかもしれないでしょう？」

私の指摘したことに、生島氏は態度を変えた。他の三人に纏わりつくようにそう言った。

そもそも、鼓堂博士の屍体の処理方法からして大きな疑問がある。犯人は、なぜそれを村山邸の庭に捨てたのか？

きっと、もっと良い処分方法がある。どうせ他所から運んで来るなら、それこそ川か池にでも捨てれば良い。長期に亘《わた》って発見されずに済むかもしれない。大体、兇器も、犯行に使われたものにまず間違いないという推定がされただけで、指紋やらの証拠が残っていた訳ではないから、わざわざ屍体と別に処分する必要は無いのである。するとそれも、屍体を早期に発見させ、生島氏なり誰かなりに罪を着せるための工作だろうか。

容疑の当事者である婦人は起こらぬ先に諍いを鎮めようとする如くに言った。

「そうだとすれば、全く卑劣なことでございます。人におのれの罪を擦《なす》りつけようというのなら」

「人殺しだぞ、淑子。卑劣に決まっているだろう」

「ええ。しかし人殺しの卑劣さと、人に罪を着せる卑劣さは種類の異なるものでございましょう？　わたくしは、自分が人を殺《あや》めることが絶対にないとは思いません。それだけの激情や計算高さは、もしかしたらわたくしも持ち合わせているのかもしれません。それに、そうした時には、出来れば罪を逃れたいと思うのかもしれません。ですけれど、もしもその罪を誰か他人が被るということになって、それを物見台から見下ろすように、平気で眺めていられるような精神は、もちろん世間のどなたかの中に存在することは知っていても、わたくしには想像がつきません」

水上婦人の言明は意外だった。正直が過ぎるか、あまりに白々しかった。それでも、婦人ははっきり述べておくべきと考えたようである。

「同感ですね。私だってそれには耐えられないでしょう」

宇津木氏は同調した。白城氏は一顧だにしなかった。

「それを宣言して何になる？　信用しろというのか？　そんな話は無意味だ。しかしだ。生島君、誰かが罪を着せようとしたとして、あの晩君が吾妻橋なんかをほっつき歩いている事を誰が知っていた？　それを知らなきゃ君に罪を着せようなどと思いつく筈がない」

気まぐれに歩いただけで、誰も自分がその辺りを歩くことを知らなかったと生島氏は言う。

「そうだろう？　それに、もし知っていたとして、その上君が吾妻橋で新聞配達に目撃される事が判っていた筈もなかろう。犯人は橋に罐を投棄するのが得策だとどうして決めたというのだ？」

「私は気付かなかったが、どこかから目撃されたのかもしれない。夜中だが、自動車が走っているのを見かけたし――」

「しかし、新聞配達に目撃された時はどうだ？　その時にも近くに自動車が居たかね？」

「いや、それは――」

「やっぱり、橋の上で目撃してからでは遅すぎるのじゃありませんかしら。博士がお亡くなりになったのが、午前零時から二時なのでしょう？　犯人はそれから二時間以上もあいて、生島さんを見かけたからと、やっぱり兇器を吾妻橋に捨てることに考えを変えたのですか？　とっくに処分はすんでいた筈の頃合いでしょう」

生島氏は黙った。

助け舟のように宇津木氏が言う。

「さもなければ、偶然、ということがあります。犯人が罐を吾妻橋に投棄したことと、生島さんがそこを通りかかって新聞配達に目撃されたことは何の関係もないのかもしれない。細い路地裏での話なら奇妙だが、あの大きな橋を犯人と生島さんの両方が通りかかることはありうる暗合じゃありませんか?」

「ええ。しかし、それならやっぱり、犯人が罐をあそこに捨てた理由が無ければなりませんでしょう? それがはっきりしているのなら、偶然という考えだって受け入れられるのですけれど——」

「捨てた理由は考えられるじゃないかね?」

白城氏は、立ち去ろうとする水上婦人の肩を摑んで引き戻すように言った。

「例えば、博士がこの邸で殺されたとした場合だ。屍体はどこかに棄てなきゃいかん。家に置いていては簡単に捕まる。しかし、屍体を持って塀の外に出るのは怖いじゃないかね? 夜更けでも、見つからないとは限らん。運ぶのも手間だ。だから、庭に棄てておいたとしたらどうだ。外から来たやつの仕事と思わせねばならんから、門の鉄扉に血を擦って、それだけでは不十分だと思って、兇器を遠くに捨ててきたとしたらどうだ。なるべく遠くに捨てた方が、犯人が他所者らしく思われるだろう? それなら、五粁《キロ》先の吾妻橋まで行く事だって考えられようじゃないか」

白城氏の仮説は、一瞬、容疑者たちのあいだに現実味を放った。私は水上婦人の様子を注視した。一昨日蓮野に話をした時と同じ調子で、動揺の気配は見つけられない。

「おうちのどこにも血のあとはございませんでしたけれど」

「だから、何かを敷いておかねばならんな。敷布《しきふ》を何枚か重ねておくか、その上で刺すのだな」

「お庭でも、お部屋でも、敷布など敷いてあったらおかしくはございませんか。その上にお立ち願って、刺させていただこうなんて、一体博士に何と申し上げてお願いすれば良いのです？」

「それはそうだろうが――」

「うまくいくかわからないではありませんか。それでしたら、後ろから何か、硬いもので叩く方が易しいのじゃありません？　血があまり出ずにすみましょう？　そうしたら、博士をおうちのどこかに隠しておけば良いのです。広いですから、一日や二日でしたら見つからずにすむでしょう。家のものに用事でも命じて留守にさせて、その間に自動車でも借りて、どこかに処分すればよろしいではありませんか。わざわざナイフで刺して、後始末を大変にする気遣いはございません」

「――いや、分かっている。分かっているのだよ。しかしそれでは何の証明にもならない。こういう際には、一応、全ての可能性を検討しなければならないのだ」

わたくしもよくわかっていますよ、と水上婦人はそっけなく言った。婦人は白城氏の広げかかった訴状をあっさり畳んでしまった。

「しかし、今淑子さんの仰ったことは大切でしょう。偶然でないなら——、もっと安全で面倒の無い殺害方法が有るのにナイフで刺し殺したことや、その兇器が遠くに捨てられていたことを考えれば、犯人が何らかの調略を持っていたことも疑いにくいですね。やっぱり他人に罪を着せようとしてるのかな」

宇津木氏の言う通りかもしれない。他に説明は思いつかないし、現に生島氏が疑われることになっている。が、生島氏の行動をどうやって知ったかは謎のままで、まだ氏の嫌疑も決定的ではない。

誰も解答を出さず、それ以上に議論は進まなかった。

話は、村山博士の鞄から発見されたタイプ打ちの手紙に移った。

「どんな内容だったのか知らんが、私は、バークリーさんが無政府主義結社に関係があったとは思えんのだがね？」

「私もそう思いますね。手紙は、絞首商会とは無関係なんじゃないかな？」

手紙の宛先である加奈陀《カナダ》のバークリー氏は、元々白城氏が村山梶太郎氏に紹介した人物なのであった。付き合いは多くの人が集まるパーティーの場に限られていて、梶太郎氏が内密に会っていたとも思えず、やりとりが続いていたのはバークリー氏が義理堅いゆえだろうという。そういう人との手紙だから、事件とは無関係なのではないか、と白城氏と宇津木氏はいうのである。

水上婦人はそのことを知っていたのかどうか、何も言わない。

「鼓堂君はそんなこと知らなかったかもな。しかし、読んでみないことには分からないなあ。ともかく、犯人が何かの理由でわざわざ開封した手紙なんだから——」

婦人のほかの三人は、手紙の文面を知らない様子である。警察は、婦人に内容を明かしてバークリー氏の素性は分かったから、それ以上他の容疑者に明かす気がなかったのかもしれない。水上婦人も、わざわざ教える気はないらしい。

何か隠しておきたいことがあるのか？　平野という知人が警察にいるのだから、いずれ彼らに伝わってしまうこともあり得るが——

蓮野も婦人の表情を観察しているが、しかし彼も、何も言わない。書生が顔を覗かせてからは、彼はずっと沈黙を通している。

「そう、それが妙だろう。犯人は、何のために手紙の最初の一枚を博士の鞄に残したんだ？」

研究所のものによると、鼓堂博士は十幾通の手紙を鞄に入れて所を出た。それが発見時に皆紛失していたのは、犯行に秘密結社が関わっているとみられる以上当然なのだが、しかし、なぜそのバークリー氏宛の一通の、最初の一枚だけが残されていたのか。

「一枚だけ残されていたこと自体には説明がつけられますがね。血が付いていたというんだからな。要するに、手紙を開封して読んでいたところ、うっかり便箋の一枚に被害者の血を付けてしまったんだ。それを他のものと一緒に持ち去ると血が移って嫌だから、被害者のところに残しておいた、というのはどうです。だってどうせ、結社と無関係の手紙らしいんでしょう?」

生島氏はそう言う。

屍体と一緒に発見された鼓堂博士の鞄の内側は、外側以上に血が滲みていたというのである。何か、血塗れのものをいっとき仕舞ったということになる。それは、投棄された兇器とハンカチだったと見るのが自然で、博士を殺害したのち、一旦それらを被害者の鞄に仕舞い、後から生島氏の庭のブリキ罐を取ってきて移し替えた。だから、血の付いた手紙もその時一緒に鞄に入れたのではないか。ナイフとハンカチは取り出したが、手紙はうっかり忘れたか、それとも残しておいて構わないと考えた。

——一通りは筋が通る。

「しかし、それではそもそも何故犯人がその場で手紙を読もうと思ったのか、全く分からんじゃないかね？　それこそが問題だろう。人殺しの後始末で空前絶後のテンテコ舞いをしているという時に、どうしてそんなものを気にするのだ？」

「空前絶後とは限りませんな。何しろ秘密結社に属する人物です」

「梶太郎さんに急遽《きゅうきょ》指名されたのだぞ？　多分初めてだろう。いや、仮に初めてでなかろうが、簡単な事じゃないだろう？　ん？　他の手紙は持ち去ったのだろう。それと一緒にして、屍体の処分を済ませてからじっくり読めば良いじゃないかね？　だから、その手紙は、犯人にとって、火急の重要性を持ったものだったのだろう。そうとしか思えんじゃないか？」

　これに、宇津木氏は反論をした。

「しかし、さっき、バークリー氏は秘密結社と関係ありそうにないと仰ったじゃないですか。私も同感ですよ！　手紙が重要だということと辻褄が合わない。本当に重要なら、血が付いたというくらいで現場に残していきもしないでしょう」

「――いや、現場に残す事はあり得るだろう。そうだな、何か、残しておくことで、警察が混乱したり、犯人に有利な事情があるのじゃないかね？」

「あまりピンときませんね。一体どんな場合でしょうね？　手紙に、犯人はすごく立派な人で秘密結社になんか入らないし、殺人なんかする筈がないと書いてあるとかかな？　逆に、誰だかは性情凶悪で十分に殺人鬼たり得るとか、そんなことですか？　わざわざ犯人がその一枚を抜き出したことははっきりしているんだから、まさか警察もそれに引っかかりはしないでしょう？」

そんな内容ではないのである。

「でなければ、そうだな、犯人にとって、公にしなければならない何かが書かれているのかもしれん。公にせねばならんが、自分の口からは言えない事だ。犯人が知っていてはおかしい事――」

「やっぱりピンとこないなあ。結局、今の所、公にはなっていないのですからね。警察が知っているだけで。有り得ないでもなさそうですけども――、手紙の内容が何だか分からないことには、考えても仕方ないかもしれませんね」

宇津木氏はそう言葉を結んだ。

誰も何も言わず、食堂は久方ぶりに静かになった。空気は澱みきっている。四人とも、討論に疲れたように、首を捻り背もたれに反り返り、深呼吸をする。

二日前に水上婦人から事件のことを聞いて、村山邸に来るまでに私の念頭にあったのは、容疑者の四人全員が共謀している可能性であった。蓮野への水上婦人の不可解な依頼に、私は、嵌められるのではないかという考えが頭から去らなかったし、彼らの、何らかの計画の犠牲者か、そうでなくとも目撃者としてここに呼ばれているような気がしてならなかった。

しかし、彼らの話を聞いて、その線は大分怪しくなったと思った。少なくとも、四人が本気で犯人探しの議論を行っていることは疑いにくかった。彼らはあまりに真剣である。

が、それにしては、名状しがたいバカバカしさが彼らの議論から漂ってもいた。それが一体何を基にしたものなのか、単に彼らの地位と探偵的な熱心さが不似合いだというだけなのか？ 二つの相反する印象には説明が浮かばない。

「どうです？ 蓮野君。君は探偵の資格でここに居るんでしょう？ 質問なり意見なりをしてくれても良さそうだけどね」

宇津木氏の言葉は調停の役割を期待するような一言であった。蓮野は書記官か何かの如くの表情で容疑者たちの話をひたすら静かに聞いていたが、テーブルまで歩み寄ると四人を見下ろした。

「今までのところ、どなたもボロを出していないように見えました」

容疑者たちは改めて顔を見合わせた。

「まあ、生島さんにいろいろ疑惑が持ち上がっているみたいですけれども、それを疑うのは、さしあたり警察にお任せしておけばいいのかな、と思います」

白城氏は皮肉に言う。

「何か訊く事は無いのかね？　探偵といえば容疑者になんだかんだと訊いて廻るものだろう。我々が無政府主義者なのか、あれだけ気にしていたじゃないかね？」

「さあ。何といいますか、ちょっと訊きたいことが多すぎて、何を喋っていいか分からなくなりました。そうだな——」

扉が叩かれた。女中が無表情のままに入ってきた。

「あの、刑事さんがいらっしゃいました。淑子さまにご質問がおありとのことでございます」

警察を取り次ぐのにもいい加減慣れた風である。それは応接室にでも待っているのかと思ったら、廊下から足音が響いてきて、私服の刑事が無遠慮に顔を覗かせた。

「ああ、水上さん、度々お騒がせしますが、ちょっと博士の資産のことなんか、もう一度お訊きしたいんですがね——」

刑事はやっと気がついたみたいに食堂に集まった容疑者と探偵の群れを見廻した。

そして彼は、私の隣に、うっかり自分で踏みつけた犬の糞を眺めるような視線を留めた。

「君、君は誰だ？　記者かね？　関係のある者か？」

「こちらは蓮野さんでございます。その――」

水上婦人は警察に向かってこの人に探偵を頼んだのだとは言いかねたらしかった。

蓮野の名前を聞いて刑事は血相を変えた。

「君、貴様！　蓮野か！　何をしている！　こんなところで、のこのこと、説明し給え！　――いや、いい、来給え！　話を聞かねばならんそうだ」

興奮した刑事は蓮野が着る羊毛の背広の袖を摑み、必要もなくそれを揺すった。

何事か？　廊下に引っ張られていく彼に取《す》り縋《が》るようにすると、刑事は足を止め私を睨んだ。

「何だ？　君は――」

「いや、僕は蓮野の友人で――」

「何だ！　貴様も泥棒か？」

「いや、そうでは――」

「何の関係があるのだ？　言ってみろ！」

私は困った。水上婦人は蓮野に探偵を頼んだことを言いたくないらしい。当然のことで、教えたら絶対に悶着が起きる。私だって、何処の誰で何故ここにいるのか、何と弁解すればいいのか？　蓮野と一緒に不審者の仲間入りをするしかないか。

「僕も、事件に全く無関係な訳ではなくて、あのですね、僕の姪が、事件のことでちょっとした覚えごとがあって、警察の方に話しておこう、と考えていたり、それで——」

刑事は半ば開いていた口を閉じて、しばし何かを考えた。

「君、あの矢苗とかいう娘の身内かね？　今日、署に話をしに来るとか聞いたが——、いいから君も来給え。話を聞かねばならん」

私と蓮野は従わされた。私は困惑の中で、刑事が容疑者の集まりの中から、よりによって探偵を選んで連行していくことが少しおかしかった。

四

「うわ、もう随分昏いじゃないか」

警察署を出て空を見上げるなり、私は吸い込み過ぎた瘴気《しょうき》を吐き出すようにそう叫んだ。

「そうだな」

　私は袂の懐中時計を摑んで、隣の蓮野の眼前に突き出して見せた。六時を過ぎていた。三時間近くも警察署に拘束されていたことになる。

　左手に色の褪《あ》せた夕焼けを見ながら私は蓮野と連れ立って歩き出した。

　我々に事情を訊いたのは村山邸に現れた刑事ではなく、一昨日の晩、蓮野のアリバイを確認した刑事であった。我々が連行されるに至ったのは、それが問題になったのである。

　蓮野は一昨日、自分のアリバイは意地の悪い親戚と弁護士によって証明されるだろう、と刑事に説明した。証人たちに確認が取られたが、彼らは、蓮野の家を訪ねたのは四月二十四日の夜にあらずして二十三日であり、よってアリバイは成立しないのだと主張したのである。

　今日の午前、どういう訳だと問い糾《ただ》しに刑事が世田谷の蓮野の家を訪ねたが、彼は村山邸を訪ねるべく留守にしていた。蓮野の過去もあるから、警察は、さては逃げたかと慌てた。

　捜査に当たる刑事たち皆にそのことは通知されたから、村山邸にて蓮野を発見した彼は、自分の用を後回しにして蓮野を連行したのである。

「で、君の親戚は、うっかり間違えたのかね？　――わざとか？」

「さあね。まあわざとだろうね」

蓮野は、親戚たちの言うことは誤りであるから、未だ東京市内に泊まっていた彼らに電話して、途中の汽車のこととかを細かく問い糾してみるよう刑事に進言した。十分ほどの押問答ののち、親戚は日付を勘違いしていたと認めて、一応蓮野のアリバイは証明されることになった。

「となると、そんな虚偽の証言をして、ちょっと君を困らせてやれ、と思ったということかね？」

「一番手っ取り早い解釈はそういうことだろうな。普通、金曜の夜と土曜の夜を間違えるかな。まだ一週間も経ってない」

「とんでもないな。君の親戚も」

刑事との面談は不愉快であった。我々が何故村山邸に居たのか、探偵のことや、蓮野が結社に狙われているかも知れないことは話せない。だから、ちょっと興味があって訪ねた、まるで無関係なことでもないからだ、何なら水上婦人にでも確認をしてみなさい、というのだが、嘘をつけ、何を企んでいる、強請《ゆす》りか、それとも本当は君たち二人で犯人なのじゃないか、机をインキの瓶で叩いたり踵《かかと》を踏み鳴らしたり大変な剣幕であった。

何とか水上婦人にきちんと同席を認められていたのだと納得させて、放免されることにはなった。が、私が、姪の峯子が訪ねて来ている筈だが知らないかと訊いても、知らん、警察署は待合所ではないと言われただけで、どうなったのだかは分からなかった。

私たちは峯子の家に向かっている。今更村山邸に戻っても仕方がなさそうである。姪に、警察に報告をした首尾を聞いてみることにした。市電に乗っても良いのだが、腹が立って、何となく頭が片付かない気がするので、刑事の顔を頭に思い浮かべて、杖で小突いてみたりしながら徒歩で神田の矢苗家を目指した。

蓮野は自分の処遇に憤《いきどお》りもしない。私は彼が怒りを露わにするところや、不機嫌であるところすら見たことがない。私が蓮野の処遇のために不機嫌になって、当の蓮野がそれに足並みを合わせている、そんな妙な具合であった。

「――で、君、犯人探しはどうなんだ?」

私は自分の観察に自信がなく、特に怪しむべき誰かを挙げることは出来なかった。

しかし蓮野は、私が、彼ら四人は本気で犯人探しをしようとしているという印象を受けたことには全くの同意を示した。

「あれが芝居なんなら、僕も井口君も一体何を見せられたんだろうかね？　葬式の合間に打ち合わせして、明日蓮野という泥棒を探偵のつもりでやってこさせるからその前で大議論をしてやるぞと決めたということだろう？　いくら何でも皆演技が上手すぎる。あれは大真面目だね」

「妙なことをやっているよな。君、何か分かったのか？」

「どうだかね。彼ら、確かに真剣だったんだが、あまり誰か一人を激しく追及するようなこともしなかったろう？　案外穏やかだったな」

「そうか？　付き合いの深い同士だろう？　あんなものじゃないのかな」

「さあ。そうかもね」

蓮野は辺りを見廻す。彼は峯子の家に向かう道を選びながら通りを折れていく。次第に道は寂しくなっていった。

「君、これからどうする？　梶太郎博士の書斎はもう十分調べたのか？」

「もういいかな。大して分かることは無いと思う」

「じゃあ、容疑者たちは？　結局君は殆ど何も訊かずじまいだったじゃないかね？　次、彼らにまとめて会う機会なんかあるだろうかな？」

「それも構わないな。あんなバカバカしい場で是非に訊いとかなきゃいけないことは、特に無い。容疑者たちであっちを向いてこっちを向いて、締め切った部屋でピンポン玉が勝手に跳ね廻ってるみたいな話し合いだったたな」

彼らは真剣だがバカバカしい、と蓮野はいう。それも私の印象と共通である。

「何であれ、真面目に村山博士殺しの犯人を探すんなら井口君が言ったのは大事なことだね」

「彼ら四人がなぜ必死になって犯人を見つけようとするのかが、か？」

「そう」

私は頸《くび》を曲げて宵闇《よいやみ》と一緒に隣を歩く蓮野を眺めた。

蓮野の顔はいくら草臥れていても綺麗に整っているし、つま先から頭頂まで、疲労で緩慢になってはいても、彼が自分では決して誇らない自然な美で一貫している。が、今日の一日を殺人の容疑者やら刑事やらと交わって、彼がいつも継ぎ目なく世間の書割に溶け込ませているその姿は背景から浮き上がりつつあった。

彼の物腰のぎこちなさになってそれが微《かす》かに現れる。彼の、根源の明確でない人間嫌いが、油絵が日に晒《さら》されて細かなひび割れを起こすみたいに表出しているのである。ひび割れは微かなもので、余程見慣れていないと気づかないし、長年の観察を続けていない人なら、それに眼をつけても、元よりそんな出来だと思うに過ぎない。

「蓮野、君、何か見当をつけたんじゃないのかね？　僕は何がどうなってるんだかさっぱり分からないが――」

「見当というほど大したものじゃないよ。匂いみたいなものだな。異臭だ。一家団欒《だんらん》で夕食を囲んでたら自分だけ悪臭に気づいたんだと思ってくれ。

どこから来る匂いだか分からないし何の匂いだかも分からない。屋根裏で鼠の死骸《しがい》が腐り始めたのかもしれないが、それならわざわざ言い立てて晩餐《ばんさん》を中断させるには当たらない。もしかしたら、有毒瓦斯《ガス》が漏れているなら大事だが、そんなものが発生する憶えはない。もしかしたら、妻が皆を驚かすべく台所にフォアグラか何か珍味を隠しているのかもしれなくて、騒げば台無しになるのかもしれない」

粗だらけで、しかし明快な喩《たと》えで蓮野は解説した。

私は匂いなどまるで気づかない。彼が黙っているのは、出処も分からない先に説明するべきことではないようである。

「ふうん――、まあ、いいや。分かったよ。それで、君はどうするんだ？　有毒瓦斯《ガス》の可能性もあるんだろう？　真面目に犯人を探す気はあるのか」

「何が起こってるんだか分からない以上、犯人は探した方が良いな。そうだな、帝大の法医学研究所には行ってこないといけないかなあ。泥棒が入ったとか言ってたしな。でも口実がないんだよ。何と言って訪ねたものかね」

「しかし、君の母校の関係の施設だろ？」

蓮野は母校という言葉が好きでないらしくて、顔を顰めた。

「経済学と医学だから、何の関わりも無いさ。ここの教授が殺されたそうだけど、面白そうだから事情を教えてくれとか、そんなことは言えない」

一度、大きな市電の通りを横切って、塗装の剝げた郵便ポストの角を曲がり、がらんとした、木塀の立ち並ぶ街路に出た。辺りはもう暗がりに覆われ、見知らぬ道のことではあり、一人なら私でも億劫である。

「もしかしたら、是非知らないといけないのは、水上婦人の過去だ。特に、梶太郎博士と一緒に欧羅巴《ヨーロッパ》のどこかに行っていたんだろう？　そのときのことだね」

「そうなのか？　難しそうだな。調べるのは――」

「婦人本人に訊くのが一番失礼がないんだがな」

それは到底探偵のやり方ではなさそうだが。

「僕が結社に狙われているのかどうかも、結社に直接連絡をとって訊いてみるよりないかもな。そうでもしなきゃ確かなことは分かりそうにないし、いつまで経っても安心出来ない。本当は、何もかも結社に教えてもらうのが一番いいんだ」

「ジェニイという店か？　行ってみるのか？」

「いきなり訪ねるのは流石《さすが》に怖いな。もう少し調べないと」

路は曲がって、前方に雑木林が覗いた。さらに行くと、路の奥に自動車が停まっているのが小さく見えた。その時——

五間余り先を折れてゆく路地に、暗がりに塒《とぐろ》を巻くような、何かの蠢《うごめ》く気配を感じた。

私は身が竦《すく》んだ。しかし蓮野は何かを見分けたらしく、躊躇わずに曲がり角に駆け出したので、数歩遅れて私も続いた。

路地を見通すと誰かの持つ懐中電燈の光が地面を照らしている。

円光の中に、誰かが倒れている。私は、その誰かの着ている着物の柄に見憶えがあった。

「峯ちゃん！　どうした！」

蓮野は無言のまま、峯子の上に懐中電燈を構える人物に迫った。

敵は後退《あとずさ》った。棒状のものを蓮野に向けて威嚇しながら、路地の出口、私のいる方に駆けて来た。摑みかかる勇気はなく、私はそれを躱《かわ》した。敵はそのまま路地を出て自動車の方に走り去った。

私は、路面に放り捨てられたハンカチのように横たわる峯子に駆け寄り、跪《ひざまず》いて躰を揺すった。意識は無く、口許《くちもと》に手を翳《かざ》してみると微かに息をしている。蓮野はライターを取り出し点けた。鞄に入っていた新聞の切り抜きに火を移して、峯子の頭から足先までを仔細《しさい》に照らした。

「酷いな――、何で切ったんだ？」

峯子の右足首は赤黒く染まっていて、血は痕《あと》を引いて路地の奥にずっと続いている。炎で照らした顔は、その暖かさに負けず蒼白であった。

「かなり血を失くしているな。急がないとまずい」

「どうしたらいい？　酷い目にばかり遭うな、峯ちゃん――」

蓮野はハンカチを取り出して足首をきつく縛った。私が前、蓮野が後になって、峯子の下半身と上半身をそれぞれ抱えた。右脚を、躰より高く持ち上げるように注意する。

自動車を見つけなければならない。大通りへ急いだ。

＊

それはAutre Tempsという酒場であった。

静かだった。北東に百キロも行くと、ドイツ軍が既にベルギーを乗り越えてフランスの国境を突破していた。多くの市民、それに政府ですらそこから避難をしていて、パリの夜はがらんとしていた。少し前に、一人だけいた老年の常連客は椅子が動かされ、店の様子が変わっていることに文句を言った。それは結局、戦争に日常を取り上げられたことへの文句であった。

ちょうど時計が午後七時を指したころ、やって来たアジア人の紳士が父と何やら話をするのをローゼル・ルーホンはカウンター越しに眺めていた。アジア人には珍しい、百八十センチに八十キロはありそうなその紳士はすぐに奥の階段を地下へと案内されていった。

今日、地下へ降りた客はもう、七人目か八人目になる筈だった。顔立ちやアクセントによれば国籍人種は様々だった。父が色々な人々を世界中から集めて地下の一室を使わせるのは昔からで、ローゼルは父が地下に集まった人たちと何をやっているのか窺い知る機会を全く持たなかった。

アジア人が来ることは稀《まれ》ではなかったが、珍しかったのはその紳士に連れが居たことであった。他の来客は、いつも間違いなく一人だけで来た。紳士を待って一人酒場に残る彼女も、アジア人にはあまりいない高身長であった。カウンターに腰掛けた彼女にローゼルは声を掛けた。

「ニイハオ」

「こんにちは。わたくしは日本のものでございます」

彼女の年齢は、ローゼルには正確には決められなかった。フェルト生地のコートにスカートの彼女は教師を思わせる目つきでローゼルを見た。そんな目つきを持った日本人は他に見たことがない。彼女の姿は酒場にはまるで似つかわしくなかった。

「何をお召し上がりかしら？」

「なんでも。なるべくお安いのを」

「すると水がいいかしらね？　どうせ、戦争が始まってから何にも無くなっちゃったわ」

グラスを彼女の前に差し出して、ローゼルは訊いた。

「先ほどの方はお父様かしら？　戻ってこられるのを待ってらして？」

「父ではなく叔父でございます。ええ、わたくしは彼が戻ってくるのを待っているのです」

「あらそうですか。一緒に旅行なさってるの？」

「わたくしたちはドイツにいたのです。戦争になりそうでしたから、こちらに参りました」

「あらそう。無事にドイツを出られてよかったわね」

戦状は入り乱れていた。しかしローゼルの父は何故だか国内外の、敵国の事情にすら通じていて、彼女は戦下のドイツの混乱ぶりを聞き及んでいた。八月初めの開戦当初には味方だと目されていたのが、意外に日本がドイツに宣戦布告をするに及んで、当地に留まっていた日本人は警察によって勾留されることになったのである。

「差し支えなければ、そこで何をなさってたのか教えてくださるかしら？　興味があるのよ」

彼女によると、叔父の、カジタロウ・ムラヤマは人類学者でドイツの大学に居た。彼女、トシコ・ミナカミも、叔父や、当地の東洋学者の研究に協力していたのであった。

「へえ、あなた優秀なのねえ」

「いいえ。わたくしは正式な教育を受けた訳ではございませんから。ただ、叔父に教えられるままに研究を手伝っていたのです」

「おいくつか訊いてもいいかしら？」

「三十四になりますわ」

ローゼルは内心驚いた。私より十二も年上じゃないの——、二十六か七くらいだろうと彼女は踏んでいた。

「ご家族は？　二人だけ？」

「今は」

「昔は？」

「夫がいました。もちろん両親も」

「どうなさったの？」

「両親は私の幼いころに逝きました。それに、夫とは二年前にドイツで別れました」

「へえ？　私は父が生きてるけど。でも私も結婚寸前の恋人と別れたわ。子供がいなくてよかったけど」

そう言うとトシコは複雑な表情になった。ローゼルは、彼女が三十四歳なのだということを思い直した。

「あなたは子供がいるの？　いたの？」

「いるわ。でも一緒ではありません」

「どうしたの？」

「病気になって、人に預けています」

「あら、大変じゃないの。どうして自分で面倒を見ないの？」

「わたくしたちはここを去らねばならなくなったからです」

それは、彼女の叔父のカジタロウに向けられた疑惑のためであった。トシコによると、彼には、フランスの当局からドイツのスパイの疑いがかかっているらしいという。

日本が最後通牒《つうちょう》を発して、若干の猶予を持ち、八月の下旬以後には、中立国のオランダやスイスやデンマークを出口にドイツを脱出しようという日本人は悉く拿捕《だほ》された。解放されるには、ドイツ人の家族がいるとか、ドイツの警察に知り合いを持っているとかの必要があった。しかし、カジタロウは駅に待ち構えるドイツの士官に旅行免状を見せることを要求されたりもしながら、鉄道でスイスとの国境を難なく越えた。

同道のトシコも、叔父が如何なる手筈《てはず》で脱出の手配りをしたのか分からなかった。どうあれ、その後フランスに入国した彼はスパイの疑いを受け、それはトシコも同断だった。

「今ならまだ船に乗って、インド洋を回って帰れるのですけれど、今後の戦局次第ではわからないと叔父はいうものですから」

「子供がいるんでしょう？　どうするの？」

「船旅には耐えられないでしょうから、預けた方が、面倒を見てくださるそうです。叔父がその人をこちらで見つけました。ルイスさんという」

「へえ、よかったわね。そういうことなら、仕方ないでしょう。日本は安全なんでしょう？　そりゃ、逃げられるんなら逃げた方がいいに決まってるわ」

「ええ」

トシコは落ち着いている、とローゼルは思った。自分はスパイの疑いをかけられて、病気の子供を残していかねばならないという時に、こうも平静でいられるものかしら？　想像もつかなかった。

ローゼルは彼女と話すうちに思い当たることがあったので、それを訊いた。

「私はあんまり記憶力がいい方じゃないんですけどね、でもムラヤマって名前の日本人と前にも会った気がするのよね」

「叔父じゃないかしら？　彼が前にも来たのじゃありませんか」

「いや、違うわね。あんな人が来たなら憶えてる筈だわ。もっと痩《や》せて小柄だったの」

「ああ、それなら、きっとコドウ・ムラヤマというのじゃありませんか？」

「名前は憶えていないけど、それらしいわね。あんた知っていて？」

「わたくしの遠縁です」

「ああ、やっぱり！　なんだ、あんた叔父さんの他にも家族がいるんじゃない」

しかし、トシコの話では、親戚ではあるが彼女からは遠くて、長じるまであまり会ったこともなかったので、親密ではないのであった。

コドウ・ムラヤマは医師で、パリの野戦病院に出入りしているのだとトシコは言った。

「そこで、研究をしながら、患者に色々の治療をしているのだそうです。輸血だとか」

「輸血？」

ローゼルはそのことを聞いたことがなかった。血を失って瀕死《ひんし》の人間に、他人の血を補って回復させる治療のことだ、とトシコは説明した。

「へえ、そんなことが出来るの。役立つでしょうね。そうでなくたって、きっと大勢が死ぬんでしょうから」

「ええ。だとよろしいですわね」

　聞けば、トシコがフランスを去らねばならなくなったのにはコドウ医師のことも関係していた。彼も元々はドイツにいて、たまたま大戦の勃発《ぼっぱつ》する前にフランスの医師を訪ねてパリに来ていたので疑いをかけられずに済んでいたのだが、医師がカジタロウと親類であることが疑惑を呼ばないとは限らなかった。フランスに残りたい彼はトシコ達に退去を勧めて来たのであった。

　なるほどね、と言ってからローゼルはトシコの方に身を乗り出し、一番知りたかったことを訊いた。

「そんでね、あんたきっと知っているでしょう？　あんたの叔父さんとか、医者のコドウさん？　地下で一体何をしているのかしら。私ずっと気になってるんですけどもね」

　トシコは意外な顔をした。

「コドウ医師も地下に出入りしているの？」

「ええ。あら、ご存知なかった？　たまにここで飲んでいく人で、たぶんその時に名前を聞いたんだわ。二回、父が地下に案内していくのを見たのよ。でも、父は何をしているか絶対教えてくれないわ。それに、そのことをくれぐれも他人に教えるなってね。でもあんたなら話しても大丈夫でしょ？」

「ええ、でも、わたくしも一緒です。叔父は誰と何をしているのだか、決して教えてくれません」

本当かしら？　ローゼルはマンホールを覗くみたいにトシコの顔を覗き込んでみた。

それは不穏な疑惑であった。トシコは叔父がどんな力を使ってドイツの国境を越えたか知らないといった。それには、ローゼルの父やカジタロウが今地下でやっている会合が関係あるのかもしれなかった。もしかしたら、彼が今、スパイの疑惑を向けられているということにも――

その時、店の奥の扉が開き、カジタロウ・ムラヤマとさっき名前を聞いた日本人の紳士が現れた。

一人だけであった。地下の会合は散会したらしかった。いつものことで、会が終わっても彼らは一度に姿を現さず、一人か二人ずつ階段を上がって来て、酒を飲んでから帰ることもあった。

ムラヤマは日本語でトシコに何か喋ってからローゼルの方に向き直った。

「どうも。マドモアゼル・ルーホン？　トシコを退屈させせんでくれたみたいでありがとう」

ムラヤマのフランス語はトシコ以上に、アクセントまで完璧に近かった。

「あらどうも」

「日本にお帰りだそうですけれど。いつお発《た》ちで？」

「三日後だ。残念だが、もうここには来られないね」

彼はローゼルに芝居掛かった口調でそう言った。

「あなたはパリの生まれかね？」

「ええまあ、きっと。自分が子供の頃のことなんて、よく知りませんけど」

「そうかね？　ふん。何であれ、今まで何人が言ったか知らんがここは美しいよ。本当に麗しい都市だ。今は戦争に取られて人がいないのを寂しいともいえようが、美しさが却って際立っている」

「ああ、そうなのかしら？」

ローゼルは、記憶が形をはっきりさせるようになってからこの方パリを出たことがなかった。

「何、私だってずっと日本に暮らしていて、やっとヨーロッパにやって来たのだ。ベルリンに、ミュンヘンやフランクフルトにも行ったが、それくらいのものだよ。スイスは素通りした。そんなことは問題ではなくて、別に比べることをせんでも、ただ眺めるだけでパリの素晴らしさを納得するには足りるだろう。こういう街は、最初から無窮《むきゅう》に残り続けるべく造られたような節がある」

「あら。そう？　大昔からあちこち壊しちゃ建てしてきたでしょうよ」

「そうだろうさ。当然だ。しかし、造る時にはそれがいずれ崩れ消え去ることを夢だにしないだろう？　そうして出来た都市なのだ。壊れても、そんな無邪気さと傲慢《ごうまん》さを忘れず、新たにアパルトマンを、劇場を、カフェを建てていけば良い。都市の美しさとは、そうした意志の集積だ。

東洋に行くと、事情は全く違うがね。私が来た東京などは、あそこは忍従《にんじゅう》と諦観《ていかん》の都市だ。それも一つの意志だ。徹底すれば美しかろうが、近頃はそれを忘れて石やら煉瓦やらをやたらに使う。開化の世にはもはや地震など起こらないと思っているみたいにな」

「へえ。知らなかったわ」

「しかし、それでも壊れるのだな。災害でなければ、人が壊す。今、ここで起ころうとしていることだ。戦争は文化と文化の争いだから、それに纏《まつ》わるものは皆巻き込まれずには済まない。

さあ、人と都市と、どちらが心残りだか、簡単には決められない。百年後か、二百年後に惜しまれるのは、それは都市に間違い無いからな――」

それまで酔漢を相手にする相槌を打っていたローゼルは、急に躰を引き起こされた気分になった。彼女の従兄が、一月前に前線に発《た》ったという時である。ローゼルが従兄の心配をしていることなど、ムラヤマは想像だにしていないようだった。

「そんな――、勝手なことを仰るわね。一緒に生きるでもない未来の人たちのことは知らないわ。あるのかもわからないことのために、生きていることの値打ちを下げられてたまりますか」

ローゼルがそう言うと、ムラヤマは眼を大きくしてわらった。

「そうだな。もし誰もかれもがマドモアゼルと同じような考えであったなら、世界は余程の平和を享受《きょうじゅ》できるというものだ。しかし、そうはいかないのだね。誰もかれも未来のことを考える。イギリスで、この戦争が何と呼ばれているか聞いたかね？『全ての戦争を終わらせるための戦争』だそうだ。無論そんな筈は無いのだがね。未来のことばっかり考えている小説家が言い出したらしい。

未来のことは考えずにいられない。そのために犠牲を強いることも止められない。が、それにしても、あんまりじゃないかね？　都市は歳月を経て堅固になったが、一緒に権力が生まれた。それは大きくなり、ついには短絡を起こした。それをつくる意志を持っていた人々に意志の破壊を命じる忘恩の矛盾を起こした。今、戦争に行くことを命じているものと、命じられているものとの関係を、誰かに、リクガメか何かの呑気《のんき》な動物にでも分かるように納得させて欲しいものだな」

ムラヤマが長広舌を区切ったので、ローゼルは彼の隣のトシコを見た。何も変わったところがないのに、ムラヤマと並んだトシコは、縮こまって十歳くらいも幼くなったように見えた。

「さて、そろそろ行こうか。名残惜《なごりお》しいので長話をしてしまったよ」

ムラヤマの表情はそんな感傷とは全く釣り合っておらず、ローゼルにはひたすら、子供の頃に怖がっていた屋根裏部屋の柱の木目に出来た人の顔のように不気味だった。彼女は、彼の言葉には何か行動の裏付けがある筈だと思い始めていたが、それが何だかは全く見当がつかなかった。そんなローゼルの顔つきを見てムラヤマは満足げであった。

彼はトシコを促して立たせた。

「無論私は、あなたや、あなたの家族や愛する人の無事を願っているよ。そうだ、私の親戚に、パリに残ろうという医者が居てね」

「ああ、聞きましたわ。輸血、でしょう?」

「そうだ。何だ、そんな話もしたのか」

ムラヤマの口調は子供同士が仲良くなったことを喜ぶ親のようであった。ローゼルは、黙っているトシコが内心では叔父のそんな態度をきっと受け入れていないと思ったが、結局、得体の知れない東洋人の二人の事情を察するには時間が足りなかった。

ローゼルは戸口に向かう二人にぞんざいに声を掛けた。

「それじゃ、あなたもご無事で。トシコさんも」

ムラヤマはわざとらしく大げさな笑みを、トシコはほんのわずかにローゼルの方に笑いかけて、酒場を出て行った。紳士は咳《せき》をしていて、あまり長生きしなそうな人だとローゼルは思った。その印象は、遠くの火事が消えたように、なぜだか彼女に不埒な安心を齎した。

5　輸血

一

寝台は他にも、右側に一つ、左側に二つ並んでいたが、皆空であった。鉄製のそれは重々しくて、不吉な感じがしないでもない。壁も床も白くて、病室らしく掃除が行き届いている。

「蓮野さんは？」

気がつくなり峯子はそう訊いた。峯子の左に並んで腰掛けていた両親と祖父の三人が、慌てて寝台の上に身を乗り出して、その質問は無視された。

「おい峯子！　大丈夫か！」

父の大声が無意味に病室に響いて峯子は真っ白いシーツの上で身を竦めた。その敏《びん》捷《しょう》な反応が、峯子の躰がようやく危機を脱したことを明白に伝えたので、三人は粗陋《そろう》な振る舞いを詫《わ》びるように、もぞもぞと掛けていた椅子に座り直した。

大声は後を引いて、緊張が解け安堵が広がると同時に病室は気詰まりになった。その間に、彼らの後ろに一人控えていた看護婦が寝台の傍《そば》までやってきて峯子に体調を申告させた。済むと、すぐに彼女は三人の背後で器具の点検に戻った。

「ここ見憶えがある気がするわ」

峯子は首だけを寝台から持ち上げて周りを見廻した。

見憶えがあるのは気のせいではない。東京帝大からほど近くに建てられた研究所の一室である。三年前に峯子が採血を受けたのは、正にこの病室なのである。

法医学研究所ではあるが、一応病院としての設備も整っていた。煉瓦造の建築で、壁が白いのはこの部屋だけである。広くはなく、注射器やガーゼの置かれた処置台は寝台脇をすり抜けるのに邪魔になった。

ところを告げると驚いたが、直ぐに得心した表情になった。

「蓮野さんは？」

峯子はもう一度同じことを訊いた。

「ええとね、今は誰だか、先生に話を聞いている筈だ。構内のどこかに居るよ」

そうなの、と峯子は小さく言った。

「峯ちゃん、何があった？　誰に襲われたか分かるかい」

「男の人だったわ。誰だか分からないの」

警察署を出たところをつけられたらしいという。

躰を起こして、峯子は注射針を刺された右の二の腕を小さくさすった。

「私が自分で何かすると、いつも誰かに迷惑がかかるわ」

家族は黙っている。私も、かけるべき言葉は持たない。どうやら峯子はずっと昏倒《こんとう》していたのではなかった。曖昧な意識で自分に施された治療の様子を悟ったものとみえる。

私と蓮野は運よく市電通りでタクシーを見つけ、大急ぎで研究所に向かった。他に選択肢は思いつかなかった。峯子は、素人目にも明らかに輸血を必要とする状態だったのである。そこらの病院に連れて行って、そんなことは出来ない。

矢苗家は神田だからここから極く近く、私が急を知らせに走り、家族三人を伴い駆け戻ってきた。

並んで座る彼らは張子《はりこ》になったみたいである。仕事帰りの義兄だけは背広を着ているが、隠居の義父と家婦の義姉は着物を乱して、特に義姉は、娘が無事と分かってからは、裾を掻き合わせて居心地悪そうに俯《うつむ》いている。

義兄と義父が向ける視線は、峯子がこうして病院の寝台に寝そべっていなければならなくなったことについて、峯子自身を追及する視線でもあった。それでも皆が黙りこくっているのは、昼過ぎに家を出て、暴戻《ぼうれい》な襲撃を受けなんとか命を繋ぎとめるに至った一人娘の半日の出来事に未だ納得が行かないのである。

峯子は、家族三人をベール越しに居るもののように避けて、寝台を挟んでその向かいに座る私の方に顔を傾けていた。私も、そのベールを取り払うべく何事かを喋らねばならなかったが、どう執り成すのか、私自身も困惑から立ち直ってはいなかった。

「ちょっと、蓮野の様子を見てくるよ」

萎《しお》れた水仙みたいになっている峯子は病室に残って欲しい様子であったが、私は立ち上がった。

廊下に出ようとするのに合わせて、配慮をしたものか、看護婦が立ち上がり私に続いた。部屋を出て看護婦が扉を閉めようという時に、峯子を問い糾す義父の声が聞こえ始めた。

二

　蓮野は何処《どこ》に行ったかと廊下を左右に見通すと、左手に三つ隣の扉が開いている。覗くと、中央に大きな個人机が一つだけ置かれ、しばらく使っていないらしい医療器具や書類の詰め込まれた棚が三つもある研究室である。蓮野は一人、机の脇の丸椅子に控え目に腰掛け、煙草を吸っていた。処置が済み、もうしばらくすれば意識もはっきりするだろうと医師が認めてから、峯子や家族に礼を言われることを嫌がって彼は一人さっさと病室を引き上げてしまったのである。

　私が戸口に立っているのを、蓮野はちらりと見てまるで無視した。仕方なしに机の傍まで行って、彼の眼前に立った。

「峯ちゃん気がついたよ。大丈夫そうだ」

「そうか」

　蓮野は大儀そうに顔を持ち上げる。立ちっぱなしの私が珍しく彼を見下ろす。

「――君は大丈夫なのかね？　顔色が良くないな。そういえば昼も食べてないだろ？」

「まあ大丈夫さ」

峯子の血液型は分かっていた。なにしろ村山博士の研究のため、以前にここで採血を受けていたのである。峯子はO型であった。輸血者を探して、クエン酸曹達《ソーダ》の溶液を使った至急の鑑識が行われた。結果、蓮野が同型だった。

研究所内に他にO型の人は居らず、蓮野一人でそれを賄ったために、座っていても彼はふらついている。峯子は、朧《おぼろ》な意識で蓮野から輸血を受けていることに気づいていたようであった。

「君、犯人の顔見たか?」

「見たが真っ白でどんな奴だか分からなかったな。あれは何だったんだ?」

「さあ、峯ちゃんは知ってるかもな。訊かなかったが」

私は、気にかかっていたことを蓮野に訊いてみることにした。

「——僕のせいだろうかな」

峯子が警察署を訪ねることになっていたのを誰が知っていたか? 私と、峯子の家族と、警察だけである。が、私は今日、村山邸に刑事が訪ねてきた時、峯子のことを話にあげてしまった。

それに答えて、刑事が峯子が警察署に話をしに行っていることを容疑者たちの前で喋ってしまったのである。不幸中の幸いだったのは、警察署を出た私と蓮野が徒歩で矢苗家に向かい、峯子の後を追うような格好になったことであった。

「そうかもね。あの後四人が何をしていたのだかは確かめておかなきゃいけないかなあ」

私と蓮野が連行されたのが午後三時ごろ、峯子が警察署を出たのが午後五時半ごろだそうだから、峯子を襲うべく準備する時間は十分にあったことになる。

「あの四人以外の、結社のものという可能性は？」

例えば、警察内に結社の内通者がいた場合であるが――

「それもあり得るな」

何一つ当てに出来る手がかりはない。この事件は旋風のごとくに突然吹き上がってきて、誰も彼も未だに立《た》ち眩《くら》みから覚めない。そして、博士の殺害同様に疑問が大いにあった。

「――何故峯ちゃんを襲ったんだ？　警察署で話をするって、何を話すんだかは教えていないんだし、それがどうして重要と分かったんだ？」

峯子が三年前に何を漏れ聞いたのか、知っているならもっと早くに手を打っている筈だし、大体、襲われたのは既にそれを話してしまった後なのである。

「だから、何が引き金だったんだろうな？　妙だよ。話してしまったから、報復か？」

「報復ならそんなに急がなくていい気がするな。峯子さんが人気のないところを通ることにしたのだって一種の気まぐれだったんだろう？　きっと。当てには出来ない」

そこをわざわざつけて襲ったのだから、やはり、峯子を襲うのには急ぐべき理由があったのか。

「何か、誤解を受けているのかな？　それとも、僕らも気づいていない、余程重要なことを峯ちゃんが知っているのか？　結社の秘密に直結するような——」

廊下に足音がして、蓮野は私を手で制した。斜視の学生が一人訝しげに部屋を覗き、おや、失礼、と立ち去った。

「そういう検討は後回しにしとこう。さっきの、芦原さんという医師はね、村山鼓堂博士の助手をしていた人だそうだ。手が空いたら話を聞けるみたいだ」

蓮野は廊下の隣の部屋を視線で示した。

芦原という人が峯子の輸血の処置にあたったのである。今は隣の研究室にいるが、さっきの看護婦が様子を知らせに行ったらしかったので、いずれ様子を見に出てくる筈である。結局、研究所を訪ねる口実を考え出す手間は省けた。

「——君は、ここで何をしているんだ？　勝手に入ったのか？」

「許可は貰ったよ。ここは生前の村山博士が私室代わりにしていた部屋だ」

「ああ！　そうなのか」

私は改めて研究室を見廻した。樹木の葉が散っていく途中みたいな、妙に間延びした感じのする部屋である。既に警察の調査が入った筈で、あるべき調度が幾つも欠けている様子がする。

蓮野が、机の奥、扉の向かいの壁に掛かった黒いカーテンを指差した。

「捲ってみてくれ」

言われた通りにすると、窓は硝子の向こうから無作法にベニヤ板で打ち付け塞いである。窓枠のねじ込み錠はどうやら壊されていた。

「ああ！　泥棒か！　そうか、ここから入ったのか」

水上婦人が、博士の事件の翌日研究所に泥棒が入ったという話をしていたのだ。

蓮野は芦原医師に泥棒事件のあらましを聞いていた。

村山博士殺害の翌日の夜である。夜更けに、立て付けの悪い窓の隙間に鋸《のこぎり》か何かを差し込まれ、錠を切断された。音は小さく宿直には届かなかった。

泥棒は鼓堂博士の使っていた室内を漁っていった。事件は、泥棒が去ってから定時の見廻りによって発覚した。侵入されたのは午後十一時から午前一時半くらいだろうという。部屋はひどく荒らされていたらしいが、既に片付いている。

「不用心だな。ついこの間泥棒に這入《はい》られた部屋にすぐまた泥棒を一人きりにしているのか？　ここの人は」

「まあね。しかし博士の重要な持ち物は警察が持って行っちゃうなりしてどうせ残ってない」

「君から見てどうなんだね？　この泥棒の手際は」

「どうとは何だ？　何ということも無いかな。普通だよ。僕はもう少し綺麗にやるかなあ。

　窓が傷だらけになっているだろ？　あれじゃ交換しなくちゃならない。こんなに簡単に侵入出来るんだから、交換するのが筋かもしれないけども」

　窓枠を見ると蓮野の言う通り、錠の周辺は抉《えぐ》れ、硝子にも工具で引っ掻いた傷跡が残っている。

「それ以外のことは、そいつがどこをどう引っ掻き廻したんだか分からないから何も言えない」

「なるほど。そうだ、何が盗まれたんだ？　村山博士が使っていた部屋なんだからなあ。絞首商会を告発するための手紙を保管していたのもここなんだろ？　何を探していたんだろうな」

　絞首商会の側に立ってみれば、博士の鞄から結社を告発するための手紙が見つかった以上、彼らを危険に晒すものが他にも残っていないのか確かめたいのが当然である。

「荒らされてはいたが、何が無くなったんだか誰も分からなかったそうだよ」

「そうか」

　私は室内をじっくりと眺め歩いた。

　見るべきものは大して無くて、三つある書棚の一つは殆ど空になっていた。あとの二つは、黄ばんだ書類がぎっしりと入っている。すぐには使うあてもないような古い研究資料が纏めて納めてあるのだという。金庫もあったが、丸ごと警察が持ち去ったようである。クローゼットがあるのを開いてみると、寝具が一揃いだけあって、あとはがらんとしていた。

　手掛かりになりそうなものはみんな持ち出されてしまった後なのである。蓮野も無駄と見切っているのか、もしかしたらそれだけの気力が無いのか、別に、この部屋から犯人に繋がる何物かを見つけ出そうとはしなかったらしい。

「――あれ？」

私は今更になって気がついた。泥棒事件を村山博士の殺害と並べてみると、無意味な空白がある。

そのことを蓮野に話そうと、彼の方を振り返った。いつの間にか、貧血の蓮野は丸椅子の上で萎《しな》びたわらびみたいに背を丸めていた。それがギョッとするほど無様《ぶざま》な姿だったために、私は思わず声を掛け損なった。躊躇った後、私はしばらくそのまま彼を丸めておくことにした。

峯子の病室の話し声が高くなる。内容はわからない。峯子は意外にも元気に、何事かに反抗しているみたいである。

「蓮野さん？　お待たせしました。手が空きましたのでどうぞ」

十分ばかり経っていた。戸口に白衣に眼鏡の男が現れた。俄《にわ》かに蓮野は跳ね起き、私も一緒に戸口の男に続いた。

三

芦原宏《ひろし》氏は三十代前半くらいと見える。二年前に助教授になったという。蓮野ほどではないが、長身である。氏はまず病室の峯子たちに声を掛けた。それから、私と蓮野は氏がさっきまで籠《こも》っていた研究室に招き入れられ、鉄の脚の貧弱な椅子を勧められた。

「今しがた警察には私から通報しておきました。慌てていましたから、ここのもの全員で忘れていましたよ。暴漢に襲われたそうでしょう？」

芦原氏は着席する前に、書類の山積した机に、演台であるが如くに手をつき私たちを見た。

「井口さんと仰るのでしたね？　どうも」

馬鹿丁寧に頭を下げる。私も慌てて会釈を返す。非常の際で、峯子の治療を頼むに際しても、落ち着いた挨拶は交わしていなかった。

「蓮野さんは大丈夫ですか。遠慮せずに血を使ってしまいましたね」

遠慮せずにというか、芦原医師は不慣れのゆえに手順を誤って、消毒の不十分な容器に蓮野の血を抜いてやり直したり、余計なことをしているのである。氏の親切はそれが元かもしれない。

平気ですよと蓮野は答えるが、診察するまでもなく不調なのは明らかであった。

ここは法医学研究所である。普通の病院ではないのだが、峯子をここに運び込んだのは、輸血に関して一番先進的な知識を持っているのが、おそらく村山鼓堂博士だったからなのである。

「鼓堂博士は、巴里《パリ》にいる最中に大戦が起こったもので、しばらく向こうの病院にいたのですよ。戦争当時は、各国から医師や看護婦が派遣されていましたからね。日本の赤十字が向こうで病院の体制を整えるのに、間に入って色々労をとったと聞きました。人命もたくさん救ったでしょうが、法医学上の研究の下心もあったんでしょうね。博士はその時に輸血に熟達したのです」

それを引き継いでいるのが、目下芦原氏しかいないのだという。

「あのお嬢さんは井口さんの姪御《めいご》さんですね？　大変な災難でした。幸い命には差し障《さわ》りなく済みそうですがね。私はあなた方の話を漏れ聞いただけですが、ただの通り魔ではないのでしょう？　しかも、村山博士の事件と関係があるとか？」

「はあ、どうやら関係があります。どうも、話が込み入っているのですがね――」

説明は任せた方が良いかと、私は言い澱んで隣の蓮野を意識したが、すると芦原助教授は俄かに彼の方に向き直った。

「そう、そうでした。蓮野さん。先に血を抜いておいてこんなことをお訊きするのも妙ですがね。あなたはどなたです？　帝大の出でらっしゃるそうですが」

「法科に居ました。経済学が主ですね。僕の経済学の実地上の実績は大正六年五月二十八日の朝刊に詳しく載っていますから興味があればどうぞ」

蓮野は、やはり水上婦人に探偵を依頼されたことは隠して、村山家の家族にちょっとした繋がりがあったのだ、ということを説明した。

「――それで、ちょうどそこにこういう事件が起こりましたからね。僕も、蓮野も、他人ごとでは居られなくなりました。面倒ばっかりおかけしますが、こういう折りですから、村山博士の事件の経過を訊けるだけお訊きしたいと思ったのです」

最後だけを私がそう引き取った。はあなるほど、と芦原助教授は頰《ほお》を撫でた。

「ここも博士の死後大変に混乱しています。講義は皆中止にしていますしね。妙な言い方になりますが、博士の死に方は、法医学者という職業に挑戦しているみたいでしょう？　色々な憶測が飛んでいる。新聞記者もひっきりなしに来ます。警察によると、何やら単なる殺人事件ではないのかもしれないようですね。不穏当な――」

「あの、訊いたら、何やら、無政府主義の秘密結社が関わっているんでしょう？」

新聞上では犯人の背後に存在を疑われている絞首商会のことまでは言及されていない。警察は公にしない方針と見える。

「ああ、ご存知なのですか。それなら——、私としては、蓮野さんや井口さんが犯人でないとも限らないのですから、何でもかんでもお教えは出来ませんが、言って良いことは言ってしまいましょう。何をお話しします?」

芦原氏は医師らしく患者向けの態度で落ち着きはらっている。

蓮野は、芦原氏に向き合ってはいるが、どうやら、私が時々紗江子にイーゼルの前でモデルをさせる時のように、決められた格好を崩さぬだけで精一杯の様子であった。本当なら、彼は意識を目前の景色に留めることを放棄して床の上に崩れ落ちてしまいたい筈である。質問の任は私にあった。

「あの、警察からお聞きのことだと思いますが、鼓堂博士が無政府主義秘密結社を告発しようとしていたというでしょう? 博士が、思想上どういう立場をとっていたのかご存知ですか」

「いえ。博士はそんな話を一切しませんでしたね。一切です。右がどうの左がこうのとかいうのには無論触れませんし、露西亜《ロシア》の革命だとかを他の教授が人ごとみたいに論じるのにも加わらない。

しかしそれだけ思想的な議論から遠ざかっていた以上は、反対に、何らかの無駄話の肴《さかな》にするべからざる思想を持っていたとも思えるでしょう? 私は博士が絞首商会の告発を試みていたと聞いて、ならば然りと得心しました」

容疑者たちの話では、鼓堂博士は思想上の転向者であったという。なおさら納得がいく。

「知らないのは思想上のことに限りませんね。私生活も、あまり詳しくは知らない。私も、十数年村山博士と付き合いがあったことになりますし、多分親しかった方に入るのでしょうがね」

「じゃあ、性格はどうだったんです？　付き合いづらくはなかったんですか」

「学者としては十分に常識人でした。が、医者としては人情味豊かではなかったかもしれませんね。

そうだ。そうでした。例えば血液型のことがありますね。こんな研究をしているにも拘らず、私は村山博士の血液型を知らなかったのですよ。それが今度の事件で、博士の遺体を鑑定して分かったのですがね。博士はO型でした。蓮野さんや姪御さんと同じ血液型ですね。O型の人は、輸血の際に他より少々不利があるのです」

蓮野は知っているのだろうが、私には知識がない。芦原氏は主に私を見据えて説明をした。

「血液型というものの研究が始まってまだ二十年にしかなりません。これは血球の凝集《ぎょうしゅう》の性質が人によって異なり、四種に分類できる、という発見ですね。ⅠⅡⅢⅣ式とかABO式とか、人によって色々違う表記をしているんですが、ここではABOを使っています。

この血液型が、輸血の際に重要になります。四種それぞれに性質が違って、不適合の血液を輸血してしまうと、大変に危険なのですよ。血が固まってしまうのですAB型は、他の何《いず》れの型によっても凝集しないが、逆に他の型を凝集させてしまうのだという。よってAB型は全ての型から輸血を受けられるが、他の型に輸血は出来ない。同様に、A型にB型は輸血できず、逆もいけない。

「そして、O型は何れとも違うのですね。これは、他のどの型と混ぜても凝集を起こさないのです。だからどの型の人間に対しても輸血が出来る。非常に便利です。ですがね、逆にO型以外の血液を、O型の人間に輸血することは出来ません。凝固してしまう」

「はあ、なるほど」

「もしかしたら、村山博士が自分の血液型を隠していたのは、自分の血が遠慮なしに使われちゃいそうで嫌だったんじゃないのか、とかいうものもいますね。大戦中の欧羅巴《ヨーロッパ》は大変だったらしいですよ。博士も今の蓮野さんみたいにフラフラしてたかもしれません。こじつけみたいな話ですが、確かに博士の性格とは合致しています」

所内にそういうことをいうものもいる、という。それは氏自身の考えのようでも、そうでないかもしれなかった。

私は質問に戻った。最前、村山博士の研究室で気がついたことを確かめておこうと思う。

「あの、博士の事件と、研究室に入ったという泥棒の関連を訊きたいんですが――、警察は、博士の屍体が発見された朝、すぐにここにやってきたんでしたね？」

「ええ。早かったですね」

「それで、泥棒が入ったのは既に警察が去った後なんですよね。翌日の夜だというんでしょう？」

「そうですね」

「遅いよな？」

私は蓮野の方を向いて、謎を彼に手渡そうとした。

「犯人は、村山博士が結社に関わる証拠を残してないか調べに来たのじゃないのか？」

「そうなのでしょうね」

芦原氏が相槌をくれる。

「でしょう？　――じゃあ、何で警察が十分に調べ上げた後でやってきたんだろうな」

手際が悪すぎる。現実に、博士の部屋から警察が絞首商会の内情を明かす証拠を見つけた様子はないが、犯人は呑気にしていて良かった筈はない。

「犯人は、何としても博士を殺害したその晩にここに来ないといけなかったんじゃないか？　それとも、事件の夜この研究所に侵入する機会がなかったとか、そういうことは――」

「それはどうでしょうね。事件の晩も、宿直が居たきりでしたし。その後も、犯人が改めて泥棒に来るとは思いませんでしたから、警備を堅固にはしませんでしたが。でも、博士が亡くなった後で宿直が緊張していましたから、忍び込むのには余計に気を使ったかもしれませんよ」

犯人は事件の当夜、屍体の処理に忙しく泥棒に入っている暇がなかった、だから後日改めて来た、そういうことはあるかもしれない。しかし、犯人のそもそもの目的からすれば、結社の証拠の回収が優先ではないか？　なぜ屍体の始末にそれほど拘らなければならなかったのか。

余計な疑問が一つ増えた。

つい空々と謎の形を手探りしだしたところに、蓮野が、私が忘れていたことを切り出した。

「博士がお守りみたいな木切れを持ってたそうですが」

博士が着ていた背広の内ポケットから見つかったというものである。午後の容疑者会議では検討する暇の無かった、奇妙な遺留品であった。私は考え事を振り捨てて、勝手に後を引き受けた。

「ああ、そうです。なんでそんなもの持っていたんでしょう？」

「あれですか。さあ、九年くらい前から持ち歩くようになりましたね。あれはですね、多分、どこか神社の御神木の枝をお守りにしたものなんですよ。実はですね――」

数ヵ月前のことである。昨年十二月のいずれかの日だったという。

鼓堂博士が、遅くまで残って、難しい顔で書き物をしていた。研究に関わるものではないらしいのが気になった。博士は芦原医師には決して見せぬようにしながら、それを封筒に入れた。

封筒の両面共に何も書かれていないことが好奇心を刺激して、思わず彼は訊いた。

「それは何なんです？　宛名も所書きもないですが。いいんですか？」

それに、構わんのだ、それはこれの神主のところに預けるんだよ、と言って例のお守りを芦原氏の眼前に翳して見せたのだそうである。

「神主？　神主ですか？　誰のことでしょう？」

「さあ、ともあれ、あの木切れはお守りで、その出どころの神社の神主の話のようでしたね」

「どこの神社のことなんでしょうね。何を預けたのかな」

「博士は何も言いませんでした。私も、何のことだかまるでさっぱり分からないから、あんまり大雑把に聞き返すのもちょっと躊躇しましたのでね。訊いておくべきでしたね」

村山博士は芦原医師の好奇心をいなすようにそんな半端な説明をしたらしく、芦原医師はそれ以上追及しなかったのである。

重要なものかもしれない。つい数ヵ月前のことだという。警察は調べをつけているのだろうか？

他に芦原氏に訊いておくべきことは――

「あの、多分警察から話をお聞きになると思うんですが、実は――、僕の姪は、以前にここで研究に協力した時に、妙な会話を耳にしているんです」

私は峯子から聞いた、採血の時に博士と誰かが言い争いをしていた話をする。相手が誰だったのか知りたいのだが――

「三年前ですか。大分人が替わってますからね。小使が取り次いだでしょうが、憶えてるのがいるだろうかな？」

もし分かったら教える、との約束を貰えた。

「よその人が村山博士に面会を求めてここを訪ねて来ることは普段からあったんですか？」

「ええまあ、ご自宅よりこちらにいることの方が多かったですから、来客も頻繁でしたね。そう、亡くなってからもご友人が来ますよ。ご存知かな？　事件後、白城さんと、宇津木さんと、生島さんという人がいらしたんですよ。博士のことを色々訊いていきました」

「え？　そうでしたか」

容疑者三人が来ていたのか。犯人探しをやっているのだから、調べに来るのは当然だが、それにしても熱心なことである。

「――本当に大丈夫ですか？　蓮野さん」

ハッとして横を向くと、蓮野は考え事をしているか、昏倒しかかっているかわからぬ様子で俯いていた。彼はおもむろに頭を上げて、顔は白蠟《はくろう》みたいな色合いながらに微笑を浮かべた。

「大丈夫ですよ」

その時、戸を叩いて小使が入ってきた。

「あの、警察の方がお見えです。皆様にお話を聞くとのことです」

「分かった。こちら、特に蓮野さんはお疲れだから、配慮を頂くようにお願いしておきなさい」

申し訳なさそうな笑顔を浮かべて、芦原助教授は行きましょう、と立ち上がった。

四

「蓮野、君、全くもって大丈夫じゃないだろう」

聴取が済むと午後十時を過ぎていた。私は、蓮野がうっかりするとぶっ倒れるのではないかと、いつでも支えられるよう気遣いながら研究所の門を出た。

峯子は病室に残っている。回復するまで家族も付き添う。私と蓮野だけが帰る。

「――君、今日はうちに泊まり給え。いや今日と言わず必要なだけだ。まともなものを食べて十分に休まないと駄目だろう。大したものは無いが君のところよりマシだ。店屋だって近くても八町は離れているだろ？　何かあっても電報を打つのに十分は歩かなきゃならない。そもそも君、そんな様子で家まで帰り着けるのかね？」

満月前の月が路地を照らしている。蓮野は、私の頼み事を聞くときよりもよほど厄介極まりない顔つきでこちらを向いた。

「遠慮しておく。いくら何でもちゃんと帰れるよ」

芦原氏も、病室で十分に健康を回復してから帰宅することを勧めていた。蓮野はそれを有難《ありがた》いが無用であると断って出てきたのである。

しばらく無言で歩いた。私が少し先に立って、蓮野は静かについてくる。

蓮野が疲労困憊《ひろうこんぱい》の極点にいるのは間違いない。だが、人通りの全く途絶えた夜の街路に出て、彼は奇妙に精神の活気を取り戻したようでもあった。それは何やら、額縁の中の不吉な肖像が絵の主の留守に勝手に屋敷の中を彷徨《さまよ》っているような感じで、彼の普段の人間染みた装いを脇に置いて影のように身軽になった姿である。

蓮野がそうして絵画の中の人物のようになりすましてしまうと、私には、彼の説明のつかない人間嫌いがごく当然に納得されることがある。絵に額縁が合っていないのと同じことで、人間模様の織りなす乱脈な飾りは彼には邪魔であった。

もっとも、そんな風に思えるのも数瞬のことで、ちょっと揺り動かすと、蓮野はすぐにその乱脈な飾りの一部と区別がつかなくなってしまう。私は振り向いて言った。

「――本当にいいのかね？　つまらん無理をするなよ」

「いい。君が心配してるような、貧血でめまいを起こして玄関の庭石で頭を打って死ぬみたいな間抜けな真似はしないから安心したまえ」

「信用ならんな。君は品川で一度恐ろしく間抜けな真似をやってるじゃないか――」

「何が間抜けかね。泥棒というのは警察に捕まるもので、捕まるのは当然のことだ。当然のことをしたんだから間抜けでも何でもない。警察が泥棒に捕まったんなら間抜けだろうけども」

私はそれ以上蓮野に家に来るよう勧めなかった。

「研究所でやらなきゃならないことはみんな済んだのか？　僕が芦原さんに訊いたのはあんなくらいで良かったのかね？　君、研究室での話はちゃんと聞いてたか？」

「聞いてたよ。あんなものでいいさ」

「何か役に立つことがあったか？」

「まだ、ただの異臭だからな。何が役立つかは分からない」

「しかし、峯ちゃんが襲われたんだから、もう無害なものじゃないのは決まりじゃないか」

それはそうだなと神妙に蓮野は言う。

「それでね」

私は、蓮野の頭が正常に廻っているのか探りながら、さっき研究室で考えたことを話す。

「ただの思いつきで、根拠は無いんだが、——村山博士は、本当に絞首商会に殺されたのかな？」

「ほう」

感心したか馬鹿にしたか、私は蓮野の予期せぬことを言ったようであった。

「だって、何というか、秘密結社の犯行にしてはちぐはぐな所が多すぎるんじゃないか？　警察が捜索をやった後でノコノコ泥棒に入ったり、峯ちゃんの襲い方も、あんまり上手くないだろう？　それに、兇器を吾妻橋に投棄してひとに罪を着せようというのもなあ。あれだけ派手に暴《あば》れまわっている結社が、そんなせこいことするだろうかな？」

「しかし水上婦人の持ってきた、結社の誰だかが梶太郎博士に宛てた手紙の文面を見た限りじゃ、絞首商会の犯行というか、絞首商会の命を受け継いだ誰かの犯行だろう？」

そういえば、確かに手紙には後継には独断で動いてもらう必要がある、と書いてあった。

「それに、結社の方では梶太郎博士に連絡を取らない方針だったんだろう？　後継が、一切を自分で判断できるものであることを期待する、とか書いてた。鼓堂博士が結社のことを平野という特高の人に仄めかしていたんだし、なら確かに音信は避けるのが得策だよ。だとすると、鼓堂博士の殺害を任された誰かは、結社とはまだ連絡をつけていない可能性が高いんじゃないかな？　あの書き方だと、できれば結社はほとぼりが冷めるまで大人しくしておきたいんだろう」

そういう気もする。一切梶太郎氏に任せるというのだし、犯人は氏から全てを引き継いで、他の結社のものには会っていないのかもしれない。二日前に蓮野の家で水上婦人が語った、梶太郎氏がジェニイという店に四人を連れて行った出来事は、いずれ後継を選ぶのに備えて、非常の時の結社との連絡のつけ方をあらかじめ教えておこうとしたとも見られるのである。

「だから、結社のためだが、犯行自体は組織ではなく個人の判断で行っていると？」

例えば、鼓堂博士の殺害から、研究所に泥棒に入るのに時間差があったのは、執行人と連絡のつかない結社のものが博士の死を知って、遅いと知りつつ書類を回収するべく侵入したからである、これはあり得るかもしれない。

しかし、それでも私は腑《ふ》に落ちなかった。

「やっぱり、梶太郎博士の後継のやったこととすると、あの屍体の処理方法が納得できないな。結社の命を帯びているんだから、屍体をこねくり廻して誰かに罪を着せることを企むより、書類の回収が先じゃないか？　それに、独断でやることにせよ、仮にも無政府主義者が、警察に無実のものを人身御供《ひとみごくう》にしてそれでよしとするのがなあ。いずれ警察自体を廃絶しようとしているのに筋が通らないだろう？　卑怯《ひきよう》だ」

「へえ？　君もそう思うか？」

「――うん」

絞首商会の思想も、活動も、知られることは漠然としていて不気味である。にも拘らず、私はその過激であることに潔癖さを期待しているのに気づいた。

蓮野は得心した溜息を漏らした。

「だから、そんな事情を察した上で行われた、秘密結社に罪を負ってもらおうと考えた誰かの犯行じゃないかということか」

「そうだ。何だ？　馬鹿にしているのか？」

「いや？　利口だと思った。しかし峯子さんを襲ったり、研究所に泥棒に入ったりしたのが秘密結社に罪を着せるべくやったことか？　面倒で迂遠《うえん》すぎやしないか。それに、結社に罪を着せるのと、橋を通りかかった人に罪を着せるのを同時にやっていることになるよ」

「いや、多分、全てが偽装工作ではないんだろう。別の理由があってやったことかもしれない。峯ちゃんの方や、泥棒は本当に結社かもしれないんだし、ええと――」

何が偽装であり何が異なり、それはどんな目的で行われたのか、はっきりした考えは無い。

「でもとにかく、犯人が絞首商会と無関係の可能性も考えなくちゃいけないんじゃないか？」

「うん。そうかもな」

蓮野は鈍重に言う。

「それなら容疑者はあの四人に限らないということになるのかな？」

「いや。どうかな。屍体を村山邸に投棄してるし、それに、絞首商会に罪を着せようとしたのだとしたら、博士がそれを告発しようとしていることに感づいた人物ということになる。やはりあの四人の可能性が高いんじゃないかな」

私も、そうだろうと思う。何より四人のやっていることはいかにも不審である。

「書生と博士の妹の静子さんという人は一応容疑者に加えたほうがいいかもしれないけども。その条件ならね。でもまあ、一番怪しいのはあの四人だ。そうだとして、井口君、君はどうするべきだと思うんだ」

突然に私に矛先を向け、蓮野は立ち止まった。電柱に凭れて大きく息を吐いた。

彼は返答を待っている。その様子には私を詰問するとか、私を煩《うるさ》がっていることが滲むような気配はなく、そんな生鮮な人間味は彼のどこを抓《つね》ってもなかなか表に吹き出してはこない。

どうも、蓮野は私が何かの役割を果たすことを期待している。その役割というのが何か、もしかしたら彼自身も目算は立っていないのかもしれないが、しかし峯子の襲撃や研究所で見聞きした事柄から、蓮野は、どこか思索を広げていくべき方向を見定めつつあると私は思った。

それで、――どうするべきか？

「そうだな、一応、容疑者たちの身辺を改めて探ってみるべきだと思うな。犯人が結社と関係ないかもしれないことを念頭に置いてだ。何か、博士を殺す動機とか諍いとか、重要なことが分かるかもしれない。無駄だと思うか？」

「いや。大いに有益なんじゃないかな。しかし君、どうやるつもりだ？」

調べるといって、容疑者の家族友人に纏わりついて、あの方死んだ村山博士と喧嘩《けんか》してませんでしたかと訊いていくのだし、警察の捜査権を以って行うのでもなく、容易でないのは確かである。

蓮野がそういう探偵みたいな真似をしたがらないことは重々承知している。彼が、水上婦人の頼みをどう遂行するつもりだったのか、そもそも依頼を正式に受理したことになっているのかどうか、話は曖昧であった。

だが、峯子が襲撃を受けるに至った以上、真相探しを遠慮してはいられない。

「僕がやってみるよ。交代だ。君はしばらく休んでいたらいいさ。まず、晴海社長に会ってこようかと思う」

「ほう？　なるほど」

それはいいかもしれないな、と蓮野は呟いた。

「とにかく、明日にでも横浜に行くかして、事件のことを社長に相談してみるよ。――あと、お守りか。あれは事件に関係あるんだろうかかな？」

神社の神主に大切な書類を預けたらしい、というのである。事件との関連以前に、神木を削ったお守りや、それの出どころに重要な何かを託すという行いと、法医学者の村山博士の脈絡が分からない。しかし、そのちぐはぐさは博士の殺害のちぐはぐさと相似している。

「警察は調べているのかな？　お守りの件は。神社がどこか分かっていないんなら探すのは大変そうだな」

ただの木切れみたいなものだというから、そこから辿るのは困難の筈である。

「そういえば、容疑者たちの間じゃお守りの話は全く出なかったよな？　まだ芦原さんの話を聞いてないのか、それともう無関係だと結論が出てるのかもなあ。――大丈夫か？」

返事をしなくなっていた蓮野を、眩暈《めまい》でも起こしたのかと私は見上げたが、彼の眼光は澄明《ちょうめい》である。前方を見つめながら、彼が背後に注意を向けているのが頸のわずかな回転で分かった。

「付けられてないか？」

「え？」

小声で蓮野が囁《ささや》いたのに、私は引きつった返事をした。

蓮野が気にしている方に私は眼を凝らした。ただ、月明かりがあるだけで、路地の曲がり角や電柱、郵便ポスト、幾つもの物陰《ものかげ》が路の奥に向かって闇深く並んでいる。それらに彼が感じ取った気配を探ったが、何も異変を見つけなかった。

「誰か居たのか？」

「いや、居ないか？　――まあいいや。早く帰ろう」

投げやりな口調であった。彼は電柱から躰を引き離して歩き出した。

気のせいだったのか？　峯子が襲われた直後である。私は自分の背後を忍び歩く襲撃者の想像が止まなくなり、前を向いて歩けなくなった。が、蓮野は振り返りもしない。

「君が言ったのはみんな真っ当なことだと思うよ。無駄になるかも分からないが、やってみないわけにもいかないだろうな。まあ頑張ってくれ。気をつけろよ」

それだけ言い切って蓮野の眦《まなじり》が脱力するのが分かった。

話は終わりである。私は謎を目前に、煩く蓮野に纏わりつき過ぎた。

疑問は深まり、事態は深刻の度合いを増していくばかりに思える。はっきりしたのは、私が傍観者でいるわけにもいかないということだけである。

「あ――、うん、分かった」

蓮野は御茶ノ水《おちゃのみず》で市電に乗った。

彼が居なくなると急に夜の帝都の街並みが秩序を無くしたように感じた。いい加減大丈夫と思った不確かな背後の追跡者が不気味になり、胸中俄かに家に一人残している妻の心配が膨《ふく》らんだ。

私は眠りの深まりつつある家並みをバタバタと自分の邸に駆けた。

＊

夜は十分に更けた。

宮尾は博士の殺された晩と同じように、家中が静かになってから、村山邸の裏門をそっと抜け出した。北に二軒行き過ぎて、路地を通って正面の通りに出る。宇津木邸に向かう。半町ばかり先だから直ぐである。

宮尾は混乱していた。事件以来自分の周囲で起こっていること、容疑者たちが村山邸に集まって何事か相談していること、秘密結社の絞首商会の噂が飛び交っていることや、水上婦人が昔の泥棒を探偵として迎え入れているらしいこと、それらの出来事は宮尾に何も訳を断らずに、ただ彼の眼前を行き過ぎていった。

自分の姦通が公になるのではないか、まかり間違って自分が犯人にされてしまうのではないか――、状況を誰にも知らされない宮尾の不安は際限がなかった。

鼓堂博士の葬式の時に静子の姿を見てはいたが、彼女は兄を亡くした妹の役に忙しかった。宮尾はその姿を遠くから眺めるだけで一度も眼を合わせず、むしろ宮尾は静子が彼の方を気にする素振りをひとつたりとも見つけられなかった。

なんとかして、静子に密談に付き合わせる機会を探していたのだが、今晩、夫の宇津木が留守にするという。今日の午後に、村山邸の、鼓堂博士殺害容疑者の会合に来ていた彼が、帰り際に玄関で誰かに向かって言うことを聞いたのである。

「これから鎌倉《かまくら》の知人の家に届け物に行かなきゃならんのですよ、この時間だから今日中には帰ってこられないだろうなあ――」

静子には何の約束もしていない。しかし、これを逃してはいつになるか分からない。

無人の通りを抜けて宮尾は門前まで来た。宇津木邸は、村山邸に比べればごくささやかな二階建で、正面の木戸は鍵をかけない習慣になっていて、宮尾は難なく潜《くぐ》り抜けた。

芝生と物置の庭である。彼は塀の内側に張り付いて、二階の窓を見上げる。灯りは消えている。宇津木夫妻の寝室である。宮尾は芝の上の松の小枝を拾って窓に向け放った。

いつも使っている手段であった。そうしておいて、静子が合図を返すのを待つ。――数分経ったが、返事は無い。熟睡しているのか？　約束が無いのである。もう一度、小枝を放った。宮尾は焦る。何とかして今日、不安の一片でも解消してしまいたいのだ。

時間を空け、数度それを繰り返した。彼は、そのうち窓に静子の白い顔が現れることを予期していた。だから、そちらにばかり注意を向けていたのだが――

表玄関が、ゆっくりと、何とか通り抜けられるだけ開かれた。そこを、白い寝巻き姿の静子がすり抜けて現れた。

彼女は宮尾の姿を認め、怯《おび》えた。が、ともあれ玄関に向き直って、絶対に軋ませぬ注意をもってそれを閉めた。忍び足で彼の方に歩いてくる。宮尾が不注意に声をかけようとすると、静子は必死の形相でパッと彼の口を押さえた。彼女は少し迷うそぶりを見せてから、宮尾についてくるよう合図をして、木戸を出た。

連れて行かれたのは、二軒隣の家である。ちょうど留守にしていることを静子は知っていたらしい。戸のない門を勝手にくぐって、塀の裏に隠れた。静子が喋るのは囁き声だが、しかしヒステリックであった。

――どうしたのよ！　どういうつもりで来たの？

――今日、あれ、居ないんだろ？　心配だったんだよ。話を合わせておかなきゃいけないかもしれないじゃないか。

――居るわよ！　隣で寝てたわ！　どうして留守だと思ったの？　わたしが先に気づいたからよかったのよ。あなたが窓で音を立てるから――

聞いていたことと違う。

宮尾は焦りながらも、自分と同様に、静子が兄の死を悲しむよりも自身の行いが露見することを気にしているのに安堵した。が――

――鎌倉に行くって聞いたんだよ。止したのか？

――何？　何の話？　そんなこと言わないわよ。聞いてないわ。

――いや言ってたんだ。今日来た時にだよ。

二人とも、それまで思いがけなかった可能性が突然持ち上がったので、暗然として互いの胸元を見つめあった。夫の宇津木氏がいかに鈍物であるかが、二人の密会を面白くしていたのである。

それが――、ただの宇津木の気まぐれなのか？　それともわざと嘘の予定を宮尾に聞かせたのか。

――でも、気づいてるんなら、静子にも留守にするって言っておく筈じゃないのか？　そうやっておいて、本当は近くにいて、様子を窺う筈じゃないか。

――そんなの分からないわ！　あなたにだけ教えといたら、のこのこうちまでやってくる様子が布団から観察できて好都合だって思ったかもしれないじゃない。

――寝てたって言ったじゃないか。

――違ったかもしれないわよ。起きてたのかも――、そうやってわたしがどうするか見てたかもしれないのよ。

静子は身を縮めて辺りを見廻す。何の物音もないのを確かめた。しかし宮尾も宇津木の邸が気になって仕方がない。

——わたし、早く戻らないといけないわ。今なら誤魔化せるわ。庭に狸《たぬき》がいたとか言えば済むのよ。

——いやちょっと待ってくれ。話し合っておきたいことがあるから——

——何よ。何にも無いでしょう。わたしはお友達のところに居たんだし、あなたはおうちにいたのよ。それでいいでしょう。

——そういうことじゃないんだ。だから、それは——

宮尾はしどろもどろになる。静子に会いさえすれば抱えている心配は概ね溶解するだろう、という事前の思惑は外れた。それに彼は、宇津木の留守を訪ねることになるなら、事件の混乱で心を疲れさせた静子が自分を縋って、ただの相談でことは終わらないかもしれないとも考えていた。

宇津木は居た。その上、もしも彼が不在だったとしても、宮尾が予期していたことは起こらなかったに違いないのが彼女の様子ではっきり分かった。自分が静子の中に占めている筈と思っていた領地の広さを宮尾は全く見誤っていた。それに、彼は想像以上の窮地にいるかもしれないことが突然判明したのである。

——あの晩、俺らは誰かに見られなかったかな?

——待合の女中には見られたでしょ。でも、名乗ってなんかいないんだし、大丈夫よ。あなた、警察とどうにかしたの?

宮尾は、騙すように静子の脇腹のあたりに右の手のひらを差し向けた。抱きよせるように見せて、性欲に動かされたのでないことが明らかの、宮尾の方が静子に凭れ掛かろうとする手つきだった。彼女はその手を口調とは裏腹な冷静さで躱した。

宮尾の胸中に惨《みじ》めさが広がっていく。相談するには静子しかいなかったことを、彼は喋る決心がつかなかった。

宮尾が抱え込んでいたのは、事件の晩に彼が目撃したことであった。

生島である。宮尾は、あの事件の日、静子に会いに向かう途中、生島が、向島の待合の通りを人目を憚《はばか》る様子で歩いているのを見たのである。

生島は今、警察から疑いを受けている。

事件の晩は夜通し散歩をしていたと主張しているという。向島の通りに居たのは散歩の一環だったのか？　立ち並ぶ待合のどれかに入って行ったのか、その現場を押さえたわけではない。が、そこは散歩の道すがらに通るような広い道でもなく、そんなところを歩いていたのだから、どこかに用があったのに違いないと思っていた。宮尾は、自分が生島を見たのと同様に、生島に自分が見られたのではないか、その疑惑に怯えていた。

待合に入る前に、宮尾は時間合わせに辺りを出鱈目《でたらめ》に歩き廻った。一度、生島と眼が合ったように感じたのである。夜のことだから、向こうはそれが宮尾だとは気づかなかったかもしれないが――

彼が真実何をしていたのか分からない。しかし、警察が生島への疑いを強めていくならば、彼の口から、宮尾があの日待合に居たことは白日の下に曝《さら》されるかもしれないのである。

静子は急《せ》かすように宮尾と外の通りを見比べる。彼女に話したところで何も解決はしないだろう。

余計な心配を彼女に掛けて自分への軽蔑を余計に増す。しかし、黙っているには心が重すぎた。

――じつは俺、あの晩に、人に見られたかもしれないんだ。あそこまで行く途中なんだが。

――え！　どうして？　誰に？

物音がした。

小石を蹴る音であった。塀の外からである。ハッとして二人は黙る。

人の気配がする。いつからか？　二人の会話は聞こえていたのか――、彼らには、塀を出て音の主が誰か確認する勇気は無かった。その、地面を掠《さら》った物音は、漫《そぞ》ろ歩きの雑音ではなく、何かの感情が込められたような響きであった。やがて、足音がして、外の誰だかはどこかへ去ったとみえた。宮尾は静子に促されて、塀に手をかけそっと通りを覗いた。

誰もいないようである。そう静子に示してみせると、彼女は宮尾に一瞥もくれず門を出て、邸に一目散に駆け出した。

辺りは再び森閑《しんかん》とした。宮尾は一人呆然《ぼうぜん》として取り残された。

6 調査

一

十時頃に赴いた横浜の街は生暖かかった。私は電車を桜木町駅で降りて弁天橋の方に歩く。

晴海社長に面会しに来たのである。今朝電話をしてみたら、昼前になれば手が空いているという。

橋の上からは港に赤灯台が眺められる。それを過ぎて本町通りに入り、少し行くと馬車道に交差する。横切るときに右を向くと、横浜正金銀行の屋根のドームが見える。

本町通りには瓦屋根《かわらやね》の商店に交じって銀行や保険会社の石造のビルが並んでいる。

電柱と街路樹に並んで人力車が控えている。しばらく歩いて、開港記念会館の近くに建つのが晴海商事である。

四階建の石造のビルディングで、明治の終わりに建てられた。丸みを帯びた意匠の西班牙《スペイン》人の建築家によるもので、晴海社長は、建てたはいいが気に入らんと眺めるたびにこぼす。なかなか良い設計だと私は思う。

入ると背広を着た受付係がカウンター奥に腰掛けていて、彼は私を嫌っている。

私に限らず、晴海社長の支援を当てにして出入りする画家を皆嫌っているのである。嫌っているばかりでなく、しばしば嫌がらせをする。酷いと、託《ことづ》けた手紙を誤魔化されることがある。友人にそのことで晴海社長に苦情を申し立てた奴も居るが、曰く我々画家が世間に嫌われていないのならそもそも支援の必要がないのであって、だから当然と思えと、そういう話であった。

社長室に晴海氏はいるというので、それだけ聞いて、エントランスを通過して、幾つもある応接室に挟まれた廊下を抜け、昇降機で四階にあがる。室は昇降機を出た正面にある。

花梨《かりん》製の扉を叩くと、誰だとも入れとも言われずガチャとおもむろに開かれる。無作法ともいえる手際だが、開けるのが晴海社長本人だから文句は無い。

「お前か」

訪ねるのは久しぶりである。が、見飽きたものに遭遇した口調で晴海社長は言った。

七十過ぎの白髪白髯《はくぜん》で顔は陰影が濃く、近頃は頬が落ち窪《くぼ》んで不健康に見えるが、別に躰は悪くないそうで、並んで歩いても私に後れをとらない。

「入れ」

「はあ、どうも」

晴海氏は紺の袴《はかま》に大島紬《おおしまつむぎ》で、普段から大抵は和装であるが、社長室は絨毯敷の上に大理石の天板のデスクを据え亜米利加《アメリカ》製の革張りの安楽椅子を置き天井まで届く書棚を設《しつら》えた洋式である。麻布にある本宅は武家屋敷のごとき構えで、服装のほかは、晴海氏は公私で和洋を使い分けている。

勧められもしないが勝手に安楽椅子に掛けた。晴海社長は、私の対面には来ずに、デスクの背後の回転椅子に座る。社長秘書は留守のようであった。

「井口。仕事中に昼間から訪ねてくる以上、用件が仕事以上に下らんことであってはいかん」

「はあ」

「仕事より下らんことなど滅多に無い筈なのだがな。しかしお前は不思議に馬鹿馬鹿しい話を見つけ出してくる」

晴海氏は私を見もしない。手元に注意を向けている。書き物をしていて、デスクの上には読みかけらしき手紙と眼鏡が放り出してあった。

「多分今日は大丈夫です。そんなに下らない話じゃないです。或いは、人命が懸かってるかもしれないんですよ」

何かの手掛かりを貰えると思って来たのである。

晴海商事は総合商社である。それだけでも付き合いは多岐にわたるが、土地を扱ったりホテルをやったりして、私の知るうちに、晴海氏ほどに顔が広い人も他にいない。倫敦《ロンドン》の骨董商だった私の祖父とも付き合いがあったことを知り合ってしばらく経ってから教えられた、そんな因縁もある。

容疑者の多くが会社勤めなのである。その上、それぞれ低くない地位にいる。氏ならば、もしかすると宇津木氏、白城氏、生島氏あたりとは直接面識があるかもしれない。そうでなくとも何か噂を知っているとか、良い調査方法は教えてくれようと思う。

晴海氏は直ぐには私の話を聞かず、最近輸入を始めた絵具《えのぐ》を使ってみたかとか、仕事をしながら十分余りも無愛想に世間話をした。

「そういえばお前は近々誰だか露西亜《ロシア》の宣教師と会うとか言っていなかったか」

「あ、そうです。露西亜《ロシア》人の主教だそうです。蓮野と一緒に会ってきます。再来週の約束になっているんですが――、本当はそのことでも相談があったんですが、もう後廻しでいいです」

「お前はいつも金にならんことで忙しいな」

晴海氏は万年筆を置いた。手紙を書き終えたようである。

「そろそろ相談というのを言ってみろ」

顔を上げてデスク越しに社長は視線を寄越した。

水上婦人が蓮野を訪ねてきたところから昨日までの経緯を説明した。一度、水上婦人が晴海氏に蓮野の居処の問い合わせの電話をしていたから、話の通りは早かった。

晴海氏は終始そよ風にも吹かれない柳の如く無表情に聞いた。蓮野が思い掛けず村山博士の事件に関わりを作ったことと、峯子が襲われたことを話したときにだけ白髭に隠れた口許を厳しくした。

「お前の姪は今どうしているのだ」

「電話で聞いた話ですけど、今日の内には家に連れて帰るみたいです。血を失くして胸を打っただけで、怪我《けが》は酷くないということでしたね。輸血の副作用の兆候もなくて、研究所だと峯子が落ち着かないんだそうです。前に博士の怪しい会話を聞いたところだし、泥棒も入ってますから」

事件は研究所をその縄張りに含めているようで、安心ならなかった。一方で矢苗邸は、今年一月蓮野が訪ねた際、彼になかなか侵入の難しい家だと評されている。

「連れて帰ってからどうする？」

「しばらくは家にこもることにするそうです。多分家族が皆付き切りで護衛して――」

「政治家に爆弾を抛《ほう》るような秘密結社が関わっているのだろうが。警察は門を張ったりせんのか」

警察が言うには、誰が何故襲ったのだか分からないが、峯子が一人になるところを狙って鈍器で殴打するという手段を採っている以上、家で十分な用心をしておけばよかろうとのことなのである。

「義父が、役に立たんといって怒ってました。でも、請願巡査なんか頼むわけにもいかないんですよ。事件の経緯がはっきりしないものだから、いつまで何を警戒しなきゃいけないのか分からないんです。だから解決を急がないといけないんですが――」

「ふん。そうかね」

「何かご存知じゃないですか？　噂でも何でも」

晴海社長は答えず、そこに座ったままで待っていろ、と私に言いつけ、社長室を出て行った。五分余りも経って、社内のどこかから、革表紙の帳簿だか日誌だからしいのを数冊抱えて戻って来た。難しい顔でそれらをペラリペラリと捲りながらおもむろに切り出した。

「宇津木というのは知らん。波田製紙という会社も聞いたことが無い。いや、無いのでもなかろうが憶えとらんな。儂《わし》とまるで関わりはない」

「ああ、そうですか」

「日生製粉という会社は、別に商売付き合いは無いが社長や重役の幾人かが顔見知りだ。生島というのは知らんがな。それでだ」

探していたものを突き当てたらしく、晴海氏は手を止めた。

「三河護謨工業の、白城専務理事には会ったことがある。会計に関わっていると聞いた。一度顔を合わせただけで親しくもせんがな。白髪交じりで黒い蛞蝓《なめくじ》みたいな髭を生やしたのだろうな？」

「それです」

「三河というのは取引先だ。二十年も続いているな。ここで輸入したゴムを使って電線だの自転車のタイヤだの色々作っているのだ」

晴海商事の関連会社が南方でやっているゴム農園のゴムを買い入れているそうである。

「それが、最近半年くらいだがな、支払いが遅れることが多くなった。あまり続くからいい加減にしないとこちらも取引を慎重にせんといけなくなるぞと言うと泣き付かれた。三河の社長にだ」

年が六十二、丸顔、白髪を側頭部と後頭部に残す他は禿頭で、金縁の眼鏡を掛けて、伊太利亜《イタリア》で仕立てた背広を自慢にしていつも着込んでいる、と氏は何故か三河護謨工業の社長の風貌《ふうぼう》を詳しく説明した。

「その六十二歳が今お前が座っている安楽椅子に腰掛けてだな、晴海さん晴海さんと気色の悪い声をあげてオイオイ泣く。少し待ってくださいきっと何とかする、男一生の約束だと喚《わめ》く。要するに経営がかなりいかんのだ」

何がどういけないのか晴海氏は問いただしたが、社長は筋道の立った答えをしなかったという。

「しかしな。付き合いが長いから三河のことは儂も色々知っとるが、ものは十分に売れている。あれだけ調子のいい商売をしておいて会社を傾けるのは、よっぽどバカでないと出来ない筈だ。或いはどこか外の誰かと取引をして資金の使い方を誤ったとかいうなら儂に噂が届く筈だな」

「はあ、なるほど」

「恐らく会社の中で金が紛失しているのだ。——儂は、三河の会社の内で、横領をやっている奴が居るかも知れんと思っとるのだがね」

——そうか。私は白城氏の役職を思い出した。

晴海社長がデスクの上で確かめているのは取引の記録らしい。氏は話をしながらも、振る舞いはさっきから私を全く無視している。

「三河は計算ごとよりゴム細工の工夫で社長になった方《ほう》だからな。会計監査も機能しとらんのじゃないか？　任せきりらしいからな。なかなか気付かんのだろう。他人の会社のことだから放っておこうかと思っていたが、——ふん」

「どうにかするんですか？」

「儂はやらん。やるならお前がやれ。額の大きい横領は金の出し入れに関わるところに居ないと出来んからな。白城は、重役が足らんものだから他所から連れてきた奴だった筈だ。それに、白城、儂が一度会った時、実に横領でもしそうな髭をしていやがると思ったのだ」

「――そうですか？　はあ。僕はあんまり、そうも思わなかったですが」

お前は人を見る眼が無い、と晴海氏は断言した。

「警察なら許されんが、商売ならそういうことで人物を判断して構わん。蓮野みたいに見た目じゃ全く泥棒だと分からん奴も居るがね。泥棒なら泥棒顔をしていても仕事に差し支えんのだがな。横領犯こそ横領犯顔をしていちゃいかんじゃないか――」

ブツブツと、何故か怒ったように氏は呟く。

「さて。どうするかね？　お前は、村山鼓堂博士の殺害に結社と無関係の動機があるのではないかと疑っているのだったな？　儂はその博士は知らんから、白城が横領を働くのに博士が余計になることがあったのかどうかは分からん。だがな、人を爆殺するのには金が掛かるだろう。隠れたり国外に逃げたり手間のかかる仕事だ。資金源は色々あるのだろうが、そのうちの一つだったと考えることも出来ような」

白城氏が横領を働いているのか、そうだとしてそれが村山博士の殺害に繋がっているのか、根拠は薄弱であろうが、捨て置けない話ではあった。

「――三河に潰れられると儂とて嬉《うれ》しくはないのだからな」

「あの、それで、どうするんです？」

「儂がお前に訊いているのだ。どうするかね？　お前には全くの無駄骨になるかも知れんが、三河の会社に行って調べてくることは出来るだろう。社長が困り出したのが半年くらい前からだ。最近になって余程の金額が抜かれたのかも知れんな。取り返せるかどうか、急がねばならんだろう。あいつに任せておいてはいつ解決するか分からん。証拠もなしに不用意なことをすると何もかも隠蔽されかねんしな」

「調べてくるというのは——、僕が、ですか？」

「そうだ。儂はやらんと言ったろうが。それにだ、儂の知り合いに平日の昼間からそういう下らん用向きを持って人の会社に訪ねて行くだけ暇な奴は多くない」

それに案外お前が適任かも知らんぞ、と、晴海氏は、社長室に不似合いの私の薄汚れた着物を睨みながら、ぶっきらぼうに言った。私こそ不用意なことをやりそうなのだが——

「僕が、背広でも着て、社員だか監査人だかのような振りをして社内のことを探ってくる、と？」

「そういうことだ。向こうは画家なんぞに用は無い。もしお前が夜中に忍び込もうとか考えているのならば、相談する相手が違う。予《あらかじ》め調べのつくことは調べておいてやる。やるかね？」

別に、時間をそれほど無駄にするわけではない。多分半日仕事である。解決を遅らせるのは怖い。

私はやると決めた。話を打ち合わせて、夕方に晴海商事のビルを出た。

二

翌々日、月曜である。三河護謨工業は千駄ヶ谷《せんだがや》にあった。

思っていたよりも早いが、三河社長に訊いたらちょうど白城氏が会社を留守にしているから、行くなら今日の午後に行けと、そう晴海社長に電話で指示を受けた。白城氏は他所の会社でも相談役を兼ねていて、今日はそちらに用があるのだそうである。

行き交う人の私に向ける眼が、微温の笑みを湛えている気がする。普段洋服を着ることなどないし、自分の背広は持っていない。一昨日、晴海商事に居た社員から、社長が私と体格の合うのを選んで無理矢理に借りて来たのである。

いつもはそう相好《そうごう》を崩すことのない紗江子が、今日、家を出る私を見送るのには笑いを堪えかねていた。袖で口許を押さえながら「ご無事で」と本気か馬鹿にしたか分からない言葉をかけた。洋服を着せられた猿回しの猿の気分がする。

三河護謨工業の敷地《しきち》は四千坪余りで、どれがどれとは知らないが、編組工場、塗料工場、撚線《よりせん》工場といった群が棟を分けて建ち、そして工員の寄宿舎や倉庫はそれと解る外見をしている。倉庫の脇の木造の三階建が、私の向かう社屋である。

無機質に運転を続けている工場の脇を抜け、社屋の入り口を潜った。呼び鈴を使って私の来訪を社内に周知することはせず、廊下の奥に、椅子に掛け、布切れに縫取りをしていた小使の少女に声を掛けた。彼女は出勤簿によく眼を通していて、こっそり取り次いでもらうには一番良いと、普段三河護謨工業に出入りしている晴海商事の社員から聞いてあった。

「ええと、白城さんにお目にかかりたいんですがね」

「あら、白城は今日は不在でございますわ。お約束でございますか?」

「いや、そういう訳じゃないんだが、どなたか、会計の人にお話をしたいんですよ」

「ええ、取り次いでまいりますわ。お名前をよろしいでしょうか」

「はあ、――大月《おおつき》と言います」

私はもたつきながら鞄の名刺を取り出して差し渡した。近眼なのか、両眼を見開きそれを掲げ見てから、小使は奥の階段を登って行った。私は、顳顬《こめかみ》の、垂れてもいない冷汗を拭《ぬぐ》った。

名刺は一昨日、晴海商事にあった和文タイプの活字を使って急拵《きゅうごしら》えしたものである。大月彬《あきら》という、私のでない名前が入っている。つぶさに見比べれば晴海商事の正式の名刺と違っているのが分かるのだが、それは晴海社長が事後処理に当たる際に、私が真実社長の回し者であったとも、或いは晴海商事のものを騙《かた》っていたのだとも、どちらの態度も取られるよう配慮したのである。

小使の少女が戻って来た。

「あの、島崎《しまざき》というものがおりますので、お話し頂けますわ」

「あ、そうですか、どうも。それではお会いしましょう」

間抜けな私の返答を疑うそぶりもなく聞き流して、彼女は二階に私を案内した。応接室にでも通されるのかと思ったが、埋まっているのだろうか？　彼女は廊下の一番奥の『會計』と貼り札のある部屋の戸を叩く。

「島崎さん、あの、大月さんをご案内しました」

出て来たのは、痩せて、髪を椎茸《しいたけ》の縁のように切り揃えた、十五歳の顔のまま大人になったような男であった。

「はあ、大月さん？　晴海商事の？　どうも――」

「どうも、入れて頂けますか」

私は島崎の物腰がいかにも気弱なのに少し心を強くした。

別に用がないから、会計室などと名前のつくところに入るのは初めてである。大きな算盤をおいた机に書類の詰まった書棚で、まるで想像通りであった。

質素な事務椅子を向かい合わせて座った。島崎は、見飽いていて良い筈の室内を見廻す。私と眼を合わすことが出来ないようである。

「あの、どうも、どんな御用向きで――」

「そうですねえ――」

何を話すのだったか？　私も緊張している。

「――白城さん、今日はどちらです？　お会いしたかったんですがねえ」

「いや、白城専務は、今日は、留守です」

「お留守なのは聞きました。どうしてらっしゃるんです？」

「いや、いないんです。でもどこかにいます」

「なるほど、どこかにいるんでしょうねえ。あれ、随分いい万年筆をお持ちですね。僕は、結構詳しいんですけども、これ、亜米利加《アメリカ》のコンクリンのでしょう？　雑誌で見たことがある。ちょっと見せて下さい。

ああほら、やっぱりそうだ。僕、これ丸善で何十円だかで売ってるのを見ましたよ。いいなあ。僕の給料じゃとても買えませんからね。島崎さんのなんでしょう？どこでお求めになったんです？　こんなの」

「いや、これは、私が、いや、白城ので――、どうしたか、そう、拾ったんです」

「拾った？　白城さんが拾ったんですか？　これを？　どこで？」

「いや、どこだかきっと大きい通りでしょう。万年筆を落としても気づかないような」

この狼狽《ろうばい》ぶりはちょっと酷すぎるのじゃないか？　私の応答も大概だけれども。島崎は、何だかもう触れれば引き付けでも起こしそうな様子で、怯えきった視線を私に向けている。

「そういう通りがありますか。何十円もする万年筆が拾える通りが。はあ――」

私はクレセント・フィラーのついた、精巧な万年筆をデスクの上にポンと置いた。緊張が解《ほぐ》れ、代わりに、熟れすぎて腐食の始まった柿《かき》の如くに心が意地悪く変色していくのが自分でも分かる。

「まあ、高価なものですからねえ。大事になさるといいでしょうね。――白城さんが。

でも、ともかくです。こちらの会計の方はお金のやりくりをうまくなさってるんでしょうね？　こんなのが買えるくらいですからねえ。しかし、あんまり差し出がましいんで言いにくいんですけども、三河護謨工業さんの方は、ご商売が宜しくないと聞きました。うちの社長もそれはもう心配していて、どうしたんだか訳を聞いてこいと、そう仰せつかったんですが――」

「そ、それで、会計に話を聞けと？　そう晴海商事の社長さんが言ったんですか？」

「そう、そうなんです。何でだろうなあ。そんなこと、晴海社長からこちらの社長さんに直接聞くのが早いのに決まっているでしょうにねえ。でもまあ、僕も命じられて来たことですから、何もせずに帰る訳にもいきませんのでね」

「それで、その、監査で？　何をなさる気ですか。ど、どうしろと？」

「ですから、まあ色々とお話を聞いたり、あとは、ちょっと非常識なんですけども、帳簿を見せて頂きたいんですよ。それなら話が早いでしょう？」

「帳簿？　いや、それはいけません。そんな、社外の人には見せられませんよ――」

「そうでしょうね。承知してます。ですからね、晴海社長も、まず三河さんに話を通しておこうか考えたみたいですけども、面倒だから止したんですよ。でも、見せて頂けないなら改めて三河の社長さんにお話をするしかないでしょうねえ」

島崎は、頭を掻いたり喉を撫でたり、見るだに落ち着かなくなって、またも会計室の中をキョロキョロ見廻した。誰も居ないが、誰かに助けを求めるような仕草である。

誰がどう見たってクロである。

こんなに簡単だとは思いもよらなかった。こいつは横領をやっている。

島崎は硝子扉の書棚の鍵を開け、年号の入った帳簿を何冊も取り出した。

「これが、最近四年分のなんですが――」

「ああどうも。じゃあ、拝見しますよ」

帳簿というのが四種類もあったのに私は内心怯《ひる》んだ。立ち上がって、デスクの上に積み上げられたそれらから、大正九年度日記帳と書かれた、一月《ひとつき》分が埋まったばかりのものを選んで開いた。

「わあ。すごいですね。数字がいっぱいだ」

掛け値無しの、嘘偽らざる私の本音である。

会社勤めなど一日たりともやったことがなく、日記帳だの貸借対照表だのが何を為《な》すのかだってろくに知らない。その上私は計算を酷く不得手としているのである。

私は、お手上げで顔面が脱力したのを無理やり不敵の笑みに見せかけて島崎に向けた。彼は気味が悪そうに見つめ返す。

何とかして、これらの帳簿から、横領の事実を見ぬくことが出来るように見せかけなければならない。少なくとも、私がそれを外国の電話帳でも眺めるような心持ちで捲っていることを悟られてはならない。遅すぎても不審だし、早すぎても全く理解していないのがバレる。

私は時々帳簿を持ち上げて、パラパラ先に進んだり前に戻ったり、手帳に何か書き付けるふりをしたり、時々フムとかホウとか何に感心しているか解らぬ声をあげる。

虚《むな》しさを堪えねば仕草が緩慢になる。いつまでやっていれば良いのだか分からない。全て見ることもないのか、棚に残った過去のものも見せろと主張するべきなのか。気づけば、私は三十分余りも帳簿を相手に頭を空転させていた。幸いに、島崎に怪しむ素振りは無い。

「あの――、ど、どうでしょうか？　何か問題が――」

「ああ、まあ、成る程、と言ったところですね」

何が成る程か知らないが。晴海社長が言うには、経営の事情に精通した人が見たところで、どうせ帳簿だけ見て分かることなどは大してないし、有るにせよ精査するのには時間が掛かる。しかし、それを外に持ち出されて、他所の会社に残る実際の取引の記録等と比べられるのは絶対に嫌なはずだから、ハッタリで揺さぶるのが一番簡単だろうと言うのである。

「きちんと晴海社長には伝えておきますよ。他所の会社のことにも詳しいですからね。色々有益な助言を貰えるものと思いますよ」

島崎は無言で項垂《うなだ》れている。

彼はどうだっていいのだ。はっきりさせたいのは、白城が横領に関わっているのか、関わっているなら彼が金をどうしているのか、である。島崎の様子では彼一人でやっていることとは思い難いが、もっと確かな事情を喋らせたい。

「ああ、そうでした。晴海社長に是非訊いてくるように言われたんですが、稲田《いなだ》鉄鋼のことです。最近、余程分の悪い取引をしたんじゃないかと大変心配をしていたんですがね。大丈夫ですか？」

晴海氏に、是非カマをかけてみろと言われていた。

稲田鉄鋼というのは、三河護謨工業が金属製品を買い入れている会社なのだが、紛失した額が大きいことや、殊に最近になって一気に経営が怪しくなったあたりからして、稲田鉄鋼を相手にした取引のどこかで誤魔化しが行われたのではないか、氏はそういう推定をしたのであった。

覿面《てきめん》に効果があった。島崎の顔は、粘土細工を潰すようにぐにゃりと歪んだ。これ以上はないと思って心を鎮めかかっていたところに、私は爆竹を投げ込んだようであった。

「な、何がです。分の悪いことは何も、普段通りですよ。色々融通を利かせてくれますし——」

まだしらを切ろうとする。

「ならいいんですがね。色々拝見させて頂きましたから、あちこち照会すればどうせはっきりすることですからね。しかし、何事であれ、事前に知っておくに越したことはないと晴海社長は考えていますね。それに、正直であればあるだけこちらの方にも親切のしがいがある、と、まあ世のつくりはそんなものですから——」

眼も口もポカンと見開いて、縋るように島崎は私を見た。

「私は——、金はかなり使ってしまって、半分も残っていないんです——」

白状した。私は両手に掬《すく》い上《あ》げたごみ屑から汚水が滴《したた》ってきたような心地になった。

「ああ、そうですか。それはいかんですねえ。とてもいけない。いくらくらいです?」

「残っているのは九千円くらいです、もう——、自動車を買ってしまったり——」

一万円ばかりを使ったのか。

そんなの私の絵が何百枚と買えるぞと思いつつ、軽蔑とともに彼の屈服ぶりに対して妙な罪悪感が込み上げてくる。それを無視して話を継いだ。

「じゃあ、白城さんはどうです？　白城さんも使っちゃってるでしょうかね」

島崎はひとの話をするのに躊躇したが、結局は話した。

「白城専務のことはよくわかりません——、でも、全然派手なことをしていないから使っていないのかも。家に溜め込んでいるのかもしれません」

やはり結社か？　活動資金を流しているのか。

「うまく収める方法があるのですか。どうにかなるのですか？」

どうにかなる訳がなかろうと思う。

晴海社長にしたら大した額ではないでしょうねえ、とか無責任なことを私は言った。

「参考までに訊きたいんですがね、何をどうやって誤魔化してたんです？」

「いや、はあ、誤魔化すというか——」

話によると、稲田鉄鋼の内に島崎たちと結託しているのが居るのだという。

彼らの業務は会計ではないが、社内の印鑑の場所を探り出してあって、それを勝手に用いて島崎たちに領収証やらを提供し、取引が行われたように偽っている。しかし、最近、社内の配置換えに伴い印鑑の管理が厳重になり、彼らは今までのように書類を偽造出来なくなった。目下、ありますと社長に言ってしまった領収証を、なんとかしてもう一枚捏造《ねつぞう》しないことには、彼らの悪事は三河護謨工業の社内でも時間の問題で露見する。島崎は震え上がっていて、稲田鉄鋼側の、加担しているものたちの焦燥も激しい。

それから私は白城氏について、怪しい付き合いがないのかだとか聞き出そうとしたのだが、――不意に戸が叩かれた。さっきの小使が顔を覗かす。

「あの、稲田鉄鋼の石川《いしかわ》さんと小山《こやま》さんがいらっしゃいました」

一瞬、私の思考は停止した。虎《とら》の絵の背後から、本物の虎が現れた。

島崎はお伺いを立てるみたいに私の方を見つめている。何の用があるのだか説明しろと言いたいのだが、小使の手前がある。

「ええと、今のお話と関係のあるお客さんですかね？」

「はい、はあ――、そうなんです」

「それなら、不躾《ぶしつけ》ですが、僕もお話に交ぜていただくのが良いでしょうかね。宜しいですか?」

これを潮にして退散した方が良かったかもしれない。が、監査に来ていながら彼らを無視する口実が浮かばなかった。行きがかり上話を聞くのが自然だと思って、私の方からそう言ってしまった。

島崎はそれを聞いて一安心した顔つきになった。私の胸中に膨らんだ彼への罪悪感は霧消した。

無事に切り抜けられるか? 私の方が余程不安なのである。

島崎は三十半ばくらいだが、稲田鉄鋼の二人は四十を越えていると見える。それで、怖い。島崎が無縁にしている威厳を持っている。石川と紹介された方は胴も手足もずんぐりとして暴力の気配がするし、小山は吊り上がった眼で無言に私を値踏みする。二人の腕時計やらカフスボタンやらを見て、なるほどこの二人もグルに違いないなと納得した。

私は言葉を思いつかなかったので、単刀直入に横領事件の話をしに来たと告げた。彼らは驚いたが、覚悟していたようでもあった。三河護謨工業の社長がもたついているだけで、いつ露見するとも分からないところまで事態は進展しているのである。

椅子が足りず、全員が一緒に座れないが為に誰も座らない。四人で睨み合っている。私は蓮野がやるように、微笑を浮かべてみせようとしたが、どうしても上手くいかなかった。

「おい君。大月というのか。君は晴海商事の何だ。何をやっている」

小山が誤魔化しを許さぬ口調で言う。

「ああ、まあ——、晴海社長の秘書みたいなものです」

「みたいなものとは何だ。秘書ではないのか」

「——秘書です」

どこか秘書らしからぬところがあったろうかと私は自分の装いを見直したくなる。

「君は何が目的だ？　会計士でもないのか。なんのためにこんなお節介《せつかい》をしているのだ」

「僕は晴海社長の命で動いているだけです」

「晴海氏が君みたいなのを使いに寄越したのかね。ふん。晴海氏はことをどう処理するつもりかね」

「さあ、僕もはっきりと聞いていません。こういうことの後始末には熟達していますから、警察を通さずに穏便な始末をつけてくれるかも——」

「何故そんな親切をしてくれるのだ？　俺は晴海氏がそんな寛大な人物だとは聞いとらんぞ」

能《よ》く御存知である。晴海氏が横領犯のためにそんな骨折りをしてくれる訳が無い。

「俺らは慎重でなければならん。どうする？　予想外だ。こういうところから話が漏れるとは」

「確かに、印鑑さえ何とかなればと思って居たから――」

「おい不注意な口を利くな」

「しかし白城さんは言ってたじゃないか。そろそろ危ないって。これ以上は止さないと」

「何を偉そうに言っている？　お前は思いもしなかったんだろう。――島崎、白城さんは居ないのか」

「いえ、あの、今日は休みなんです」

「間が悪いな」

彼らは私を眼の端に置きながらも、無用の御用聞きを待たせる如くに無視して相談を進行している。

「お前は不注意だったな。こういう男と不用意に話をしてはならん」

彼らはジリジリと足場を動かして、今や出入り口の扉を塞ぐように立っている。

――私一人が追い詰められる格好になった。

ひょいと私を顧みて、小山が口を開く。

「おい大月。君はどこまで知っている？　俺らが何をしているか判っているのか。言ってみ給え」

「――何か、あの、いわゆる、こっそり会社の貯金か何かを持ち出して、何か買ったように見せかけてたんでしょ？」

「小学生みたいな言葉で説明するな君は。何の名目で持ち出したと思っているのだ」

「あ――、さあ？　何か部品代でしょう？」

螺子《ねじ》か何かですかね、と私は余計極まりないことを付け足した。

小山は、デスクの上に放り出してあった私の名刺に眼を留めた。彼はそれを手に取って、鼻先につけるようにして検める。

他の二人は私の方を監視している。顔色が変わるのに気づかれたか――

「俺は晴海社長と面識は無い。しかし、有名人だからな。色々事情は知っているぞ。大月、去年、君のところの会社がどれだけゴムを輸入したのだか知っているかね」

「はあ――、随分たくさん輸入したみたいですね」

「ふん。では、晴海氏は普段何を吸う？」

「あ、それは知ってます。パルタガスです」

「三年前に晴海商事が大きな損失を出したのは何が原因だ？」

「え――、確か、どこかで倉庫が燃えたとか、亜米利加《アメリカ》だったかな？　羊毛かなんか保管してた」

綿花だったろうか？　よく憶えていない。

「晴海氏が使っている懐中時計はどこの何だ」

「瑞西《スイス》のゼニス。懐中時計じゃなくて腕時計でしょう？　品名は知りません」

いい加減小山の晴海商事クイズのネタが尽きることを願いながら、私は窓の方を横眼に眺める。鍵は掛かっていない。二階だが飛び降りられるか？　この間、峯子のことがあったばかりである。

石川がデスクの上を漁って、何やら書類を引っ張り出した。小山がそれを受け取って、私の眼前に突きつけた。

「これを読んでみろ」

それは――、西洋紙に打たれた、商取引上の書類である。Export とあるのが読めるから輸出にまつわる何かに違いないのだが、それ以上は私には分からない。

何も答えられずに硬直している私を小山は蹴転がしでもしそうな様子であった。彼は満足したように石川と島崎の方を見た。

「どうだ？　これで晴海商事の社長秘書が務まるかね？　こいつは騙りだ。何のつもりか知らないが、ちょっと晴海氏のことを知っていたので潜り込んできたのだろうな」

「そ、それは金のために決まっているだろう？　俺らを強請《ゆす》る気だったんだろう」

「それより考えられんな。島崎一人ならものを知らんでも丸め込めると思って来たんだろう。生憎《あいにく》だったがな――」

それは違うのである。お前らの金などどうでも良いのである。が――

いよいよ危ない。私の処分について、最悪の方法を考えているかもしれない。私はなりふり構わず窓辺に縋って下方を見たが、金属部品が散らかしてあり、到底飛び降りられないのが分かった。

私が狼狽を露わにしたのを見て、三人は笑みを漏らした。そのさまが私に心を決めさせた。

顔を上げて、三人に向き合う。頭はしっかりとそちらに向けながらも、首から下を、そわそわと、他のことに気を取られている様子をつくる――

「あの、すみませんが、お手洗いを借りられますかね？　腹が痛くなってきました。昔から、叱られると腹が痛くなるんですがね――」

「あ？」

「ですからお手洗いに行かせて下さい。腹が痛いと言ってるんですよ。御察しの通り僕は世事に疎《うと》いんですが、会社にお勤めの人は、決められた処を使わずこの場でぶち撒けてはいけないんでしょう？　おそらくですけど」

　慣れないズボンの腰の周りに私は両手の親指を差し入れて脅すように三人を見据えた。

　島崎は私を汚物そのものを見る目で見た。

「案内しよう。一緒に来たまえ」

　結社員が新米をアジトに案内する口調で以って小山はそう言って、残りの二人もゾロゾロついてくる。三人で私を便所まで護送した。

　手洗いの窓は小さく、外へは出られない。それに安心しているのか、彼らは個室の入り口までは付いてこなかった。――僥倖《ぎょうこう》である。

　個室は狭くはない。水洗で、便器は一段高くなっていて、しっかりと蓋が嵌っている。これも小さな幸運であった。

私はポケットに隠した二つの紙切れを便器の蓋の上に広げた。

一つは、稲田鉄鋼の印が押してある領収証、もう一枚は白紙のそれである。それから、極細の筆と朱肉を取り出した。会計室のデスクから、島崎が来客に慌てた時に隙を見てくすねた。

晴海氏が、私こそ適任かも知れんぞと言ったのは正に慧眼《けいがん》であったな、と呪《のろ》わしく考えながら朱肉の蓋を開いた。

私は、上野の美術学校に居た頃、巫山戯《ふざけ》て教諭の落款を絵筆で以って真似て、滅茶苦茶に怒られたことがある。教諭は何より、自分で真贋の区別のつかなかったことに怒ったのである。

姿勢が悪い上に、白紙の領収書は一枚しかない。普段の画業では無縁の重圧である。慎重に二つを見比べ、筆を朱肉につけ、手の甲に試し描きをしてから私は偽造に取り掛かった。

――十分な出来だ。

四分ばかりで、私は納得のいく稲田鉄鋼の社印を描き上げた。それを素早く背広の胸ポケットに仕舞って、ちり紙を千切って水を流す。偽造作業中、同時に私は頬を膨らませて偽るべき断続的な騒音を立ててあった。一仕事終えた顔つきで私は個室を出た。

「ああ、どうも、お待たせしました。戻ってお話の続きをしましょう」

彼らには、私の表情が、便所での通常業務を終えただけにしては不自然に晴れやかに見えたかもしれなかった。三人の醜悪さと矮小《わいしょう》さと、私が用意した抵抗手段のささやかさの対応が妙に愉快で、ヤケ気味の笑みが零《こぼ》れた。

私は彼らの先頭に立って、会計室まで引き返した。

「ええとですね、いかにも僕は、晴海商事の社長秘書などではありません。ですがね、別に強請りに来たわけでもないんですよ。ほら」

なるべく無造作に私は胸ポケットから領収書を取り出して見せた。宛名は空白だが、紛う方なき稲田鉄鋼の印が押してある——、ように見える領収書である。

三人は眼の色を変えた。

「どうした?　どうやってこれを——」

「申し上げられません。でも、ご入用ならもっと用意しますよ」

彼らがどうしても欲しかった物なのである。三人は額を寄せ合って拝むように眺める。——あまりジロジロ見ないで欲しいが。その隙に、こっそり私はくすねたものをデスクに戻した。

「どうです？　僕は、電気扇風機が買えるくらい貰えれば十分で、あとは何もいらないんですが」

彼らは、今度はつるりと欲を剝き出しにした眼付きで私を見た。最前とは異なる恐怖を覚える。

「とにかく、今日はそういう挨拶に参上したのです。じゃあそろそろ――」

「何？　どこへ行く？」

「いや、帰ります。ちょっとまた腹が痛くなって来たんです。傾き掛かった会社の便器をそう幾度も汚すのも申し訳ないですから――、どうぞ、考えが決まりましたら連絡を下さい。これが本当の僕の連絡先です」

私はもう一枚、別の名刺を取り出して、小山に差し出した。

彼らは私を止めなかった。門を出て、社屋が見えなくなるところまで早足で歩いて来て私は胸を撫でおろした。

まだ夕方まで間がある。市電で村山邸に行って、近所の聞き込みをしてこようと思った。

三

「あなた大月さんが感染《うつ》ったんじゃありませんか。よくもそんな、下品で大胆な真似が出来ましたね」

紗江子である。

六時を前にして私は帰宅した。また、キッチンで鍋をガチャガチャと、夕食の準備をしながら私の話を聞いていたのである。

「まあ、うん。ずっと大月大月と呼ばれ続けてたからなあ。そうかもしれない」

大月は実在する。私の友人の画家の名前なのである。紗江子が、世の中のことなどなんにも考えていない人たちに数えている一人で、私と同じく晴海社長と付き合いがある。

「しかし大月にあの印影は描けないぜ？　僕でなきゃ無理だ。僕の方がよっぽど上手い」

「ああそうですか。——それであなた、横領のお手伝いの大月さんの連絡先は、どこを教えたんです？　ここじゃありませんでしょうね。まさか」

「いや違うよ。大丈夫だよ。ちゃんと本物の大月の名刺を渡しておいた」

紗江子は呆れた風に私から視線を逸らした。

大月は今、小田原《おだわら》で絵を描いているか遊んでいるかしているが、早めに、横領犯が君に相談ごとを持ちかけに行くかもしれんから注意しろと警告してやる必要がある。

「――で、峯ちゃんは？　どうしてた？」

今日にはもう研究所を引き取っている筈で、紗江子は午後に矢苗家を訪ねて来たと聞いている。

「無理すれば歩けるみたいでした。でも、お医者様に無理をしちゃいけないと言われていますから。当たり前でしょうけれど」

「ああ、そうか。何か変わったことはなかったのか？」

「おうちの様子はまったく変わっちゃってましたよ。昼間からずっと雨戸を閉めきって、父なんか軍刀を膝元において、家族みんなで峯子の寝台を見張ってるんです」

「そんなにまでしなくてもなあ。見張るなら家の周りとかじゃないのかな？」

「峯子もすごく嫌がってましたよ。いつも通りに。それから、蓮野さんはどうしてるんだって、すごく気にしてましたけど。峯子だけじゃなくて、家族みんなですよ」

今日の午前、私は彼に「ダイジョウブカ」と電報を打ってはおいたが、返事は無い。大変なら無理に返事は要らないと伝えてある。本当に大変なら返事など打てないから、全く無意味な電報である。

「平気だと言っておいてくれればいいよ。近いうちに僕が見舞いに行ってくるさ」

紗江子は承服しかねるようであったが、異議を口に出すことはしなかった。

「ええ、そういえば昼に電報が来ましたよ。法医学研究所から」

紗江子は冷蔵箱の上を指差した。見ると電報は、芦原氏による「三年前の小使は来客のことを全く記憶しておらず峯子がもれ聞いた会話の相手は不明である」ことの律儀な知らせであった。

「――その、大月さんみたいな真似のあとはどうしたんです？　事件のあった近くで聞き込みをなさったんでしょう。何か分かったことはないんですか」

峯子が襲撃されてからは、すっかり紗江子を巻き込んで、事件の次第を全部説明している。

水上婦人のことは知らないが、平日の夕方前だから、それ以外の容疑者と鉢合わせする危険は少ない。それでも、さすがに容疑者たちの家を直接訪ねることは避けて、通りの家々の使用人たちに話を聞いてきた。

「うん、無いでもないんだけども、役に立つのかどうか分からないことばかりだな。

実はね、容疑者の一人の宇津木さんなんだが、この人の妻が、村山博士の妹だってことは言ったろう？　怪しい話で、証拠が無いんだが、宇津木夫人が不倫しているらしいという人がいる。それもね、相手が宮尾という、村山邸の書生だというんだ」

「あら」

矢野《やの》という、宇津木家の斜向かいの家の女中から聞いた。使いの途中にすれ違ったのを捕まえて、宇津木氏の評判やら色々質問をしてみたのだが、聞き出すというほどのこともなく、私が近所のものでなく、自分の口軽を誰にも知られずに済むと分かったら向こうから喜んで話したのである。

——ええもう、妾《わたし》なんぞからは悪い旦那《だんな》には見えませんのですがね。ちょっとぼーっとしすぎてますかねえ。半年くらい前までは、旦那の出かけた日の、夕方くらいにあすこの書生が忍んでいくのを、だって近所の窓からは丸見えなんですから、不注意ったらない。みんな見てますよ。近頃はさすがに用心するようになったか、妾やどうしてるのか知りゃしませんが、でも向島の色街で宇津木の奥さん見たって人もいますよ。小学生の可愛《かわい》い男の子まで居るのに、家ん中じゃどうしてるのか、覗いてみたいようなおっかないような気がします。いっつも静かで変な家ですよ。

もう一人、別のところの女中からも、ほとんど同じことを聞き取った。

「そんなこと事件と関わりあるんですかしら」

紗江子は真面目に、他所の家のそんな話など聞きたくもないとの調子を作ってみせる。

「どうかなあ。どう繋がるのか見当もつかないが――」

村山博士の妹が不倫したとして、その夫が義兄を、或いは妹が兄を殺さねばならなくなる直接的な理由は思いつかない。しかし、この噂を事実としてみれば、前に村山邸で宮尾と顔を合わせた時の彼の狼狽ぶりは何らかの明白な理由を持ちそうに思えた。

「それからね、生島という人なんだが、近所で訊くと、金を貸して返してもらってない、という人が何人か見つかった。近所だよ？　隣の家もだ。普通、金なんか、なるべく遠くから借りたくないか？　それも日生製粉の重役なのにだ」

「よほど困ってたのでしょう？　きっと」

「そうなのかなあ。まあ、そうかもしれないな」

それはいいが、何に困っているのだろうか？

料理の支度が出来たので、二人で食卓に運ぶ。それ以上、事件の詮索はしなかった。

調べる程に、怪しいといえば言えるような、手がかりといえば言えるような情報が出ては来る。しかしそれらが繋がりを持つ気配は全くなく、ただ拡散していくばかりである。みな無関係で、当初の見込み通り秘密結社の犯行なのか？　私のやることは全く無駄か。

明日はもう一度晴海商事に行って来るよ、と言った。紗江子は、あなたはいつもお金にならないことで忙しいんですね、と、晴海社長と同じことを返した。

四

「──近所からも借りているのかね。ほう」

「はあ、そうらしいです」

三日前と同じ配置で、晴海社長はデスクの回転椅子に、私は安楽椅子に座っている。昨日、社長は多忙だったので、三河護謨工業での件の報告は今日にしてあった。

「よほど困っとるのだろうな。儂が調べただけで三千円は借りているぞ」

「え！　そうでしたか」

晴海社長は、白城氏以外の容疑者についても手を廻して調査をしてくれていた。

宇津木氏のことは、商売上の繋がりがないので急には調べようがなかった。が、生島氏の金銭的な事情はかなりのことが分かった。

「調べるほどのこともなかったがな。社内の重役達から、なり振り構わず借りられるだけ借りていた。大竹という下役社員からまでもだ。

誰にでも分かることだ。どうも夜遊びをするらしいな。社内の地位が上がって、金のことを知らんものだから節操なく使って首が廻らなくなってきたようだ」

借り先の役職が違うから、重役達の間で噂になっていただけで、生島氏には幸運なことに、社内中に知れ渡るまでにはなっていなかったのである。

「夜遊び、なんですか？　生島さんが金を使っているのは？」

「噂だ。花街でそいつを見かけたという話を聞いた」

使途は結社ではないのか？

「それでだ、井口。生島というのは村山鼓堂博士からも借りていたらしい」

「――博士から？」

「正確な額は判らんが、安くなかったのではないかね？　一度など村山博士は会社に生島を訪ねて行って、いい加減に返し給えと応接室で談判をしたことがあるのだそうだ。給仕が憶えていた」

職場を訪ねて催促をしたというのは、重圧をかけて返済を急がせたかったのか。高額の借金だったのかもしれない。これは博士を殺害する直接的な動機と言えるか？

「無論そんなこと警察はとうに嗅ぎつけているのだがな。研究所の村山博士の私物を回収して行ったのだろう？　そこに個人の帳簿でもあったのだろうな。先月のうちに、会社にも幾度か警察が行ったようだ」

生島氏が殊更に容疑濃厚とされているのは、彼に対して挙げられた証憑《しようひよう》のみならず、借金のせいでもあるのかもしれない。

一度警察に勾留された、と言っていたのはその時だそうである。四月二十八日のことで、私じゃない、何をする、と大騒ぎをして連行されて行った。今、社内で生島氏の噂を聞き出すのは至極容易な状態になっていたのだという。

「それから、白城の話だ。村山博士の事件の前の週に亜米利加《アメリカ》への旅券の申請を出していたぞ」

「え？　亜米利加《アメリカ》？」

「目的は旅行ということになっていたがな。会社の方ではそんなことは知らなかったそうだ」

「それは――」

高飛びしようとしたとしか思えない。

晴海社長は、すでに横領が発覚しかかっていることから、その可能性を考慮して外務省の知人に問い合わせてみたのだという。

「警察はそのことを知っているんですよね？」

「無論知っとる。博士の殺害があったから、旅券の発行は差し止めにされた。容疑者なのだろう？　白城は警察に事件の解決以後に出発を延ばすように言われた筈だ」

白城氏から一言もそんな話は聞かなかったが、勿論《もちろん》私や蓮野には知られたくないのだろう。

「――あの、それなら、少なくとも白城さんには早く犯人を探そうとする動機がありますよね？」

早く事件が解決しないと旅券が手に入らない。もたもたしていると、横領の方の容疑が固まって、逃げることが不可能になる。

「そうかね？　それなら白城は警察に出来る限りの協力をせんといかんだろう。警察が犯人を逮捕しないことには旅券は手に入らんのだろう？　その癖白城は警察を差し置いて犯人を見つけようとしているのだろうが」

その通りだ。謎は謎のままである。

「それで、あの、三河護謨工業の方は、大丈夫ですかね？」

氏は私を睨む。

「やり過ぎだお前は」

勤め人の作法は知らないが、やり過ぎだったようである。

「向こうの社長と相談して決着はつける。が、三河は、白城というのに秘密結社が絡んでいるかも知れないというのに怖気《おじけ》付いているのだな。それがはっきりすれば尚いいが、待ってもおれん。場合によっては、お前はもう一度大月の名前で背広を着て、小山だとか、そいつらに会わないといかんかも知れんからそのつもりでいろ」

私は顔を逸らして、分かりましたと気重に答えた。

晴海社長は乱暴な物音と共に机仕事を始めて、どうやら話はそれで済んだらしかった。

私はそれを横眼に、辞そうかと思いつつぼんやりと安楽椅子の座り心地に気を取られていた。が、晴海社長はひょいと出し抜けに頭を持ち上げ、言った。

「おい。蓮野はどうしている？」

「はあ？　さあ、あいつが一人の時どうしているんだかは僕も疑問なんですが。でも今日これから世田谷に様子を見に行ってこようと思ってます」

私がそう言うと、晴海社長は無言で回転椅子を後ろに引き、デスクの下に背を屈めた。そして、茶色い化粧箱入りの瓶を二つ抱えあげ、喋らぬままに私の前のテーブルにゴツンと音を立てて置いた。

「はあ？　ああ、これ、水で希釈して飲むやつでしょう？　乳酸菌の。健康に良いんだとか」

去年の七月に売り出した乳酸菌飲料である。私は飲んだことがないが、新聞広告を描いた時に偶々製造会社の人と知り合い、色々と話は聞いている。

「どうしたんです？　これ」

「今日の昼前に三河に会ってきたのだがな。しばらく前に金が間に合わんとか相談しに来た時、あいつは馬鹿に高い酒を持ってきおったのだ。そんなものに金を使うなら貴様の会社をどうにかしろと叱ったら、何のつもりか知らんが今日はこれを寄越した」

私は三日前に聞いた三河社長の風貌を思い出し、化粧箱を差し出す彼の様子を脳裏に再演した。愉快な光景である。

「――あの、今日はいくらかお安いのを、とか言うのだ。どうでも良かろうが儂はそんなものは飲まん。井口にやってもいいがどうせなら蓮野の所に持っていけ。でなければ二人で一本ずつ分けろ」

一口にそれだけ言って晴海社長は回転椅子に戻った。

今度こそ退室を促されていた。私は風呂敷《ふろしき》に包んでいた借りものの背広をテーブルの上に重ねた。代わりに化粧箱を包んで、礼を言って社長室を出た。

五

横浜から世田谷まで一時間半ほどかかる。電車に一時間以上も乗って、最寄りの停車場から蓮野の家まで二十分ばかりも歩く。乗合馬車もあるが、時刻表を知らないので、初めから使わない。着いたのはもう夕方であった。

玄関に近づくにつれ話し声が漏れ聞こえて来る。蓮野を訪ねて先客が居たことなど今までない。訝りながらも私は戸を叩いた。

「――ああ、井口君か」

普段の如く足音をたてずに、独りでに開くかのように蓮野は玄関を開けたが、一見して彼の体調が回復していないのは明らかだった。視線が定まらず、自分の頭が邪魔そうで、声はレコードの回転が遅れているみたいに重かった。ともあれ私も玄関を上がった。

「誰が来ているんだ？」

「水上さんと白城さんだよ」

白城？　私は怯んだが、もう蓮野の書斎の前まで来ている。平静な顔をしているに限る。

入ると――、二人が居る。白城氏は安楽椅子に踏ん反り返っていて、彼はもはやただの不愉快なおじさんではなく、横領犯なのである。

その隣のストゥールに掛けた水上婦人は私の方を見上げた。

「失礼しました。なぜか井口君が来ましたが、ここに座らせといて構いませんね？」

椅子が足りず、私は廊下に転がっていたりんご箱を縦にして腰掛け、化粧箱の包みは傍に置いた。

白城氏も水上婦人も落ち着かない様子だが、別に私のせいなのではなく、書斎の薄暗さと容疑者同士二人だけで隣り合って座っていた居心地の悪さのためだと思われた。蓮野が彼らの向かいに掛けて、緊張は緩和された。

「――で、お守りのお話でした」

「ええ。博士がいつもお守りを持ち歩いていたことはわたくしも知っておりましたけれど、どこのものだかは存じません。ですけれど、あのお守りは、博士がほんの赤ん坊の頃から持たされていたものだと本人から聞いたことがあります」

「赤ん坊の頃からですか？　ほう。それ以上は分からないのですね。知っている人も居ない？」

「ええ、わたくしの知る限りでは。もう半世紀も昔のことになりますでしょう？　博士のご両親もお亡くなりです」

再開されたのは、博士のお守りの出処の話であった。神社に親しい知り合いがいるのか、大切なものをそこに預けていたという話で、だから場所を突き止めたいが、誰も知らない。

「しかし、そのお守りは警察が保管しているのだろう？　紛失した訳でもなかろう。何とかして見せて貰えれば分からんのか」

「どうですかしら。そんなことしていただけるとは思えませんけれど。それに、見たってただの木《こ》っ端《ぱ》みたいなものでしたし、きっと警察だってどこのものか突き止めてはいませんでしょう」

それにしても、水上婦人はともかく、白城氏は何をしに来たのか？　この間の、村山邸の食堂で蓮野を遇《あし》らった態度では、わざわざ蓮野と話をしに足を運んでくることはなさそうだったのだが。

「でも何か思い出したらお知らせいたします。よろしいですか？　蓮野さん」

「ええ、そうお願いしましょう」

五時を過ぎている。窓の外の草地を夕日が照らしていて、既に天井の電燈が灯《とも》されていた。

日が暮れれば蓮野の家は辺りの雑木林や桑畑からくっきりと孤立する。婦人は、ではそろそろと身辺を纏め始めた。

「ああそうでした。水上さん」

「はい？」

蓮野は、背後の机に置いてあった茶封筒を取り上げた。渡す前に、蓮野は最後の躊躇をするようにそれを見つめ、結局、何事もなしに、立ち上がっていた婦人の方に差し出した。

「お約束してたものです。どうぞ」

「ああ、はあ。どうも」

水上婦人は大切そうにそれをハンドバッグに仕舞った。

「何だそれは」

白城氏が不躾にいう。水上婦人は答えない。

封筒ですよ、と蓮野は微笑しながら言った。白城氏は鼻白んだが、それ以上は問い詰めなかった。


「君、ちゃんと食べ物を食べてるのかね？　庭の苔など食ってちゃいかんぜ」

二人が帰ってから、窶《やつ》れた蓮野の眼付きはトロンと弛緩《しかん》した。白城氏の体温の残る安楽椅子に移って真っ先に私は訊いた。

「ちゃんと食べてるさ」

「まあ、ならいいが。──ほら」

私は見舞いにと思って横浜で買って来たバナナだとか饅頭《まんじゆう》だとかを、テーブルの上に並べた。彼は素直にああ、ありがとうと答えた。

「──あと、これは晴海社長からだ。君、飲んだことあるか？　これ」

「うん？　いや」

蓮野は化粧箱を一つ開けて中の茶色い瓶を取り出し、グルグル廻してラベルを眺める。

「君は要らないのか」

「いや、いいや。重い。持って帰るのが面倒臭い」

ふうん、と、蓮野は瓶を箱に戻して、自分の回転椅子の傍に置いた。

「峯子さんはどうだね」

「まあ、怪我は大丈夫みたいだよ。大分心は参っちゃってるらしいけども」

是非蓮野に会わせろと言っているとか、そういうことは伝えない。

「で、あの二人は何をしに来てたんだ？　事件の話をするだけか？」

「まあね。水上さんは見舞いだとも言ってたが。ほら」

蓮野が指差す机の上に、高島屋の包みの水羊羹《ようかん》が置いてあった。

「ちなみに白城さんのは無い」

「あれ？　二人は一緒に来たのじゃなかったのか」

「違うよ。二時間くらい前、水上さんが先に来て、この間研究所で大変だったらしいが大丈夫かとか、水上さんの昔のこととか話をしてたら白城さんがやって来た」

よくよく考えたら、容疑者が二人連れだってやって来る筈はない。白城氏は、水上婦人が居たことには面食らったみたいだったが、そのまま上がり込んで、事件の調査はどんな具合だ、とか訊くのだそうである。

「何か図々《ずうずう》しいな」

「白城さんだけじゃないよ。生島さんも宇津木さんも来た。昨日のことだけども」

「え？」

昨日の、午後に生島氏が、夕方に宇津木氏がそれぞれ訪ねて来たのだという。

生島氏は、君犯人は分からんか、分かったなら成るべく早くに教えてくれないか、そんなことを言いに来たのであって、宇津木氏の方も、帝大の研究所はどんな様子だったか、知り合いが襲われたらしいが大丈夫か、何か新しい事実が分かったか、情勢を尋ねに来たのである。

「どうなってるんだ？　だって、その中に犯人がいるらしいんだろ？」

「まあ犯人は、容疑者みんな僕のところにお参りに行くから、自分だけ止してたら怪しまれるとか思ってるのかもしれないけどもね」

「いや、それにしたっておかしいじゃないか。皆が皆、そこまでするかな？」

蓮野は私の疑問には意見を出さずに聞き流した。

「それと三十日の容疑者集会は、あの後、僕が警察に連行されたせいで白《しら》けてすぐ散会になったそうだ。だからあの中に峯子さんの襲撃を企んだのがいたとしても誰にもアリバイは無い」

「何だ、そうか」

まあ、そもそもあれは四人の誰かの犯行とは限らないのである。

「それで、君、さっき水上さんに渡してたのは――」

「あれかい？ うん。三年前に僕が村山梶太郎博士の書斎で読んだやつだ。現場の鞄に残っていた手紙の続きだよ。それを思い出せるだけ思い出したのだね。――まあ見せたっていいだろうな。読むか？」

蓮野は、デスクの上に、辞書の下敷きにしてあった藁半紙《わらばんし》を引っ張り出して寄越した。

走り書きの英文の筆記体で、所々二重線で修正してある。菊判くらいの表裏にびっしりと、婦人に渡した清書の下書きのようである。私には何だか意味のよく分からないところが多いし、大体字が汚くて読めない。結局、彼に訳して聞かせてもらった。


(前略)

――それは素晴らしいことに違いないだろう。

私の方は、あなたが来た時と変わりもなく暮らしている。普段通り来客も多いが、違うとすれば商用で来朝したイギリス人の夫妻の八歳の息子を預かっていることである。彼らが仕事を済ませるひと月くらいの間の面倒をトシコが見ることになったのである。トシコは向こうの習慣に明るいから彼らも安心していた。私は手伝いを頼めなくなるので困るのだが、トシコが子供の世話を楽しんでいるのは私には意外だった。彼女も自分の子供を外国に預けているから、それを全く当然のこととして受け入れられるのである。だから今のヨーロッパの戦争はトシコにも大きな不安を与えている。

（後略）

長い手紙である。この後も身辺のことから、博士の最近の研究や日本の政治の近況など多岐に亘る内容が延々と続く。

「まあそんなに間違っちゃいないと思うよ」

呆れた記憶力である。

「しかし、何というか——、普通だなあ。これで、暗号か何か隠されているのか？」

「そんな感じもしないな。やっぱりバークリー氏という人が結社と関係ある様子はないね」

「じゃあ、文中に水上さんがどうしても知りたい情報が混ざっているのか。何だろうな？　犯人が分かるとかじゃないんだろう？　君、本当にこれ、水上さんに見せちゃって良かったのか？」

そう訊くと蓮野は表情を曇らせた。

「分からないが、仕方ないな。思い出したら見せると約束したからな。守るよりない」

彼は藁半紙を再び辞書の下に仕舞った。

水上婦人に子供がいたということは知らなかった。婦人は周囲の人間関係からはっきりと独立していて、人の親であるような印象がなかったのである。

「水上さんは七年くらい独逸《ドイツ》にいて、そこで子供を産んだんだ。戦争が起こったから仏蘭西《フランス》に逃れて、そこから日本に帰ってきたそうだ。さっき聞いた」

「へえ、そうなのか。預けている子供というのはどうしたんだろうな」

「さあ。その後のことは訊かなかった」

敢えて訊かなかったような口振りである。

「――で、井口君の方はどうなんだ。何か分かったかね？」

「いや、分かったというか、まあね――」

私には、調べるほどに分からなくなる。晴海社長と会って以降の取り散らかった出来事を取り散らかったままに話した。

蓮野は白城氏が横領を働いていることに大して驚かなかった。代わりに彼は、三河護謨工業で私がしたことに、庭に見慣れぬ飛蝗《ばった》を見つけたような感慨を込めて言った。

「君は嘘をつくのが上手くないと思ってたんだがなあ。そうでもないのか？　大したものだな」

「いや、だから、嘘はバレたんだよ。それはもう無惨にバレた。だから、なんとかそれを糊塗《こと》して無事帰ってこられた、という話だ」

「そうだとしても、ともかく白城さんやら誰やらにとって君は大月という印影調達請負人のままなんだろう？　それで十分だよ。それに、いざそうなってみると、晴海社長の秘書として三河護謨工業を去るよりは印章屋の方が彼らを警戒させなくていい。

するとと、君の最初のカカシに燕尾服《えんびふく》を着せたみたいな無茶な嘘は二つ目の嘘を裏から目張りしてくれることになる。敵は、偽の秘書の化けの皮を剥《は》いで満足して、君が印章屋だということはうっかり信用してしまう。なかなか見事だ」

「別に、そういう意図があってやったんじゃないんだよ。只の成り行きで——」

「さあ吐くぞ吐くぞと構えてかかる嘘はそう高級じゃない。誤魔化しをしなきゃならなくなった時に、身辺のものを縒《よ》り合わせてとっさに嘘を練り上げるのが嘘つきの正道だよ。それも必死に頭を働かせることもなく、自分の意思も自分で分からぬままに嘘の道を選べるのが本物の嘘つきだ」

「そりゃ、まあ、今回は、偶々僕が画家だったからなあ。印鑑の偽造を職業にする奴がいるんだとして、ちょっと画家と重なるところがないでもないし」

「そんなことを言って君の同業の諸兄を巻き込むには及ばないさ。君が天才の超絶技巧を持っていることだって、それは手段を有していただけのことで、この際嘘つきの才能に比べれば大した問題じゃない。嘘つきなのは君だし、君こそが嘘つきだ。胸を張っていい」

蓮野の口調に私はなぜか存命の頃の祖父が私の絵を褒めた時のことを思い出した。

「――まあ、僕は嘘つきでも何でもいいが、もうあんなのは御免被るよ。君ならもうちょっとうまい方法を思いつくだろ?」

「そんなことはないね。忍び込んで調べられないことは苦手だよ。僕は嘘が下手だ。嘘の才能と芸術の才能は同根かもしれないな」

そうあっさりと言って、蓮野は私が現場近隣や晴海社長から聞き込んで来た話の続きを促した。

生島氏の借金について、私は思い当たることがあった。

「ほら、そういえば、水上さんが、村山博士の屍体が見つかった日、ようやく夕方近くなってから生島さんが休みなのに妙に礼儀に気を遣った格好でやってきたって言ってただろう？　あれは、どこかに金を借りに行ってたんじゃないのかな」

生島氏は、事件の朝、家を出るときに同じ通りの村山邸の前の警察のオートバイやらを見て事件が起こっていることには気付いた筈なのである。それを全く無視してどこかに出かけていたのだから、借金の相談でもなければ辻褄が合わない。

蓮野は私の推測に頷いた。

「だとすると生島さんの、夜通し散歩をしていたという証言はますます信じられないことになるね。朝に突然さあ金を借りに行くぞと思い立ったとは考えにくいからね。多分前から約束してただろう。

事前に借銭の予定を作っておいて、あんまり、その前夜に何となく七時間も散歩はしないな。もう少し重要なことか、楽しいことじゃなきゃいけないだろうな」

博士殺しの夜のことである。何をしていたのか――

「――分からないが、言われてみると生島さんは借銭家の気配がしなくもないかなあ。他には？」

後は宇津木夫人の静子が不倫をしているらしいという話であるが、これは噂にすぎない。

　蓮野の考えは分からないが、私の中では、ここまで見聞きした容疑者たちの人物像が、漠然とした推論を生んでいた。

「蓮野、僕は思うんだが、この中から、梶太郎という人が結社の後継者を選ぶのだとしたら、やっぱり水上さんなんじゃないかな？　一緒に行動していた年月が長いし、それに――」

　他の人たちは信用するに足るのだろうか。白城氏は横領をやって、生島氏は借金まみれで、宇津木氏は自分の妻の不貞に気づかない不注意者らしいのである。遂行出来そうなのは、婦人だけじゃないだろうか。

「いや。どうかな。逆に考えれば、各々独特な性質を持った四人がどういう訳だか梶太郎氏の周囲に集まっていたんだろう？　偶然かもしれないが、違うかもしれない。氏の意思が集めたのかも」

　それは私が今の今まで想像もしなかったことであった。

「ええと、梶太郎氏が、敢えて横領犯やらを友人に選んでいたということかね？」

「或いはね。ちょっと、村山邸周辺に異物変物が密集し過ぎている。梶太郎氏からしてみると、ありふれた性格の人ばかり集めたところで面白くなかった筈だ。ゆくゆくは任せようという仕事が普通の人にこなせるものじゃない。それで、梶太郎氏が後継者に求めた凡庸ならざるものは、思想でもあるが、同時に行動だ」

「行動？　――鼓堂博士の殺害か」

現実には、思想と行動には高低差があって、その間はなだらかに続いている訳ではないのだ。絞首商会に共鳴することが、それに仇《あだ》なす鼓堂博士を殺害することに上り詰めるまでには、その精神は幾つもの障壁を乗り越えていかなければならない筈であった。

「だから、梶太郎氏はその信条を一旦脇に置いて、ちり紙代わりに古雑誌を買って使うように、彼らの節操なく人から金を借りたり自分の会社から多額の金を横領する、その行動的な資質を買っていたんじゃないか？　いざとなったら、自分の良心を踏み越えて、殺害という行動の高みに上っていける人でなければならない」

「なるほど。――妻の不貞に長きに亘って気づかないというのも資質なのかな」

「それとも、気づいていても、長きに亘って見て見ぬ振りを続ける資質かな」

執行人から、殺人という行為だけを抜き出せば、それを凡人に任せるのは如何にも不安である。

しかし、畢竟《ひっきょう》、行為だけで彼らを測るわけにはいかなかった筈で、梶太郎氏はそこに思想を与えねばならなかったのは間違いない。一体、氏が執行人を仕立てるのに、それは古着の釦《ボタン》を生かして鞄を作るみたいに好都合なことだったのか？　それとも壊れたタイプライターみたいに、修理を試みるより新しく求める方が手間が少なかったかもしれない。

「――やっぱり一番無政府主義者らしさを備えているのは水上さんじゃないかな」

「でも水上さんは、自分は無政府主義者じゃないと言ってただろ？」

それは、しかし本人による本人の保証に過ぎないのである。

蓮野は私の不服顔に向けて言った。

「水上さんが、無政府主義者であることを隠すために無政府主義者のふりをする、という小説の話をしていたな。あの伝でいくなら、無政府主義者でないことを隠すには、無政府主義者でないふりをするかもしれないだろう。本当のことを言うのが一番いい」

「でも、少なくとも犯人は、犯人なのに犯人でないふりをしているんじゃないか」

「そりゃそうだな。――君が調べたのはそれくらいか？　そもそも君の考えの本道は、博士の殺害が絞首商会とは無関係なのかもしれない、ということだったろう？」

確かに、私は研究所からの帰りにそんな考えを述べた。

「いや、だって、あれは思いつきに過ぎないよ。そうともそうじゃないとも、僕には考えを進めようがない。調べたのはそんなくらいだな。僕も自分で何をやっているのだか分からなくてだね、とにかく情報と呼べそうなものをかき集めて来たが。何か役に立つことがあったか？」

私は八百屋へ胡瓜《きゆうり》のお使いを頼まれ、見つからず代わりに苦瓜《にがうり》とバナナを買ってきた心境であった。が、蓮野は私が予期したよりも明確な返事をした。

「あるね。大いにある。多分」

「――そうなのか？　どの辺がだ？」

「まあ殆ど全部だ。探偵というなら君の方がよほど向いてるな」

こうなると馬鹿にされているようにしか思えない。

「すると、犯人が分かるのか？　こんなことで？」

「それはまだだね。犯人は分からない。臭《にお》いなら出処の見当がいくらかついたくらいだろうな。ただね、犯人が誰だかというのはまあ問題だけども、それ以上に困るのが、僕がこの事件にどれだけ干渉するべきかだ。結社のことを別にするなら、それが何より問題だ。犯人を指摘して、それで全て良しというなら探偵で構わないんだけども」

「いや、だって、水上さんに頼まれているのはそれだけだろ?」

「何を頼まれたかは問題じゃないんだよ。それに水上さんがどういうつもりであれ、僕は探偵ではない。そんな無責任なことはしない」

蓮野は水上婦人にでも私にでも彼自身にでもなく、虚空に向けてそんな宣言をした。

「——まあ、分かった。僕は君が探偵だか泥棒だか、どちらでも構わないよ。しかし、僕が仕出かした探偵の如き所業は幾らかなりとも役に立ったんだろ? で、解決はまだだから当面はそんな真似を続けるしかない訳だろう。君はまだ動き廻ることは出来ないんだろうな? その様子じゃ」

「無理だな」

座って話す蓮野はまるで常態だが、五分も立ち仕事をしていると眩暈を起こすという。

「やっぱりどこか人のいるところで休んだ方がいいんじゃないかね? それで、君が動けないんだから、僕は何をしたらいい? 何を調べたらいいんだ」

「何を知らなきゃいけないのかはまだ決められない。例えば宇津木夫人の不倫の噂はもうちょっとはっきり知りたいんだけども、関係者に直接突っ込んでいくようなことは取り返しがつかなくなるかもしれないから止してくれ。分かってるだろうけどもさ。あとは――、結局、地引網式《じびきあみ》に、手当たり次第の、君がここまでやってきた探偵の所業を続けてもらうのが一番いいだろうな」

はっきりしたのは、蓮野が今直面しているのは事件の謎それ自体ではないのだ。きっと、事件を構成する何かが、彼に何らかの選択を迫っている。彼は何かを、悩むよりも、迷っていた。

「――まあ、それがいいというならそうするよ。僕には別に他の思いつきも無いしな。そうだ、お守りのことは？」

事件との関連からして不明で、水上婦人の様子では、進展はありそうになかった。

「ここに来た四人は誰もお守りの出処は知らなかったね。多分警察もまだ突き止めてないんじゃないかな。四人とも警察からそんなことは訊かれていないそうだ」

警察はお守りのことを芦原氏に訊くのを忘れているのか、氏が話しそびれているのか。単に彼らが証拠としてのそれを軽視しているのかもしれない。

「――しかし、君は調べた方がいいと思ってるんだろ？」

婦人に話を訊くくらいだからそうなのだろう。蓮野は頷いた。

＊

「はあ、お守りですか？」

「ええ。いかがですかしら。宇津木さんなら何かご存知じゃないかと思ったのです」

「いや、私もねえ、事件が起こるまで、鼓堂君がお守りを持ち歩いていたことすら気がつかなかったのですよ。ちょっと意外な気がしますね」

「そうでございますか」

　水上婦人は訊いたことを後悔するような調子を滲ませていた。宇津木は、婦人の話を聞いて何事か熟考している。

　宮尾は針の筵《むしろ》に座らされていた。夕食の済んだ食堂には三人だけである。宇津木が夕方に訪ねて来て同席した。宮尾も自然、一緒にテーブルにつくことになった。

　静子との会話を誰かに立ち聞きされ、震えながら帰って来たのが五日前の夜である。以来宮尾は暮らしぶりから動揺を隠しきることが出来なくなっていた。水上婦人や来客の様子を窺うことが露骨になり、さらには無為に自室に籠る時間の長くなったのを邸のものが不審がっていない筈がなかった。

あの時塀の外で盗み聞きをした誰かは——、可能性が一番高いのは、どれだけ考えても宇津木である。静子と話した家の庭の、二軒先の自宅に寝ていたというのだから、静子が家を出るのに気づいたのかもしれないのである。しかし宮尾は、立ち聞きの主が通りがかりの酔漢であって、今頃はあの場に居たことすら既に忘れているという希望も捨てていなかった。

宇津木の来訪は恐怖だったが待ち望んでもいた。ことがいかに進展しているのか、あるいはしていないのか、何かは分かるだろうと思った。

食事は何事もなく過ぎた。しかし宇津木が自分に訳もなく笑いかけてくるように思えた。

食後に女中が珈琲《コーヒー》を用意して、話題が事件のことに移ろうという時である。水上婦人がいつものままに宮尾を追い払おうとした。が、宇津木がそれに口を挟んだのであった。

「そんな、宮尾君を邪険にすることもないでしょう？　淑子さん。彼だって事件のことで落ち着かずにいるのじゃないですか！　ねえ？」

何気ない口振りであった。裏に意図があるのか宮尾は見抜くことが出来ない。それからは、彼は宇津木を観察するどころではなく、ひたすら宇津木に挙動を観察されているとしか思えなかった。

「——宮尾君はどうだ？　博士がそんなお守りを持っていたことを知っていたかい」

「い、いや、俺は知ってましたけど、只の木切れだとしか思ってなかったですよ。なんで、そんなもの持ち歩いているのか不思議だったくらいで——」

「ふうん？　まあそうだろうねえ。しかし案外、人のものをよく見ているんだね。私なぞさっぱり知らずにいた」

　宇津木はよく分かったという風に大げさに頷いて、水上婦人の方に向き直った。

「蓮野君は何か言っていないんですか？　どんな様子でした？」

「何かをお察しのようにも見えるのですけれど。確かなことはおっしゃいませんでした」

「淑子さん、本当に彼に報酬を支払うつもりなんですか？　余裕なぞないのでしょうに。彼の方は別に受け取る気がないようなことを言ってたでしょう？」

「さあ、わたくしの方ではそうお約束をしたつもりでおりますから」

　宮尾には、過去に梶太郎博士を大いに憤慨《ふんがい》させた泥棒が、なぜその友人四人の相談役をつとめるに至ったのか、全く見当もつかない。

「そういえば生島さんがどうしているか知ってますか？　あれ以来会いましたか。蓮野君によると、一昨日彼のところを訪ねて行ったらしいんだけども――」

あれ以来、とは五日前この食堂で行われた容疑者集会のことらしい。

「わたくしはお見かけしません。どう過ごしているのか、何も聞きませんわ」

生島のことも、宮尾には大きな懸念であったのだ。

彼には、やはり見られていた気がしてならない。警察から強い嫌疑を受けている彼が、これ以上追い詰められた時、自分に何が起こるのか？

「結局、警察はどれだけ生島さんを疑っているんでしょうね？　私は、生島さんに金を貸してたんじゃないかって警察に訊かれましたよ。事件と関係あると見ている訳でしょう？　それが、秘密結社と繋がるんですかね」

「さあ。わたくしも同じことを訊かれました。お貸しするほどの余裕はございませんとお答えしましたけれど」

「そうですか？　――実は、私は、貸してるんですよ。それほど大した額じゃありませんがね。百円余りです。何に使っているんだろうな」

宇津木の生島に関する気がかりは、単に借金のことだけではないらしい。

「生島さんのことは噂を色々聞くんですが――、警察に言って良いものかどうか迷ってるんですがね。彼、役職が上がって暇が多くなってから、今更、夜中に遊びまわる癖がついたらしいんですよ。待合で豪遊したり、金を使ってカフェの女給を誘い出したりとか――

白状すると、二ヵ月くらい前、私も浅草で彼を見たことがあるんですよ」

水上婦人は洋服の膝のあたりを抓って、不愉快そうだが、でも熱心に聞いている。

「――それで、奥さんには、考え事のために夜通し散歩をするのだ、と説明しているらしいのですよ。下手な言い訳をするものだと思っていましたがね。でも、警察にもおんなじことを言ってるんでしょう？　案外言い訳でもなかったのか？」

そうとも違うとも、水上婦人が何も答えないので、宇津木は噂の対象を変えた。

「白城さんはどうです？　昨日、蓮野君の所で一緒になったとおっしゃったでしょう？」

「ええ。いつも通りに見えました」

「そうですか？　はあ。私は、一昨日に白城さんの家を訪ねたんですが、留守にしていてですね。女中に最近白城さんはどんな様子か訊いたんですよ。すると、何だかおかしなことをやっている、というんです。事件の日以来、家の中の一室を締め切って、誰も入るなと申し渡したとか」

「なんのためでございますの？」

「いや、さっぱり分かりませんよ。一階の部屋で、――ご存知でしょう？　四畳半の畳敷きの部屋です。そこを開かずの間にしちゃったんです。なんだか、事件以来どこもかしこも歯車が一つずれちゃったような感じがしますよ」

何なのだろうか？　それは。――二人は以後も事件の噂話を続けたが、当然のことか、宇津木に水上婦人、お互いに対する疑いは一切口にされなかった。

翌日である。宮尾は宇津木邸を目指していた。

陽が落ちて直ぐで、通行人の顔の区別をなくすほどに昏くはない。が、通りを挟む人家の窓にはもう電燈が灯されている。宮尾は夕食を終え、邸のものに怪しまれるのも構わず出てきたのである。

今日だけでなくて、静子との話を盗み聞きされて以来、宮尾はずっと、夕方から宇津木邸の前まで忍んで行って、屋内の様子を窺うようになっていた。昨日だけは宇津木が村山邸に来たから止したが、それを除けば毎日のことであった。どうしても、静子と連絡をつけたい。

宮尾は事件以来、世間が、気づかぬうちに蛇の脱皮のようにグルリとひっくり返ってしまったような感覚を覚えていた。彼が、心地よい軽蔑を感じながら見下ろしているつもりでいたそれは、その実全員で示し合わせて宮尾を欺いているようであった。それとも、誰一人宮尾に一分の関心も持ち合わせず、置き去りにして宮尾の知らない新法則に基づいて運行しているのかもしれなかった。

夕方の家々の窓から通りに漏れ出している団欒の気配が宮尾を余計に心細くする。このあいだの静子の様子を見てもなお、宮尾が縋れるのは彼女しかいなかった。

門の前まで来た。塀の隙間から内側を窺う。

一階に灯りがある。いつものことで、だいたい夜十時前までは灯っているのである。

宮尾は耳を澄ます。話し声がしている。

――お母さん、僕の寝巻きはどこかしら？

――知らないわ。自分で仕舞ったんでしょう。

子供の晴太と、静子の声だ。もう食事は済んでいるのか？　寛《くつろ》いでいる様子はない。せわしなく足音が階段を上下したり、落ち着かない気配である。

宮尾は、晴太の顔を知らない。体格、性格、どんな遊びをしているのか、宮尾の眼に触れることはなく、彼の中で晴太は八歳だか九歳の小学生で、それ以上の輪郭《りんかく》は想像の内にも現れることはなかった。

腕時計を見ると午後七時である。背後の家々も寝静まるにはまだ早い。数年前には、無鉄砲《むてっぽう》に夕方から訪ねてくることもあった。近頃は慎重になり、そんなことをしなくなっていた。

背を人目に晒していることを気にしながら、宇津木邸の様子に注意を傾ける。

会話は切れ切れで内容の分からないところも多かった。――しかし、宇津木の声が聞こえないではないか？ 今まで、彼の声が聞こえたなら、少し立ち聞きをして、それでもよく聞き取れずに諦めて帰るのが常だった。

もしかして今日、宇津木は不在か？ それなら、静子を呼び出すことも出来る。

左から蕎麦《そば》屋の自転車の灯りが近づいてくるのが見えた。宮尾は慌てて通行人を装った。

それから、二時間余りも彼は邸の前を行きつ戻りつして中の様子を知ろうと努めた。

やはり宇津木の声は聞こえてこない。しかし、居ないという確信も得られない。前のような失敗をする訳にはいかない――

数日間に亘り宇津木邸を覗く内に、静子に対して持ち続けていた宮尾の優越意識は変質しつつあった。家族が居る彼女に対して、自分はいつでも逃げられるつもりでいたのが、実際にことが起こってみると、宮尾の方が余程酷く慌てていた。不真面目な情交の中で持ち続けていた、自分の方がより冷静であるという自信は打ち砕かれた。彼女に夫がいるように、彼に、欺くための妻がいないことが不安で情けなく思われた。彼女よりもずっと若いことを自信にしていたのも、今はむしろそれが引け目になった。

知らぬ間に、背後の家の灯りが落ちていた。

気がつくと、右手に人影がある。塀に躰を寄せていた宮尾は、吃驚して、顔を向けないようにしながら人影と同じ方向に歩き出した。どこか道を折れてやり過ごす。そう思ったが、一歩踏み出して宮尾は悪寒がした。人影は近すぎた。何故気がつかなかったのか？　宮尾に気づかれまいとして歩いて来たとしか思えない。電柱の陰にでも隠れていたのか？　それが今現れたのか。――何故？

気配が、自分のすぐ後ろにまで迫っていた。すでに遅かった。宮尾が正体を確かめようと振り返った時には、それに相応しいだけの重量と硬度を持ったものが彼の頭上に振り上げられていた。手加減はなく、その目論見《もくろみ》通り、宮尾の意識は突然に地上から雲散霧消した。

7　再び殺人事件

一

ムラヤマテイノシヨセイサツガイサルトカ　シサイシラズ

朝刊には間に合わなかったようで、私は蓮野からの電報で昨夜の事件を知った。余計な想像の余地のない一文で、その唐突であることばかりが際立っている。蓮野がどうして知ったのか、多分水上婦人が彼に連絡をしたのである。

電報だけで蓮野は何をどうしろとも言ってこないが、知らせてくる以上は事件の子細を確かめて来るべきなのだろうと思った。私の家は村山邸まで歩いてもそう遠くない。邸の食堂で一瞬だけ私の前に姿を見せた青年の死は、未だ、風が突然背後の枯葉を攫っていったような、微かな感興しか起こさなかった。

容疑者たちの住む通りに入ると、制服の巡査と新聞記者らしいのが立ち話をしているのがずっと奥に見通せた。彼らは路上の一点を囲むようにしていて、事件の現場がこの通りであることを示していた。他に痕跡は無く、惨事は残り香を留めているだけである。

水上婦人を訪ねると少し期待外れの顔をされた。が、そろそろ蓮野をつつくと私が出てくることに慣れたみたいで、玄関ホールの立ち話にて経緯を事細かに説明してくれた。

「昨晩、宮尾は夕食を終えると行き先を告げずに外出しました。最近数日間、それが宮尾の習慣になっていたのです。わたくしも怪しんでおりましたけれど、詮索はいたしませんでした」

その後しばらくは足取りが分からない。しかし、その時間帯に宇津木邸の前をうろつく何者かの姿が向かいの家の女中や通り掛かりの蕎麦屋に目撃されていて、確証はないが、それが宮尾だったらしいとみられている。

屍体は宇津木邸から少し離れた路上に、午後十時前に通行人により発見された。

宇津木氏は、気分が優れぬと言って家人より先に一人寝室で休んでいたのだそうである。しかし、人殺しだとか何だとかの騒ぎが聞こえるので外に出てみると、屍体が宮尾であったので、彼が警察に被害者の身許を証言した。

深夜に近かったが、聴取が始まった。村山邸にも警察がやって来た。

「あまり時間はとりませんでした。わたくしの知っていることは多くありませんでしたから」

村山博士の時と比べれば、警察の仕事は単純であった。

現場の路上に、兇器の文鎮《ぶんちん》が放り出してあったという。殴って捨てておくだけだから、起きたことは明快だった。宮尾が常用していた腕時計が紛失していたそうだが、物取りか、それに見せかけたものとみていいだろうと思われる。

但しそれが明快であるのは村山鼓堂博士の事件との関連を忘れた時の話である。無論そこに何事かがある筈であった。取り調べが済んでから、白城氏や生島氏が村山邸を訪ねて来て事件を話し合ったりして、私が話を聞いた昼過ぎまで婦人は一睡もしていないということであった。

「あの、どんなお話をされたんですか？」

「こんな場合に当然するべきお話でした。警察に何を訊かれたか、お互いに特別に知っていることはないかを確かめにいらしたのです」

だが、村山博士の時のように犯人探しの議論が進展することはなく、二人とも早々に帰宅した。どうやらそれは宇津木氏が欠けていたせいである。

事件以来婦人はまだ宇津木氏と顔を合わせていない。午前中に邸の様子を窺うと、まだ警察が事情を訊いているようであったという。それは、発見場所から近いせいもあるだろうが――

「あの、水上さん、ご存知かどうか分からないんですが、それに、僕が聞いたのはただの噂なんですが――、実は、宮尾君と宇津木さんの奥さんとの間に、何か――」

「知っております」

婦人は、私が迂闊《うかつ》な言葉を使うことを気遣うように、私を遮った。

「ですけれど、わたくしが聞いているのも近所の女中がするような噂だけです。井口さんも、それ以上のことを知ってらっしゃる訳でもございませんでしょう?」

「ええ――、全くそうです」

「わたくしは何も分かりません。ですけれど、今度の事件は、宇津木さんがなさったとしたら、簡単すぎて、直情的すぎると、わたくしはそうも思います」

婦人の慎重さは不倫の噂の真偽を怪しむ慎重さではなく、ほとんど真実に違いないがゆえの慎重さであった。宇津木氏について言うのは水上婦人の人生が培った人物観を賭《か》けて発された言葉で、根拠は何もないのだった。口調は慎ましかったが、婦人にとっては私にはっきりと告げるべきことらしかった。

　宮尾の事件について、それ以上のことは何も聞けなかった。彼の不義の疑惑と、その死、それらは、村山邸や事件の容疑者たちにまるで大樹を覆っていた蔦《つた》が枯れたかのような作用をしたのである。水上婦人の窶れた顔を見て、私は宮尾の死が現実に起こったことにようやく実感を得た。

「井口さん、蓮野さんはどうなさったのです？　何かご用事ですか。それとも、お躰がよろしくないのでございますか？」

　その通りだと私は答えた。

「そうでございますか。――お大事になさるようお伝えくださいませ」

　婦人は蓮野への言葉を、口から静かに溢《あふ》れ滴《したた》るものを受け止めるように言った。

　水上婦人の様子にはただの疲労の所為ではない変化があった。蓮野への気遣いは、むしろ婦人の方が助けを求めているような弱々しさであった。

　十日余り前に蓮野の家で見た姿とそれは対照的に映った。あの時の婦人からは、同居人の死に纏わる無茶な頼みごとを携えて訪ねてきたのにも拘らず、婦人自身の意志がはっきりと滲んでいた。今は、その先鋭な刀のような意志の鞘《さや》を失くして持て余しているようである。

宮尾の死のせいなのか？　それは当然のことである。しかし、水上婦人にとってこの事件が如何なる種類の悲劇なのか、只の同居人の死なら、鼓堂博士の死とは違う意味があるのか？

婦人は微かに頭を振った。白い顔に気丈さが蘇った。

「それから、鼓堂博士のお守りのことですけれど、女中が手掛かりになりそうなことを思い出したそうでございます」

婦人は邸の奥の女中を呼んだ。

数年前に、千葉県の有野《ありの》という村に住む、新田《にった》シゲという高齢の女性が博士を訪ねてきた。彼女は博士の遠縁で、博士は赤ん坊の頃にしばらくそこに預けられていたのだ、ということをその時に聞いた憶えがある、と女中はいうのであった。

お守りは博士が幼年の頃に持たされたものだと聞いている。遠縁だし、博士が赤ん坊の頃に居た村というのだから、会えばお守りの御神木のある神社を知っているかもしれず、神主に博士が何を預けたのか分かるかもしれない。

村山邸を出ると巡査と記者は居なかった。通りを見廻し、私は白城氏の邸の前に行ってみた。

水上婦人から、白城氏が、自宅で意図の分からぬ妙なことをやっている、という噂を聞いた。婦人は宇津木氏から聞いたのである。宇津木氏はそれを白城宅の女中から知ったそうで、私も、もし女中に会えれば話が出来るかもしれないと思った。

白城氏の家は茶色い屋根の和洋折衷である。門に近寄っても屋内の様子は判然としなかった。水上婦人によると、氏は早朝に村山邸を訪ねて事件を話し合った後、会社に出て行ったそうで、今はおそらく不在である。横領の仕事が忙しいのかもしれなかった。

五分ほど経って何事もなく、引き上げようかと思った時である。気がつくと、背後から女中姿の一人が、羽二重で作った買物袋を下げて近寄ってきていた。

「あれ、記者さんですか」

「はあ、あの、失礼しました。白城さんは今お留守でしょうね？」

「ええはあ。なんの御用です？」

見立て通り、女中は白城宅のものだったようで、荷物を後ろ手にしてそう訊いた。私の言葉が慇懃《いんぎん》であったことが彼女の気に入ったらしかった。私は記者だという誤解を解かないことにし、昨夜この通りで殺された書生の話をしてから噂のことを尋ねた。

「ええと、ほら、昨日の以前にも、すぐ近所でちょっと怖いような事件があったじゃないですか？　妙な噂を聞いたもので、気になったものですから。先月、近くで医者の博士が殺されたでしょう？　その日以来、白城さんが自宅の一室を閉め切ってしまったとか聞いたんですよ。一体どんな訳なのかなあと――」

「ああやだ。噂になってますかね？　いけない。妾がしゃべっちゃったから――」

いやいや大丈夫です、と私は無責任に請け合った。

「噂ったって大したことはないですから。でも、一体どういう訳なんです？」

「いや、その――、やっぱりあんまり言いふらしちゃいけないですけどね、一つ、台所のそばに、妾もめったに入ったことない部屋があるんですがね。ご主人が、それを、壁に釘打って南京錠《なんきんじょう》つけて、絶対に開けちゃいかんと妾に言ったんですよ。なんでそんなことするのか、不思議ですよ」

水上婦人から聞いた通りの話である。

「その部屋、何を仕舞っているんです？」

「いや、なんも、大したものはありゃしませんよ。きっと」

「それは、博士の事件の後に封鎖されたんですか？　いつです？」

「さあ、いつやったんだか知らないが、事件の次の日の朝に、気がついたらでっかい南京錠が扉にくっついてたんですよ。で、これなんですかって訊いたら、お前は近頃この部屋に入ったかって逆に訊くんです。で、最近は入りやしませんって妾が答えたら、ならいい、くれぐれも開けちゃならんって、そう言って、妾が訊いたことは教えてくれないんですよ。何なんでしょう一体――」

私だって知りたい。他に白城氏に何か変わったことは無いのか訊いてみたが、彼女は思い当たらなかった。主人への不信で雄弁になっている女中が家に入って行ったので、私はその場を離れた。

それにしても、細胞分裂の如くに、謎が増殖を止める気配が無い。

私は一町に満たないくらいを歩き、すぐ近くの宇津木邸の前まで来た。

警察はもう去ったらしかった。昼間で無論電燈は点いていない。窓はどれも暗い。

私は、庭に、何か茶色いものが蹲《うずくま》っているのに気づいた。

それは小刻みに震えながら泣いていた。着物を胸に掻き合わせ、庭の芝生に丸まって、嗚咽《おえつ》をかみ殺しているのが近づいてようやく分かった。宇津木家の一人息子の晴太であるに違いなかった。

私は浜辺に打ち上げられた子鯨を見つけた心地がした。声を掛けるかを躊躇った。しかし、宮尾の死に際《さい》して、取り調べが済んだばかりの、疑惑の渦中の両親がきっと留守ではない筈の、晴太が入ろうとしない家は不気味に静まり返っていた。私の声がその中に届けば、何が起こるか想像がつかない。それに、芝生に顔をつける晴太は、自分の他の現実を完全に遮断していた。

私はただ目を閉じて顔を逸らし、足音が彼の心に波紋を起こさぬよう気をつけながら、大通りの方へ歩き出した。

二

帰宅したのは夕食時で、妻が待っているだけの筈であった。しかし、郵便受けの夕刊を取り上げて玄関を入ると、靴箱に仕舞われていない余計な靴がある。仏蘭西《フランス》製の、金の金具のついた派手なもので、一目見て私は来客が誰だか悟った。不安になって、居間に急いだ。

「おや、帰って来たか！　――ほら、何も問題なかったでしょ？　だからさっさと上げてくれれば良かったんだ」

大月は、私が扉を開けると同時に大声で言った。

いつも通り女物の反物をシャツに仕立てた派手な服を着た彼は、椅子に座りテーブルに四種類の形の異なる酒瓶《さかびん》を並べていた。向かいに紗江子が、椅子には掛けず、壁に背中をつけて大月を見下ろしている。

妻は、大月に向けた顰め面を崩さぬようにゆっくり私の方を振り返った。

「三時ごろいらしたんです。それから延々お酒を飲んでたんですよ。仕方がないので私ずっとここで見張ってました」

「ああ――、うん、それは。ご苦労様」

ようやく交代だとばかりに紗江子は躰を曲げ伸ばしした。そして、足取り荒く居間を出て行った。私は大月の向かいに掛けた。

「何で俺あんなに嫌われてるんだ？」

「いや、酔って憶えてないのか、じゃなきゃそもそも失礼だと思ってないのかもしれないが、君はうちに来るたびに数々の無礼を働いているんだ」

ほう、と感心したような声を大月は上げた。

「――本当だぜ？　皿を割ったり酒をこぼしたり、そんなのはまだいいが、テーブルを舐《な》めたり服を脱いで毛深さの自慢を始めたり、紗江子に猥言《わいげん》吐いたり、酔いの頂点に達した時絶対何かやらかして、その度に出入り禁止を宣告するが、君は憶えていない。酔いが覚めてからだと水掛け論になる。絶対忘れているものだから、最近じゃ紗江子は君が何かやるたびに死刑を宣告している」

「厳しいな井口の家は」

大月は天井を仰いでウイスキーをラッパ飲みした。

「何をしに来たんだ？」

「泊めろ」

何を訊くのだと大月は意外な面持ちである。

「あ？」

「何が、あ、かね、当然泊めろ。今日の昼に、晴海社長のところに行って来たんだよ」

「あ――、ああ！　そうだったな」

「家に帰ったら横領犯が待ち構えてるらしいじゃないか。それで印章の偽造をしろとかいってくるんだろ？　俺じゃ出来ない。頼まれても困る」

「だろ？　僕にしか出来ない」

「何を威張っている。お前の絵はそういうとこが悪いんじゃないか。美の収斂《しゅうれん》を目指して描き始めて、気がついたらケツの毛までびっしり描き込んでて、理想にも現実にもどこにも焦点が合わなくなってるのが井口の絵だ」

「君なんか最初から尻の毛しか描かないじゃないか。それも下手くそにだ。僕は穢《きたな》いものを描くべき時を知っているが、君はそれしか描けなくて、しかし尻の毛しか描いてないから、もしかしてこれだって美しいんじゃないかと見るものが錯覚するだけだろうに」

「井口は穢いものはどこにあっても穢いと思い込んでる。宮殿のファサードに飾って穢いものが、牛の堆肥《たいひ》に混ぜてみたら美しくなったりするその美しさを知らん」

「そんなことないさ。大体僕の尻の毛は穢くないんだ。——いや、そうじゃなくて、晴海社長は何て言ってた？　調査は進んでるんだろうかな」

「今、三河護謨工業の社長と相談して裏を取ってて、近いうち犯人を取り押さえるって言ってたぜ？　でも、明日にでもとはいかんのだそうだ。証拠が半端だと半端な金しか取り返せないだろ？　有罪にするだけなら簡単らしいけどな。とにかく、白城か？　そいつが関わってるのは間違い無いんだろ？」

「あの様子じゃそうだな」

「どうするんだ？」

「晴海社長に任せておくしかないんじゃないかなあ。頼まれたら僕も何か行動するが」

「じゃあ俺がいつまで帰れないのか分からんじゃないか。どうしてくれる？　大体何で俺の名前を使う」

「だって、存在しない名前に嘘の住所じゃ、そいつらすぐに騙《だま》されたと気づくだろ？どうせなら君には下宿に居て欲しかったんだがな。そんで大月でない誰かのふりをして、横領犯が訪ねて来たら取り次いでくれるといい」

大月は黙った。そして眉と唇を微かに震わせた。私の提案の面白さを検討している顔である。

「――とにかく今日は泊めろ。帰るのが面倒臭い」

「まあなあ。仕方ないなあ。でもここ、外から鍵のかかる部屋が無いんだよ。爺《じい》さん座敷牢向けの部屋を用意しといてくれれば良かったのにな。忘れたみたいだ」

扉を開けて、盆を抱えた紗江子が入って来た。急須《きゅうす》と、湯飲みが二つ載っている。紗江子は視線で私と大月を威嚇しながら無言でそれをテーブルに置いて、無言で去った。

大月の分の茶を注いで、手元に差し出してやって、代わりに私は四つの酒瓶をテーブルの端に遠ざけた。彼は未練ありげだったが、抵抗はしなかった。

「井口、それで、お前は何をしてるんだ？　何で横領事件に関わることになったんだ。晴海社長には、説明が面倒だからお前に訊けと言われたんだよ」

村山博士の殺害から始まる食傷気味の説明をした。それが済んでから、私はまだ広げていなかった夕刊を手に取った。

「ああ、載っているな。ほら」

目新しいことは無いが、ようやく宮尾殺しの記事が出ているのを大月に見せた。

「これがその間男殺しか」

「いやまさか、そうと決まっちゃいないさ」

但し、警察もそれを勘考しているのは間違いない。宇津木氏の聴取が特別に長引いているようであったのだ。

「間男が殺されたのには違いないじゃないか？」

「いや、その確かな証拠があるのかは知らないよ。僕の印象じゃ、不倫関係はあっただろうけどもさ。でも、それが事件と繋がっているのか不明だ。村山博士殺しの続きかもしれない。宮尾は何か結社の不利になることを見聞きして、それで始末されたのかも」

「その、四人いるのの誰かが秘密結社の先代から任務を引き継いだんだな？　その人らの宮尾殺しのアリバイは？」

「又聞きだから確かじゃないが、誰にも無いみたいだな。宇津木さんは一人で先に休んでたことになってるらしい。白城さんと生島さんも家に居て、警察になんて供述しているのか知らないが、身内の証言しかないんだろう」

村山邸にいたのも水上婦人と女中だけである。婦人もすでに休んでいたという。

「その他は知らない。証拠の少ない事件だからなあ。それに、只の間男殺しなら僕やら蓮野やらの出る幕じゃない」

「はあ。そうか。――で、村山博士の方はどうなんだ。蓮野君によると、異臭がしてるんだろ？　四人の容疑者の中に、屁《へ》を透かして何食わぬ顔をしている奴がいると」

「そりゃ蓮野が言った喩えとは意味が違うがな。でもまあ、そういうことなんだろう」

「そいつら、うかうかしてると自分が犯人にされると思って、必死で探り合ってるんだろ？　しかも四人にまで絞られてるのにな。それでも分からないのか？　俺なら多分分かる」

「まあ君が事件の容疑者の一人なら、多分やったのは君だろうからな。当然大月には犯人が誰だか分かるな。でも、全員怪しいもんなあ。宇津木さんは奥さんの件があるし、水上婦人は絞首商会の梶太郎氏の身内で、生島さんは借金、白城さんは横領だ。こうなると互いに牽制《けんせい》しあって、誰か一人を見定めて深く探っていくことも出来なそうだ。警察を介入させたくないというんだからな」

　大月は酔いの廻って膨らんだ顔を両手で擦った。そして歪んだ声で言った。

「おい、本当は結局、そいつらみんな無政府主義者なんじゃないのか？　それで、本当はその村山鼓堂博士は殺しちゃいけなかったんだ」

「あ？　どういうことだ？　何で鼓堂博士を殺しちゃいけないんだ？」

「お前は知らんのか？　人は人を殺しちゃいかんのだ。で、彼らは無政府主義者の面目に賭けて犯人を見つけようとしているのだ」

　それは、彼らは絞首商会とは関係が無く、しかし無政府主義者であるということか？

「だとしたら、彼らは犯人を見つけた後どうする気なんだ？」

「分からん。リンチか？」

　大月の酔い紛《まぎ》れの推論は、梶太郎氏の存在だとか、多くの現実上の証拠を無視していたが、それが示唆した結末は不気味である。私も、その無政府主義的な捜査に加わっているようなものなのだ。

「しかしだな、自分が犯罪者になってまで犯罪者を見つけなきゃいけないか？　犯罪っていうのはそもそも政府が決めたものだろ？　そして無政府主義者とは政府を無くしてしまおうとしているんだろ？　無政府主義っていうのはそれほど滅茶苦茶なものなのか？

何が起こってるんだか僕も分からないよ。全く分からないままに調べて廻ってるんだ。蓮野は何か考えがあるみたいだけども。他にも妙なことはいくらでもある。例えばな、件の白城さんなんだが、何故か事件以来、家の一室を締め切っているんだそうだ」

「何だ？　それは」

私は白城宅の前で聞き込んできたことを説明した。

「――白城邸の女中は酷く怪しんでる。事件の次の日にはもうその部屋を密閉していたそうだ」

「ほう？　何か隠してるのか」

「まあそうかも知れないんだが、でも、大抵のものってのは、そんな、部屋ごと締め切らなくてもどこかに隠せるだろ？　書斎もあるんだしな。何か余程大きいものなのか？」

「事件の翌日からなんだろ？　事件の証拠か？」

本当に白城氏が犯人で、事件の証拠を隠しているにしては隠し方が不細工である。

「それとも横領の方の関係か？　そっちは確実にやってるんだろ？」

「いや、しかし、横領のための物品こそ書斎に隠せそうだけどな。じゃなきゃ、部屋いっぱいの札束《さつたば》か？　それとも領収証か？」

話が行き詰まったところに紗江子が、包丁を持ったまま、夕食が出来たことを告げに来た。

三

翌朝。私はいつもよりも早く、七時過ぎに起きた。離れの寝室を出て、母屋に行くと紗江子がもう朝食の用意をしている。

「あいつは？」

「寝てるんじゃありませんか」

大月は二階の一室に押し込んである。私と紗江子は階上の気配に気を取られながら朝食を取った。

「今日は何をするおつもりです」

「ちょっとね、昨日、村山邸の女中に聞いたことを確かめてこようと思う。村山博士の遠縁の人に会ってくる。もしかしたら泊まることになるかもな」

「あら、そうですか」

九時を廻って、私は大月を起こしに向かった。父が元気だった頃に使っていた部屋である。私は裏拳《うらけん》で荒っぽく扉を叩く。

「おい、起きろ」

「ああ?」

思いの外《ほか》早く返事があった。私はおもむろに扉を開いた。ベッドに半身を起こした大月は、天枝楼《てんしろう》とかいう染め抜きをされた浴衣を着ていた。

「何だそりゃ。ネコババしてきたのか?」

「んあ? 違う。そんな蓮野君みたいな真似をするか。交換してきたんだ。俺のデッサンと」

「泥棒より悪いじゃないか。それでな、悪いが荷物を纏めてくれ。僕は出かける」

大月を紗江子が居るだけの家に残しておくのは厄介なので、私が出るのと同時に外に放り出してしまわなければならない。

「どこに行く?」

「千葉だ」

「じゃあ俺も行く」

千葉のどこに何をしに行くのだかを訊きもせずに大月はそう言う。気紛《きまぐ》れである。いつもなら寝起きの悪さに布団にへばりつくところだから、簡単に連れ出せるのならそれもいいかと私は思った。

汽車の連絡が上手くいって、昼前には省線北条《ほうじょう》線の五井《ごい》駅に着いた。改札を出て眼に留まった蕎麦屋で昼食をとり、目指す村の方に向かう行商の馬車を見つけて、金を払って乗せてもらった。

「井口が探しているのはどこの誰だ」

「有野村の新田という人だとだけ聞いているんだがな。高齢の女性だそうだ」

積荷《つみに》からは潮の臭気が立ち上っている。駅前を離れた馬車のゆく道はすぐに開けて、田畑を見晴らす中を天地の逆転した行商船のように長閑《のどか》に進んだ。半時間余りで目指す有野村に入った。小さな村を想像していたが、農地に交じる家々はそうまばらではない。

駆者《ぎょしゃ》に新田という家を知らないか訊いてみたら、三軒あるという。

一つずつ訪ねて廻って、結局三つ目であった。川を渡って、村の一番外れの茅葺《かやぶき》屋根の新田家に行くと、スカスカの生垣の向こうに、六十くらいのモンペを着た女性が縁側に腰掛けぼんやり空を眺めていた。

「あの、新田さんでらっしゃいますか」

「あれ、はあ、亭主は中におるんでございますが」

家の中に声をかけようとするので私は慌てて言った。

「いや、いや、違うんです。村山鼓堂博士という人をご存知じゃないですか？　そういう人にご用があるんです」

「おいもっと近くで言え」

大月が、生垣越しに大声を出している私に珍しく尤《もっと》も至極のことを言う。我々は庭を抜けて、ポカンとしている老女の方へ向かった。

「あ、どちら様で？　――ん、東京の方でござんすか」

怪しまれるのは当然で、何しろ私は只の絣の着流しだが、大月の方は睡蓮《すいれん》の柄のシャツを着ているから、何をしに来た二人組だか訳が分からない筈である。ともかく名乗った。それで――

「新田さんでらっしゃるんでしょう？」

「はあ、新田シゲでございます」

「村山鼓堂さんをご存知だと聞いて来たんですよ。遠縁だとか」

「ああ、はあ、ええ」

シゲは未だに、運送屋が心当たりのない大荷物を運んで来たような表情をしている。

この様子だと、もしかして村山博士が殺害されたことを知らないのか？　躊躇ったが私は鞄から新聞を取り出して、あの、驚くといけないんですがね、と言って事件を報じた記事を見せた。

「あれ、これは――」

眼を丸くしてシゲは見出しを眺めた。両手に持った新聞に被さるように背を丸めて眼を細め、舐めるように記事を読もうとしたが、全文に眼を通すことは早々に諦めた。

「知らなんだなあ。吃驚した――」

私の新聞を自分のものみたいに縁側に置いてシゲは言う。事件が意外であっただけで、悲嘆にくれる様子がないのに私は不謹慎な安心をした。

奥から亭主の老人が現れた。シゲは私たちのことを説明もせず、村山の先生が殺されたんだよ、おっかない、とか言って彼に新聞を見せた。亭主は眼を細めて新聞を読んで、うんと唸ってまた奥に戻ってしまった。

「何でだかなあ。大学の先生になったたって、ずいぶん立派なことだろうになあ」

「あの、シゲさんは村山博士とどういうご関係なんです？」

ちゃんと確かめてみると、遠縁だと聞いていたのは誤りであった。

村山鼓堂博士の大叔父がこの村に住んでいて、生まれてすぐから数年間、博士はそこに預けられていた。シゲはその隣家に住んでいた娘で、幼少期の鼓堂博士を世話することもあった。数年前に村山邸を訪ねたのは、その名残でお使いを頼まれたのだという。

「その、大叔父さんの家族というのは？」

「もうおらんです。健吉《けんきち》さん達はずいぶん前に死んじゃったし、新太《しんた》さんも昨年急に倒れていけませんでしたです」

健吉というのが大叔父で、新太は息子である。嫁と孫は実家に連れ帰られて、もう村には、村山は誰もいなくなったというのであった。

私は博士が赤ん坊の頃から持っていたという御神木のお守りのことを訊いた。

「あ、ああ！　はあ、持っとりましたなあ。こんなのを」

シゲは両手で一寸半くらいの大きさを示してみせた。

「――それ、どこの神社の御神木だか、憶えてないですか？」

「ううん、や、どこでございましょうかなあ。わたしゃ分かりませんがなあ――」

憶えていないのではなく、知らないのだそうである。が、お守りを持つことになった事情は記憶しているという。私と大月を縁側に座らせてからシゲは話し出した。


生まれてすぐの村山鼓堂が村に預けられることになったのは、彼の両親が北海道《ほっかいどう》に渡ることになったためだという。政府の命で三年間開拓に行っていたらしい。明治五年のことで、今でこそ東京から鉄道が通って人口も増えたが、当時は三十軒ばかりの小さな村落であった。

「健吉さんのところが赤ん坊を預かってきたと聞いて五日もたったころですよ。ものすごい大嵐《おおあらし》があったんでございますよ――」

九月のことで、台風が来たのだろうか？　最近は新聞に予報が出るが、五十年前である。風雨が強くなるにつれ、家が飛びそうだとか流されそうだとか、不安なもの達が庄屋《しょうや》の屋敷に集まった。

「恐ろしかったですよわたしは。あんなのは今までで一度きりでございますよ。もう昏かったんです——、わたしはかかと一緒に逃げたんです。かかだけです一緒だったのは。男らみんな外に駆り出されてたんですよ」

シゲの家は川に近かった。逃げねばまずいと決めた時、既に日が暮れていた。風雨のせいで提燈《ちょうちん》は使えず、五町余りも下流にある庄屋の屋敷に命からがらたどり着いた。

屋敷も、所々に蠟燭《ろうそく》を灯してあるだけで、酷く暗かった。居るのは女と子供と隠居ばかりで、男手は皆畑の片付けやら家の補強やらに出払っていた。

赤ん坊の村山鼓堂と、その大叔母も居た。シゲはその時初めて赤ん坊と対面した。

「でも、よく見えやしませんでしたよ。灯りが足らんのでございますから——、こう、赤ん坊をぎゅっと抱えて、うつむいて」

シゲは大叔母の動作を真似てみせる。

村山博士が御神木のお守りを持たされたのはこの時なのである。

アキという人が、シゲに少し遅れて屋敷に逃げて来た。三十年余りも寡婦暮《やもめぐ》らしをしている七十幾つかの白髪の婆《ばあ》さんである。それが、髪を拭って、赤ん坊の姿を認めるなり大叔母に近寄って来て、たもとから何やら取り出した。

「これ持たせときな」

「はあ？」

「どっちがいいか？」

シゲも、思わず蠟燭の灯りに翳されたそれを見た。アキが持っていたのは、一寸半ばかりの木片を綺麗に磨いて穴を開け紐を通したものであった。どこだかの御神木の、落ちた枝か何かを集めて来て、自分でお守りに仕立てたもので、彼女はそれを事《こと》毎《ごと》にひとに持たせた。

差し出された二つは、どちらも同じようなものだったが、大叔母はいくらか大きい方を選んで、赤ん坊の首に掛けた。アキは、他にそれを分けるべき相手を探して、残った一つをもう一人いた赤ん坊に与えたという。

皆口数は少なく、飛来物が外壁にぶち当たる響きの伝わるごとに、全員でびくりと怯えるくらいであった。雨戸は全く締め切っているから、外の有様《ありさま》は物音で知るしかなく、しかし風雨は一向におさまらずに、夜が更けるにつれ猛威を増した。

シゲが逃げて来て、一刻くらいが経ったかという時である。屋敷のものは、風音に混じって、男達の絶叫を聞いた気がした。

――逃げろ、というのか？　はっきりとは聞き取れなかった。が、同時に別の物音が聞こえ始めて、皆は瞬時に何が起こっているのだか理解した。

水音が屋敷を取り囲んだ。そして、すぐに床や壁から水が浸入して来た。

川の堤の決壊である。皆起き上がって大狂乱となったが、もはやどうにもならない。外に出るには遅く、蠟燭も間も無く消え、悲鳴をあげながら暗闇《くらやみ》の屋敷の中を逃げ廻った。

「わたしゃ何に摑まったんだか憶えとらんですよ。水がもう、腰よりも高くなって、慌てて雨戸をこじ開けたものは足とられてあっという間に流されて行って、どうしたらいいんだか、震えとったんでございます」

屋敷が水勢に悲鳴を上げ、次第に傾いていくように思われた。そして、そろそろ水が柱にしがみ付く十四歳のシゲをそこから引き剝がそうかとまで強まった時、ついに庄屋屋敷は倒壊し流された。

屋根板に摑まり、シゲはしばらく漂流した。上流の方で、男らが掲げる松明《たいまつ》の灯りが見えていたという。シゲは、運よく下流の家の屋根に這《は》い上《あ》がることが出来、そこで一夜、風雨の中を水が引くのを待った。

「日が出てみたら、もう大変だったです。もうあたり何にもなくなっちゃって、かかはそれきりみつからんでございますよ」

結局、上流のシゲの家は無事だったそうである。屋敷に逃げていたもので、生きていたのは数人に過ぎなかった。そのうちに赤ん坊の村山鼓堂が入っていたのである。救ったのは庄屋の近所の家の嫁で、桶に入れられ沈みかかっているのを見つけて引き上げた。大叔母はずっと川下で遺体が見つかった。

「よおく助かった、お守りのご利益だって、大騒ぎだったらしいですよ。でも、ご利益と言ったって、アキの婆さんは死んじゃいましたよ」

シゲは、洪水のすぐ後のことはよく知らないのだという。彼女の父もが、当夜川に落ちて死んでしまっていたので、どうして良いか分からずに隣村の親類のところに行ったからである。一月くらいそこにいたが、有野村にシゲの面倒を見てくれる家が決まって帰ってくることになった。

その家というのが、村山博士の大叔父の隣だったのである。妻を亡くしてどうして良いか分からないでいる彼に請われて、シゲはしばしば赤ん坊の世話をすることになった。三年のち博士の両親が帰って来て、彼を引き取って行ったが、その後も大叔父の一家とはしばしば連絡があって、二年前にシゲが村山邸に行ったのも、その頃まだ存命だった大叔父一家の新太から、東京に行くシゲに、ついでに博士にお土産を渡して来て欲しいと言付けられたのだという。

お守りの謂《いわ》れは分かった。村山博士がお守りの御神木を大事に胸に持っていたことは不思議だったが、そういう話を聞かされてみれば納得がいく。なのだが――

「そのアキというお婆さんだったんですね？　お守りの主は。どこの神社の御神木でしょうね？」

「さあ、なあ――」

分からないのである。アキ婆さんは、放浪癖があったとかで、あちこち出歩いていて、有野村の近くとも限らない。二、三十年前までなら、それはどこの神社だと憶えている人がいただろうが、今ではどうだか、もう誰も知らんのじゃないか、そうシゲは言う。

「あ、うん、でもなあ。どうしてるんだかわかりませんですがなあ」

「何です？」

「もう一人、赤ん坊がいたんですよ。それが、お守りをもらって助かったんですがな。あの子はどうなったんだったですか――」

その晩、庄屋の屋敷に、もう一人いたという赤ん坊である。アキが、大叔母がお守りを選んだ後、もう一つをその子に持たせたのを見ていたのだとシゲは語った。それも助かっている筈だというが、罹災《りさい》ののち一時村を離れたために、その後どうなったのだったか知らないし、どこの赤ん坊だったのかシゲの記憶は曖昧であった。

しかし、ご利益だ何だともてはやされたのだから、その赤ん坊はそれの出どころを伝え聞いて知っているかもしれない。村山博士だって知っていたのである。

どこの赤ん坊か？　シゲが知らないところを見ると、それもまたどこかから預けられた子で、いつのまにか村から引き取られていったと考えるのが自然か。

「誰か、憶えていそうな人はいませんか」

「どうだかなあ――」

シゲはぺたりと右手を頰に当てた。

「わたしゃ、前にもこんなことを訊かれた気がする、なあ――」

「調べる意味があんのか？　井口」

「蓮野は、あるだろうと言ってるんだがな。何でだかは分からないが」

また、随分歩かねばならない。

シゲは、何か知っていそうな人に、十町余り先に住む菅谷《すがや》幹太《かんた》という木工職人をあげた。洪水を知っている人はもう少なく、憶えているならこの辺で最年長の彼ではないか、そういう話である。

「知ってるとも分からんだろ？　近くの神社を虱潰《しらみつぶ》しに当たった方が早いんじゃないのか？　要は博士にものを預けられた神主が誰か分かればいいんだろ？」

「でも、近所とも限らないだろう？　あの話じゃ、アキという婆さん、余程遠方から持って来てたのかもしれない。いや、近所ならシゲさんだって知ってそうな気もするよ。それに、神主という人に話をする前になるべく事情がわかっている方がいいんじゃないか？　とりあえず訊いて廻ってみよう」

雑木林の小高い丘の際《きわ》に建てられた小屋であった。八十を超えていて小柄だが、日焼けして躰の引き締まった健康そうな老人である。一人で暮らしているという。

シゲさんから聞いて来たと言うと入れてくれた。座布団すらない、木屑《きくず》で汚れた畳敷きであった。私は鼓堂博士の事件には触れず、お守りの出どころを知りたいのだと伝えた。

「――それで、アキさんという人、憶えてはいませんか」

「うん、おったなあ。木っ端を、首から下げるから穴開けてくれと頼まれてたんが俺だ」

「その、御神木、どこで集めてたかご存知ですか」

「知らねえなあ」

まあ、そうだろうと思う。

「じゃあ、その、洪水の時に助かったというもう一人の赤ちゃんというのは？」

「どうしたんだろうな。俺あ赤ん坊のことなんか気にかけちゃいなかったからなあ」

しかし老人は、その赤ん坊もやはりどこかから預けられて来ていたということを憶えていた。

「和田《わだ》んとこだ。どこから預かって来たか知らないが」

「その和田という家はどこです？」

「新田んとこの近くだよ。でももう何も分からねえんじゃねえかな。とっくにみんな死んで、今いんのはぼんくらの孫だけだよ」

「じゃあ、他に知ってそうなのは」

「村山のとこは知ってたんじゃねえかな。和田と一番よく付き合ってた」

それは、どうにもならないのである。村山博士の大叔父一家は途絶えてしまっている。

「あとは日野《ひの》とか大島《おおしま》とか——」

和田と親しかったという家を列挙してもらって我々は菅谷老人のところを辞した。

ぼんくらかどうかは知らないが、和田の孫だという人は二代前に預かっていた赤ん坊のことも、アキという人のことも何も知らなかった。ついでに、彼に紹介してもらって、村の近辺の神社は調べてしまった。村山博士が何かを預けたそれはやはり近所ではなさそうであった。

日野というのが同様であって、最後の大島という人を訪ねに畦道《あぜみち》を川下の集落に向かった。もう午後四時を過ぎている。

「今日のうちに帰りたかったんだがな」

「まだそんな気でいたのかお前は。赤ん坊がどうなったか知らないが、ここには居ないんだろ。それを辿ってどうする」

「だから、赤ん坊と幾らかでも関わりがあった人が見つかれば、どこの御神木のどんなご利益で助かったんだと伝え聞いている可能性はあるだろ? アキという婆さんがどこの神社を奉じていたのだか憶えている人は居そうにない。大体みんなお亡くなりみたいだ」

大島というのは米農家だった。家には大柄なおかみさんがいて、夕飯の支度中らしいところを、土間に入れてもらった。

「知らないねえ。聞いたこともない」

和田家の赤ん坊の件である。そこから手繰るのはやはり無理か？

「じゃあ、アキという婆さんは？　お守りを拵えてたとかいう」

おかみさんは知らないと言いかけたが、ああ、と濁声《だみごえ》で何かに思い当たり、米粉で汚れた手をはたいて家の奥に入って行った。五分ばかりで戻って来て、私に手のひらを広げ差し向けた。

「これがね、アキっていう婆さんが作ったのだって聞いたね」

お守りが載っている。おかみさんの祖母が婆さんから貰ったのだという。

「これ——、どこの木でしょうね？」

「そんなことは知らない。誰も知らないんじゃないかね」

私は一応お守りを調べようとおかみさんから受け取ろうとしたのを、大月が横からひったくった。

「おい」

彼はお守りを指でさすったり、木目を凝視したりする。

「これ多分胡桃《くるみ》の木だぜ」

「へえ！　本当か？」

意外である。そんなことが分かるとは知らなかった。

「分かるぜ？　あれ、井口知らんのか？　俺が晴海社長に贈ったやつがあるだろう。あれは胡桃に彫ったんだ」

私は思い出した。数年前、大月は晴海商事の支社の新社屋落成《らくせい》の記念に、彼にしては極めて精巧な出来の、一尺くらいの晴海社長像を彫り、札束用の文鎮だといって本人に贈ったのである。

大月が、コツコツと無遠慮に指でお守りを弾き始めたので、私は慌てて怪訝な顔をしているおかみさんにそれを返した。礼を言って土間を出た。

四

幸い、胡桃の木を御神木としている神社を知らないかと尋ねて廻るのに、二つ隣の村の松原《まつばら》神社というのがそうだ、という人がそれほど時間を掛けずに見つかった。乗合馬車に乗って村まで行き、降りてすぐの家で、松原神社の神主を知らないか、と訊くとそれもあっさり分かった。それでも、教えて貰った瓦屋根の家までたどり着いた頃には陽は暮れきっていた。小原《おはら》という表札が出ている。

　ごめんくださいと声を掛けた。夕食の最中かもしれないと気を遣う。

「どなたです」

　出て来たのが、四十代半ばくらいの男性で、まさか祭祀《さいし》の格好をしてはいないが、その物腰で、彼が神主であることを私は直感した。

「あの、僕は井口というもので、――こいつは大月です。ちょっとお尋ねしたいことがあって、東京から来たのです。その、村山鼓堂博士のことについて」

　小原氏は博士の名に意外そうな顔を見せたが、すぐに表情を消した。その様子で、村山博士が何かを預けたというのは彼に違いないことがはっきりした。

「何です？」

「博士がお亡くなりになったことはご存知でしょう？　その、随分不自然な形で。小原さんは、どういうご関係ですか？　博士とは」

「友人です。仲良くしていました」

　一考もない返事である。私が博士のことにむやみに立ち入るのを諫めていた。

　どうあれ、村山博士と仲良くしていた、とはっきり認める人が初めて見つかった。

付き合いの始まった経緯は教えてくれた。博士は有野村から両親に引き取られて以後、長じてからもしばしばここを来訪して松原神社を詣《まい》っていたそうで、尋常小学校の頃に小原氏と出会った。のち、大学に入るべく上京するときに村山博士を頼り、氏が千葉に戻り神職を継いでからも交友が続いていたのである。氏は在野の植物学者でもあり、村の周辺で調査研究を行い論文を執筆しているという。

「それで、何の用です?」

「実は、博士がこちらに、大切なものをお預けになったと聞いて来たんですよ。もしかしたら事件に関係あるかもしれないと思って、それで——」

私自身と博士の事件との関係をいかに説明するか、峯子が何かの形で事件に巻き込まれて襲撃されたことを話さねばならないと思っていた。しかし、その前に小原氏は私を遮った。

「あの事件には、容易でない事情があるのでは? 迂闊に関わるべきではない筈でしょう」

紋首商会の件を承知なのか? 新聞には出ていないことである。既に何処かから聞いていたのか?

「ええ、そうなんです。が、そうとも限らなくて——、あの、こちらにも相応の事情があるんです。解決は急がねばならないのです。博士が預けたものとは、どんなものでしょうか？　差し支えの無いことだけでも――」

「お教えできませんね」

私は今度こそ事件に関わることになった経緯を説明しようとしたが、小原氏は聞かなかった。

「いいえ、何もお話しいただくには及びません。必要のないことです。私は村山に、彼の預けたものについて、人に見せるか否か一切判断を任されました。どうしても公にするべきと思うのならしろと、しかし今君たちに見せるべき理由があるとは到底思えませんせんね」

「しかし、それは事件とは関係ないのですか？　一昨日もう一件殺人がありました。それを公にしないことで、解決が遅れるということは――」

「さあ。そうだとして、それは警察の仕事でしょう」

――私もそう思う。

宮尾の事件に触れたのが方便に過ぎないこと、私がその実、彼の死を悼んでいないことを私は到底隠しきれていなかった。それは結局、小原氏にすぐに露見する嘘を吐いたに等しい効果を齎した。説得の余地もなく、私と大月を田舎道《いなかみち》に取り残し、扉はあっさり閉められた。

「帰るか」

既に五月の日は暮れ切って、底の見えない闇夜《やみよ》が辺りの畑一面に立ち込めていた。

「終わりか？　何にも分からなかったな！　泊まらないのか？」

「泊まらないよ。まだ汽車に間に合うだろ」

何だつまらんな、と大月は言う。

辺りは起伏が少なく、少し歩くと駅の灯りが遥《はる》か遠くに見えた。

「君のやり方はさっぱり探偵らしくないな。もう少し上手く話せば、中身が何だか聞きようがあったんじゃないのか？　今度からは俺にやらせろ」

三河護謨工業のことで、蓮野に言われたのと逆である。彼曰く、あの時の私は十分に嘘つきとしての面目を施したのだが。

「――なるべく正直な方がいいさ」

蓮野がしばしば言うことを、勝手に借りた。

私の行き当たりばったりの調査は無駄足だった。ともあれ、真夜中までには帰れるだろう。

＊

三月に入ったエクサンプロヴァンスは既に暖かかった。パリの寒々しさとは比較にならず、木々や建物や、風景もここに残った人々の多くも無傷である。ジュコーフスキー氏は、五日ばかりを、市街から少し外れた丘の麓《ふもと》のホテルに過ごしていた。一人であった。ここまでの旅程も一人だったし、これからも目的地に着くまで連れは居ない。

天気の良い日であった。夕方、散歩から戻ると宿の女主人が待っていた。

「主教さん、明日の馬車は何時がよろしいので」

「午後の一時に、お願いしたいのです」

半世紀以上も前に生まれて、革命が起こるまでにもジュコーフスキー氏は幾度かロシアを出て外国に学び、英語とフランス語の教育は十分に受けていた。亡命の後、パリにもしばらく居たから彼のフランス語はなかなか流暢《りゅうちょう》だったが、南部のアクセントはしばしば聞き取りにくかった。

部屋に戻って荷造りをする。明日には発ってマルセイユに向かう。そこから船に乗る。

荷造りといって、大したことは残っていなかった。トランクが一つだけで、それは殆ど詰め終わっていた。四割が本、三割が衣類、残りが細々とした旅行に要する品々で、あるべきものがあることを確かめただけでそれは済んだ。

食事ののち、部屋で一人聖書を読んでいたジュコーフスキー氏が、休もうかと思い始めた午後九時半、女中がやって来た。

「主教さん、主教さん、御用だって人が来ましたですよ――」

ホテルの者たちは正教会の信徒ではなかったが、ジュコーフスキー氏がロシアの或る教区で主教を務めていたことを知って以来、彼らは皆、氏を主教と呼んだ。

「――通してよろしいのですかね」

「ほう。お通しして下さい」

来客に心当たりはなかったが、彼はそれを問いただささずに、宗教的な笑みを浮かべてそう言った。この女中とは細かい話が出来なかったし、どうせ、誰が来たにしたって彼は会うよりほかにないものと決めていた。動乱の中に残った友人のことを考えると、この道中を出エジプト記のような脱出劇になぞらえるのは気が引けたし、まだ祖国への希望を捨ててもいなかった。彼にとって、この旅は巡礼の旅になるべきものだった。

「ああ、ああ、あんたがロシアの人でしょうね？　キリスト教の司祭様で？」

入って来たのは、五十くらいの見た目の、どこかの農家で働いているらしい女であった。

「あんた、日本に行きなさるんでしょう。違いますかね？」

「ええ、東京に行くことに、なっています」

「ああやっぱりだ。明日発つんだって聞きましたよ。間に合ってよかった」

そう言って女は、スカートのポケットから茶色の封筒を取り出して氏に手渡した。

彼は受け取ったが、まだ、何も身に覚えがなかった。

「あの、これは？」

「私ゃルイスさんのとこで働いてるんですがね」

氏が分からない顔をしているのを見て、女はルイス一家は隣町でチーズを作っているのだと解説した。

「ルイスさんの弟さんの奥さんがね、パリから戻って来たんですよ。大戦争の最中にね。二年前ですよ。あの春の、ドイツがパリに大砲ぶっ放した時でさ。あちらはもう散々だそうじゃないですか。私ゃもう何十年もいかないが。弟さんは、そこでやられちゃったんですよ。

だから奥さんだけでこっちに逃げてきたんだが、そんときに、病気の日本人の男の子を連れて来たんですよ。ユキオっていう名前の」

パリで日本人の婦人から預かった子供なのだといった。間質性肺炎に罹《かか》っていて、婦人はどうしても連れ帰ることが出来なかったのであった。

「もうずっと面倒見てたんですがね、先月とうとう死んじゃいましたよ。でもね、困ったことなんですよ。どこに知らせていいのか分からないんでさ。あっちにいた頃は手紙が来てたんですが、奥さんがこっちに来るときに何にも分かんなくなっちゃったんですよ」

ルイス氏らが住んでいた辺りはめちゃくちゃに壊された。逃げたときに、聞いていた連絡先や手紙は全て紛失した。

子供を預けた婦人の名はトシコ・ミナカミといった。もしかしたら日本から手紙が来ているかもしれないが、戦争が終結したのち郵便局に問い合わせてもそれは判然としなかった。元の住居は壊れてしまったのである。知人の名前で借りていたところだったから宛先不明になっているのかもしれないし、郵便網の混乱のせいかもしれなかった。

「その母親が東京の人だってことは奥さんも憶えてたんですがね。どうしたらいいかって考えてたんでさ。そしたら、ちょうど日本に行く人がいるって聞いたんですよ。キリスト教の司祭様だからいいんじゃないかってみんな考えましてね」

ジュコーフスキー主教は渡された封筒をひっくり返した。宛名書きはない。

「私が、これをお届けすれば良いのですか？　一体、どのように？」

「そりゃ、無理にとは申しませんや。私ゃ知らないが、なんでも東京はパリよりずっと広いんでしょう？　でも、向こうに行けば知ってる人に会わないとも限らない。日本の人に頼んで、きっと新聞広告だって出せるんでしょうが？　極東にも新聞くらいあるんでしょうね？　きっと。

そんで一応探してくれれば、こっちの責任は果たしたってもんでしょう？」

「その、お母さんは、トシコ・ミナカミというのですか」

「ええ、そう言ってたんでさ」

日本では彼と同じように亡命した知人に会ったり、ロシアで日本人に預けたものを引き取ったりする予定であった。他のことは決まっていない。

手紙を届けるのは喜びに満ちた仕事ではないが、しかし彼が戦乱の中を生き延びてきたことと同じく、彼の信ずるものの導きによる当然至極な仕事であるのにも違いがなかった。

「分かりました。この手紙をお預かりします」

「ああよかった。お願いしますよ司祭さん」

女は随分遅いにもかかわらず、生まれはどこだとか奥さんは居ないのかとか物珍しそうに世間話をして、ようやく帰って行った。

ジュコーフスキー氏はエクサンプロヴァンスの幾日かを人生の休日のようなつもりで過ごした。荷造りの済んだトランクにそれを加えると、女の持って来た手紙には、休日の終わりを穏やかに告げられたようで快かった。船は四日後の早朝マルセイユを出る。途中ボンベイと上海《シャンハイ》に寄港し、横浜には五月五日に着く予定である。

8　再び襲撃事件

一

「本当に大丈夫なのかね？」

隣の座席に掛けた叔父が、峯子の足許を気遣わしげに覗いて言う。

「ええ」

峯子は屈んで、自分で右足首の傷跡を撫でてみせた。それは肌に毒虫の腹みたいな膨らみをつくっているが、ちゃんと塞がっていて、跳ぶにも走るのにも問題はない。

井口は、治るのが早いなあ、若いからかな、とか何とか言って座席に凭れた。

峯子と家族が、脚がもう平気だと納得したのは昨日のことで、だから峯子は蓮野に挨拶に行くべきだと主張した。両親と祖父は、最初は峯子が一歩でも外出することに反対し、次にはせめて三人も一緒についていくと言った。事件は解決せず、まさか一人で出歩かせるわけにはいかない。

ならば井口の叔父に連れて行ってもらうと峯子は言った。父が自働電話で井口家と協議して、結局それが採用になった。家族四人雁首《がんくび》そろえて訪ねて行ったら、絶対に蓮野はいやがると叔父は言う。

叔父は昨日千葉に出向いたとかで、蓮野に報告しなくてはならないことがあるというから都合がよい。井口には今年の一月に蓮野と一緒に誘拐された峯子を救い出して来た実績があったので、しまいには家族も彼一人に送迎を任せることで納得した。

タクシーの中である。ちょうど世田谷に入ったあたりで、もう日が暮れている。もっと早くに向かうつもりだったが、午後、井口の家に送られて行くと、峯子はすぐに一階の一室に押し込まれた。井口の知り合いが泊まっていて、それを峯子に会わせたくないらしかった。大月とかいうその友人を追い出すのに手間取って今の時間になってしまった。

「行くって蓮野さんに言ってあるの?」

「いや言ってない。言うと断られるかもしれない」

だからいきなり訪ねて行くのだという。一体峯子の望むように済むのか不安になる。叔父は、いや別に大丈夫だよ、とか、峯子の心配の種が何かを本当に察しているのだか分からないことを言う。

林と桑畑に挟まれた道に入って、ヘッドライトの先に小さな洋館の形が見えて来た。どこかの窓から灯りが洩《も》れている。峯子は、蓮野の家に来るのは初めてである。

家の前に停車した。じゃあ二時間後に迎えに来てくれ、と叔父は運転手に言った。

タクシーが去って、叔父は戸を叩くべく玄関に進んだ。

「おや？」

「どうしたの？」

飛び石の列の半ばに立ち止まった叔父が家の左右を見比べる。様子がおかしいという。いつも点いている書斎の電燈が消えていて、代わりに普段殆ど使っていない奥の一室から灯りが漏れている。

叔父はともかくもノックをしようと歩み寄った。が——

突然、屋内から、ドン、と轟音《ごうおん》が聞こえた。

峯子は聞いたことがあった。銃声である。峯子はその音に弾かれたように、叔父の脇腹から腕を伸ばしてドアノブに手を掛けた。扉を開け放したと同時に叔父が叫んだ。

る。

「おい蓮野！　どうした！」

峯子もそれに重ねて、蓮野さん、と、洞窟の奥に向かって響かす如くに大声をあげる。

「うわ！　君らか！　まずいな、逃げろ！　林を突っ切って行くのがいい――」

壁を幾つか隔てた、蓮野の声である。

屋内からは、床を不器用に踏み鳴らす音や何かが砕ける音が聞こえる。それに続き、奥から漏れる光に照らされて、蓮野ではない誰かの姿が廊下に浮かび上がった。

それはピストルを構えていた。顔が見えないのは逆光のせいではなく、覆面で隠している。人影は峯子たちに驚き、こちらに銃口を向ける素振りを見せた。峯子は、米《こめ》櫃《びつ》の中にゴキブリが蠢いているのを発見した時の敏捷さで、バタンと扉を密閉した。

瞬時の放心が峯子の全身に湧き上がった。それが波のように引くと、冷静さの許されない切迫した心が残った。蓮野は危機に瀕《ひん》していて、しかも峯子は今、それに責を負うことの出来ない所に居た。

叔父と顔を見合わせた。無言の井口が家の西側の道筋を手で示して、峯子が先に立った。二人で連なって外壁を廻り、そろそろと壁越しに屋内の物音を辿っていく。

西側の一番奥の部屋であった。叔父と二人でべっこう飴《あめ》のように歪んだ窓から室内を覗いた。灯りはなく、しかし眼を凝らすと扉の側の暗がりが揺らめいて、やがてそれが蓮野であるのが判った。

彼は、部屋の入り口の脇に、斧《おの》か何か、武器を構えている。屋内からは敵が扉にぶつかる鈍重な音が響く。彼は窓の峯子たちに気づき、そっと左手で口を塞ぐ合図を送って来た。

おかしい。どうして窓から外へ逃げないのかしら？　闇に馴染んだ眼が、次第に苦痛を堪える蓮野の表情を見分けて事態が察せられた。

怪我をしているのだ。多分足か？　敵を振り切ることが出来ないのだろう。

峯子は背伸びをしてもう一度室内に眼を凝らした。蓮野は扉を椅子で塞いで、それに体重をかけて押さえつけている。峯子は鉤《かぎ》状に曲げた指先を窓枠に掛け、引っ張って静かに開けた。

それを見て、蓮野はズボンのポケットから何かを抜き出し、窓の外に放り出した。

叔父が受け止めたそれは懐中電燈だった。彼はやはり逃走を促している。

蓮野は再び扉の向こうの敵に集中した。留まることは無意味だった。峯子が懐中電燈を持った。叔父を促して家をさらに九十度廻り込む。

勝手口のある妻側を抜け、外壁をさらに曲がったところで、窓が割られていた。

「ここから入ったか。蓮野の書斎だよ」

叔父はそう囁いた。峯子は窓枠に残る硝子片が袖を引っ張るのを嫌いながら、懐中電燈を突き出して書斎を照らした。回転椅子や書棚がひっくり返って足の踏み場もなく、廊下に通じる扉は開け放されている。

桟に右足を掛け屋内に入った。叔父は躊躇ったが、峯子を止めずに後から続いた。手立ては何も持たない。ただ闇雲《やみくも》に襲撃者の背中を目指している。

辺りを手早く見廻し、灰皿、大きな硝子片、コップを拾い上げた。峯子はそっと廊下に首を出す。

敵は蓮野のいる部屋の前に立っていて、峯子達が入って来るのに気づいていた。こちらに拳銃《けんじゆう》の照準を合わせようとしたので、持っていた物を投げつけてすぐに顔を引っ込めた。

「どうしたらいいのかしら！」

「分からない！　もう――」

何より、蓮野から敵を引き離さなければならないのだ。敵は蓮野が立てこもっている部屋から注意を逸らしかね、動くに動けないようである。壁を叩いたり、ドアノブを乱暴に引っ張る音がする。

峯子は武器を探す。燭台《しよくだい》、屑かご、椅子の脚——、銃の敵を叩きのめすには頼りなさすぎる。峯子は屈んでテーブルの下を探った。

ライターが落ちていた。さらに奥に手を伸ばすと、茶色い空き瓶が二つ、指先に触れ転がり出た。

瓶口を嗅ぐと甘酸っぱい匂いがした。峯子は飲んだことがないが知っていた。去年から売り出している乳酸菌のジュースの瓶だ。

馴染みのない匂いは閃《ひらめ》きを誘った。小声で訊いた。

「叔父さん、燈油《とうゆ》ってあるかしら？」

「——あるな」

峯子の意図を叔父はすぐに了解した。二人はライターと瓶を持って書斎の窓を飛び出し、庭の小さな物置小屋の陰に身を隠した。或いは襲撃者が蓮野より峯子たちを危険視して追ってくるかもしれない期待と緊張を持って、家に向かい身構えた。が、敵が蓮野の部屋の前を離れる様子はない。

峯子は夜闇に晒した背中が気になり、ふと振り向いた。遠くの空き地に自動車が停まっていた。二人乗りの形をしている。敵はあれに乗って来たのか？

叔父に見張りを任せて、物置の窓を開け、峯子は中に入り込んだ。燈油の罐と、その上に伏せられたじょうごはすぐに見つかった。

敵は来ない。代わりに銃声が立て続けに二発響いた。扉を破る音がしていないから、多分壁越しに見当をつけて発砲している。轟音に、重い罐を持ち上げる腕が震え、土の床に燈油を撒き散らしながら峯子は二本の瓶にそれを注ぎ終えた。ハンカチを裂いて栓をした。

物置を飛び出して、家の裏、台所の方に廻る。

「峯ちゃん、いくら何でも危ない。僕が――」

「私がやるわ。投げるのは私の方がうまいんじゃないかしら」

叔父にそう宣言して、峯子は窓に手を掛けた。

鍵が掛かっている。石を拾い躊躇なく硝子を割って、掛け金を外した。窓を乗り越え屋内に入り、瓶を受け取る。しゃがんで、瓶の口に詰めたハンカチに火を灯す。

鼻を刺す燈油の匂いと共に、火焔《かえん》が瓶に満ちて吹き上がった。

「――とんだ初恋の味だな」

続いて窓を乗り越えて来た叔父が峯子の手製の兇器を見てそんなことを言った。峯子は何のことだか知らない。

初めて来る家だが、小さいから外を一周しただけで間取りは手に取るように分かっている。台所の扉を開ければすぐに、敵の居る廊下である。

意を決し峯子は廊下に続く扉を開け放った。

敵は手元を弄《いじ》っている。が、すぐに峯子の方を向いた。弾丸を充塡《じゅうてん》しているのか？

この上なく時宜を得ていた。

火焰瓶の炎で、それを両手に構える峯子の顔は敵にはっきり見えた筈である。覆面で表情は分からないのだが、敵はたじろいだように見えた。それは峯子の困惑を完全に吹き飛ばした。こみ上げた憎悪を込めて瓶の炎を敵に翳し、狙いをつける。

迷わず、足元を目掛けて一本目を投げつけた。

ガシャンと瓶が砕けて、敵の足元に炎が広がる。パッと廊下が明るくなった。

炎は、敵が革靴を履いているのを照らした。自分だって土足だったが、その無法ぶりは、峯子の怒りに火を注いだ。

敵は後退り、弾の充塡を終えて峯子の方に照準を持ち上げる。慌てず峯子は二つ目を投げ即座に扉の奥に身を躱した。扉越しにぎゃあっ、という悲鳴が聞こえたのは、ズボンの裾にでも炎が飛んだらしかった。

峯子は井口の方に叫んだ。

「叔父さん、あと瓶ふたつちょうだい！」

演じるまでもなく、思い通りの逼迫《ひっぱく》した声が飛び出したのに峯子は驚いた。それに、叔父は即座に応《こた》えた。

「え！　一つしかないよ。あとは手榴弾《しゅりゅうだん》だけだ！」

ハッタリにしてもそれはちょっとやりすぎじゃないかしら？　しかし効果はあった。廊下を駆け出す音がして、扉に隙間をつくって覗くと、敵は火のついた両足を庇《かば》いながら玄関に走っていくところだった。

戸口を離れて、今度は反対の台所の窓から、自動車のあった空き地の方を見る。火のついた両足が駆けて行って、地面を転がりまわってそれを消した。

車のヘッドライトが点く。型式は分からなかった。それは遠方へと走り去った。

一難去った。一息つくどころではなかった。叔父と、廊下を蓮野のいる部屋に走った。炎が広がっているが、それを飛び越えて、辛《かろ》うじて扉は開けられた。

「蓮野さん！」

彼は扉の側に蹲って自分の右脚を抱えていた。峯子の声を聞くとゆっくり顔を上げた。

「ああ、峯子さん。――こんばんは」

蓮野は脱力して、少し笑っている。

「おい君、大丈夫なのか？　どこを怪我した？」

間に入って叔父がいう。

「二発撃たれた。両方とも右脚だ。自分で止血したからとりあえず大丈夫だよ」

もう一度帝大医学部の世話になるところだった。

蓮野は扉の外を見た。

「悪いが君たち、あれをどうにかできるか？　僕の家がなくなる」

炎はそろそろ壁に延焼し始めていた。

二

物置小屋に、屋根を葺《ふ》き替《か》えるためのトタン板があった。あとは鍋の蓋にブリキのバケツなど、被せられるものをみんな被せて、叔父と峯子とで半畳くらいに広がった炎を何とか消し止めた。

それから四十分余り、当初頼んでいたタクシーが迎えに来るのを待たねばならなかった。郵便局はもう閉まっているし、通報をするのに電話のあるところまで八町は歩かねばならない。蓮野が身動きを取れないために動き廻るのは危険であった。

書斎の椅子には硝子が散乱していて座れず、蓮野は寝室の寝台に腰掛けている。

「あいつちょっと糠味噌《ぬかみそ》臭かったな」

「へえ？　そうだったか」

大して近寄ってないから気づかなかった。だが――

「一緒の格好だったと思うわ。私のときと」

峯子は敵の姿に見憶えがあった。警察署からの帰りと同じ奴に襲撃されたらしい。汚れ仕事だから、腐った糠床を喰らった服を使いまわしたのか。

襲われた時、蓮野は書斎にいた。遠方に停められた車の音には気づかず、安楽椅子に掛けているところをいきなり拳銃で狙われた。撃たれる直前に敵の存在を覚《さと》ったが、依然体調の良くなかった蓮野は身を躱すのが遅れ、右脚の脹脛《ふくらはぎ》を弾丸が貫いた。彼は電燈を消し書斎の外に逃れた。それからは手斧《ちょうな》を武器にして何とか拳銃相手に持ちこたえていたのである。

「峯ちゃんを襲ったのと同じ奴が来たんだろ？　やっぱり結社なのかな。そいつ、峯ちゃんの時に失敗しているのにクビにならなかったのか？　今度も失敗だったが――」

覆面を被っていたのは、先回のことを踏まえて万一顔を憶えられる危険を避けたのか。拳銃を持ち出しても、今度は隣から遠い蓮野の家のことだから周囲には聞こえずに済む。

　なぜ襲われたのか？　もともと彼は絞首商会に目をつけられていたのである。しかし、今頃になって狙われたのはどういう訳か。蓮野が事件について余程重大なことを嗅ぎつけて、口封じをせねばならなくなったのか。

　家に閉じ込められていた峯子は、九日前に自分が襲われてからの事件の経過を殆ど知らない。床に放り出してあった毛布の上に正座して、寝台の脇で叔父たちの話を神妙に聞いている。

「君、事件のことはどれだけ分かってるんだ？」

「思い当たることはあるよ。しかし調べなきゃいけないことは残ってるし、君の話も聞いてない」

「いや、僕の話は役に立たないと思うんだがなあ。あとで話すが――じゃあ、君が殺されかかった訳は分かっているのか？　それに、峯ちゃんもだ。あれ以来何もしてこないみたいだが、もう安全なのか？」

「安全とも言い切れない。一人にならないようにしておけばそうそう危ないことはないと思うんだけどもね。そうだな、確かに早く決着をつけないとな」

「それなら――」

「叔父さん、蓮野さん苦しそうだわ」

そう言うと井口は黙った。蓮野は峯子の方に笑いかけてみせて、あとは皆、無言でタクシーが来るのを待った。

叔父の家に帰るまでは何事も無く、蓮野を大月に使わせたという二階の一室に寝かせてから警察と医者を呼んだ。警察には、事情を説明したのち蓮野の家の場所を教えて現場検証は任せきりにした。皆、峯子を動き回らせたくないというし、叔父も家を空けるのに不安を漏らした。

来診を頼んだ医者によると、蓮野を撃った弾丸は骨には当たっておらず回復は早そうである。

叔父が矢苗家に連絡をし、蓮野が襲撃されたものの、峯子のテロリストの如き大活躍によりひとまず無事に切り抜けたことを伝えた。家族は峯子を連れ帰りたがったが、混乱の最中であるからそのまま彼女を預かっておくことに決まった。

後始末が一通り済んだのが、もう真夜中過ぎであった。蓮野は二階に休んでいる。叔父の夫妻と峯子は居間に一息ついた。

「おうち大丈夫かしら」

落ち着いてから、峯子は蓮野の家を燃やしたことが気になっている。

「あいつは屋根と外壁があれば気にしないと思うよ」

本当かしら？

井口の家に来てからは、峯子はただの添え物であった。親戚、警察、医者、年嵩の人たちの色々の活動を黙って眺めていた。家族にも会っておらず、誰も、自分のしたことの善悪を語らないのが居心地を悪くしている。

「峯子は今日、どこで休みます？　用心しないといけないでしょう？」

「紗江子は布団持って行って峯ちゃんと一緒の部屋に居たほうがいいかもなあ。念のために」

「じゃあ、そうします。――蓮野さんは？」

「まあ、あいつはいいや」

蓮野は、叔父が同じ部屋にいて用心するとか言ったら、あの右脚を引き摺って無理に帰りかねないという。

「戸締りをちゃんとしといてくれ。くれぐれも」

「分かりました」

紗江子は急須を引き寄せて、自分の湯飲みに、夕方に淹れてとっくに冷め切っている茶を注ぐ。峯子は内心、自分のやったことを棚に上げて、突然担ぎ込まれてきた夫の友人への応対はなかなか落ち着いたものだと叔母を讃称《さんしょう》していた。

「それでね、こんな時に何だが、十四日に露西亜《ロシア》のジュコーフスキー氏に会う予定だと言ったろう?」

今日から四日後である。この件は峯子も事情を承知している。今年の二月に楢崎《ならさき》という人の家で起こった事件が原因で、峯子もそれに関わったのである。

ジュコーフスキー氏は亡命して来た露西亜《ロシア》正教の主教で、氏はその楢崎家に預けた品物を受け取る手筈になっているのだが、楢崎家では品物を破損してしまい、何と氏に説明して良いか分からずにいる。通訳と交渉役を兼ねて蓮野がジュコーフスキー氏に会うことになっているのである。

「本当に、こんな時じゃありませんか。蓮野さんにどうしろというんです? ピストルで撃たれた、その五日後でしょう?」

「いや、もちろん、蓮野が無理だというなら止すよりないだろうさ。でも、多分あいつは会うつもりだと思うよ。そうなると、段取りを考えとかなきゃいけないだろう。向こうの泊まってるホテルに手紙を届けて——、蓮野に書いてもらわなきゃいけないか。で、会見場所を変えてくれと頼む。蓮野が動けないからな。ここに招いて話をしてもらうんだ。仕方ないだろ？　別に失礼にもならずに済むだろうしさ」

「お掃除をしておかないといけないいんですのね」

「うん」

紗江子は中空に視線を投げやって、口を一文字に結んだまま大きく鼻を鳴らした。

「大丈夫か？」

「あなたこそ大丈夫ですか。妙なことに首を突っ込んで、あちこち動きまわって、大変な事件ばっかり続いて」

むしろ叔父を叱る口調で紗江子は言う。こういう時、幼い頃から知っている叔母は他人に見える。

「平気さ。僕は結局何もしてないんだよ。見ていただけだ。ねえ？」

叔父は峯子に視線をよこした。紗江子は呆れたように頭を振って、私は休みます、と言った。

峯子も従った。色々の考えを置き去りにして、何より眠かった。

その朝峯子は遅起きをした。昼過ぎに、叔父は書生殺しの捜査の進展具合を確かめるべく再び聞き込みに出かけ、夕方になって帰って来た。

紗江子は夕食の支度をしている。峯子は台所を気にしながら、居間で叔父と松葉杖《まつばづえ》の蓮野と一緒のテーブルの隅《すみ》に小さく腰掛けていた。

「宇津木さんの妻の静子さんがね、村山邸の宮尾と不倫関係にあったことを認めたそうだ」

叔父の話の、主なことは水上婦人から聞いたそうである。

事件後、静子は警察や夫以外にも、家に押しかけて来た、容疑者の白城や生島にまで問い詰められ、ついに持ちこたえなかった。噂は公に真実となった。

「水上さんはその詰問する方に加わらなかった。だけど、村山邸に、家に居た堪れなくなった静子さんが訪ねて来て、泣きながら水上さんに話をしたそうだ」

静子は、他に相談の相手を思いつかなかったのである。三年前からずっと関係が続いていたこと、事件後宮尾が執拗に彼女を訪ねてこようとしていたことなど、静子の話は洗いざらいの告白で、叔父は水上婦人がそれをどういう感情と態度で聞いたのかは分からないという。しかし、ともあれ最後には静子に宇津木邸に帰って夫と話し合うように説いて、彼女はそれに従ったのである。

「井口君、君はどう思った？　水上さんは宇津木さんを信頼しているのか？　少なくとも、不貞を働いた妻をそこに帰して大丈夫だと考えた、ということなのか」

「いや——、はっきり言って全く分からない。でも、水上さんは、他の容疑者よりは宇津木さんに気を許しているような気がするな」

「ふうん。そうか」

「——で、宮尾殺しについて静子さんのアリバイが問題になったんだが、不倫の事実が明らかになって、村山博士の事件の晩、友達のところに泊まっていたと偽証していたことが分かっちゃったから、心証が恐ろしく悪かった」

博士の事件の時に、小学校の教員をやっているというその未婚の独り住まいの友達にアリバイの照会がされたが、友達は事前に頼まれた通りに、静子はその晩彼女の下宿に泊まっていたと証言したため、今までその嘘は発覚していなかったのだ。

宮尾が殺される前に、彼と静子の不義の噂が警察にまで伝わっていたかは分からないが、どうあれ鼓堂博士の殺害について警察は絞首商会の関係を強く疑っていたから、その噂がこれまで問題にされることはなかったようである。しかし、今度の事件の捜査では、それは当然極めて重大な手掛かりとして扱われている。

「でもまあ結局警察は、静子さんは宮尾を殺していないと判断したみたいだ。宇津木家の女中が、事件のあった夜、静子はずっと家にいたと証言したんだ」

最近入ったばかりの女中で、偽証を頼まれても応じるとは思えなかったのだという。

待合にも四月二十五日のアリバイが確認されて、村山博士の殺害についても静子は無実と決まった。

「だからやっぱり、宮尾殺しの一番有力な容疑者は宇津木さんということになっている。宇津木さんは二階に一人で寝ていて、家の人に見つからずにこっそり抜け出して、宮尾を殺すことも出来た」

「なるほどね」

テーブルに頬杖《ほおづえ》をつき、蓮野は瞑想《めいそう》するように眼を閉じる。この仕草は体調の良くないところを襲撃された後遺症らしくて、二度と眼を開けないんじゃないかしらと思うような鈍重な瞼の動きが峯子には落ち着かない。

やがて彼は言った。

「そうだ、井口君。結局君の日帰り千葉旅行は有意義だった」

「え？　そうなのか？」

峯子にもそれは意外だった。ついさっき、無駄骨折りの苦労話として叔父がその話をするのを横で聞いていたのである。

「それから、何やら白城さんが自宅の一室を締め切ってるんだね?」

「ああ、うん。そうらしい。何を隠してるんだかまるで判らない。やっぱり事件に関係あるか?」

「何をしてるか確かめずにも済まないかもな。気づかれないように」

気づかれないように、とは横領犯の自宅のことだから容易ではなさそうである。

「まあ何とか考えることにしよう。それはいいとして、後は——」

熟考の末に蓮野は脈絡の分からないことを言った。

「井口君、君、写真機なんぞ持ってないか?」

「え? ないなあ。じいさんが持ってたが売っちゃったよ。ああでも、晴海社長なら、奥さんが使ってたやつを持ってる筈だから、頼めば貸してくれるかもしれないな」

「君扱えるのかね?」

「いや。殆ど触ったこともないな。何に要るんだ?」

「ちょっとね、肖像が欲しいんだよ。——撮ることもないかな? 君にスケッチをして来て貰えばいいのか」

「それはいいが、誰のだ？　何のために？」

そこに、エプロン掛けの叔母が料理の匂いを纏わりつかせて戸口に現れ、峯子は蓮野たちと叔母の間に宙づりになった。

「峯子、あなた大丈夫？　疲れてるかしら」

「ええ。大丈夫」

叔母は、料理を手伝えとも何とも言わなかった。蓮野や叔父も峯子を話から遠ざけようとはしない。無関係とも言えない峯子の好奇心に応えて、知らないことは皆解説してくれた。

両親達と暮らす時には、峯子は一人娘の明確な役割を与えられている。彼らが決めた、聞かせるべきでない話は決して聞かせられなかったし、やるべきことは絶対にやらされた。

叔父の家では誰もそうはしない。が、ならば自分は何の役を負っているのか？　ただ一人娘として大人しくしていないのなら何をするのか。峯子はまだ分からない。

一先ずは、普段やりつけていることをやろうと思って、蓮野達の話をそれ以上聞かず、峯子は叔母を手伝いにキッチンに立った。

三

その翌日。午後四時過ぎの夕食の支度も始まらない頃、峯子は一人、二階の叔母の部屋で着物を広げて眺めていたが、すると階下に知らない男の声が突然響いた。

——おい井口！　居るのか！　お前がやったことのツケを払う時が来たぜ？

玄関ホールで怒鳴る誰かは、呼び鈴も鳴らさずに入ってきたに違いなかった。峯子は、過日に起こった幾つかの事件から、暴虐な襲撃者を思い浮かべて身を竦めた。が、直ぐにそれに応える声があって、想像が外れていることが分かった。

——うわ、大月か！　参ったな。

——何を参っている？　ごちゃごちゃ吐《ぬ》かすと泊まるぞ。上げろ。印章偽造屋の大月様に依頼が来てるんだよ。

朧げながら階下で起きていることに見当がついたので、峯子はそっと廊下に出て、玄関ホールに続く階段を降りた。

「うわっ、駄目だ！　峯ちゃん、こいつを見ちゃいけない」

背後の気配に気づいた叔父が右手で峯子の両眼を覆ったが、そんなことをされようが、派手なシャツを着た眉と唇の太い男の姿を十分に確かめた後である。

「何をやってるんだお前は。その娘がお前の二番目の妻で、俺とお前が不倫してるのか？　それとも俺の美貌《びぼう》が過ぎて見ると眼が爛《ただ》れるのか」

「いや。――峯ちゃんに大月はまだ早い」

叔父が峯子を子供扱いしたのはこれが初めてである。何だか分からないが、峯子は、自分の視界を覆う叔父の手をドアの把手みたいに降ろして、乱入してきた変な男を見た。とりあえず、女学校で教えられた通りに初会の人への挨拶をした。

「初めてお目にかかります。私は矢苗峯子と申します。井口さんは叔父ですわ」

峯子が頭を下げると大月は眼を剝いた。

「ん？　ああ！　この子か！　今年の一月に誘拐に遭ったという」

「――そうだよ。そして、十日ばかり前に路地で暴漢に襲われ、二日前に蓮野の家で暴漢を襲った峯ちゃんだよ」

叔父が渋々《しぶしぶ》そう認めたので、大月はうわあ、よろしく峯ちゃん、俺もピストル撃ってみたいなあ、とか喚いて挨拶を返した。

「それで、君、依頼が来ているのか？　その、横領犯の誰だかが接触してきたってことか？」

「そうだ。えっとな――」

その時、階段の上に人影が差した。

「――大月君か」

松葉杖の蓮野は、自分の躰を人形遣いのように操って、階段を静かに降りてきた。彼は大月を無表情に見て、大月は蓮野を頭から足元まで彫像を鑑賞するように眺めまわした。

「うわ、怪我をしている！　美青年なのに怪我をしている。面白いな。久しぶりだな、あの光川丸《みつかわまる》の事件以来か。あれは愉快だったね――」

峯子の聞いている限り、今年の三月に光川丸という船の上で起こった事件は酸鼻を極めたもので、愉快などころではなかった筈である。

奥の、キッチンの方から物音がした。

最後の一人が現れた。掃除をしていたらしい紗江子は、頭巾《ずきん》で髪を隠し、口許を三角巾で覆っていた。彼女は廊下をこちらに歩み寄り、大月を見分けたところでピタリと立ち止まった。やがて、鼻を摘んで、廃物を処理する格好でそろりそろりと大月たちの方に近寄ってきた。

「戸締りをちゃんとしろと言ったのはあなたでしょう？　どうするんですか。簡単に侵入を許してしまったじゃありませんか。ほら」

紗江子は右手の人差し指を大月に、顔を井口に向けて言った。

「いや――、そうだな。僕が悪かったよ。昼でもちゃんと鍵を掛けるべきだった」

昼間、井口が外出から帰ってきた時に、玄関は開けっ放しになっていたのである。

五人で居間に集まりテーブルを囲んでいる。大月の来訪により井口家は急遽会議の運びとなった。

「おい、俺は喋っちゃいかんのか？　癪だから酒を飲むことにするぞ」

「いや喋ってもいいよ。何があったんだか教えてくれ」

紗江子はようやくピストルみたいに大月に向けた指を下ろした。

旅行に出ていた大月のアパートメントはしばらく留守になっていて、彼は井口と一緒に千葉に行った後、井口の家にもう一泊してからようやく帰ったのだが、大家によれば、不在の間にも、小山という奴が大月に用があると幾度か訪ねてきていたという。そして昨日、ついに大月が居るところに小山がやってきた。

「取《と》り敢《あ》えず俺はショウジハルオと名乗った。急に来たからそれより面白いのは思い付かなかった。で、大月の留守を預かってる者だってことにしておいた。全く預かってなかったけどな。そんで、大月に用があるなら俺が聞くから全部話せって言ったら、欲しい印影があるとか言ってきた」

どこそこのどんな印のついた領収証が何枚欲しいのだ、と何の見本も無しに要求して来たのだという。

「あいつら僕を何だと思ってるんだ？　念じるだけでどんな印章でも手に入る神通力《じんずうりき》の人か？」

「お前がそんな所を見せちゃったから仕方ないだろ。大丈夫お安い御用、大月様なら絶対入手できるからボケーっと待ってろと、そんな感じで請け負ったぜ？　で、それを晴海社長に報告したら証拠固めにもう少し掛かるから時間を稼げと言われた。横領犯らの気を逸らしといて欲しいんだと」

「そうか。気を逸らすんだな？　どうする？」

「だから、また偽物の領収証を掴ませてやったらいいんだよ。奴らが要求している印章、晴海社長から現物を預かってきた。社長が手を廻して集めたんだよ。流石に印鑑そのものを借りる訳にはいかないんだろ」

大月はそう言って、鞄から社印や個人印の入った領収証と白紙のそれを三種類ずつ取り出した。

「――これを僕が偽造するのか？　なんかいよいよ犯罪染みてくるな」

「借りた先には晴海社長から説明しとくから大丈夫だって言ってたぜ？　あいつら、お前を使えばもうちょっと稼げそうだと思って欲が出てるんだよ。晴海社長の証拠収集がやりやすくなるだろ」

「まあ、そうか。とにかく僕はこれを作ればいいんだな？　それを君に届けてもらうか」

それで方針が纏まった。

峯子の見た処、大月の人格は、素面《しらふ》だからか、話に聞いていたよりかはまともである。が、紗江子は一向に彼への警戒を解いていないのが、彼女がテーブルの上の両拳《こぶし》を握り締めているので判る。

不意に、議論の中心から眼を逸らし何かを考えていた蓮野が口を開いた。

「大月君。その偽領収証だが、何日にどこで誰に渡すという約束をしてしまったか?」

「いや？　してない。出来たらこっちから連絡すると言った」

「そうか。――うん」

蓮野は当てが外れたとも、想定が一手進んだとも分からない表情になった。

「――やっぱりやめとくか」

「何だ？　言ってみ給え」

井口に言われて、蓮野は紗江子同様に大月を視線で警戒しながら話しだした。

「君が聞き込んできた中に、村山博士の事件以来、白城さんが自宅の一室を締め切って誰も入らないように申し渡したという話があったろう?」

「ああ！　そうだな」

「どうにかして、その締め切られた一室の中を覗く訳にはいかないかと思っているんだけども」

「それが、重要なのか？　――村山博士の事件の手掛かりか?」

「そう。博士の殺害に関わることだ。やっぱり確かめた方がいいな。で、大月君が偽領収証を納品するのに、もし白城さんの家に出向くのならば、その締め切られた部屋を隙見《すきみ》する暇が無いとも限らないなと思ったんだよ。まあ、それだけだ」

「やる」

大月が即答した。蓮野は、あらかじめ決まっていた動きをなぞるように顔を顰めた。

「横領犯の家だろ？　見物してみたい。もしかして殺人犯の家でもあるかもしれないのか？」

「いや、いや、待てよ。行くとしたって色々問題があるだろ？　覗き見るといったって、どうするんだ？　女中の話だと、南京錠を取り付けたっていうじゃないか。家に上げてもらっておいて、それを抉《こ》じ開ける訳にもいかないだろ」

「まあ南京錠は解錠が容易だから出来ないということもないけどもね。でも、井口君の言う通り問題はたくさんある。行ったとして、どうにかして白城さんの気をそらさなくちゃならない。そして一人になる隙を作って、鍵を開けて中を見る」

「君が怪我さえしてなければなあ。それなら留守の間にちょっとお邪魔して、鍵なんかさっさと開けて確かめてこられるのにな」

井口がそう言うのには、蓮野は微笑するだけで何も応えない。

「それは印章屋として訪ねるしかないのか？　他の名目で訪問するのは駄目なのか」

「印章屋がいいだろうな。一番警戒されない。無論鼓堂博士や宮尾の事件の調査という訳にはいかないし、他の、呼んでもいない客はあげてくれないかもしれない。偽領収証を持っていくなら、大月君がさっき言った如く、向こうにも欲があるからな。で、行くとして大月君一人では駄目だ。何かあった時危険だし、白城さんの気を引く役と錠を開ける役、やっぱり二人は要る」

「そうか。二人なあ。僕じゃあ駄目なんだろ？」

「もちろん駄目だね。何で井口君が印章屋と知り合いなのか説明のつけようがないし、大体君は、少なくとも横領事件の解決まではなるべく白城さんに近寄るべきじゃないからな。一旦大月として他の横領犯に会ってるし、何かの拍子《ひょうし》に正体がバレないとも限らない。

僕も白城さんとは何度も顔を合わせてるから駄目だ。狙われてるから、当然峯子さんもいけない」

「そうだな。どうしたものかな――」

叔父がそう言ったきり、皆が黙って居間は静かになった。

峯子は、言葉の上だけのことにせよ、蓮野が自分を話の当事者の内に数えていることが嬉しかった。が、それに乗せられて、つい幼い頃に叔母やその友達と一緒に遊んでいた時の気分で、当然叔父も蓮野も考え、しかし敢えて口にしていない筈のことを言ってしまった。

「紗江ちゃんはいけないのかしら？」

　三時間の後である。

　居間のテーブルの隅には空の店屋物の丼《どんぶり》が重ねられ、もう一方の隅には、大小も形状も様々の九つの南京錠が並べられていた。紗江子は、その一つを左手に握り、右手には針金を細かく曲げたのを抓《つま》んで、鍵穴に差し込み小刻みに動かしている。南京錠は、植樹前の植え木を庭に置いていた時、盗難防止に鎖を巻いて掛けていたのとか、紗江子の嫁入り道具の長持に付いていたのとか、家中のを掻き集めたのである。

　数十秒を要して手中の錠のツルは緩み、紗江子はそれを捻って開いた。一緒に長息を洩らした。

「紗江ちゃん器用ねえ。編み物よくやってたものね」

「大変筋が良いですね。十二分に才能があります」

　両脇に座る峯子と蓮野は口々に言った。紗江子は眼を閉じてもう一度生温い息を吐き出した。

アトリエに行っていた井口と大月が居間に戻ってきた。紗江子は、大月を全く無視し、テーブルの上の南京錠が皆開錠されているのを示して、夫の方に向け言った。

「どうですか？　これ。私結婚しないで泥棒になればよかったわ」

「いや、うん。大したものだな。誇らしい限りだ」

井口は持っていた紙束《かみたば》をテーブルに置いて言った。

「偽の領収証は出来たよ。注文通りだ」

「俺もそっちの役がよかったなあ！　折角鍵開けを覚えられる機会なのにな」

大月はテーブルに乗り出して紗江子の手許を覗き込んだ。

「領収証は出来た！　で、奥さんも南京錠を開けられるんだろ？　用意が整ったな！」

「整ってしまったな」

蓮野はテーブルの偽領収証に向けた眼を、哀悼を表すように閉じてそう言った。

叔父は、配置の間違いを訝るように、紗江子と大月を交互に見た。

「――紗江子が大月と一緒に白城宅に行くとして、紗江子は誰ってことになるんだ？」

「え？　ショウジハルオの妻で良かろう」

「良い訳が無かろう。誰がそんな取引に妻を連れて行くんだ？　それに、紗江子は演技なんか上手くないから、あんまり内心の思いと懸け離れた役どころだとボロが出るよ」

紗江子は頷いた。

「じゃあ何だ？　俺の見習いか？」

「どこの世に印鑑偽造屋の家で留守番する奴の見習いがいるんだよ。でなくて、白城邸の中まで入っていける役じゃなきゃいけないんだよな。それでいて、不自然でなく、紗江子でも出来る役――」

そんなの有るわけないのじゃないかしら？

峯子は叔母を挟んだ一つ隣の蓮野を見た。ちょうど瞑想から覚めた彼はテーブルを見廻して、誰も何も言わないのを確かめてから口を開けた。

「まあ、そんなの有るわけないし、殊に不自然さというのは端から大月君の存在が不自然なだけに拭いようがないが、何も思いつかないのなら紗江子さんは大月君と同じく偽造屋組合に所属する者の妻で、大月君に大金を貸しているのだということにし給え。大月君が返済の要求をのらりくらりと躱すのに業を煮やし、今日こそは取引の金がその手に渡ると同時に横から集金するつもりだ、と、そういう役だ。一緒に白城宅に入っていけるだろ？　――どうです？　紗江子さん。これなら出来ませんか」

「ええ。出来ますわ」

半日ぶりに叔母の顔に笑みが兆《きざ》した。

「君、嘘が下手だっていうのは嘘だろう？　よくまあそんなことを即座に思いつくな」

叔父がそう言ったが、そんなことはないよと蓮野は受け流した。

「じゃあ、紗江子さん。部屋を確かめるのが仕事なんですが、室内のあれこれを漁ったりはしなくて良いです。多分足を踏み入れる必要もない。ただ、戸口から室内を眺めて、眼につく異常なものが無いかを探して下さい。直ぐに何も見つからないなら、もうそれで十分です」

「あら。それだけで良いのですか？」

白城が隠しているものは、よっぽど目立つものに違いないということか？

「良いです。言い出しといて何ですが、危なかったら引きあげてください。無理は無用です」

「ええ。無理はしませんけれど。でも、事件の解決に役立つのでしょう？」

「役立ちますね。多分それで犯人が決定的になります」

四

翌日、午後三時に十五分前である。紗江子は、夫と大月に挟まれて、早稲田に続く大きな市電の通りを歩いていた。

着ているのは洋服である。午前の間に裁縫を教えている友達の処に行って借りてきた。

何があるか分からないので、身軽なのが良いという考えであった。それに、横領犯の前での姿は成るべく普段の自分から遠いものにしておきたかった。が――

「よく似合ってるな」

そう言う夫の顔は緊張を忘れて明らかに笑いを堪えている。紗江子も、歩けば歩くほど、埃だらけの床に転がされた餅《もち》みたいに恥ずかしさが全身に粘りついて来る。洋服を借りた友達は、女優などに衣装を作っていて、紗江子は『人形の家』のノラの格好なのである。

「こんな借金取りが居るはずないわね。ノラって、どちらかというとお金を借りる方でしょう?」

「いや、いい！　何事も楽しくやるに越したことはないのだ！　それに蓮野君が、不自然なのは元より諦めろって言ってただろ」

大月だけが横領犯の家を訪ねる緊張を楽しんでいる。

今日の昼過ぎに、大月は三河護謨工業に電話を掛けた。領収証の都合がついたから受け渡したいこと、日時は今日の午後三時、場所は白城の自宅を希望し念の為人払いをしておいてほしいことを要求した。大月からの連絡が自分に廻ってくると思っていなかった白城は面食らったらしいが、要求は容れられた。白城宅の秘密の部屋の隙見計画は滞りなく実行の運びとなった。

道を一つ折れて、いよいよ容疑者たちの住む通りに入った。

「ああ、ほら、あれが村山邸だ。あの大きい箱みたいな家だ。で、白城宅はその向かいの、五つ奥の茶色い屋根の建物だ」

そろそろ白城に見咎《みとが》められる恐れもある。井口は一旦距離をとって、二人が白城宅に入ってから門の前に控えて万一のことに備える。

「じゃあ、まあ、曲がりなりにも相手は横領犯だから――、くれぐれも無事で出て来てくれ」

夫を曲がり角に置き去りにして、大月と紗江子は通りを進んだ。心の準備をするには、白城宅は少々近すぎるくらいであった。

「君がその、障子《しょうじ》か？　大月の遣いかね。それで――」

白城は紗江子たちを招じ入れて、玄関を閉めるなりそう言った。聞いていた通りの、粘っこい感じのする髭の男であった。

「――その、前世紀の欧羅巴《ヨーロッパ》からやってきたみたいな女は誰だね」

「これですか！　俺の知人に画家がいるんですがね、そいつに貰った絵を飾ってたら、画中の婦人が俺を見初めて想《おも》うあまりに物質化の奇跡を成し、以来付き纏って離れないんです」

「大――、障子さん。お巫山戯《ふざけ》は大概にして下さいますよう。今日こそは、私がいただくべきものをいただいて、二度と障子さんにお会いする必要のないように取り計らっていただきますから」

「な、なんだ？」

異装の二人が口々に言うことに、白城は簞笥《たんす》の上に飾っていたコケシが突然謡い出したような反応を示した。大月は笑いながら言った。

「いや、失敬！　俺は金を借りるのが趣味なんですが、返すのは趣味じゃないんです。だから今日のところは、俺は白城さんに品物を差し上げ対価をこのご婦人に払って頂くことになります。いいでしょう？　こちらも、元より事情は承知ですから秘密はちゃんと守られます」

白城は疑わしげにショウジの大月を見た。

「君は大月の遣いに過ぎんのだろう？　その金は大月に渡らねばならないものじゃないのかね」

「何！　そんなことは渡さねばならなくなるまでに考えれば良いのです。白城さんたちがやっているのと同じことですからお気になさらず！」

ともあれ、二人は二階の書斎に通されることになった。

「俺は、金額やら何やら、君らの望む所を何も聞いていないのだがね。今すぐに大した額を出す気はないが、俺の友人がやっている仕事が早く進めば——」

「いや、そういうことに関わる気はないです。まあ、金の話もありますが、一先ずは品物を確認して頂きましょう。これです」

書斎は和室である。大月は昨日、井口が作った偽領収証を、向かい合って座る白城の前にカルタのように並べた。一つ一つを白城が検めていくのに、紗江子は夫の絵が展覧会の審査を受けるのと同種の緊張を味わわなければならないのが癪である。

唾《つば》が粘るのを嚙み締めつつも、紗江子は計画実行の可否を検討する。

白城は、面会の時は人払いをしてほしいという大月の要求に従ったようで、屋内に余人の気配はない。女中がいると聞いていたが、外に出しているらしい。

書斎は二階、問題の部屋は一階である。手洗いは当然一階にあるだろうから、この分なら極めて至当な口実でもってこの場を離れ、大月が商談を進めている間に責務を果たせるかもしれない。

「ふむ、いいだろう、それで――」

「金の話ですね」

向かい合わせの大月と白城とが前のめりになったところを見計らって紗江子は言った。

「あの、申し訳ございませんけれど、憚りをお借りできますかしら」

出来る限りのさり気無さを装ったつもりだが、白城は話を止め、疑惑の眼付きで紗江子を見た。

「――なら私も一緒に行こう」

「おや！　白城さんは婦人の御不浄に興味がおありですか！　俺もあります」

好意をもって聞くなら、彼をこの場に引き止めるべく発されたらしい大月の言葉は効果が無かった。白城はうなり声で答えた。

「違う。俺は見知らぬ者に家の中をうろついて貰いたくない。障子、君も一緒に来給え」

ともかく、二人を戸の外に立たせたまま厠《かわや》に入り、出て、再び書斎に戻ってくる茶番を演じなければならなかった。そして、畳の上に元通り座った。

白城は警戒している。何を警戒しているのか？　これは、彼が横領犯である以上は当然のことか、それとも、二階の部屋に隠している秘密が原因なのか。一体何を隠している？

蓮野は無理をするなと言っていた。これ以上は止した方がいいのか？

紗江子の困惑をよそに、領収証を挟んだ白城たちの交渉は続いた。

「それでだ、障子。一先ず五十円用意してある。まあこれくらいが無理ないだろう。どうだね？」

「馬鹿言っちゃいけない！　これだけのものを五十円で買おうとしますか。俺がこの婦人にいくら借りてると思ってるんです？」

大月は紗江子を指差す。紗江子は、何も考えが纏まらないまま仕方なく言った。

「到底足りやしませんわね」

白城の顔には、豚の腹を裂いて内臓が飛び出したように、醜悪な威嚇の表情が浮かんで来た。

「言っておくがな、あまりこの話を面倒にしない方がいいぞ。俺にも、君らにも絶対に得にならん。我々は急いでいるからな。長々とつまらん交渉に付き合う気はない。言っただろうが？」

紗江子は怯んだ。大月は止まらない。

「脅したって無駄です！　折角借金を帳消しに出来そうだという時に、白城さんならそんな半端な話で満足するんですか？　するわけがない！　ほら、あなた！　この人に何とか言ってやりなさい！　俺のために！」

大月はそう言って紗江子の背中をバシンと叩いた。紗江子は衝撃で震えた。

彼はもはや当初の計画を諦めて、白城を猫じゃらしで揶揄《からか》うようにして遊ぼうと思っているのか、それとも何か、部屋を覗く方策を探してのことか？　紗江子は分からない。

何とか突破口に繋がるかもしれないことを思いついて、言った。

「そうですわね。それじゃあ、足りない分は何か実際の、現品でいただこうかしら」

「何？」

白城は紗江子の言葉を直ぐには理解しなかった。

「現品？　何のことだ？」

「ですから、お宅の中を一通り拝見して、何か私にふさわしいものがあれば、それを代金に充てていただこうかと思ったのですけれど。お着物でもございません？」

「ああ！　それは名案だ。大名案だ！　金で貰うより上品だな。あなた、何でも欲しいだけ持って行っちゃいなさい！」

手を叩いて大月がそう言い、気早に立ち上がった。白城は困惑しながらも、この提案を容れた。

白城に妻はなく、着物は無かった。手始めに三人で一階に降り、居間から台所まで部屋を一つ一つ見て廻ったが、調度に取り立てて高価そうなものは見当たらない。そういえば、この白城は、亜米利加《アメリカ》に高飛びする計画を持っていたという話もあるから、価値の高いものは売りはらうかして存在しないのかもしれない。

品物の価値のことはこの際全くどうでも良い。何か、白城を足止めして密閉された部屋を覗くきっかけを探しているのである。

食器を見に台所に行った時に、扉に南京錠が取り付けられた、問題の部屋の前を通った。釘を打って無理やり取り付けられた南京錠の異質さは、共用の居間のテーブルに無造作に放り出された秘密の日記のように眼を引いたが、白城はそれについて何も言わず、大月も紗江子も無視した。

三人は、三度《みたび》二階への階段を上っていく。

「どうです！　何か、俺の借金を補塡《ほてん》して余りある素敵なものは見つかりませんか！」

「ちょっとまだ、見当たりません」

見当たらないのは白城を自然に足止めして一階の部屋を覗く機会である。

しかし、思い悩みつつ家の中のあれこれを検分する紗江子の姿は、白城に対してもそろそろ金品に執着の激しい業突く張り女としての実体を持ちつつあった。

「――あれかこれかと、時間がかかるものだな。女というのは」

紗江子は侮辱に頰が引きつるのを覚《さと》って俯いた。横領をしている白城にそんなことを言われる憶えはない。

「なるほど、それで白城さんは結婚してない！　確かに女は概して決断が遅いですね。でもまあ、もうちょっと待ってください。こんなところでも何か一つくらいあるでしょう」

「ふん。一体何を探しているんだね？　どんなものが望みだ？」

「何かしら、こう、綺麗な——」

紗江子がかろうじて答えた返事に、綺麗、か、と白城は吐き捨てた。

「綺麗で、そして十二分に価値のあるものでなきゃいかんのだろうな」

「いや白城さん。こちらの審美眼は中々独特なものですよ。この格好を見れば分かるでしょう？」

大月はニヤニヤと笑って、馴《な》れ馴《な》れしく紗江子の肩を叩いて白城に言った。白城は紗江子の首から下を眺めて、彼女の偽りの服装趣味と実在しない虚栄心を無言に嘲笑《あざわら》った。既に大きく膨らんでいた紗江子の羞恥《しゅうち》と怒りはその時一瞬破裂しかけた。

三人は、二階の、書斎の一つ奥の部屋に入った。

誰も住まわっていない部屋のようで、三畳しかない。箪笥が一つ置いてある。そして、天井近くを見ると、神棚のように張り出した棚の上に、切子《きりこ》硝子の花瓶《かびん》が五つ飾ってあった。

紗江子は棚を指差して言った。

「ああ、そうだ。そうだな。それがあった。良いものだな。薩摩《さつま》切子で――」

嘘つけ！　あんなの最近の品に決まっている。分からないと思っているのか？　仮にも画家の、芸術家の妻なのだ。――今まで矜《ほこ》ったこともない矜りが傷ついた。

その時である。カチンという火打石の音のような憤りが、紗江子の脳内に火をつけ、それが藁束に燃え移るようにパッと広がった。紗江子が受けた不合理の仕打ちに均衡を取りもどし、かつ当初の来訪の目的を達し得る手段を思いついた。

棚板の底に眼を凝らす。どうやら固定されていない。事件は早急に解決されねばならないし、彼、或いは彼らの行いに対しては、その解決がやや暴力的であることはむしろふさわしい。紗江子はそれ以上の熟考を要さずに、直ちに思いつきの実行を決意した。彼女にしては、思いがけない迅速さだった。

再び紗江子は棚を指差す。

「あの花瓶を観てみたいのですけど、ちょっと届きませんわね」

「俺が肩車して差し上げよう！」

紗江子は大月を無視し、ちょっとお借りしますわね、と言って部屋にあった椅子を棚の下に運んだ。それに危なっかしい足取りで立ち上がった。

花瓶の群れに手を伸ばしていくとき、紗江子は、ノラの衣装が自分を冷静、明敏にしていることを意識した。衣装によって紗江子は別人になっている。いつもの着物ならこうはいかない——

だから紗江子が取り上げた花瓶の一つから指を滑らし、それを摑み直そうとした手が棚板を撥《は》ね上げたのが過失でないことを、白城も、訪問の目的を承知の大月さえも見抜けなかった筈である。

五つの花瓶は宙に浮いた。紗江子はそれで手を止めず、落下から救う素振りを装って、勢い余った風に二つ、思いっきり後方にはたいた。

ガシャンガシャンと音が続き、切子硝子はその細工に沿って割れキラキラと部屋中に散乱した。紗江子は重心を失った演技で椅子から崩れ落ち、きゃあと叫びを上げながら、その背中を、ポカンとして床の惨状に気を取られた大月にぶつけた。

「あ痛！」

「ツッ痛！」

紗江子が事前に思い描いていた玉突きの軌道は正解だった。押された大月はさらに白城に体当たりし、二人の素足は硝子片を覚悟なしに踏んだ。その痛みが彼らに尻餅を搗《つ》かせ、二度目の悲鳴を上げさせた。紗江子は、よろめきながらも床の硝子片を見定め、それの無いところに、厚手の靴下のつま先をしっかりと着地させた。

「大変！　怪我をなさいましたか？」

大月は今度こそ、紗江子の言葉の白々しさに気づいただろうが、白城はそれに構うどころではなく、立ち上がろうとしてうぐ、と悲鳴を上げ、倒れてさらに悲鳴を上げた。

「ああ、動いちゃいけませんわね。白城さん、救急箱はどちらでしょう？　それから箒は？」

「――救急箱は、居間だ。箒は、台所だろう」

取って参りますと言って、紗江子は部屋を出て一階に降りた。

さあ――、白城は南京錠の部屋に何を隠したのか？

紗江子はまるで見当がつかない。何の根拠もなしに徒《いたず》らに脳裏に浮かぶのは、例えば部屋中に古今東西の拷問器具が詰め込まれているような光景だった。グロテスクな想像にけじめをつけたい思いで、不気味な南京錠に取り掛かった。

練習の甲斐《かい》はあった。紗江子は凡そ三十秒を使ってそれを解錠した。

慎重にドアノブを廻す。そして、くれぐれもその軋りが二階に響かないよう、ゆっくりと、肩幅に満たないくらいに扉を開けた。恐る恐る、頭を差し込んだ。中は——、四畳半の部屋である。押入れは無い。古そうなちゃぶ台と、小箪笥がある。天井には、空の電燈がぶら下がっていた。

そして、それだけだった。ただの和室一室で、眼を引くようなものは何一つ無かった。

どういう訳だろう？　なぜ白城はこんな部屋に錠をつけて密閉している？

悩んでいる暇も無かった。小箪笥の中を確かめてみるべきかと思ったが、蓮野はあれこれ引っ掻き廻す必要はないと言っていた。紗江子は駄目押しのように室内の光景を脳裏に焼き付け、扉を閉めて元通り南京錠を掛けた。一分余りで全ては完了した。

紗江子は救急箱と箒を取って二階に駆け戻った。

「大丈夫だったか？　——大月、君どうかしたか？」

二人並んで白城宅の門を出て、少し歩いたところで、一歩踏み出すたびに膝を大げさに曲げる大月を認めた井口がそう言った。

「俺は大丈夫だ！　しかしお前の奥さんは大丈夫じゃないな！　いずれお前を殺すぜ」

「あ？　――それで、上手くいったのか？　部屋は覗けたか？」

「ええ。やろうとしたことはみんな上手くいきました。これで謎が解けるのかわかりませんけど」

　ふうんと井口は答える。紗江子は白城の宅を出て夫の顔を見てから、自分が大月と白城の二人にうっかり謝罪をしなかったことに仄かな満足を覚えた。

五

　午後五時ごろ叔父と一緒に帰ってきた叔母はさっさと普段の着物に着替えた。大月はいつ横領犯組から連絡があるとも分からない為に、足裏に怪我をしたまま自分の下宿に帰らされた。居間には、峯子と叔父夫妻、そして蓮野の四人である。彼は峯子の隣、紗江子の斜向かいに座っていた。

「何も無かったんですね？」

「ええ。何もありませんでした。畳敷きで、ちゃぶ台と小箪笥と、電燈だけ」

「妙だよな？　何の為に、何でもない部屋を密閉したんだ？　小箪笥に何か隠しているにしたって、そんなくらいの大きさのものなら何も部屋ごと鍵を掛ける必要はないよな」

峯子もそう思っていた。白城が部屋を密閉したのは村山邸の事件発生の直後かららしいが、一体それは博士の殺害と関係あるのか、それとも横領に関わっているのか？

「井口君、それでいいんだ。それが知りたかったんだよ。鍵の掛けられた部屋に何もないことが」

――本当かしら？　何か、合理的な理由があるのだ。

「それで紗江子さん、偽領収証の代金の件はどうなったんです？」

「ええ。怪我代と割れた花瓶代ということになりました」

「白城さんに正体を怪しまれたとか、そういうことは？」

「ないのじゃないかしら。それは、もちろんあの守銭奴で不器用で服装を弁えない女は一体誰なんだって思ってることでしょうけど。でも、領収証を売りに来たことは疑ってないと思いますわね」

「なるほど」

それなら完璧ですね、と蓮野は呟いた。

「上手くことが運んだなあ。お疲れさまでした。本当に。井口君、また君にやってきてもらわないといけないことがあるな――」

「うん？　そうか」

　叔父と蓮野は、相談をしに寝台のある二階に上がっていった。蓮野は撃たれた傷が後を引いて、今朝から再び体調を悪くしていた。

　叔母は、居間に二人だけになると肩を竦めて覗くように峯子の顔を見た。それに視線を返して、峯子は肩の荷を降ろした安心を自分のことのように感じた。

「紗江ちゃん疲れた？」

「疲れたわね。峯子の気持ちがちょっと分かったわ」

　そう、紗江子は自分と峯子を労《ねぎら》うように言った。

　それから、彼女は不思議な感慨を洩らした。

「私、きっと、あんまり人間らしくなくて、何を考えているんだか分からないような人と結婚したかったんだわね。今日気がついたわ。それで、出来れば死ぬまで分からないままなのがいいのよ。そんな人なら、空の星でも眺めて暮らすみたいに飽きずにいられるでしょうってね」

「それが叔父さん？」

「そうね」

　峯子は今まで紗江子から、家が広かったからとか、同居の家族が少なかったからとか、そんな理由しか聞いてこなかった。

「私は、死ぬまでには分かる方がいいわ」

峯子がそう言うと紗江子は姉の顔で笑った。


翌朝。叔父は、何か、蓮野に任された仕事を果たしに出かけたようである。

蓮野は二階に寝付いている。峯子は叔母と一緒になってジュコーフスキーという露西亜《ロシア》の客を迎えるべく家の掃除をし、暇が出来ると納屋に溜まっていた新聞を居間に運んで読んだ。

矢苗家は新聞に厳しく、女学校の頃、友達の中でも読むことを禁じられていたのは峯子くらいである。本当は、井口の祖父が使っていた部屋にある小説本を読みたかったが、叔父の家に来るとき、峯子の内にはいつも自分が取り残されているのだという観念が起こった。

自分にも関係のありそうな村山邸事件のことから始めて遡《さかのぼ》っていく。先月下旬から巷間《こうかん》の話題に上っている株の暴落や市電のストの経緯をようやく知った。

三月の新聞をめくっていると、或る広告が眼についた。『蚊とんぼスミス』というのが何だかわからなかったが、ちゃんと見れば『ウヱブスター女史』と著者名が記してあって、小説本の広告である。実に酷い絵が幾つか載せてあるのを、思わず、向かいで緑茶を啜《すす》っている紗江子に見せた。

「これ挿絵なのかしら？」

「あら下手。面白そうね」

『此本《このほん》を讀《よ》めばどんなに怒《おこ》つてゐる人《ひと》でも直《す》ぐ笑《わら》ふだらう。非常《ひじやう》に獨創的《どくそうてき》で樂天的《らくてんてき》でさうして美《うつく》しい物語《ものがたり》だ亞米利加《アメリカ》では飛《と》ぶやうに何十萬《なんまん》と賣《う》れた本《ほん》だ。』と惹句《じやつく》が付いている。原題が、『Daddy-Long-Legs』？

「足の長いお父さん？」

そう思った所を不意に、蓮野が居間に入って来た。彼は右手に、杖と一緒に封筒を指に挟んで持っている。

「どうも。返事を書いたんですが、井口君はまだ帰りませんね？」

「ええ、まだですわね」

そう叔母は答えた。昨日、ジュコーフスキー氏に、当日迎えを立てるから予定を変えて井口宅まで足労を願いたい旨を手紙で伝えたら、招待に応じることと、案内を自分で用意する故迎えは不要であるとの返事が来た。それで、蓮野は宅までの詳細な道筋を改めて手紙にしていたのである。

「帰ってきてから行って貰うよりないかな。あんまり井口君を働かせるのも気が引けますが」

「いえ。井口はいっつも何を描いていいやら分からないってこぼしてますから、たまには誰かに命令されることもないとおかしくなっちゃうんじゃないかと思うんですの」

それから紗江子はふと気移りしたように言葉を継いだ。

「そうでした。今晩はカツレツを作ろうと思ってますけど」

カツレツという言葉の所帯染《しょたいじ》みた響きは、溜息をつきたいくらいに蓮野に不似合いだと峯子は思った。それでも彼は、結構ですね、と笑った。彼が紗江子に礼を言って、テーブルに手紙を置いて二階に去ろうという時、峯子は何の意図もなしに、黙って新聞の広告を指差していた。

「Daddy-Long-Legsは蚊トンボのことだね。――僕が描いた絵みたいだな」

広告を覗き込んで蓮野はそう言った。

結局、峯子は自宅には帰らず、五晩、叔父のところに泊まった。

もともと蓮野に挨拶をするつもりでいたのが、彼の襲撃事件に鉢合わせて、差し引きでもはや彼に何ら言うことはなくなってしまったみたいであった。何となく収まりがつかず、家に戻るべきなのか分からなくなった。もっとも、矢苗家では寝室からさえ殆ど出して貰えない有様だったから、家事をしていても楽しかった。

一人では蓮野の方に寄り付かないようにしていたが、今日の午後に来たジュコーフスキー氏が帰り、日が落ちて夕食を終えてから、二階で叔父と彼とが相談をしている処に様子を窺いに行った。

「大丈夫なんですの？　蓮野さんお加減は？」

蓮野は寝台に腰掛けていて、脇に松葉杖が寝かせてある。その向かいにあぐらをかいている井口の顔を探り、居ても良いのか確かめてから峯子は隣に正座をした。

「加減はまあ、見ての通りだね」

見ての通りというなら判然としない。顔色は悪いし表情も暗いが、いつも通り背広を着てネクタイまで締めて、背筋を伸ばして座っているからあまり病人には見えない。実際彼は、今日の午後に階下でジュコーフスキー氏との面談を問題なくこなしたのである。峯子は同席せず、したとしても英語でなされた会話を殆ど理解出来なかった筈だが、ともあれ話は友好的に進んだようで、ジュコーフスキー氏は静かな笑みを残して去った。

しかし、叔父も蓮野も喜んではいなかった。二人は、サイドテーブルの上に置かれた便箋と、糊《のり》のついていない封筒を睨んでいる。

「これ、今日のお客さんが持ってきたんですの？」

「ああ、うん」

何でも、ジュコーフスキー氏が、日本に届けるよう仏蘭西《フランス》で託された手紙なのである。峯子は便箋を広げてみたが、仏蘭西《フランス》語だと分かるとすぐに諦め畳んで元通りに置いた。叔父が、それは悲しい報《しら》せなんだよ、と峯子に言った。

「――そう、峯子さんは、あと数日で自由に出歩けるようになると思うよ」

「あら、本当ですの？」

それは峯子にとっては一番の関心事だったし、井口や、きっと蓮野も気にしていない筈はなかったが、今となってはそれはあくまで他の重大事のついでに過ぎなくなったらしかった。仕方なく、峯子の方もまるで嬉しくなさそうな口調でそう答えた。

「君は真相が判っているのか？　どうする？　一先ずは水上さんに話をするしかないだろう？」

「そうだ。――うん？」

蓮野は口を噤《つぐ》んで、夜の戸外に耳を澄ました。

「客か?」

「え?」

窓の外で足音がしていた。何者かが門を抜けて庭を歩いてくるようであった。怪しいと思うと、誰かが息を呑んだように気配が騒めいて、呼び鈴が鳴らないままに玄関の開く音がした。

階下には叔母しか居ない。叔父が、慌てて階段を駆け下りた。峯子は蓮野と顔を見合わせる。

しばらくして、一階から争う声が聞こえて来た。峯子は部屋を飛び出そうとしたが、蓮野に肩を押さえられ、制止された。

やがて、階段を上がる足音が聞こえ、井口と紗江子が部屋に入って来た。が――後に続いて、真っ黒いスプリング・コートを着て真っ黒い山高帽を被った男が、屋根裏から這い出てきたムカデのように、戸口に現れた。

それは、二人にピストルを向けていた。

「な、何――」

「ああ本当だ。居たね」

年齢不詳の声で男は言った。

彼はどうやら、塵《ごみ》を捨てに庭に出た紗江子を脅して、押し入ってきたらしかった。

蓮野は杖をついて立ち上がりかかっていたが、男の声を聞いて寝台に座り直した。

「怪我はどうだね？　蓮野君」

「見ての通りですね。何をしに来ました？　ピストルを突きつけていないと出来ない話ですか」

「いやこれは、そうでもせんと君が会ってくれないのじゃないかと思っただけでね。うん、――別に必要なさそうだ。仕舞っておこうか」

男はピストルをコートのポケットに収めた。叔父も紗江子も、躰の硬直を解いて、転がるようにして蓮野たちの側に腰を落とした。男は戸口の前に落ち着き払って、峯子たちを見下ろした。一切を彼の思い通りに進めていることを彼の仕草が語っている。

「蓮野！　誰だ？　これは？」

蓮野はすぐには答えなかった。男をじっくりと見た。やがて発した言葉には、珍しく、不愉快さが機知に包まれることなく剝き出しに滲んでいた。

「知らない。別に知りたくもないが、多分、絞首商会の人だ」

峯子はいよいよ躰を硬化させた。やはり！　遂《つい》に来たのか。彼は山高帽をとった。

電燈に照らされた顔が、やはり年齢不詳である。

男は蓮野の言葉を認めた。ハルカワ、と彼は名乗った。

六

峯子はこの男の来訪が、その前触れこそ無くても、海流が流木をひとところに集めていくように、来たるべきものが来たのに過ぎないことを直感していた。思いがけず巻き込まれたこの事件は、蓮野が絞首商会と直接対峙しないことには解決しないのだと、感じるともなく感じていたのであった。にも拘らず、扉を塞ぐようにして眼前に立つハルカワの目的が一体何か峯子は分からなかった。

反対に、あまりにも明白であったのは、ハルカワが確かに目的を持った男であることだった。

目的のために生きている男である。目的を闇中《あんちゆう》に燭台《しよくだい》のように掲げて、ただそれを消さぬように、そのために邪魔なものを皆蹴倒して来たのだ。

「さて――、いろいろ話があるのだがね、蓮野君。まず訊かねばならんが、君は何やら、探偵を頼まれたのだな？　どんな塩梅《あんばい》だね？　真相は分かったか？」

ハルカワは揶揄うように言う。蓮野は微かに顔を顰めて、彼の声の残響が消えるのを待った。

「頼まれはしましたが、別に僕は探偵ではありません。ただハルカワさんの御同輩に迷惑をかけたらしいので、後始末が要るのか確かめなくてはいけなくなっただけのことですよ」

「ほう」

「それに僕は、ハルカワさんが何を真相と呼んでいるのか知りません。引っ張り出して来たのは、僕や、この峯子さんや、事件の関係者の幾人かに必要な真相ですよ。もしかしたら警察も必要としている真相かも知れないがそれは僕には関係が無い。ハルカワさんがどんな真相を欲しているのかなどはなおさらどうでも良いのです」

やはり、蓮野は、真相を導き出しているらしい。峯子には、ひたすら謎が増えていくばかりで、筋の通った解答など見つけようもなかったのだが――

「意外にお節介だな君は。私だってそれで十分だ。――ふむ。いかにも君には随分な迷惑を被った。君が金を盗んだあの時は、欧州の戦争の最中で、国益を図る表沙汰にならない或る会合があったのだな。皇室の周辺から、軍部から、政府から、多くが集まることになっていた。そんな巡り合わせはそうそうあるものではない。警戒が簡単で、中にいるものから内情を前もって探ることに成功する、我々の仕事にこの上ないような巡り合わせはな。君が台無しにしてしまったが――、まあ、何よりあれは梶太郎さんの不手際だろうな。大胆な人だったのだ。身近なことはおろそかにされるより無かったのかも知れないな。

何であれ、君のことはずっと気がかりにしていたのだよ。無論、金を盗んだのが誰だかは、君が警察に捕まるまで知らなかったのだがな。

だが、君の素性が知れてからだ。調べてみると、妙じゃないかね？　やっていることとは唯のコソ泥というよりないが、経歴がどう見ても不審だ。どこの誰が、訳もなく銀行勤めを辞めて泥棒になるかね？　そこには明確な意志が無くてはならぬのじゃないかね？　気まぐれで一つに定まらない世間の風向きに逆らってどこかにたどり着こうという意志がだ。

君が我々に大きな企みを持っているのじゃないか、そう思えてならなかった」

「ほう？　紛らわしかったでしょうか。妙な買いかぶりをしてくれましたね。僕はまさにあなたが仰る如くのコソ泥ですよ」

「無論自分ではそう名乗るだろうな。だがな、我々は、出獄してから君が一体何をする気だか見張っていた。随分忙《せわ》しなく働いていたじゃないかね？」

隣の井口は、微かに息を呑んで、蓮野の方を振り返った。ハルカワが仄めかす何事かに思い当たったようであった。

「おい！　君、峯ちゃんが襲われた日、研究所からの帰りに背後に気配を感じたと言ったな――」

ハルカワは笑った。

気配は気の迷いでは無かったのである。蓮野は確かに絞首商会に見張られていたのだ。

「君は去年の秋から、時計泥棒を企てたり、宝石泥棒を捕まえたり、光川丸の殺人鬼を捕まえたり、横浜の蓑田《みのだ》家で閂の掛かった部屋で起こった殺人事件の謎に解答を見つけたり、ずいぶんな活躍をしていたな。そこのお嬢さんを誘拐犯のところから救い出して来たのも君だろう？」

ハルカワは峯子を無遠慮に指差す。

彼の言う通り、去年の十月から蓮野は妙に犯罪事件と縁があった。そのいずれも、結局は蓮野の行動によって決着がつけられたのである。

「馬鹿馬鹿しいがね、私は随分悩まされた。一体君が何をやっているのか？　なぜ泥棒が急に探偵に鞍替《くらが》えしたのかを」

「すると僕がどうしてあんなことをしなくちゃいけなくなったのかはご存知ないようですね。

あれは探偵などではありません。ただそうしなければならなかったからそうしただけの、タイプライターを使いたいのに使い方がわからないから説明書きを探して来て、それが読めないから辞書を探して来て、辞書の字が細かくて読めないから眼鏡を探して来なければならなかったような、廻りくどい方法を取るしか無かったのですよ」

「そうかね？　私は、動機がどうであれ、やっていることは探偵と呼ばれて止む方ないと思うがね。それに君は、探偵的な活動においても別に法律を遵守する方針ではないようだな。その上前職の泥棒は文句なしに違法だろう？　私が是非知りたいのはそこだ。君が如何なる意志を以って法律を無視するのかだ。案外面白い話が出来るかも知れぬと思うのだがね。どうだね？」

話の行き先を峯子は怪しんだ。隣の蓮野の顔を見ると、何も心を動かしていないようであった。

「僕は何も、楽しい話が出来るとも話し合うべきことがあるとも思いませんが」

「それは分からん。さあ、君は何故泥棒になった？　それに君は金持ちのところばかりを狙っていたな。どうしてだね」

「泥棒なら金持ちのところに入るのが当然でしょう」

「しかし、君の仕事ぶりは妙だ。金持ちのところに入って、全部は取らない。二割か三割か、ともかく半分以上は残しておく。泥棒をやっておきながら、迷惑をかけることを厭っているのかね」

「妙でも何でもないでしょう。泥棒は、金持ちが金持ちでなくなってしまっては困るのです。いずれ自分の首を絞める。漁師と同じです。取りすぎてはいけない」

「君は、村山邸においては盗りすぎたのだがね」

「使い道を知りませんでしたからね。知っていたなら、僕はそれを全額取っておくべきか、一切手をつけずに残しておくべきかで悩まねばならなかったでしょう」

「ほう、そうかね。まあ良かろう。すると、君は金持ちは金持ちのままに存在しているべきだと思うのかね？　金持ちが金持ちであることを許す社会を認めるのだな。それでいて自分は社会の許さぬ泥棒でいて平気なのか。その撞着《どうちゃく》を何とも思わず、何の解決もつけずにのうのうと泥棒をやっていたのかね」

　峯子はハルカワを睨んだ。

「蓮野さんは解決をつけましたわ。捕まった時に全部自分で始末をしたのじゃありませんか。だれも欺かずに、だれも騙さずに法廷へ行って、監獄に入って、帰って来たんです。蓮野さんは、最後には自分で始末ができることを知っていて、それで泥棒になったんです。だから――」

もちろん、井口が弁護士を手配したり、蓮野は自分一人で始末をした訳ではないのであった。峯子もよく知っていたが、黙っていることが出来なかった。

「――だから、世界中のあちこちで爆弾を炸裂《さくれつ》させて、もう、自分一人では絶対に始末をつけられないあなたとは違いますわ」

ハルカワに精一杯の断言をした。浜辺に線を引くように、峯子は蓮野とハルカワとの間に絶対に存在していなければならないと信じる、二つの精神の満潮線を探していた。

彼は、下手な木彫り細工のような厭《いや》な笑みを峯子に向けた。

「実に真面目なお嬢さんだね。世の中のことも、私のことも、蓮野君のことも、皆少しずつ誤解しているようだが。蓮野君。私は君に訊いている。それは、このお嬢さんが今のままにあるべきと信じて疑わない社会や国家に対して如何に義理を立てたのかではなくて、君が君自身を如何に説伏していたのかだ」

「一応訊いておきます。あなたは無政府共産主義者ではないのですね」

「無論違う。私が金持ちをどう考えるかの話をしているのではない。全て蓮野君自身の問題だ。

君は人嫌いなのだそうだな？　君自身が十分過ぎるほどに人間であるのにな。ふん。その歪みが、卑怯さになって性格に表れているようだ。

君は強盗でも詐欺《さぎ》師にでもなれる才覚があるが、それを選ばず泥棒になったのは、その犯罪の被害者が存在しないのだと思い込むためではなかったかね？　もしかして、今留守にしているこの家の住人は皆蒸発してしまっていて、その金を持ち去るのは何ら罪に当たらないのだと自分を納得させるために。その可能性にどうしても縋りたかったのだろう？

そして、金を皆盗まずにおくのは、万が一住人が消滅しておらずにここに帰ってくるのだとしても、金を十分に残しておけば、結局彼らは困りはしないのだろうと安心するためにだ。そうしてどこまでも自分の罪を、自分の眼につかない物陰に押し込めるだけ押し込むようなことをする。自分で罪だと知っていることをだ。そうだろう？　君は泥棒が悪事であることを知っている！

子供が嫌いな食べ残しを抽斗に隠して腐らせるのと変わらない。君はその不徹底な人間嫌いによって作り出した幼稚な感傷に侵された、自分が人間ではないと思い込もうとしているだけの人間だ。そうして精神の辻褄合わせまで怠って構わないと言い訳をしているのだ。そうではないかね？　弁解をするかね？」

峯子はハルカワが扉の前からシャボン玉のように直ちに弾けて消滅してしまうことを願った。彼が消えれば、彼の理屈の一切はそれと一緒に霧散するように思えた。もし、どこかに無謬《むびゅう》の観念が存在しているにしたって、それがハルカワの躰に纏わり付いた時に完全無欠のかたちを保っている筈がない。峯子は反駁《はんばく》の言葉を見つけられないまま、彼への嫌悪に震えてそう信じた。

「先にお話を全て聞きましょう。あなたは僕の返事に拘らず、言うべきことを全て決めているようです」

蓮野はそう言った。ハルカワの思想は、厭らしい肉体を引き摺って峯子たちに一歩歩み寄った。

「私が許し難いのは不徹底だ。人嫌いでありながら山奥に一人暮らすことはしない不真面目さだ」

「い、いや、しますよこいつは。それを何とか頼んで、形ばかりにも僕らのような生活をさせているんです。僕やら、――峯ちゃんやらで」

叔父は頼りない声で言った。

ハルカワは軽蔑を剝き出しにして、峯子と井口の方を見た。

「ほらみろ。君らのようなものに考えも行動も左右されるだけの無様な空隙《くうげき》が蓮野君の精神にはある。実に詰まらぬことだ。蓮野君、君はまるで自分自身の辻褄合わせをしようとしない。精神を首尾一貫させる気がない。その自家撞着に気づいていて、十分に解消する能力があるにも拘らずだ。そんな人物は多くないのだよ。

君は西洋の探偵小説の如くに警察に先んじて犯罪者を見つけることが得意のようだな。しかしそれを結局警察に引き渡すのでは、警察にも犯罪者にも筋が通らないのだ。捕らえるのは警察で、捕らえられるのが犯罪者と動かしようもなく定まっていて、探偵なぞの入り込む余地はない。

世界に名探偵の居るべき場所はない。今の所はな。だが――

例えば、だ。国家と権力の全てが世界から排除された時はどうだ？　もしかすると、その時にこそ、是非名探偵が存在せねばならんのじゃないかね？」

蓮野は、タイヤの空気が抜けるような苦笑を漏らした。

ようやく訪問の訳をハルカワは明かしつつあった。蓮野を屈服させたいのだ。それも彼自身の力を使わず、蓮野が自分から負けを認めることを望んでいる。

ハルカワも蓮野につられるように笑ってみせたが、すぐに真剣な表情に戻した。

「いや、笑い話とも限らんぞ? 一切の権力に依《よ》らない探偵が要るのだ。君の不合理を解決できる場所は、そこにしか無いのではないかね? 君は我々の方に来るべきだ。いや本当なら、来るというまでのこともない。君はそもそも無政府主義者だ」

ハルカワは蓮野を誘っている。ピストルをポケットに収めたのはその為なのだ。そうして彼は手招きしてみせている。

しかし、ならば、ハルカワはピストルを使ってここに押し入ったことをどう弁解するつもりなのか? あの行為は暴力でしかなくて、彼が今蓮野に要求する論理は微塵《みじん》も含まれていない。ハルカワは、彼自身がいざとなれば論理も何も踏み越えて峯子たちを抹殺することを信じさせた。

そうして蓮野に自分の話を聞くことを強要した。彼が怪我をした時を狙って——、そもそも峯子や蓮野を襲わせたのは、この人ではないのか?

「そんなことありませんわ」

峯子はハルカワにぶつけるべき言葉を見つけたと思った。

「私がいくら世の中のことを知らなくたって、人を殺してはいけないことは分かっているし、蓮野さんは私よりずっと良く分かっているんだわ。そんなことも知らないあなたが、他にどれだけりっぱでややこしい考えを持っていたって、蓮野さんのことを理解できる筈がありません。あなたの仕事に加担することなど絶対にないんだわ」

「ほう？　お嬢さんは、自分が人を殺すことなど絶対に無いと信じているのかね？　蓮野君までもがそうだと？　酷い思い違いだ。それでは却って不安だな。人は皆、生まれてから自分が死ぬまで間断なく、他人を殺すかどうかを試験され続けるのだ。大概は一生を通してそう難しい問題には打ち当たらずに済むのだがね。しかしお嬢さんは、その様子では平穏無事な生涯を送るようにも見えんからな。最初から決めつけていてはいざという時に危なかろう？」

「そんなことは――」

「峯子さん、僕には弁護も擁護《ようご》も一切必要ないよ。それにね、今この人が言っていることについて争う気は、僕にはあまりない。人を殺すべきでないことは同感だけども、一生のうちに絶対交通事故に遭わずに済むと決まってはいないように、僕も絶対人殺しをせずに済むと安心してはいない」

蓮野の口調はやさしかったが、霧を吐き出しているように暗鬱《あんうつ》であった。峯子は目《め》眩《まい》を覚えた。

井口が、声を震わせながらゆっくりと言った。

「ハルカワさん――、あなたは革命家なのでしょうね。革命家というのは、自己にまつわるものを、何もかも皆正当化しようとするものなんでしょう。自己の思想、行為、世界全てを正当なるものに是正しようとするんだ。この世が如何に混沌《こんとん》たるものか、まるで気づいていないんです。

あなたにとって世界はあなた自身の一部に過ぎませんからね。他人の蓮野にまで、蓮野自身を正当化することを要求するんです。意外でも何でもなく、あなたは純正本物のお節介です。世界が正しくなければならないことなど、誰にも証明出来てはいません」

「君にそんなことは必要無いだろうな。ただ混沌を混沌のままにつまらぬ絵を描いていれば良い。

さあ蓮野君。君はこのお嬢さんのように、私が懐にピストルを持っていることを非難する気があるかね？　あるなら聞いても良い。だがそれはいずれ私にも君にも大した問題ではない筈だ。君は、私がピストルを持っていようがいまいが、君の言葉を変える気は無かろう」

ハルカワは決めつけた。その直感を峯子は共有していた。そのことに峯子は怖気《おぞけ》がした。

「井口君も峯子さんも申し訳ないね。恐ろしくつまらない議論に巻き込んでしまった。なんと言ったら帰ってくれるのかなこの人は――」

蓮野は上眼にハルカワを睨んだ。しかしすぐに視線は外れ、部屋の中を漫然と彷徨った。

彼は無造作な言葉をハルカワに投げた。

「あなたの思想の辻褄の合わないところをほじくり返したり、現実と突き合わせて実効性を検証してみたりすることはあまり意味がなさそうです。わざわざ争う気はありません。言わねばならないことは他にあります。

あなたは僕を無政府主義者と呼びました。僕自身そう名乗るつもりは無いし、呼ばれるのも迷惑ですが、しかし心当たりが無いでもない。あなたと僕の精神のかたちは一見して似通っているのかも知れません。何かが決定的に違っているとするなら、それは、僕はあなたが信じるような理論家でもなければ、あなたのような博愛主義者でもないことです」

「ほう？　君こそ博愛主義を幼稚な偽悪で覆い隠しているようにしか見えんが」

「とんでもない。それは僕でなくまさにあなたのことです。あなたはあなたの中の全てを、その美醜に拘らず偽悪を以ってみんな救おうとしている。その偽悪の迷惑がいかに甚大だか、あなた自身が気がついているかどうか知りませんがね。

あなたとの話を早く切り上げる為に僕が望むのは、僕の脳髄に像を結んだハルカワさんの姿を、一分の狂いもなくフィルムにしてあなたの脳髄に投影することです。無論僕にそんなことは出来ません。せめて井口君のような芸術家なら良いが、そんな才覚は無い。そう、才能の無い芸術家というのがどんなものかハルカワさんはご存知ですか？　何事からも美を見分けることが出来ないくせに、醜悪さだけには敏感な嗅覚《きゅうかく》を持った芸術家です。ハルカワさんは才能以前で、芸術家のつもりは全くおありでないでしょうから、そんなことは端から考えもしないのでしょうがね」

蓮野は大きく息を吐いた。

「僕はあなたを見て愕きました。別にあなたが突然やってきたことに愕いたわけではありません。あなたがあまりに醜悪であったことに愕いたのです。

あなたの話はとても不気味でした。あなたは論理を希求している。それを精錬して純化させようと努めています。にも拘らず、あなたの内には美しい結晶のようなものが析出する様子は微塵もなくて、ただ腐った魚の煮凝《にこご》りのような悪臭を放っているばかりだ。なぜでしょうね？　あなたが僕の友人と奥さんをピストルで脅したからかも知れないし、あなたが幾人もの人を爆殺しているからかも知れません。

この説明はちょっと常識に遠慮し過ぎているでしょうか？　あなたの腐臭はそんな

所から発している訳ではないのかも知れない。そう、あなたの声がネバついていて耳《みみ》障《ざわ》りだからでしょうか。あなたの顔つきがなんとなく不愉快だからか。それにあなたの髪型はなんか、はんぺんに似てますね。僕は食べ物の好き嫌いは殆どしないが、はんぺんは嫌いだ——

もちろん、原因を一人につき一つに限らなきゃいけない約束はありません。何かに憎悪を向ける時、それには無限の理由が有ってもいいし、むしろ理由など無くても構わない。僕が今挙げたハルカワさんの特徴には別に嫌悪を掻き立てる程のことはないのかも知れませんね。

或いはそれらの特徴が絵具の配合を間違えたように混ざり合って、醜悪極まる色彩を放っているのかも知れない。だとしたら、もはや元の色が何だとか詮索するのは無意味です。出来るのは、それをキャンバスからヘラで刮《こそ》ぎ落とすか、気が短ければ蹴っ飛ばして、怒りを込めて引き裂くようなことです。僕はそんな始末をするのにも面倒を感じるほうですから、あなたが言った如く、押入れにでも仕舞い込んでその現存を忘れてしまうよう努めるでしょう。まあ、僕が忘れることなど殆ど無いのですがね。

あなたの醜悪さを思い出さずにいるのは容易なことではない。それは皮膚に出来た毒々しい出来物のように、良性だか悪性だかも構っていられず錐《きり》で突き刺さなければ気が済まないものです。患部を丸ごと切り落とし、地面に抛《なげう》ち土と見境《みさかい》の無くなるまで踏みつけなければ気が済まないような——」

蓮野の口調が、論理の箍《たが》を外して、彼に全くそぐわぬヒステリックな響きをもった。そんな蓮野に遭遇したことがなかった峯子は、彼と、ハルカワの懐のピストルの存在を心配した。

「——理由は他人と自分に説明するためのもので、真実ではありません。僕はただ、紗江子さんが油虫を嫌うようにあなたを嫌っているだけのことです。どうしたって好悪に辻褄は合わないのです。あなたはあまりにも無邪気に過ぎる。憎悪の理不尽さを何一つ知らない。

あなたは一人窓の無い船室に籠るようにして、揺れるのを気にしながらもカードの塔を組み立てようとしている。理不尽の海はそれを無情に突き崩すか、ことによれば船ごとそれを飲み込むかも知れない。そして、海はカードの塔が如何に精緻《せいち》で真実らしいか、ましてそれがどれだけ美しいかに一切構うことはないでしょう。

あなたが何と呼ぼうが、僕は探偵ではありません。認める気はない。僕は、自分が間違いを犯すことを知っているからです。どんな結論を出しても、僕はそれが間違っているかも知れない可能性に怯えているのです。そんなのが探偵であるはずがない。才能の無い芸術家に出来るのは、真実などには構わず、ただ美とは何だかも解らずに、美しいものを目指さなければならないという衝動に駆られるままにしているだけのことです。僕は、やらざるを得ないときに、やらざるを得ないことを、仕方なくやるだけですよ」

蓮野の、彼らしからぬと思われた長広舌は土面の水のように部屋の中に留まり、少しずつ浸《し》みてゆくまで誰も口を利かなかった。そしてそれは峯子の心からは殆ど溢れ出していた。

ようやくハルカワは言った。

「――ふん。それなら君はどうする気だ。村山邸の事件を」

「辻褄を合わせて来ますよ。やらざるを得ない。それに、結局ハルカワさんには、船室でカードを積むようなことであれ、そうすることでしか納得して貰えないのでしょうから」

「ふむ。そうか――」

「果たして人が、精神の辻褄合わせを放棄して良いのかどうか知りませんがね。ハルカワさんの言うように、きっといけないのでしょう。筋を通すよう、努めなくてはならない。僕だって山奥で暮らしたいが、嫌いなものを遠ざけてちゃいつまでも克服出来ないだろうと井口君に怒られて、仕方なく俗世に住んでいるのです。

それをあなたの同志になれだとか、水に顔も浸けられない保育園児を水泳選手にスカウトしに来たみたいなもので、いくら何でも相手を間違えてますよ。井口君の方がまだ見込みがあります」

ハルカワは議論の終わったことを察した。

「私は君が本当のことを言っているとは思わんがね。しかし十分話した。気が変わったらいつでも言いたまえ。連絡方法は知っているだろうな。——いや、ジェニイは近々使えなくなるかもしれない。新聞広告を出し給え。用があるならな。私の話はそれだけだ」

彼は帽子を被った。やはりハルカワは湿っぽい日陰《ひかげ》の石ころを裏返したような、そんな厭らしいところを住処にしているのだ、と峯子は思った。

「僕はそう、嘘をつきませんよ。まあ、連絡手段のことはよく分かりました。そして、革命の恍惚《こうこつ》の中に暮らすあなたに言っても仕方のないことですが——」

蓮野は踵《きびす》を返《かえ》し部屋を出るハルカワにぼそりと言った。

「あなたの理想は、僕が嫌う、人間の、人間的な性質に妨げられて、決して実現しないでしょう。ある意味、確かに僕とあなたは似ています」

峯子はじっと彼を見送ることが出来ずに、廊下を歩くハルカワの背に向かって花瓶を構えてみたが、峯子さんやめとこう、と冷気のような声で蓮野に囁かれ、それを下ろした。彼はハルカワが門を出ていくのを窓から見届け、峯子たちの方に向き直った。叔母はまだへたり込んでいる。

「申し訳ありませんでした。実にしょうもないことに付き合わせてしまった。――井口君」

「何だ？」

「今から村山邸に行く」

「え？」

時計を見ると、午後九時に十五分前である。

「――今からじゃなきゃいかんのか？」

「ハルカワに辻褄を合わせてくると言ってしまった。手紙のこともある」

蓮野は、サイドテーブルの封筒と便箋を取り上げた。

叔父が近くの自働電話でハイヤーを呼んだ。彼も身支度を始め、紗江子が手伝った。峯子はただそれを座って眺めていた。峯子の心は静まらなかった。ハルカワには、彼が蓮野にしようとしたように、彼自身の撞着を暴き立てその眼前に突きつけてやることが出来る筈だった。峯子に出来なくとも、蓮野に出来ない筈はなかった。しかし、蓮野はハルカワを前にして論理を放棄した。

蓮野がハルカワに向けた憎悪は、殊更ハルカワの為だけに研ぎ澄まされたものではなかった。峯子は、叔父が蓮野のことを話す時に使う、人間嫌いという言葉の表すところに初めて直《じか》に手を触れた。それは全く合理性を欠いていた。蓮野は今まさに荒海の如く波立っている。彼自身が言ったように、蓮野の透徹した理知はその上に組み立てられていた。

峯子の戸惑いを置き去りにして、叔父と蓮野は事件を終局させるべく準備を続けている。

「あいつはどうする？　ハルカワは。ほっとくのか？」

「僕は無政府主義者ではないので警察に任せる」

もちろん、今から通報してどうにかなるほどヘマではないのだろう。結局彼は、今度の事件に如何に関わっているのか？

いくらか峯子を安心させるのは、叔父が蓮野の様子に何らの動揺を見せずにいることである。しかし井口も、峯子の方に注意を向けることはしない。

「君本当に歩けるのか?」

「大丈夫さ。まあヒヨコみたいにしか歩けないが。——おや、来たな」

外に自動車の停まる音がする。

部屋を出て行こうという時、蓮野は峯子の方を振り返った。その唐突さは、彼が活動写真の中から観客に語りかけようとするみたいで、峯子はハッと頭を上げた。

「——峯子さん、今回は実に危ないところを助かった。本当にありがとう」

その言葉にも一切合理性は無く、決して嘘でもないことが明らかだった。峯子の返事を待たず、説明を求める時間も残さずに蓮野達は行ってしまった。

9　解決

一

朝は二時間前に来ていた。空のマッチ箱みたいな村山邸の食堂である。

先月の晦日《みそか》に行われた容疑者会議の際と同様に、私と松葉杖の蓮野は立っていて、水上婦人と宇津木氏、生島氏、白城氏の四人が座っている。但し座り順は変わっており、今日、婦人は私たちの側に近かった。梶太郎博士が造り、絞首商会の同志の会合にも使われていたであろうこの食堂の気配は今、昨夜ハルカワと対峙《たいじ》した時と同じように、幾つもを積み上げたヤジロベエのように張り詰めていた。

蓮野は燈台の如く四人を見廻した。彼はこれから、その徒らに重ねられたヤジロベエを突き崩そうとしている。

私はすでに、真相を半分までは聞いている。

「蓮野。我々を集めたのはお前なのだろうな」

「そうです」

白城氏の言葉には蓮野を脅す力強さは無い。来訪者達の間には不安が横溢《おういつ》している。

夜が明けてから、私は近所を廻って三人を呼んで来たのである。事件に重大な進展があったとだけ伝えている。

「何だ？　一体」

「無論事件のことです。村山鼓堂博士の殺害に始まり、何やかやと続いた事件の犯人の正体や、あとは、別に興味がないかもしれない、それにまつわる背景の事情をお話ししようと思っています」

婦人を除く三人の不安は狼狽に変わった。

「それはここで話さねばならないことかい？　こんな場を作って話さねばならないのか」

「そう、そうだ！　私は別に君に探偵を頼んだ憶えはない――」

蓮野はすぐには答えず四人をゆっくり見廻した。

「宇津木さんや生島さんの仰ることはよく分かります。この場でお話しすることには問題が無いでもないですが――、幾つかの事情からして、こうするのが一番無難なのです。見ての通りですよ。僕も事件のせいで幾らか迷惑を被っています。早く決着をつけてしまいたい」

そう言って蓮野は杖を掲げてみせた。

「いかにも僕は生島さんから探偵を依頼された憶えはありませんし、僕自身探偵のつもりはないですが、まあちょっとお付き合いください。
だって、生島さん、あなたは犯人が誰か知りたがっていたでしょう？」

その言葉は、直截に持つ意味を超えて容疑者たちに作用した。生島は顔を引き攣《つ》らせて沈黙した。

無論、彼らは知りたかったのである。私が用件を告げずに彼らを呼び出したにも拘らず、それに応じた以上は、彼らは話を聞くより無かった。

「じゃあ聞いて頂きましょう。――この事件で、村山鼓堂博士が一体誰に殺害されたのかというのは、まあ、確かに大きな謎です。しかし僕にしてみると、村山鼓堂博士とは特に面識がありませんでしたから、別に是非知らねばならないことではない。僕にとって問題だったのは、どうしてまた容疑者の皆さんが、こうまで必死に犯人を突き止めようとしたのか、です」

　そうだ。

　それも、彼らは無政府主義者的な方法を以って突き止めようとしたのである。皆、無政府主義者ではないというにも拘らず。

「警察を信用なさらないと仰る割には、皆さんは警視庁特高課長のご友人をお持ちです。警察に、犯人を逮捕して秩序を回復して貰うことを願うのなら、それは警察の納得する手順で行わねばなりません。しかし、皆さんはその手順を守る気がないご様子でした。

　それから、博士の殺害に続いて取り留めの無い大小の事件があちこちで起きましたね。博士の遺体が見つかった翌日、博士の法医学研究所に今更のように泥棒が入り、事件の秘密であるかもしれないことを知っていた井口君の姪の峯子さんが、それを警察に喋ってしまってから襲撃された。そして博士の事件の当夜には待合に居たことが判明している宮尾君は路上で殺害され、最後には、僕が、結社に迷惑を掛けて三年も経た今頃になって何者かに命を狙われることになった。

　これだけみると犯罪事件の蚤《のみ》の市《いち》の観がある。どうしてそれらが同じストールに並ぶことになったのだか、出処がなかなか想像しようもなかった訳です。

そう、別に犯罪ではない妙なこともたくさん起こっています。皆さんが犯人を見つけたがることもそうですし、白城さんはご自宅で怪しいことをなさってますし、こちらの水上さんは僕のところまでやって来て、探偵をしろなんてことを仰いますからね。僕はそうして、いずれ関わらずにもいられなかった事件に、予定より早く招かれることになった」

まだ、蓮野は核心に触れない。水上婦人は口許を厳しく閉ざして、蓮野と、他の容疑者三人をじっと見比べている。昨夜、蓮野から聞かされた事件の真相の答え合わせをするようである。

三人は、何が起こるのかを計りかねて、何の装飾もない食堂に視線を彷徨わせながら、時々、それが目印であるかのように蓮野を見る。

「僕としては、皆さんが何をしようとしているのか、まずは何よりその答えを探さなければなりませんでした。それを知らないことには、探偵を頼まれた自分が何をやらされることになるのか、怖くて仕方ありませんからね。

一つ、その解答があります。それは、僕が事件に呼ばれた理由から始まって、続く謎の全てに糸を通して最後には一つに纏めることになる答えです。それは――

皆さん、警察より先に村山博士を殺した犯人を知りたいからには、結局、自分が犯人になりたいのでしょう？　ここにいらっしゃる御四方の内訳は、真犯人が一人と、何とかそれに取って代わろうとする三名の方々だったのですね。皆さんは、真犯人の座を得るべく必死で争っていたのです」

蓮野の言葉に一番の衝撃を受けたのは――、一番真相から遠かったのは、真犯人だった筈である。それはあまりにも思いがけなかった。私だって、昨夜これを知った時には絶句するよりなかった。

真犯人の他は、きっと、自分の計画が白日の下に晒されつつある動揺の方が大きい。

彼らは騒《ざわ》めいた。それは虫籠《むしかご》に囲った芋虫たちが蠢いているようでもあり、蓮野はそこから一匹を摘《つま》み出《だ》すように言った。

「じゃあまず、こちらの白城さんからまいりましょう」

「な――」

白城は、蓮野に向かって右腕で空を掻いて、伸ばされてもいない捕縛の手を振り払った。

「何だ！　何を言ってる？」

「いいでしょう？　何しろ僕はあなたに一番直接的な迷惑を被っている。

さあ白城さん。もちろんご自身でご承知の筈ですが、お勤めの会社で多額のお金を着服なさったんでしょう？　それがいよいよ発覚しそうだということにも気づいてらしたみたいですね。井口君が白城さんの御同輩から聞いて来たんですが」

「なに！」

「困ったことになりましたね。せっかく大金を横領しても捕まっては何にもならない。だから海外に逃げ出したくて、旅券の申請までしていたのですが——、亜米利加《アメリカ》に行こうとしていたんでしょう？　そこに、この事件が起こりました。村山博士の殺害です。事件によって、旅券の発行が差し止められ、白城さんは国外に逃げることが出来なくなってしまった」

「り、旅券？　何の事だ？　何故——」

何故知っている、と白城は続けたかったのだ。突然の浸水のように、まだ漏れていない筈の真相が蓮野の口から溢れ出したのに違いなかった。ジタバタと狼狽する白城を観察し、それに投げかけられる蓮野の言葉を聞きつつ、私は、彼の犯罪の一切を脳裏に反芻《はんすう》した。

白城は、村山博士の殺害された朝、自分の進退の懸る警察の捜査の進展を偵察するべく村山邸にやって来たのである。捜査が長引くなら、国外に逃げることが出来ず、自分はいつ横領の容疑で捕まるとも分からなかった。

それだけなら白城にとって、これは間の悪い事件でしかなかった。

しかし、村山博士は秘密結社の絞首商会を告発しようとしていたらしいことが判り、続けて二ヵ月前に急死した村山梶太郎博士の遺した手紙が見つかったのである。

「あの、書斎に遺されていた手紙によって事件の趨勢《すうせい》は大きく変わりました。白城さんを始めとする皆さんの命運が、それに左右されることになったのです。手紙によると、前々から絞首商会は村山鼓堂博士の殺害を検討していた」

鼓堂博士が裏切るようなら始末せねばならないと結社は考えていた。そして村山梶太郎博士は、いざとなれば、それを実行させるべく自分の後継を決めようとしていたのである。

これは、容疑者たちにとっては、窮地の中の微かな光明だったのである。つまり

――

「――つまり、もし博士を殺した犯人に成り代わることが出来れば、そして警察が白城さんを犯人だと目するようになれば、絞首商会が白城さんを亡命させてくれるのです。日本を逃げ出すにはこれしかないかもしれない。事件が解決してから旅券を申請

し、それが手に入るのを待って、それから正規の方法で国外に出ようとしても、その間に横領の容疑が固まってしまう危険がある。白城さんは、それに備えて、自分が犯人の資格を得る必要があると考えた」

皆の眼差しは白城を中心に流砂の如く集まっていく。彼は言葉を見つけられずに、椅子を引き摺って、テーブルから地滑りのように引き下がった。

蓮野は構わず事件の解説を続けていく。

「そうなると、二つのことをしないといけませんね。一つは、自分が犯人である、という偽の証拠を用意すること。無論自白なんかする訳にはいかないのです。真犯人になれたって、捕まっちゃしょうがないのですからね。そういうのでなく、ただ発見された時に自分に疑いが向く証拠を作らないといけません。

もう一つは、本当の犯人を警察より先に見つけ出すこと。これをせずに勝手に犯人を名乗ることは危険です。警察が別のところから証拠を見つけて真犯人を捕まえてしまうかもしれないし、もしかしたら、真犯人が自ら名乗り出るかもしれない。何しろ、この中には、自分が犯した罪を他人が被ることは絶対に許せない、という方がいらっしゃるのです」

蓮野はもう一度容疑者たちを見廻した。

水上婦人と宇津木氏が目配せを交わした。「人を殺すに留まらず、その罪を人に擦りつけて平気でいるとするならば、到底その卑劣さは看過出来ない」ことを、先の容疑者会議の時に、水上婦人がこの食堂で表明したのを私は思い出した。

「そんな人が犯人だったら困る。自分が犯人でないと絞首商会に知られてしまっては終わりです。だから真犯人と交渉して、犯人の地位を譲ってもらうか、もしくはそれを殺してしまうか――、何らかの処置が必要だったのです。犯人は見つけねばならなかった」

それが、この食堂で開かれた、真剣であり滑稽でもある容疑者集会の起源だったのだ。彼らには警察を交えずに犯人を見つけ出すことが何よりも重要であった。

ここまでが明かされ、食堂に張り詰めた緊張はその性質を変えつつあった。蓮野の分明な口調のために、白城以外の容疑者たちの心中にも諦めが兆しつつあるかもしれなかった。

罪の暴露は続く。

「真犯人を知りたがったこと、それは良いとして、もう一つの必要なもの、偽の証拠が問題ですね。どうやって、警察に自分が犯人だと思ってもらうのか。

さて、警察が見つけ出したくて結局見つけられなかったものがあります。

犯行現場です。村山博士は大量の血を流して亡くなりました。どこかに血まみれの現場があった筈です。警察が発見を諦めたのは無理のないことで、土とか草とかの地面なら、水で流すとか、掘り返したりすれば分からなくなってしまう。

それで、話が飛びますが、白城さん。これは井口君が御宅《おたく》の女中さんから聞き込んできたことで、宇津木さんも同様のことをお聞きになったそうですが、なんでも白城さんは、博士の事件以来、御宅の二階の一室を締め切られたのだそうですね。そして、誰も入らないように申し渡したとか」

「それは――」

白城はその先を言わない。宇津木氏は頷いて、蓮野の言葉を肯定した。

「何のためにそんなことをするのか？　実は、それがあまりにも不審なので、ちょっとした計略と共に御宅を訪ね、白城さんを二階に足止めし、こっそり締め切られた部屋を覗いたご婦人がいるのです」

「――はあ？」

「全くもって褒められない方法で、そんな計画を立てた人は大いに反省するべきだと思いますが、しかしその婦人によると畳敷きの部屋は全くの常態で何の異変も見当たらなかったのだそうです」

「何だ？　何故――、あ、ああ！　お前、あの妙な女の――」

妙な女こと私の妻が彼の家でやったこと、さらにはそれが蓮野と繋がっていたことに思い至るまで、白城は数瞬の時間を要した。

「そうです白城さん。あの尊敬すべきご婦人は別に御宅の物が欲しかった訳ではないのです。

さて、この何の変哲もない部屋を何故密閉したのか、という謎です。そんなことをする理由はなかなか有りそうにない。しかし、先ほどの、犯行現場が見つからなかった、ということを思い出せば、ここに一つの解釈があります。例えば、もし自分の所有する敷地の中に、血塗れの現場を作り出すことが出来れば、自分が博士を殺した犯人だという証拠になるのではないか――

白城さんは、偽の殺人の現場を自宅に作るために、その一室を密閉したのです」

驚きと得心の漣《さざなみ》が食堂に広がった。既に話を聞いていた私と水上婦人も、白城を前にして語られることによって、それが真実に違いないことを認証した。宇津木氏は、なるほど、という呟きを洩らした。

「これをやるのにどうしても手に入れるべきものがあります。血です。それも、博士と同じ血液型のものでなければならない。博士自身の研究を応用して、鼓堂博士の血液型がO型であることは突き止められていましたからね。まず白城さんがやったのは、研究所への侵入です」

事件発覚の翌日、帝大法医学研究所に泥棒が入った。

秘密結社につながる証拠を回収するには遅すぎると思われていたのだが、あれは——

「研究所の泥棒は、血液型に関する情報を得るために行われたのです。博士がO型であることは芦原さんから聞くとかして知ったのでしょうね。事件の後に研究所を訪ねて来たと芦原さんは言っていました。だから、知らなければならないのは、それと同型の血液型の人が誰なのか、です。博士がやっていた、遺伝に関する研究のデータを確かめていけばO型の人は参照できます。何百という家族の血液型のサムプルを集めていたそうですからね。泥棒が入ったのは博士が使っていた一室で、古い資料はあの部屋に置いてありました。

夜間に古い調査資料を漁って、多分、近所に住んでいてかつ力が弱くて襲いやすかろう、という理由で選ばれたのが、三年前に研究所で採血を受けた、井口君の姪の峯子さんです」

峯子は、白城がその血を彼の家の一室に塗りたくろうとした為に、殺されかかったのである。

「それは、峯子さんの予想外の抵抗によって失敗しました。峯子さんは輸血によって一命をとりとめ、家族に厳重に警護されることになります。もはや彼女を襲うことは出来なくなった。

そして、それが僕に災いしました。輸血をしたことによって、標的が僕に移ってしまったのですよ。O型の人はO型の人からしか輸血を受けられないのですから、峯子さんに血を提供したことによって、僕が同型の血を持つことが知れ渡ってしまった。

その上、僕は世田谷のあんまり人家なんか無いところに一人で暮らしてますからね。ピストルで襲うのにも都合がいいだろうと見込まれてしまった訳です」

蓮野はもう一度自分の松葉杖を持ち上げてみせた。

だから、峯子と蓮野とが続けて襲われた。あの糠味噌まみれの黒衣と覆面の下は白城だったのだ。

既に判っていたことではあった。しかし、蓮野が探偵の振る舞いでそれを表向きにした時、白城は変貌《へんぼう》した。彼は裸にされ衆人の中に転がされた眼付きをしていた。

彼の負い目は露わだった。その姿は十分に自白をしていたが、やがて彼は犯罪者がその醜悪さを剝き出しにした時に当然言うべき一言を絞り出した。

「証拠は——、証拠を出したまえ」

「はあ。まあ、ズボンの裾を捲ってスネ毛が焦げていないか見せて頂くことも出来ますが、遠慮しておきます。大月君なら面白がるかも知れないが」

白城は、印章の偽造屋と聞いていたであろう大月という名前がはっきりと蓮野の口から発されたことに動揺を隠せず、口を開け、歯を覗かせたまま静止した。

「どのみち白城さんは横領の方で監獄にいらすことになるでしょうから、まあ僕としては何でもいいです。ともかく、O型の血を求めて、僕であれ峯子さんであれ、襲撃することは以後やめにしていただきます。迷惑です」

白城は尚もしどろもどろの反論をしようとした。だが、ずっと沈黙を守っていた水上婦人がそれを遮った。

「白城さん、弁解は警察にしてくださるのが良いでしょう。いくらそれらしくお見受けしたところで、蓮野さんは探偵ではないのです。ただわたくしたちの行いが、蓮野さんに探偵の格好を強いてしまっただけのこと。真実などというものがどうしても必要だと思い詰めていたのは、白城さん、あなたや、わたくしであって、蓮野さんではございません。

あなたが今しなければならないのは、神妙であろうと努めることです。そうすれば、あなたが欲しがったものは蓮野さんが与えてくださるでしょう。手遅れなのには違いありませんけれど。どうあれ、あなたの企みは潰《つい》えました。

何よりわたくしは今、聞き苦しい話を耳に入れたくないのです。自重していただけませんか」

白城は絶句した。彼を突き放す水上婦人の手つきがあまりに冷厳であったのに違いなかった。

白城の俗悪を婦人は憎んでいた。再び口を一文字に結んで、耐え忍ぶような沈黙にかえった。そうして、水上婦人は自分の悲しみが穢《けが》されることを拒んでいた。

二

昨夜、ハルカワが帰ってからの私たちの非常識な訪問を、水上婦人は蓮野の負傷した姿を見て、何も訊かずに受け入れた。すぐに応接間に通され、私たちを安楽椅子に座らせて、いつもなら背筋を張り視線を揺るがせないところを、向かいに掛けた姿は何処かしら歪んでいた。婦人は心を削られていた。

即断を以ってここまで来たにも拘らず、蓮野は未だ何をいかに話すか迷っていた。

まず彼は言った。

「――犯人は分かりました」

「本当でございますか」

「それに、おそらく水上さんは、僕が知る必要はないとお考えであった真相もです」

婦人は、自身の必死の試みが実を結ばなかったことを即座に受け入れ、ただ静かに俯いた。

「みなお分かりだということですか。わたくしのしようとしていたことを」

「そうではないかと思っています。ご相談があります。まず僕が考えていることに間違いがないか、確かめる必要があるのですが」

「蓮野さんからお話し下さいますか。わたくしが自分で申すべきかもしれませんけれど――、いえ、もちろん自分でお話しするべきことに違いありませんけれど、わたくしは疲れてしまいました。それに、せっかく、蓮野さんに探偵をお願いしたのです」

その言葉は、先月に初めて彼を訪ねて来た時とは異なり、今度こそ蓮野への信頼を、疑い得ぬ明白さで水上婦人は示していた。

蓮野は窓の外の更けつつある夜を確かめてから、話し始めた。

「まず順序は――、今仰ったように、どうして水上さんが僕に探偵をせよと依頼なさったのかです。どうしても警察より先に犯人を見つけたい事情が水上さんにはあったのですね。

そうだとして、僕を探偵として担ぎ上げてくるのはちょっと無理が過ぎます。僕が秘密結社に狙われているかもしれないことを教えてくださったのは大変に親切でしたし、もちろん水上さんはとても親切な方です。しかし、何をするかわからない、泥棒はするかもしれない僕を自宅に呼んで探偵をしろというのは親切のなさしめることではありません。なぜそんな無茶をしたのか、それは、村山博士の鞄に残っていた、バークリー氏への手紙のことがあるのでしょう。違いますか？」

「ええ」

確かに水上婦人は梶太郎博士が書いていたという手紙の内容を知りたがっていた。何の変哲もない文面で、私には婦人が固執する理由が全く分からなかったのだが――

「それは、君を、三年前に手紙を読んだ場所に連れて来て、記憶をはっきりさせ文面を正確に思い出してもらおうということか？」

「それもある。――ですよね？　だけどもね、あの時重要だったのは、文面よりも、それが本当に村山梶太郎氏のタイプライターで打たれたものなのかだとか、そういうことだったんだ。

それから、さらに重要なことがあった。梶太郎氏の書斎を僕が検めたとき、散らかった書類の中に白紙が何枚かあっただろう？　あれは水上さんが混ぜておいたんだ。整理をしながら僕が触るようにね。水上さんは、どうしても僕の指紋がついたタイプ用紙が必要だったんだよ」

「――え？」

私は直ぐには飲み込めなかった。

「つまりね、バークリー氏への手紙は、現場に最初の一枚が残されて、あとは持ち去られていただろう？　そして、残されたそれには僕の指紋がついていた。だから――僕の指紋付きのタイプ用紙を用意すれば、手紙の残りを偽造出来るだろう。手紙を打ったタイプライターは書斎に遺されていたからね。それは犯人が持ち去った筈の手紙だから、自然それを持っている人が犯人だろうということになる」

「おっしゃる通りでございます。わたくしはそれをもって、犯人に成り代わろうとしたのです」

婦人の乾ききった声に、蓮野が間違っていないことへの安心が幽かに混ざった。

私は二週間ばかり前のことを思い返す。

蓮野と私が書斎に招かれたあの時、私が書類の整理に加わろうとするのを婦人は厳しく止めた。当然、私がそれらに触ることは控えねばならなかったのだ。用紙には、蓮野の指紋だけが残っていなければおかしい。

「そして、手紙の内容を思い出せというご用命を頂きましたが、それは、本当のところ絶対知らなければならないものではないですね。最初の一枚は、文面だけは警察から聞いて分かっていた訳ですから、それにうまく繋がる文章をでっち上げたって構わない。本当のものを読んでいるのは僕と真犯人しかいませんからね。

しかし、一から考えるのは大変ですし、万一警察がバークリー氏に問い合わせるとかした時に、内容が不自然だと疑われるのもまずい。なるべく安心なものにしておきたいでしょうから、僕が憶えているならそれを聞き出しておくに越したことはない訳です」

「ええ、わたくしは迷いました。もし計画を実行したなら、蓮野さんはわたくしが手紙を偽造したことに気がつくでしょう。もちろん、それくらいの頭が働く方であるのはお会いする前から分かっていました。でも、蓮野さんがそれをわざわざ警察に言うとは限りませんし、きっと警察は蓮野さんをあまり信用しないだろうと安心していたのですけれど——

でも、少なくともわたくしがその準備をしている間に気づかれてしまってはいけないと思って、探偵をお願いすると言って、知らないうちに用紙に触っていただいたり、そんなことをしたのです。蓮野さんはわたくしが考えていたよりずっと機転のく方で、何もしないうちから簡単に見破られてしまったのですけれど。

ですからわたくしは迷ったのです。もしかしたら、蓮野さんなら、本当に警察よりも先に犯人を見つけ出すかもしれないと、それに、わたくしが計画を打ち明けたなら、もしかしたらそれを見逃してくださるか、――協力していただけるのではないかと」


水上婦人は、自身の日記を見せているかの如くに恥ずかしそうである。蓮野は、水上婦人のその姿に一切口調を乱さず言った。

「僕も迷ったのです。果たして水上さんの計画を邪魔していいのか分からなかった。しかし、峯子さんが襲われてしまうし、迷っているうちに、ついに書生の宮尾君が殺されてしまいました」

「はい。わたくしは、誰が何のためにそんなことをしたのか、まるでわかりませんでしたけれど、もしかしたら、わたくしがそんな姑息《こそく》な考えを直ぐに捨て去っていたならば――」

婦人は、もし自分が抱懐する計画を容疑者たちに打ち明けていたら、それは起こらずに済んだことかもしれないと思ったのだ。

「水上さんは気づいておられたのですか。容疑者たちが犯人になりたがっているということに。自分以外にも犯人の座を争っている人たちがいることにです」

「いえ――、わたくしは自分のことしか考えておりませんでした。なぜ他の人たちが、ああも犯人を知りたがるのか、深く考えもしませんでした」

「ならば水上さんに責任はないでしょう。あるとしたら僕です。僕は気づいていましたし、それを公表して事件を防ぐ機会をもっていました」

「違います。それをしなかったのはわたくしのためではありませんか。わたくしを気遣ったからなのでしょう？　蓮野さんはわたくしが事件に巻き込んだのですし、それにまさか宮尾が襲われることを予見できたはずはありませんでしょう。蓮野さんが、その可能性があったことを知ったのは、事件の後でございましょう？」

「そうですね。仰る通りです」

「やはり責めはわたくしが負うべきです。蓮野さんだって、襲われて、九死に一生を得られたのでしょう。もし助かってらっしゃらなければ、それもわたくしの責任とされるべきでした」

蓮野は、それ以上は罪の置き場に拘らなかった。

まだ、肝心なことを、はっきりとは聞いていなかった。私は遠慮勝ちに重苦しい沈黙に割って入った。

「蓮野、つまり、水上さんがそこまでして犯人にならなければならなかった理由とは――」

「うん。井口君にも話した筈だが、戦争中、水上さんは仏蘭西《フランス》にお子さんを残してきた。やむを得ない事情でだ。そして、預けた先とは音信不通になってしまったのですね？」

「ええ。仏蘭西《フランス》は大変に痛めつけられたそうですから、その混乱のせいなのでしょう」

「――その通りのようです。病気のお子さんは仏蘭西《フランス》で行方知れずになってしまった。しかし、水上さんは探しにいくことが出来なかった」

「ええ、そうでした。そうだったのです」

婦人の声には嗚咽が混じった。それを吐き出すために婦人は前屈みになった。不確かな悲劇は、重たい大気のように永きに亘って水上婦人にのし掛かり、そして村山邸に、取り縋るような手掛かりはどこにも無かった。

「出来ることなら戻りたかったのです。戦争が終わったらすぐにでも。もとより仏蘭西《フランス》を離れたくはなかったのです。しかし、叔父はそんな相談には乗ってくれませんでした。日本に帰ってからは、ほとんどのお金を、爆弾を作ったり、そんなことにつぎ込んでしまっていたのですから――

巴里《パリ》の新聞に人探しの広告を出したこともございますけれど、どこからも、返事はございませんでした。それにわたくしは、四十になって、独り身の女で商売も知らず、自分で仏蘭西《フランス》に行くだけのお金を稼ぐことなど思いもよらなかったのです。息子に再会するのは諦めていたのです。あれだけ躰が悪かったのですから、あっさり死んでしまったのかもしれないと」

生き別れてからそろそろ六年になる。そこに突然、事件が起きた。絞首商会を頼って仏蘭西《フランス》に渡れるかもしれない機会が出来《しゅったい》したのだ。

「でも、やっぱり、息子は生きているかもしれないのです」

涙声で婦人は呟いた。

私は居た堪れなかった。もちろん水上婦人は、蓮野が携えてきたのが村山邸の事件の真相だけでないことを知る由も無かった。私は蓮野の表情を窺ったが、しかし彼は躊躇《ためら》いを見せなかった。

「よくわかっています。ですから、水上さん」

蓮野は暗鬱な手つきで、鞄から預かった封筒を取り出した。私も、訳して貰って、その内容を知っている。

「これは、ジュコーフスキーさんという、露西亜《ロシア》の方から届けられたものです。革命に追われて、しばらく亡命生活をなさっていて、仏蘭西《フランス》を経由して日本にいらしたのです」

蓮野はそれ以上説明をしなかった。茶色の封筒を受け取って、便箋を広げる水上婦人から私は顔を逸らした。


ミナカミトシコさま。レナ・ルイスよりお便りを差し上げます。戦争の不幸によってお手紙が届かなくなって二年ばかり経ちました。この手紙が、どなたかの手によって無事にお手元に渡るとするならば、それは余程の幸運であると感謝しなければなりません。

しかし、この手紙でお伝えしなければならないことは到底幸せな知らせではありません。だから、本当はお手元に届くのが幸運かどうか、私にはわからないのです。でも、この知らせが届くよう最善を尽くすことが私の責任であることを私は信じています。

最後にお便りをしてから、不幸にも砲撃によって私の夫は亡くなりました。私は、預かったユキオのことがありましたから、ともかくも夫の故郷に逃れました。ユキオの病状は、最後にお知らせした通り、安定しませんでした。田舎にやってきてから、いくらか良くなったこともありましたが、やはりいけませんでした。今年の冬、二月十三日の夜、彼は息を引き取りました。

もちろん、彼は苦しかったのに違いありません。でも、本当に寝付いてしまうまでは、病気でない普通の子供と同じように、窓の外にツバメが飛ぶのを面白がるような子供でしたたし、日本の母のことも最後までちゃんと憶えていました。本当は、写真を残してあげられればよかったのですけれど、果たせずに申し訳なく思います。

大戦争の最中には、こちらの村では、兵士の家族に村長さんがその戦死を伝えに行かなければならないのでした。私も、今それと同じ気持ちを味わっています。

以前のように、また、お返事を下さればと思います。

愛情を込めて

婦人は大きく洟《はな》をすすって、封筒を握りしめたまま立ち上がった。涙の溢れ出した顔を隠しもせずに蓮野の方を見据え、水鳥のように震えた、よく通る声で言った。

「すみません。まだご用は済んでいないのでしょうね。ですけれど、少し時間を下さいますか。おうちの中は、どこでも、何でも、自由に使っていただいて構いません」

婦人はようやく洋服の裾でそっと顔を覆うと、応接間を出て行った。

長い夜だった。どこを使ってもいいと言われたが、私も蓮野も無言で応接室に留まっていた。

夜半を過ぎて、私は台所からバナナだとか干菓子とか見つけてきて、更には紅茶を淹れて、盆に載せて応接室に戻った。

「ああ、ありがとう」

蓮野はようやく他人に食べ物の用意をさせることに慣れてきたようである。

「大丈夫かな」

通りかかった水上婦人の部屋は静まり返っていた。私は余程様子を窺うべきか迷ったのである。

「待っているのがいいと思うよ」

蓮野はバナナを抓んで眺めながらそう言う。私は安楽椅子に掛けたまま眠ってしまった。

私が眼を開けたのは明方である。水上婦人は着替えていた。黒いワンピースの外出着をきっちりと着て、応接室の戸口の前に立っていた。蓮野は、私が寝入る前と寸分違わぬ姿勢で、夜通し起きていたらしい。

「失礼いたしました。さあ、どういたしましょうか。わたくしは何をするべきでしょう」

婦人の顔は爛れたように紅《あか》かったが、表情は完全に理性に任せてあった。

「三人を集めるべきでしょうね。その場で事情を全て明らかにします。警察を通すのは却って危ないかも知れない。彼らの動きが遅ければ、その隙に余計な事件が起きるおそれもある。

真犯人を指摘しましょう。もはや何を企もうが無駄であることをはっきり分かっていただく。証拠が無いのが、少し厄介かも知れませんね」

「構いませんでしょう。やむを得ないことです。蓮野さんに責任はございません」

「もしかしたら、水上さんにやっていただくのが良いかも知れませんが」

「いえ。——やはり蓮野さんにお願い出来ませんか」

分かりましたと蓮野は静かに言った。彼は、自身が探偵であることを頑として否定しながらも、昨夜ここを訪ねてから、婦人が凭れ掛かろうとする真実を後ろからそっと支えて身じろぎもせず、まさに探偵の如き振る舞いをして決しておろそかにしなかった。

水上婦人は腫《は》れぼったくなった瞼を瞬《しばたた》いた。

三

「――続いてこちら、生島さんです」

蓮野がそう宣告して、村山邸の食堂の緊張は揺り戻した。

「借金の大家でらっしゃいますね。いくらだか精確な額は知りませんが、井口君のパトロンの晴海社長の調べでは、少なくとも三千円だそうです。もう、国外に逃げるしか無かったんでしょうね。絞首商会に夜逃げさせてもらうしか無かった。だから犯人の取り合いに名乗りを上げた訳です」

「あ――、はあ?」

生島は、白城がその計画を暴かれている間中、逃道を探すように食堂を見廻したり、肩をすぼめて縮こまったり、リスのような仕草をやめなかった。

「生島さんは、この犯人選手権において皆さんとは少し立場が違いました。有利だったんですね。他の人達がいかに警察の気を引くか四苦八苦している中で、生島さんはそんな必要が無かった」

「そうか。そうだね」

宇津木氏が相槌を打つ。

生島は警察から強い嫌疑を受けていたのである。兇器の入ったブリキの罐は生島の家のものであった。そして彼は事件の日の早朝、それが投棄された吾妻橋で目撃されている。その上、その晩は夜通し散歩をしていた、と証言していて、警察はアリバイを確認出来ない。一度など署に連行されている。

「その、夜通し散歩をしていたという証言は誰がどう聞いても怪しいですね。事件があったから、それはもう極めて怪しいが、別に事件が無くたって十分に怪しい。聞いたところによると、生島さんは普段から夜間に外出する際、奥さんに対してしばしばこの言い訳を使っていたみたいですね。

本当に夜通し散歩をしているのか？　これも聞いたところだと、それを言い訳にして年甲斐《としがい》もなくあちこちで遊びまわっているのだとか、そういうことを言う人もいるようです」

この場にいるもの皆に周知のことであった。当然のように交わされる頷きの中で、生島だけが小さくなっている。

「どうであれ、生島さんが、警察にそんな証言をしたのは全く当然のことですね。何しろ犯人になりたいのです。自分から、どこそこに居ましたとアリバイを申し立てるわけにはいかない。そして、生島さんが村山博士殺しの犯人になりたがったことの結果に、僕は、どうやら書生の宮尾君の殺害が関係あるのじゃないか、と考えています」

「何？　そうなのか」

宮尾の殺害に一番の疑惑を向けられていた宇津木氏が意外の声をあげた。

「そうです。——宇津木さん、立ち入った話をこの場でしても構いませんか」

「なんとも今更だね」

氏の声には殆ど苦笑が混じった。

「構わない。私はもういい。なんでも話し給え」

「どうも申し訳ありません」

蓮野の謝罪は真剣であった。

「宮尾君は、宇津木さんの奥さん、村山博士の妹さんですが、それと不倫関係にあった。ですので今のところ、この件に関しては宇津木さんが容疑者の最有力、ということになっているみたいですね。実に分かりやすいんですが、一方で、反対意見を持っている方もいます。宇津木さんには、そんな直情的な犯罪が似合わないのではないか、と」

「ええ。似合いません」

宇津木氏は水上婦人がそう請け合うのに意外な面持ちを見せた。婦人はかすかに頷いた。

「もちろん、そんな印象をいちいち真剣に検討していたら切りがないのには違いないでしょう。しかし、ほんの少し前に村山博士が殺害されて、その解決もついていない間に自宅のすぐ近くで姦夫《かんぷ》を打ち殺すというのはちょっと迂闊すぎる。

それに、兇器が文鎮でしたね。道に転がっているものでも普段持ち歩くものでもありませんから、犯人はそれを、殺すために持ち出してきたんでしょう？　衝動的な犯行ではない。殺害された時刻にはまだ人通りもありましたし、屍体もすぐに発見された訳ですから、結構、危ない橋も渡っている。恨みで殺したというよりも、よほど切《せっ》羽《ぱ》詰まって殺さねばならない事情があった、という方がしっくりきます」

蓮野は宇津木氏に向けていた視線を生島に戻した。

「――じゃあ、宮尾君を急いで殺さねばならない切羽詰まった事情を誰かが持っていたか。これについて、宇津木さんの奥さんが重要な証言をしています」

事件から五日経った夜、宮尾がこっそり静子を訪ねてきた時のことである。

静子は、宮尾は村山博士の事件の当夜、向島の待合での密会に向かう際に、誰かに姿を見られたのではないかと気にしていた、と言っている。

「奥さんは、それが誰だったのかは聞きませんでした。宮尾君がそれを言いかけた時に、突然人の気配がして、二人がこっそりしている会話を盗み聞きされていることが分かったというのですね。

これも釈然としない。気配の主が宇津木さんだったとすると、せっかく盗み聞きするんなら、誰だったのかは是非聞いておきたい筈ではないですか？　誰だか分かれば、それに宮尾たちを見たことを証言させて、密通の証拠に使えるかもしれない。うっかりそこで物音を立ててしまったというなら間が悪すぎる」

「その通りだね」

宮尾の名前が出てから、宇津木氏は熱心な聴き役になりつつあった。

「そうしてみると、もしかして、盗み聞きした誰かには、そこで邪魔を入れなきゃいけない事情があったのではないか、という考えが起きてきます。そいつは、宮尾君が誰を目撃したのか、誰にも知らせずにおきたかったのではないか。さらにいうなら、犯人はそれを隠匿するために宮尾君を殺したのではないか。

それが誰だったか、宮尾君は死んでいますから分かりません。ですが、――井口君」

「ああ、うん」

ようやくの出番である。私は自分の鞄よりスケッチブックから破った一枚を取り出して、皆の眼前、特に生島の正面に突きつけて見せた。

皆息を飲んだ。宇津木氏は不覚の失笑を漏らしそうになった。水上婦人は、お上手でございますわね、と呟いた。

それは、生島の似顔絵である。蓮野の襲撃事件の翌日、彼に頼まれたのがこれなのである。私はソフト帽を被ったり色眼鏡をかけたりの変装をして、日生製粉の社屋前を張った。生島が昼に近くの洋食屋に入るのを追い、三つばかり離れたテーブルで、品書きで手許を隠しながら似顔絵を仕上げたのだ。

「井口君に、これを持って向島の歓楽街を廻ってもらいました。村山氏の事件の晩にこんな客が来なかったか、多分、見栄張《みえは》ってるが本当は全然金持ってないような客だ、とか聞き込みをしてもらった訳です。そしたら、四月二十四日の晩、『あゆみ』という待合茶屋でこんな客が一晩中遊んでいた、ということが分かった」

「あ、あゆみ」

生島がついに声を発した。幼児が、自分の知る言葉をただ繰り返すような声である。

「そうです。知ってるんでしょう？　さあ、生島さんは、事件の晩に夜通し遊んでいたわけです。これが警察に知れると実にまずい。だって、待合にいたのだから、村山博士を殺害する暇などなかったことがはっきりしてしまう。アリバイが成立してしまうのです」

「そ——、そうか。蓮野君、宮尾君が来ていたという晩に、静子との会話を盗み聞きしたというのは、もちろん私じゃない。私はそんな場合ではなかった——、それも生島さんだったということだね？」

「そうですす宇津木さん。宮尾君の方で、事件の晩もしかして生島さんに見られたのではないか、と心配していたのですから、逆も然りです。生島さんも、宮尾君に見られていたのではないかと心配していました。だから宮尾君の動向をずっと見張っていたんでしょう？」

「生島さん、そうなのですか?」

　宇津木氏のあまりに純然とした質問には返事がされなかった。生島は宇津木氏を直視出来ないようであった。蓮野は無視して話を続けた。

「生島さんは宮尾君と静子さんの関係をご存知だったのでしょうね? もとより、それは近所でも噂になっていたというくらいなのですからね。それとも、以前に二人が逢っているところを見かけたことがおありでしたか? ともあれ、犯人になろうと決めた生島さんが気にしなければいけなかったのが、二人が密会する時ですね。

　さしあたり宮尾君が生島さんを目撃したことを誰かに話すとしたらまず静子さんしか可能性は無いでしょうからね。そして、深夜の二人の会話を盗み聞きして、やっぱり宮尾君には見られていたらしい、ということが分かった。

　犯人になりたい生島さんは困ります。宮尾君はいつそれを喋ってしまうか分からないのです」

「じゃ、じゃあ、すると、宮、宮尾君は、生、生島さんの、ア、アリバイ、イを抹、抹消、す、するために、生島さ、さん自身によ、よって殺、殺されたのか!」

　宇津木氏の叫んだ真相は、背を丸めて顔を伏せた生島をビクリと震わせた。

「――そうです。一切、宮尾君の証言にかかっていました。彼がもし向島で生島さんを見たことを警察に話せば、当然彼らは周辺の聞き込みを行うことになる。あゆみにそれらしい男がいたことが発覚すれば、面通しが行われ生島さんはあっさりと犯人の資格を失ってしまいます」

しかし、宮尾さえ始末しておけば、生島は待合に通っていることは隠していたのだから、無論本名を名乗ったりはしていない。警察は、主張されてもいないアリバイを調べたりはしないから、そのことが明るみに出る心配はなかったのである。

「し、証拠は」

生島は恐る恐る頭を持ち上げ、白城と同じことを言う。

「ですから、この場で僕がそれを証明することに何の意味も無いのです。裁判所がやることで、証拠集めは警察に任せます。余計な心配をしますが生島さん、宮尾君の屍体から時計を持ち去ったでしょう？　それはきちんと処分しましたか。お金が無いそうですからね。日本で売ったら足がつくとか考えて、逃げてから外国で売るつもりで持っているんじゃないですか」

生島は再び痙攣した。私は、或いは彼が証拠を処分するべく部屋を飛び出すかと思って身構えたが、生島はただ項垂れただけだった。それは、殺人を暴かれたよりも、借金から逃れられないことが決まった衝撃の方が大きいのかもしれなかった。

くことにすら構っていられないのである。

私も、水上婦人も、ここから先のことを未だ聞いていない。蓮野は松葉杖を握り直した。

「僕はまだ、村山博士を殺した真犯人のことを話していません。この事件は当初、無政府主義結社の絞首商会によるものらしいと考えられていて、そのせいで犯人の権利が争奪されたんですが、本当のところはどうだったか。僕は違うのだろうと思っています」

宇津木氏はうん、と小さく同意を示した。

「先代の梶太郎さんは心不全で亡くなったのでしたね。突然だったのでしょう？　未整理に遺された書斎の様子から考えても、村山鼓堂さんの監視の引き継ぎは間に合わなかったのではないかと思います。絞首商会の執行人は居なかった」

「え？　そうだったのか？」

事件が結社に無関係だという可能性は、私が口にしたことである。これだけ謎が整理されてしまって、私はそれを忘れていた。

「そう。結社の人がやったことにしては、博士の屍体は妙な状態だったみたいですからね。

屍体がなぜ村山邸の庭に捨てられたのか。そしてなぜ兇器が五粁《キロ》も先の吾妻橋に投棄されていたのか。それが結果的に生島さんに嫌疑をかけることになったのですが、しかしまさか事前に計画できたとは思えない。──生島さんがあそこにいたのは何だったんです？　御宅に帰る途中ですか？　酔い覚ましですか」

生島は答えない。それはまあ、夜通し散歩していることになっているのだから、頃合いをみて帰宅しなければならなかったのかもしれなかった。

「これは井口君曰く無政府主義者らしからざるやり方で、僕も同感ですね。それなら屍体の処分をもっと頑張るべきでしょう。

謎はまだあります。なぜバークリー氏への手紙が一枚だけ博士の鞄に残されていたのか。これらの疑問を解消しようと思うと──、僕は、宇津木さんが明治五年に有野村で村山博士と一緒に洪水に遭った、もう一人の赤ん坊であった、と考えるよりないのではないかと思うのですが」

「え？」

突然蓮野の話は飛躍した。それは、私が千葉に出向いて聞き込んできた、そして事件とは関係ないだろうと考えていたことである。

しかし、宇津木氏は黙って頷いた。

「どういうことだ？」

「それでようやく辻褄が合う。ほら井口君、峯子さんが研究所で採血を受けた時のことだ。誰かが誰かに、頼むから何かを教えてくれと懇願《こんがん》していたのを聞いたそうだろう？　あれはきっと宇津木さんなのでしょうね？」

宇津木氏は驚いて、それから考え込んだ。

「――相当古い話か？」

「もう三年も前ですね」

「ああ――、そうだ。八月のことかな？　談判に行ったんだ。それは私だよ」

「そうでしたか。村山博士は決して教えてくれなかったのですね。井口君、村山鼓堂博士が隠し続けていたある事実のために、宇津木さんは彼を殺さなければならなかったんだ」

未だ、私は分からなかった。

「事実？」

「そう。事件のことから話さないと分からないな。

屍体と兇器がどこからどんな状態で発見されたのか思い出してくれ。まず、血塗れの屍体が村山邸で発見された。どこかに隠しておけば良さそうなものを、わざわざ見つかるところに運んできたんだ。それから兇器が五粁《キロ》も離れたところに落ちていた。何のためにそんな遠くまで運んだのか、生島さんに罪を着せようとしたようにも見えたが、それを事前に計画出来た訳がない。

じゃあ何のためか？　そんなことをする理由を一つだけ思いついた。兇器がそんなに遠くで見つかったのなら、警察はそれが本当にこの犯罪に関わるものなのか確かめねばならないだろう？　だから村山博士の最新の研究を以って血液型の鑑定が行われた。兇器と屍体の血が同型だったから、それならあの兇器が殺人に使われたと考えてよいだろう、ということになったんだ。血液型は四種類あって、日本人に、O型の人は三十パーセント程度なのだそうだよ」

すると、検査で信憑性《しんぴょう》は大分上がることになる。裁判でどう扱うかは知らないが、同じ晩に五粁《キロ》離れたところで同じ血液型の人が二人殺される確率は低いから、この結果によって兇器は村山博士殺害に使われたものとする捜査方針が立てられたのだろう、と蓮野はいう。

「屍体のすぐ隣にナイフが落ちていたなら、わざわざ血液型を調べはしないかもしれない。だから、兇器はなるべく遠くで発見されなければならなかったんだよ。これが目的だった。博士は、その血液型を知るために殺されたんだ。村山博士は、自分の血液型を絶対に宇津木さんに教えようとしなかった。しかし、宇津木さんはそれにどうしても耐えられなかったんだ」

「――なぜだ？」

「村山博士は血液型の研究をしていた。遺伝に関する研究も含まれていたそうだ。例えば親子とか、血縁関係の鑑定に使える研究だ。

もう一つ重要なのが、村山博士の妹の静子さんだ。宇津木さんと結婚している。それが、僕がさっき言ったことだよ。赤ん坊の村山博士がいた村が洪水に遭った。その時、命からがら助かったもう一人の赤ん坊が、宇津木さんだとするだろう？　そうすると、その二人は村でどうなったのか？　きっと赤ん坊の面倒を見ていた人たちは皆死んでしまったんだ」

「あ、ああ！」

やっと、私は理解した。

シゲの話を思い出す。あの洪水の後には、どんな混乱が起こったとしてもおかしくなかったのだ。生き残った村の人たちが、二人の赤ん坊を取り違えるとか――

「そうだ、二人は入れ替わったかもしれないんだな。そして、そのまま大きくなった。それで宇津木さんが結婚したのが――」

水上婦人も、蓮野の言葉の意味を悟った。

「宇津木さんは村山博士の妹と結婚してしまったのですね。自分の妹かもしれない人と」

四

「鼓堂君とはね、私は、千葉の神社で出会ったんだ」

宇津木氏は、事実が明かされた後の沈黙を自ら埋めねばならないと思ったか、自鳴琴《オルゴール》のゼンマイを巻いたみたいに、ポツリポツリと語り始めた。

「私は、洪水の後、家族に引き取られてからは村に行くことは殆ど無かったのだが、両親が、あそこの神社には参っておけ、と言って、十五の時に訪ねた。そのとき境内《けいだい》で偶然彼に会った。

鼓堂君は、村から引き取られた後も預けられていた大叔父の家と付き合いがあったから、神社に参ることも頻繁だったんだ。私も彼も、有野村で洪水に見舞われた過去があることが分かって、それで仲良くなった。——まさかその時、我々が洪水の混乱で入れ替わったかもしれないなんてことは思いもしなかったよ。両親はただ、洪水があったがお守りのおかげで私は助かったという話を村の人から聞いただけだった。私もそれ以上のことを何も知らなかった。

鼓堂君だって、洪水の時、避難した庄屋の家にもう一人赤ん坊がいた、とか、そんなことまでは誰からも聞いていなかったんだろう。何より、私は宇津木英夫として育てられていたし、彼は村山鼓堂として育てられていた。今更それを疑うのは難しい」

そのまま、東京で高等学校に進学して以降も交流が続いたのだという。

宇津木氏は二十四の時に一度結婚するが、子供のないまま先妻に逝かれる。

「そして、私が三十七の時だ。静子と再婚した。鼓堂君の、二十近くも離れた妹だ。何だか、気心が知れているような気がした。そもそも鼓堂君とどんなきっかけで知り合ったのだったか、それも忘れかかった頃だ」

「赤ん坊の時に村山さんと入れ替わったかもしれないことに気づいたのはいつだったのです?」

蓮野が訊いた。

「結婚して二年は経ってからだ。静子の話を聞いて思い当たった。もう子供も生まれていた――」

演奏の中断が憚られるように、宇津木氏は結局、一切を自分で話さずにはいられなくなったようであった。

「十年くらい前に、独逸《ドイツ》で血液型は遺伝するという仮説が発表された。その論文を読んで、鼓堂君は日本での研究に取り掛かったんだ。当然、自分の家族も被験対象にして、皆の血液型を調べた。

だが——、静子が帝大の教室から帰ってきて、兄が変な様子だったというのだ。父がA型、母がAB型、静子がA型だ、というふうに教えてくれたのに、自分の血液型だけはどうしても言わないのだと。後になって鼓堂君に会って、そのことを訊いたら、あいつは明らかに動揺した」

「じゃあ、その時に、入れ替わった可能性に思い当たったということですか」

私の言葉に、宇津木氏は頷いた。

「だって、言わないのには、何か不都合があるんだろう？　自分の血統に疑問があるのに決まっている。私は鼓堂君のことをよく知っていた。長じてから、彼の人生に、誰かと入れ替わるような不確かなことがあった筈がないんだ。何かがあったなら赤ん坊の時だ。私も関わっているかもしれないと思った——、だから、有野村に出向いて、洪水のことを詳しく聞き込んできたんだ。その時はまだ洪水の時のことを詳しく知る人が生きていたからな。鼓堂君と一緒に逃げてきていた赤ん坊が私であったことは明白になった。シゲという人にも話を聞いて、お守りの来歴も分かったよ」

「——あの、そういえば、僕が話を聞いた時に、シゲさんは、前にも同じことを訊かれた気がする、と言っていました」

「それは私だな。鼓堂君も同じことを訊いていた可能性もあるけども——、私は身許を隠していたんだ。名乗らなかった。警戒されるかもしれないと思ってね。

村では、助かった赤ん坊のどちらがどちらだか、随分いい加減に判定された。直接に預かった人が死んでいて、男たちは赤ん坊の面倒などみやしない。多分こっちが宇津木だと、うろ憶えのことを言った人に二、三人が賛成して、それで決まってしまった。

田舎の村のことだ。どっちでも大差ないと思っていたんだろう。まさか、数十年して、親子が科学的に鑑定できるようになるかもしれないなどとは誰も思わなかった。入れ替わったとしたなら、それは赤ん坊の時、私と鼓堂君が入れ替わった。それが決まったんだよ——」

宇津木氏は私たちに理解を急かすように、核心に近づくにつれ早口になった。

「私は自分が妹を犯したかもしれないこと、それにずっと怯えながら暮らしていたんだ。事実ではなくて、可能性だった。何一つ確かではなかった。私はどうすればいい？　決めるべき覚悟も、償うべき罪も確かではないのだ。静子は何も知らない。私は何も話せない。

そう、宮尾や静子が私を何と言って嘲笑っていたか想像がつく。静子は今でも、私のことを只の愚夫と思っている――、私が気づかない筈があるか？　私はただ、それどころではなかった！　そんなことを心配している場合ではなかったのだ――」

「よく分かっておりますよ。宇津木さんはとても聡《さと》い方です。愚夫などではございません」

水上婦人は、水煙のように空に虚しくかき消えていく宇津木氏の独白に、明快な声でそう諭した。

椅子に掛ける彼の姿は崩れた。犯人であることを指摘されながらもずっと保っていた、彼の地位に相応しい礼節は失われつつあった。感情を堰《せ》き止《と》めきれずに歪んだ顔を、氏は婦人に向ける。

「うん、そうだ、私は平静なふりをして暮らさねばならなかったのだ。ずっと――、そう、私は平静にならないといけない」

下を向いて、氏は犬のような息を吐いた。

「――鼓堂君は絶対に教えてくれなかった。そのまま墓場に持って行って、うやむやにしようとしているのだろうと思った。それが一番無難で幸福な道だと。

　もちろん、教えない以上は、入れ替わったのに決まっているのだ。だから隠さねばならないのに決まっている。そうでないのなら、ただ教えてくれれば良いのだ。でも、もしかしたら、彼はそうやって私をいたぶっているかもしれないと、私はそうも思った。私にはそんな風にも見えた。本当は入れ替わりなどなくて、私には何の負い目もないのかもしれないと——

　静子が私のことで文句を言って、鼓堂君がその味方について、私を苦しませて喜んでいるのかもしれない——、そんな考えに私は縋ったのだ」

　帝大の法医学研究所の人が、博士が血液型を教えないのを、人に輸血してやるのが嫌なのだろうと当て擦っていたという。きっと冷酷にみえる人ではあったのだ。

「静子は私への軽蔑を露骨にするようになった。そして大胆に——、しかし既に、晴太がいる。どんなに両親が険悪で、淫乱《いんらん》で、憂鬱であっても、子供は大きくなるのだ。

　あいつはもう十一になる。私はもう耐えられなかった。けりをつけるしかないと、鼓堂君の血液型を知るためには、それしかないのだと——」

「決心をなさったのですね。博士を殺害するしかないとお決めになった」

水上婦人の問いに、はああ、という吐息で宇津木氏は答えた。

宇津木氏は飢えた一日を海の日差しに焼かれた人のように憔悴している。落ち着くのを待ってから、蓮野は訊いた。

「村山鼓堂博士はもともと絞首商会に関わっていたそうです。それを裏切って、告発を決心した訳を宇津木さんはご存知ですか」

蓮野は宇津木氏の告白の前にひたすら淡々としている。彼は、氏に纏わる事件の全てを整頓して、その眼前に並べることだけをしようとしていた。そして、そこに彼自身の恣《し》意を埃一片たりとも紛れ込ませたくないのである。

「私は、よく分からない。でも、このことが関係あるのだろうな。彼だって全く平静だった筈はないから、それどころではないと思って、心が離れたのかもしれない。きっと、彼の中の、原理主義の純粋さが揺らいだのだろう。抽象的な理想を押さえつけて、醜悪な現実が頭を擡《もた》げてきた――、彼も、不確実な現実に怯えなければならなかったのだ。そして彼は必死の研究をした。血液型の鑑定、親子の鑑定、ことを公にしないために、その方法を知っておくために、彼の研究は最先端に到達したんだろう」

「でも、鼓堂君が特高の人と会おうとしていると聞いて、いよいよ絞首商会を告発する気だとピンときた。私は急がねばならないと思った。告発が行われれば、きっと彼は絞首商会から命を狙われる。先に結社が鼓堂君を殺してしまったら、私は入れ替わりの真相を知る機会を永遠に逸《いっ》する。だからその前でなければならないと――」

事件が博士の告発と重なった理由はこれであった。それで、特高の人と会う、その直前に博士は殺されたのだ。

「なるほど」

「あの晩、鼓堂君が研究所から帰ってくるのを、私は家の窓からずっと見張っていたんだ。静子は友達の家に行くと言っていたからな。都合が良かった。

深夜を過ぎて、鼓堂君が帰ってくるのが見えると、通りに出て呼び止めた。晴太が病気らしいから診て欲しいと言った。鼓堂君は疑わなかった。しばらく彼を責め立てることは遠慮していたから、そろそろ彼も気を許し始めていたのだな。家の庭を歩いているところを、後ろから口を押さえて、――いきなり刺した。そして、屍体は、隠す訳にはいかなかった。血液型を知るためにやったのだから、発見され、警察に鑑定されなければならなかった」

だから、村山邸に投棄されたのだ。

「道に放り出しておくのでは駄目だった。私は吾妻橋に兇器を捨てたり、庭の血を掃除したり、後始末をせねばならなかったから、それまでに屍体が見つかってしまうのは困るのだ。

ちょうどいい場所というのが、ここの庭だった。私はここの習慣をよく知っているから——、淑子さんは夜間に外出など絶対にしない。女中も同様で、宮尾君がこっそり出入りするときは勝手口からだ。庭には廻らない」

氏は、宮尾と妻の不貞をずっと知っていたことをその言葉の中にもう一度顕示していた。

宇津木邸から村山邸までは半町余りである。氏は、屍体を菰《こも》包みにして猫車で運んだのであった。さすがに深夜で、素早くやり、人目にはつかずに済んだ。

「私は淑子さんに疑いがかかることが不安だったから、わざわざ鉄扉に血を擦っておいたりしたんです。犯人は外から来たと思わせたかった。庭をそんなことにしてしまって悪かったが——」

「そんなことを謝罪していてはきりがございません」

婦人は厳しい声で言った。その通りだ、と氏は項垂れた。

「でも、——もう一つだけある。生島さん」

「──は？」

　テーブルに頭を伏せていた生島が、萎びた無花果《いちじく》みたいに無様に歪めた顔を上げた。

「私が生島さんの庭からブリキの罐を盗んだこと、です。もちろん、生島さんに罪を着せようなどという気はさらさら無かった。生島さんが吾妻橋で目撃されることなんて、私が知り得た筈がない、でしょう？　あの日は雲行きが悪かった。ただ私は、ナイフを橋に放置しておくのに、もし雨が降っても血が流れてしまわない容れ物が必要で、用意してはいたのだが──」

　水が染みてはいけない。それに、川に投棄して不自然でないものでなくてはならない。発見されるものだから、家の中の適当な容器を用いて、後で妻の静子に気づかれてもいけない。

　宇津木氏が、鼓堂博士が平野氏に相談をしようとしていることを知ったのは犯行の二日前の金曜日の夜である。事件の計画には時間がなかったのだ。氏はありふれた小さな木箱を用意していたが、買った小間物屋で顔を憶えられなかったか不安だった。

「そこで、あの罐を使えばちょうど良い、と思ったのです。どこにでもある品だから、出処《でどころ》が特定されることもないだろうとね。

しかし、罐から生島さんの指紋が見つかったと聞いて、しまったと思った。うっかり拭き残してしまったんですよ。ただ、生島さんに容疑がかかることはそれほど心配していなかった。私はあの晩、生島さんが出かけるところを見ていたんです。村山博士が帰ってくるのを見張っていたのですからね。午後十時くらいにお宅を出て行ったのが窓からちゃんと見えた。

生島さんが、奥さんには夜の散歩と偽って、待合に出入りしていることを私は知っていました。方々から金を借りてまで――

生島さんにアリバイがあるのは分かっていました。だから、警察の追及を受ければ、その内生島さんは待合に居たことを白状せざるを得なくなるだろうと、それを待っていたのです。わ、私は、自分の連れ合いを欺くことを、よく思わない」

謝罪は途中で糾弾に変わった。

「いくら嫌疑を受けても、生島さんはさっぱりアリバイの申し立てをしようとしなかった。私は内心、大いに慌てていたんだよ――」

生島は呻《うめ》き声を上げた。

「――蓮野君。本当に君は、私が、村山さんの庭と吾妻橋とに屍体と兇器とを捨てた、ということだけでさっきの推理を組み立てたのか？」

「もう一つあります。あの、一枚だけ鞄に残されていたバークリー氏宛の手紙です」

「え？　あれか？」

私はこの場にふさわしからぬ頓狂《とんきょう》な声を出した。

手紙は最後に一つ残された謎であった。血塗れになった便箋一枚だけが鞄の中に残されていた。持ち去ってじっくり読めばいい筈の手紙をなぜその場で開けたのか。無難な内容の手紙で、推理の材料になるようなことは何もなかったように見えた。

宇津木氏に促され、蓮野は私に向けて説明をした。

「内容じゃないんだよ。あれがタイプ打ちの手紙であることが重要だったんだ。ほら、そこまで確実とは言えないが、鼓堂博士の持ち物に、入れ替わりの証拠になりうるものが血液型の他にもう一つあるだろう？　君が聞いてきたことだ」

「え？　あ――、お守りか！」

シゲの話である。アキという婆さんは、赤ん坊の村山博士を抱く大叔母に、二つのお守りから一つを選ばせたのである。大叔母はわずかに大きい方をとったのだ、と老女は言っていた。

「そうだね。証言出来るのがシゲさん一人だけだが、それを信用するなら、大きいお守りを持っている方が本物の村山鼓堂ってことになるだろう。これは、入れ替わりの真相を知りたいなら確かめておきたいことだ。でも、宇津木さんは、村山博士がまさかお守りを肌身離さず持ち歩いているなんてことは知らなかったんでしょう？」

「知らなかった。若い頃はそんなことをしていなかったから——、きっと、私が入れ替わりを疑いだしてからの習慣なんだと思う。どこかに放り出しておいたら、こっそり私がそれを自分のと比べるかもしれないと考えてのことなんだろう」

しかし、それとバークリー氏宛の手紙と、何の関係がある？

「宇津木さんは、村山博士を殺害して、思いがけず胸元から血塗れになった御神木のお守りを見つけたんだ。こうなると、大きさを自分のお守りと比べたいが、しかしそれを持ち去ることはしたくなかった。

まず、血が付いている。そんなものはなるべく身に付けたくないのが当然です。それに、村山博士が普段からお守りを持ち歩いていることを知っている人がいたなら、それが紛失したことは問題になるだろう。もしその来歴を知っている人が見つかれば、有野村まで調査が及んで、自分に疑いが向くこともないとは言えない。実際のところ、宇津木さんがあそこに預けられていたことを憶えている人はもういなそうなんだけども、藪蛇の恐れがあるなら避けておきたい」

「うん——、それは分かるが、手紙は？」

「だからね、その場にお守りを残しておくなら、大きさを確かめておかないといけない。なかなかとっさにちょうどいいものは見つからないだろう？　二つのお守りの大きさは、それほど極端に違うわけじゃないから、ちゃんと目盛りがないと困るし、血が付くから自分の持ち物は使いたくない。

　そうなると、定規がわりになるもので、タイプ打ちの手紙以上に都合の良いものはないよ。一枚だけ抜き出して、行の並びで大きさを測る。血が付いた一枚をわざわざ持ち去る必要はない。手紙の残りの四枚が全く同じ行間で印字されているからね。それを持って帰れば自分のお守りと比較出来る。だから、真ん中に血の染みた手紙が一枚だけ鞄に残された」

「すごいな君は」

　宇津木氏は自身に向けて呟いた。

「そう、私は鼓堂君の血の付いた物差しを書斎に持ち帰って、自分のお守りと比べるのが嫌だったんだ——」

「それで」

　水上婦人は、宇津木氏に言わせずには済まないことを、はっきりと訊いた。

「それで、どうだったのです。宇津木さんが殺人までして知りたがったことの真相は。——あなたはどなたです」

「鼓堂君の血は、O型だったそうです。その母がAB型だったと聞いている。私は欧米の論文も調べたし、研究所の芦原君にも話を聞いた。両親のどちらかにAB型がいた時に、O型の子供が生まれた例は無い。それに、お守りも、私の方が大きかった。もう決まりだ。私は、村山鼓堂だ。静子は、私の妹だ」

分かってはいた。氏の懊悩《おうのう》が既に語っていたことであった。

水上婦人は目を閉じて、ふうと息を吐いた。宇津木氏にお辞儀をするように頭を下げ、その拍子に椅子がカタリと鳴って、あとは全く静かになった。

五

食堂には、四人の、それぞれ匂いの異なる感情が分厚い雲のように充満していた。

蓮野はその湿気《しつけ》にそろそろ息が詰まりそうであるのが、私にだけ分かった。それは瓦斯《ガス》中毒の事故を起こした部屋の光景で、白城と生島は下を向いて身じろぎもせず、宇津木氏は放心して今にも息絶えそうな顔色である。水上婦人だけがきちんと背筋を伸ばしていた。

私は、傷ついた野鳥に手を差し伸《さしの》べるように、恐る恐る切り出した。

「宇津木さん、これは、不確かなことです。それに、今更言ったところで仕方のないことです。ですけど宇津木さんは、知らずに済ますことを望まれないと思いますから、お話しします。

村山博士は、松原神社の神主さんと親しかった。数ヵ月前に、博士は彼に何か重要な書類を預けていました。それを人に見せるか否かの判断は彼に委ねられたのだそうです。全くの局外者の僕には、もちろん見せてくれなかったんですけど、今思うと、博士が預けたのはそのことに関する何かだったかもしれません。博士は、結社を告発したら自分が狙われるかもしれないと分かっていたんでしょう？　自分の死後に備えて、宇津木さんの家に、もしそれを明らかにするべき事態が起きたなら公表する、と約束をしていたのかも——」

それは村山博士にも、只の意地悪ではない憂悶《ゆうもん》が有ったことを示す証拠なのかもしれなかった。

寧《むし》ろそれは有るのが当然であった。蓮野を見ると、こちらに向かって小さく頷き、私に同意を示した。この事実は宇津木氏に余震の衝撃を与えた。氏の憎悪はもはや袋小路に隠れていることを許されず、彼の胸中で行き場を失くして揺蕩《たゆた》うしかなかった。

「――蓮野君、私はどうなる？　君は私をどうする気だ？」

「どうもしません。どうかするとしたら警察です。しかし宇津木さんが、僕や井口君に何かをして欲しいというなら聞きますよ」

「私がもし、犯人の資格を使って仏蘭西《フランス》にでも逃げようと考えたとしたら――？」

「さあ。宇津木さんが本当にそんなことをなさるとは思いません」

「そうかね？　そう思うか？　私がそう見えるかね。君は梶太郎さんに似ているな。一体何を見切っている気だ――？」

蓮野は反論をしない。

私にすら、宇津木氏がそんなことをするとは思えなかった。そこまで演じる意味がないほど氏は痛々しかったし、惨めであった。だが私は言った。

「ぼ、僕は止めますよ。今更、それが解決であるはずが無い。逃げるなら、博士を殺さずにただ真実から逃げれば良かったんです――」

「わたくしも止めます」

水上婦人にきっぱりと言われて、宇津木氏は、救いを求めるように蓮野を見た。

蓮野に何か宣託を受けたいのか、それとも罪状と刑罰の宣告を待っている。

「僕は分かりません」

その言葉を、殆ど脅迫的に蓮野は宇津木氏に投げつけた。彼はもう一度食堂の有様を一瞥し、それが正にこの事件の結末に現れるべき景色であることを確かめた。そして蓮野は、鶴《つる》が脚を畳むように杖を下ろして椅子に座ってしまった。私は、彼が探偵の衣装を脱ぎ捨てたのを感じた。

蓮野は水上婦人に視線を送った。

この悲劇はほんの限られた人によって所有されていて、私や蓮野は勿論、死没した村山梶太郎氏にも、その権利を主張することは出来ない筈だった。水上婦人は、この場に、悲劇の塑像に手を加えてかたちを整える、その資格と能力とを備えているものがもはや自分より他にいないことを察した。宇津木氏に躰の正面が向くよう座り直して、水上婦人は口を開いた。

「宇津木さん。わたくしは、あなたを人命をおろそかにすると言って糾弾するつもりはございません。あなたの行いが愚かであると責め立てる気もありません。そんなことはしたくありません。

宇津木さんは、きっと、誰かには、糾弾されなければならないのでしょう。それはわたくしの役目ではございません。権利の話をするなら、わたくしにその権利はございません。わたくしに何か、宇津木さんを詰《なじ》るべきことがあるとするならば、あなたは、ことをこの事件に終着させる前に、わたくしにその懊悩を打ち明けるべきでした。相談をするべきでした」

「わ、私にそれができたと？　人に話すことが？　それも、淑子さんのような人に――」

「話すべきだったのです。わたくしの他に誰がいます？　その苦しみがわからないとお思いですか。真実を知りたくても知りようのない苦しみが。心に思う家族が、今にも砕けて消《き》え失《う》せてしまうかもしれない苦しみが――」

婦人は雨垂れのように涙をこぼし、しかし宇津木氏をまともに見据えている。

「あなたを責めはしません。でも、やはりあなたは、警察に行って、裁判によって裁かれるよりないでしょう。宇津木さんがもし幾らかでも救われようとするなら、それ以外に道はございません」

氏はポカンと口を開けて、婦人が全く思いがけないことを言ったように狼狽えた。

「け、警察？　警察が何をしてくれる――」

「子供のようなことをおっしゃいます。警察も裁判所も監獄も、あなたに何かをしてくれるところではございません。それらは皆社会の為にあるものです。あなたの為に何かをするとしたら、わたくしです。ただわたくしが申すのは、あなたはこれ以上卑怯であってはいけないということです」

「卑怯？」

突然口中に放り込まれたその言葉を宇津木氏は嚙み締めた。

「――私は卑怯か」

「ええ。卑怯です。お分かりでしょう？　宇津木さんに限りません。みんな卑怯で、愚かでした。わたくしもです。ただ、たまたま犯罪を犯さなかったから、警察はわたくしに構わないだけのことです。

でも、あなたもわたくしも、自分が卑怯であることを平気で受け入れられる人間ではございません。宇津木さんは、殺人が罪であることをご自分で知っておられます」

私は、突然耳の聞こえが良くなったような鮮麗な感覚を覚えた。

水上婦人が言ったそれは、昨夜、ハルカワが蓮野に要求した論理であった。私は婦人の次の言葉に耳を澄ました。

「つじつまを合わせなければなりません。卑怯であることを、そのままにしておいてはいけません。あなたの苦しみを余計に増すだけです。わたくしにはよくわかります。宇津木さんは不幸な行き違いのせいで、一つの真実に取り憑《つ》かれてしまいました。

真実とは悩ましいものでございます。全てが白日のもとに現れるまで、その値打ちを測ることはできません。それが絶対に必要なのだと確信を得ることもできません。真実とは確信そのものでございますから。一度取り憑かれてしまえば、それを求める心はただいたずらに膨らんでいくよりありません。

宇津木さんはそれに狂いました。人を殺しておいて、その罪を逃れようとしたのです。そのままにしておくわけにはまいりません。宇津木さんという人間に生じた綻《ほころ》びは繕わねばなりません」

「──綻びか。私の」

「そうです。それは、つんつるてんの着物を着せられているようなものでございましょう? 生きて、活動しているならきっとどこかが綻んできます。縫っても縫ってもまた別のところが破けてしまいます。だからといって、破れたままで良いと開き直るのは見苦しいのです。あなたはきっと、あなたの罪を、あなたの個人の力によって克服することはできないでしょう。そう、そうです。あなたは自分の罪をひとに着せることが許されないことをわかっておいでなのでしょう?」

「勿論、そうだ、そうです。それは絶対に許されない」

「しかしあなたは、絞首商会という組織に罪を被せることを企んだではありませんか。あなたは村山博士が持っていた手紙を持ち去りました。それによって、警察の疑いが結社に向かうことを望んでいたのではないのですか」

婦人の言葉は、蓮野が宇津木氏を追及したのよりもよほど厳しく、またハルカワが蓮野に言ったよりもずっと真摯《しんし》であった。水上婦人は、宇津木氏に強いる論理が自身に跳ね返ってくることを恐れていなかった。

「違いますか。他に理由があるのですか？　あるにしたって宇津木さん、もしも絞首商会の犯行ならば、執行人が絶対に現場に残しておくとは思われないその証拠を持ち去ろうとした時に、あなたの罪が絞首商会の罪になってしまうことを少しでも期待していなかったと言えるのですか」

氏は必死の顔で考え込む。突きつけられた選択を誤った時に、彼が一度陥った苦悩を再び味わうかもしれないことを水上婦人は無言で語っていた。

「そうだ。確かに、私はそれを期待していた——、私の罪が、私を離れてどこかに勝手に飛び去ってしまうことを」

「それは絞首商会がもう十分に悪事を働いているから、一つくらい余計に負担してくれてもいいだろうと思ったからでもなく、また絞首商会の人たちが、宇津木さんの遠くの他人であったからでもないでしょう。いえ、そうだとしたって、絞首商会がただの個人であったなら、宇津木さんはそんなことはしなかった筈です。

あなたは自分の罪が抽象化されて、毒薬を海に捨てるように、絞首商会という全貌《ぜんぼう》のしれない、きっと大きなものに違いない権力の中に溶け込んでしまうことを望んでいたのではありませんか。

あなたは個人主義者でも、無政府主義者でもなくて、ただの、今ある社会に今あるように生きる、それを受け入れる、一人の人間に過ぎません。今さら、警察でもなく、自分だけでけじめをつけられる筈がないでしょう」

私は昨夜のハルカワを連行して、眼窩《がんか》の縁に瞼を押さえつけ食堂のこの景色を目に焼き付けさせることを願った。彼は一体何と弁解をするだろうか？　権力を廃絶せんとしている彼らは今、その中核にあった梶太郎博士の建てた邸の中で、彼ら自身権力と呼ばれる存在になった。

宇津木氏は、婦人の言葉が理解出来ているのかどうか、テーブルに載せた自分の手のひらをじいと見つめる。

「晴太はどうなる？　あいつは――」

「宇津木さんが捕まらなかったとして、晴太君に何ができるというのですか。そのご様子で」

「そうじゃ、そうじゃない。あいつは、私の子か？　分からないんだ。静子は信用ならない、静子の貞節は――、私はどうしたら良い？　それを願うべきなのか？　晴太が近親相姦《そうかん》の末に生まれたのでないことを――」

水上婦人は大きく溜息をついた。

「それなら、なおのことあなたは警察に出頭するべきです。あなたはもう、真実などというものから解放されてもよいでしょう。監獄とは、そんなものからは全く隔離されたところではありませんか。――ねえ？」

「確かに」

蓮野は短く同意を示した。

「宇津木さんの罪が、監獄に入って済むものなのかどうかは存じませんが。でも、わたくしは、こう申すよりございません」

「晴太はどうなるんだ？」

宇津木氏は繰り返した。

「静子がこのことを知ったら、あいつはどうする？　耐えられるはずがないのだ。あいつに後の面倒を見られるはずがない――、そうでなくとも、あいつは人の親が務まるやつではないんだ――」

婦人は表情を厳しくして、宇津木氏を睨んだ。そして、言った。

「いいでしょう。もし、静子さんに親が務まらないというのなら、わたくしが代わります。わたくしが全て面倒をみます。宇津木さんはもう、何も思い患う必要はございません」

それは私が婦人の口から初めて聞いた、子供の心の機微を見透かし駄々をあやし、或いは突き放す親の言葉であった。物憶えの良い子供と約束をする時の真剣さで、きっと宇津木氏が犯人であることを悟った時から、婦人はそれを決心していたのであった。

しかし、氏にとって水上婦人の言うことは唐突で、茫漠《ぼうばく》としていた。

「それは――、無茶だ」

「何が無茶です」

「淑子さん、あなたは、冷静なのか？　その、自分の子供を亡くしたから――」

「何を言いますか」

婦人は声に静かな怒気を滲ませた。

「わたくしは冷静です。こちらの蓮野さんや井口さんと同じように、この上なく冷静です。わたくしの悲しみと、宇津木さんの悲しみは別のもので、混ざり合うことはございません。そんな風に、足したり引いたりして帳尻の合わせられるものではございません。ただわたくしは、宇津木さんや晴太君が、わたくしと同じように悲しみを覚えているということを知っているだけです。——ええ、わたくしは今、とても、悲しいのです。それだけです」

宇津木氏は呆然と黙っている。水上婦人は辛抱強く続けた。

「——仕方がありませんでしょう。宇津木さんの息子は、真実などというものがどうであれ、生きていくしかないのですから」

食堂の戸が叩かれ、無遠慮に開かれた。立っていたのは、誰だか知らないが、刑事である。

「ん？」

彼はそれと知らずに、罪人たちの群れを見廻す。

「あの、こちらの刑事さん、白城さんに御用だそうでございますけど」

背後の女中が慌てた声で言った。

「うん、そうだ。白城というひとに訊かねばならんことがある。ええ、誰が白城だね？」

止めていた活動写真を再び廻し始めたみたいに、騒ぎが起こった。

白城は椅子を転がし、背後の窓に向かって突進した。

机を挟むから、私からは遠かった。動いたのは宇津木氏だった。彼は精神の困憊《こんぱい》をその場に置き去りにし、素早く跳ね上がって窓枠に手をかける白城の首元を押さえつけた。

「いけませんね！　駄目だ。これ以上事態をややこしくしてはいけない」

白城は声にならない、動物の叫び声を上げげた。宇津木氏は腕を震わせ彼の襟を引き締めて力を緩めない。

そして氏はそのまま白城をテーブルまで引き摺ってきた。

腰を浮かせて、逃亡の損得を見計らっていた生島は、それを見て気勢をそがれた。元どおり悄然《しょうぜん》と椅子に座った。白城と生島は、罪状を明らかにされてただ茫然としていたのか、それとも宇津木氏の話から耳が離せなかったのか、刑事の登場で我に返ったみたいであった。

「な――、なんだ？」

「刑事さん、きっと、白城さんの横領のことでいらしたのでしょうね。でも、面倒かもしれないが、三人を一緒に連れて行ってもらえませんか」

そう言って宇津木氏は水上婦人の方に顔を向けた。

「淑子さん、私は今、淑子さんの話をきちんと考えることが出来ない。しかしこうなった以上、淑子さんの親切に応えないわけにもいかない。応えるといって、もう私は何も出来ないが——、ともかく淑子さんの仰るようにします。晴太のことは、お願いする」

「ええ。分かりました」

「それから、蓮野君と井口君、迷惑をかけた。いや、それはさっきも言ったな——」

「いえ。監獄が快適だと良いのですけどもね」

蓮野は何の皮肉も交えずにそう言った。宇津木氏は、そうだな、と、ほんの微かな苦笑いを見せた。じゃあ行きましょうか、と言って彼は白城と生島を立ち上がらせた。

そして、刑事に向かい宇津木氏は、自分が村山鼓堂博士を殺した犯人であると宣言した。

終章

　水上婦人が蓮野の家を訪ねてきたのは、宇津木氏の自首から三日後の午後であった。

　蓮野の躰はかなり回復して、屋内を歩くのにはもう杖を使わない。水上婦人に、峯子が作った廊下の焼け跡を案内したり、紅茶を淹れるのも自分でやった。婦人が初めて訪ねてきた時と同じように、私は蓮野の隣のストゥールに座っている。

　婦人はまずルイスという人に礼状を書いた話をした。それから村山邸の朝以来の経過報告を聞かされた。

「新聞はご覧になりましたかしら。きちんと証拠が見つかったそうでございました」

　白城の横領の件は、晴海社長が上手く立ち廻った。自宅から拳銃が押収されたこととか、生島の奥さんが宮尾の時計を警察に提出したこととかが今朝の新聞に出た。

　婦人は新聞に出た以外の情報も、例の特高の平野という人から色々と聞いていた。

逮捕後の生島と白城の供述によると、彼ら二人はジェニイという店に、自分以外の三人の容疑者が訪ねてきたことがなかったかを確認しに行っていたそうである。梶太郎氏に後継を任された真犯人がもし既に絞首商会と連絡を取ってしまっていたら困るからで、それなら真犯人に成り代わることは難しい。梶太郎氏の手紙を読めば、まだ連絡を取っていない可能性が高いと思われたのだが、出来ることなら確かめておきたかったのだ。

白城は人を使って、生島は変装をして自分でジェニイに出向いた。他の容疑者の人相を説明して、最近こんな客が店を訪ねてこなかったか、店の誰かに用があるとか言わなかったか、もしかしてハルカワという人に取り次げとか言わなかったか、そんなことを訊いて廻っていたのである。

「それから、白城さんが姪御さんや蓮野さんを襲うのに乗って行った自動車は、白城さんの横領仲間に借りたT型フォードだったそうでございます。今更、どうだって宜しゅうございますけれど」

「あ、ああ。そうでしたか。峯ちゃんにも教えておきます」

話し終えてから、婦人は蓮野にそう薄くもない封筒を差し出した。

「おいくらくらいお礼させていただくべきか存じませんけど」

いりませんよ、と蓮野は封筒をまるきり視界に入れずに答えた。

「本当にいりません。あんなことでお金を頂くのは泥棒より悪い。暮らしに余裕がないのだと仰ってたと思いますが」

「蓮野さんほどではございません。それに、結局は蓮野さんに解決していただいたのです」

「解決する、というのは水上さんがやったことを指すのでしょう。僕がやったのは、自分の都合で人を集めていい加減な話を喋り散らしただけのことです。

じゃあ、井口君、日当くらい頂いといたらどうだ？　井口君の方が僕よりずっと働いているんですよ。僕がやったのは一度お宅にお邪魔したほか、拳銃で襲われたくらいのことだけども、井口君はあちこち聞き込みをして廻ったり、描きたくもない中年の男の似顔絵を描いたり、千葉までも行ってますからね。どうだ？」

私も固辞した。

蓮野がいう如く私は事件の解決を目指して活動をしたし、それは無益でなかった筈だが、三日前の朝の宇津木氏の自首ののち、結局、私の胸中に沈殿したのは傍観者の安心であった。ただ、自身や家族や友人が事件の外側にいることをはっきりさせたに過ぎなかった。それに、晴海社長によると、私と紗江子と大月とは三河護謨工業の社長から幾らか謝礼が貰えそうな気配なのである。

そうですか、と、婦人はようやく封筒をハンドバッグに仕舞った。

私は、自分がまさに傍観者であった時の、宮尾が殺された翌日に宇津木氏の家の庭に見た、蹲る少年の光景を思い出した。その野次馬な傍観者ぶりを恥じながら、私は恐る恐る婦人に訊いた。

「水上さん、その――」

「何でございますか？」

「その、宇津木さんの家族はどんな様子です？」

「ああ」

婦人は瞼を閉じた。

「――わたくしも心配しております。もちろん、混乱しているようでございました。わたくしが訪ねた時には母も子も泣いていましたけれど、それでもまだ、宇津木さんが静子さんの実兄であることは伝えられていないのです。もう少し、あのおうちに留まらねばならないでしょう。わたくしだって、よい親であったことは一度もありませんけれど」

三日前に事件の解決を見て以来、私の眼に映る水上婦人はその性格を変えた。私は、この謹厳な婦人が昔、子供の手を引いて歩いていた姿の輪郭を幻視するようになっていた。

来月には村山邸を引き払う予定にしていたのを、抵当権者に交渉して、少し延ばして貰うことが出来たそうである。外国語学校の先生は、予定通りに来月には始める。

「ひとにものを教えるなんて、わたくしにつとまるお仕事かは分かりませんが。そう、引越しをしますから、よろしければ連絡先を差し上げておきたいのですが」

「井口君にどうぞ。その方が確実です」

蓮野があまりにもあっさりそういうので婦人は戸惑った。釈然としない顔で、では、と言って私に所書きを差し出した。

いつものことである。呆れながらも、じゃあ、と言って私は受け取った。

「そろそろ失礼いたします」

紅茶を飲み終えた水上婦人は腰を上げた。

安楽椅子に座ってまだそれほど経たなかった。来客を帰すには失礼なくらいの時間である。自分を訪ねてきた客でもないのに、私は用が済んでいないような気がしたが、蓮野は引き止めもしない。案内に立ち上がろうとする。

「いえ、お見送りには及びません。出て行くだけのことでございますから。――」

婦人は、言ってしまってから、名残惜しくなったように座り直した。私と蓮野も席に着いた。

浅く掛け直した途端、そろそろ蓮野の書斎に馴染んでいた水上婦人の姿が急に物珍しく思われた。

この邂逅がほんの一刹那のことに過ぎないことを覚って、私は婦人と蓮野の姿を天井から俯瞰《ふかん》している気分になって眺めた。ゆっくりと言葉を選んで婦人は言った。

「今度のことは、本当に、ご迷惑をおかけしました。もしかしたら、お命に関わるかもしれないところでございました。あんなことを企んでおいて、こんなことを申し上げてよいのか分かりませんけれど、でも、わたくしは本当に苦しかったのです。それを蓮野さんに救っていただきました。

わたくしは、ひとに嘘をつくことが、とても苦しいのです」

それを聞いて、蓮野は椿《つばき》の蕾《つぼみ》が綻んだような笑顔を見せた。

「ええ。嘘をつかずに生きてゆきたいのなら泥棒にでもなるしかないのです。しかし、水上さんは僕に何一つ嘘をつきませんでした」

月光の反射のように蓮野の笑みを婦人は照り返した。そうして婦人は起ち上がった。

「では、井口さんも、本当にありがとうございました」

今度こそ水上婦人は帰ってしまった。

婦人が居なくなって、部屋の一切、置時計のゼンマイから扉の蝶番《ちょうつがい》までが一気に弛緩したような気がした。五月の生暖かい陽気である。

蓮野の向かいに席を動いた私は、彼にそんな思惑が微塵もないことを承知しながら、自分や知人の芸術家気取りを揶揄するときの気分になって、言った。

「君、何が謝礼は要りませんなのかね。仕事がいよいよ無くなろうという身の上じゃないかね。何を格好つけているんだ？」

「あ？　そうだ。言うのを忘れていたな。ひとまず仕事は見つかった」

「え？」

「ジュコーフスキーさんの通訳をやることになった。まだ何事か聞いていないが、色々交渉に廻らないといけないことがあって、手伝いが要るそうだ」

事件解決の騒ぎに紛れて聞きそびれていた。手伝いとは一体何か、正教会は今、露西亜《ロシア》からの送金が途絶えてニコライ堂の存続が危ぶまれているという話も聞く。彼がジューコフスキー氏と何を話したのか私は知らないが、一体氏は蓮野の何を買ったのか、興味は深い。

「話は受けたんだな?」

「まあ、やることになった。誰に会わされるのか判ったものじゃないけども」

「そりゃ仕方ないな。それか水上さんに代わってもらうか?　で、君は外国語学校の先生をやれ」

余計に嫌だな、と蓮野は言った。

「約束はしたから真面目にやるさ。君に頼まれた別口のもあるしなあ」

そうなのだ。私は今月中に、死んだ祖父の友人であった和蘭陀《オランダ》人の子息が訪ねてくるのに会う、というややこしい約束をしてあって、それにも蓮野に立ち会ってもらうことになっている。

蓮野はテーブルに投げ出してあった新聞を取り上げた。今朝、私が持ってきたものである。彼がそれを読む間に私は漫然と考えを巡らせた。

昨日、私は好奇心に負けて、新橋にあるジェニイという洋食屋の様子を恐々確かめに行った。

それはビルディングの一階の、さして珍奇なこともない普通の店構えだった。定休日の札が下がっていて、奥に人の気配は何もなかった。既に警察の手が及んだのか、単に平常の休業をしているのかは分からなかった。ただ、私は絞首商会が私や蓮野の与り知らぬどこかに去ったことをようやく安心した。それは元より警察に任されていたのだ。今は、それを地球のどこかの夜空にはためいている極光《オーロラ》のように遠く思い描くばかりであった。

「——そういえば、蓮野、あのハルカワというやつだけどもね。今考えたら、あいつ、君に探偵をさせようとしてたんじゃないか？　ああいう話をして、さっさと真相を明らかにするようけしかけられたんじゃないのかな」

特高が動いて、警察の捜査が絞首商会に重点を置いていたのだ。彼は村山博士殺しの濡《ぬ》れ衣《ぎぬ》をさっさと晴らして欲しかったのではないか。それに、ジェニイでは、誰かハルカワという人を訪ねて来なかったかと訊いてくる妙な奴が二人も続いていたし、さらには命じた憶えもないのに峯子や蓮野が襲われたり、彼にしてみれば、自らが掲げる絞首商会の旗のもとで何が起こっていたか、その困惑を想像するとちょっと可笑《おか》しい。

「さあね。僕としては以後あいつに会わなくて済むのならなんでもいい。——あいつは嘘つきだ」

蓮野は大きく伸びをした。氷で造られた彫刻が溶け出したように、それは長閑で気の抜けた姿であった。

「峯ちゃんは昨日家に帰ったよ。また家に閉じ込められやしないか心配してたが、犯人が捕まったからなあ。矢苗家の人も一応納得したみたいだ。白城が襲撃犯だって判ったから、ノラの役は自分がやればよかったのに、とぼやいてた」

「そうか」

果たして峯子は、僅かなりとも蓮野の不合理に慣れたのだろうか？　蓮野はその辻褄を合わせてみせる気があるのか。ぼんやりと私はあくびをした。彼は、一度読んだはずの新聞を、縦にしたり横にしたり物珍しげに眺めている。

「うん――、法律もあんがい役に立つものだな」

そう、蓮野はバカみたいなことを言った。その言葉は、眠気になって部屋に充満した。

参考文献

『新聞集録大正史』（大正出版）
警視庁史編さん委員会編『警視庁史 大正編』（警視庁史編さん委員会）
木村靖二『第一次世界大戦』（ちくま新書）
奈良岡聰智『「八月の砲声」を聞いた日本人――第一次世界大戦と植村尚清「ドイツ幽閉記」』（千倉書房）
松本留吉翁伝記編纂委員会編『松本留吉』（松本留吉翁伝記編纂委員会）
チェスタトン著／南條竹則訳『木曜日だった男 一つの悪夢』（光文社古典新訳文庫）
その他多くの書籍、論文、ウェブサイト、映像などを参考にいたしました。

解説「逆説！　逆説！　また逆説!!」

杉江松恋（書評家）

いにしえの「筋肉少女帯」アルバムタイトル風に言えば、夕木春央『絞首商會』はそういう小説だ。逆説を主たる建材として組み立てられた構造体、要所要所が逆立ちした論理で出来上がっている、小説という表現形式だからこその壮大な虚構。

本書で中心的な役割を担うのは蓮野《はすの》という青年だ。友人である画家の井口《いぐち》は「蓮野ほどに美しい人間を見たことがない」と語る。「民族的な特徴が見当たらない無国籍の貌《かお》」で、その「無機的な美しさ」は「彫刻や絵画に写し取ってみても、きっと元の姿以上には美しくならない」というありようは現実から浮き上がっている。人当たりがいいので気取られることは少ないが蓮野は「大変な人間嫌い」なのである。社会の端に仕方なく腰を下ろすような風情《ふぜい》で生きている。帝大法科大学を出て銀行で働き始めたが、五ヵ月で忍耐が尽きて辞めた。その後何をしていたかといえば、泥棒になったのである。逮捕され、前年の六月まで投獄されていたという。友人を案じて「いっそ探偵はどうだ」と勧める井口に蓮野は、そんな無責任な仕事は出来ないと言う。泥棒がよくて探偵は駄目だという理屈はこうだ。

泥棒は「無責任なものかね。大変な責任を持たないといけないさ。失敗したら牢屋に入らなきゃいけない仕事なんてそう無いだろう」。しかるに探偵はどうか。犯人を捕まえて投獄するのは警察の役目で、真相を判定するのは裁判所である。探偵は「そういう面倒で、しかし大切な手順の先頭に割り込んで、ほらこれこそ唯一無二の真実でございますよと言い張」り「しかも間違ってたって責任を取らない」。実にいい加減ではないか、と言うのだ。

これは逆説というものだろう。ミステリーにおける探偵の誤謬《ごびゅう》可能性、真相の判定について特権的な地位を持つことへの疑念については、多くの評論が書かれ、実作においても批判的に検討されている。そういう議論を踏まえた上で泥棒という対極的な存在を出してきて、探偵に比べればそちらの方が倫理的には上と断ずる。実に楽しい論理操作である。

蓮野はこうした逆説で生きている人物だ。楽しいので、もう一つ発言を引用しよう。

「――義憤というのは性欲みたいなものです。身内でもない見知らぬ赤の他人が殺されてそれは許せんと憤るのは、自分の妻でもない人に欲情しているみたいなもので、みっとも良いことではない。それでもいい歳《とし》した親爺《おやじ》さんたちが料亭で女給の品定めをやるみたいに、世間のあれはけしからんこれもけしからんとか噂するのを美徳みたいに考えている人が随分います（後略）」

ＳＮＳによる意思表明が容易になった現代日本は他罰志向が強く、まさしく「世間のあれはけしからんこれもけしからんと噂するのを美徳みたいに考えている人」の多い社会なのだが、それを思うと蓮野の言は、文明批判のようにさえ聞こえてくる。逆説には現実の上を覆っている皮膜を暴く効果があり、時として正鵠《せいこく》を射ることがあるのだ。

説明が前後するが、『絞首商會』はこの蓮野が、厭々《いやいや》ながら探偵の役回りを務めさせられることになる物語だ。解決しなければならないのは、村山鼓堂《むらやまこどう》博士の遺体が自邸の庭で発見されることから始まる事件である。奇妙なことに、屍体が朱に染まっているにもかかわらず、それが発見された石畳からは僅《わず》かな血痕が発見されたのみだった。犯人は博士をどこか別の場所で殺害し、わざわざ遺体を運んできたということである。なぜそんなことをしたのか、という疑問が当然持ち上がる。

物語の舞台は一九二〇（大正九）年の東京に設定されている。前年に終結した大戦によって国際情勢が変動し、新秩序の構築を目指して世界が揺れていた。正規の手段で行われる外交活動だけではなく、地下の秘密結社によって策謀が巡らされていた時期でもある。その一つとしてGallows & Co.という結社の存在が浮上してくる。日本では〈絞首商会〉と呼ばれるこの団体に、村山博士は深く関係していたようなのだ。警察の捜査とは無関係に蓮野が呼ばれ、探偵仕事をさせられるのも絞首商会があるためだ。断れば結社から命を狙われる可能性もあるため、蓮野も厭々ながら引き受けざるをえない。これは実に皮肉な役回りである。なぜならば蓮野には、泥棒として活動していた三年前に博士邸に忍び込んだ前科があるからだ。そのことが彼を事件に結びつけたのである。

作中で英国作家ギルバート・キース・チェスタトン『木曜日だった男』（光文社古典新訳文庫）への言及が行われる箇所がある。無政府主義団体を描いたチェスタトン一九〇八年の長篇で、エピグラムにもその一節が使われるなど、同作から直接的な影響が随所に見出せる。チェスタトンは逆説を持ち込むことで探偵の展開する論理を一新した作家であり、彼によって持ち込まれた奇想は後続の作家に継承されている。たとえば不可能犯罪の巨匠と呼ばれたジョン・ディクスン・カーもチェスタトンへの傾倒を露《あら》わにした作家であった。そのカーが生み出したトリックやアイデアに魅了されて推理小説を書いた者が生まれ、その作品がさらに影響関係を生み出すというように、綿々と受け継がれる族譜《ぞくふ》がある。夕木はその最も新しい継承者なのだが、興味深いのはチェスタトンという原点に遡《さかのぼ》ったことだ。ミステリーにおける推理の魅力とは何かを突き詰めたとき、行き当たる回答の一つがチェスタトンの逆説であろう。それを純度の高い形で援用したのが『絞首商會』という作品なのである。

現代的なミステリー作法からすると、『絞首商會』には違和を感じる点がいくつかある。たとえば蓮野という探偵の行動を〈私〉という一人称で語る井口は、シャーロック・ホームズに対するジョン・ワトスンの位置づけなのだが、本作の中で井口は必ずしも叙述者としては固定されていないのである。たとえば第一章は、事件は村山博士の書生である宮尾という人物の、三人称一視点に近い形で綴《つづ》られる。〈私〉としての井口が登場するのは第二章のことだ。以降も井口が直接見聞したわけではない叙述が頻繁に登場する。井口には紗江子《さえこ》という妻がいるが、彼女の姪である峯子《みねこ》が単独で登場し、危難に遭遇する一節が三章にはある。井口が登場せずに紗江子が視点人物を務める節も存在する。さらに、東京で起きている事件の関係者ではないと思われる人物の視点による断章も随所に挿入されている。

作者がこれらの不統一に拘泥《こうでい》しないのは、現代小説の観点からすれば物語運びとしては歪《いびつ》に見えるかもしれないが、最終的に展開される論理の拠点としては必要不可欠なものであるからだ。しろうと探偵を配したスリラー風に話は展開していくのだが、その叙述中には終盤で構築される論理に必要な手がかりがばら撒《ま》かれている。日本ミステリーは大正期から昭和初期にかけて、まずは講談風の探偵読物として始まり、次第に論理展開を重んじる推理の小説に変貌していった経緯がある。その経緯を念頭に本作を眺めると、大正期の探偵読物的展開を表層に置かれ、手がかりの提示と回収・組み立てから成り立つ現代的な推理小説が深層に忍ばされた構造になっていることがわかる。視点のバラつきも意図的に用いられた技巧の可能性がある。

本書はまず、探偵読物のパロディとしておもしろい。前述したように蓮野は探偵であることを忌避《きひ》しているにもかかわらずその役割を押し付けられてしまうという主人公なのだが、彼が熱心に活動しないため、ワトスンである井口が妙に張り切って調査に乗り出すのである。井口の行動はかなり場当たり的なので、しばしば思いがけない事態を招き寄せる。身分を偽る必要があって大月という友人の名を借りたら、当の本人が後からやってきて、泥酔の果てに絡まれたりする。この辺の放逸《ほういつ》な感じが可笑《おか》しい。最下部の、ミステリーとしての基底にはもちろん純然たる推理小説の要素があるのだが、その上に蓮野による名探偵批判の層が挟まっている。うがった物の見方が好きな者は、ここを批評的に読みたくなるだろう。細かいことを言えば手がかり処理のきっかけになった手紙という証拠物件の処理である。なるほど、そういう考え方ができるか、と感心することしきりであった。

本作は二〇一九年に「絞首商会の後継人」としてメフィスト賞に応募され、第六十回の同賞に輝いた夕木春央のデビュー作である。単行本刊行時に改題された。その奥付には二〇一九年九月十七日第一刷発行とある。二〇二一年九月に第二長篇『サーカスから来た執達吏』（講談社）を発表、その刊行記念エッセイに作者の姿勢が述べられている。夕木は一切の個人情報を明かしていないので、作者についてはこのエッセイが唯一の情報源である（https://tree-novel.com/works/episode/900ae183954ba9cb1a99826ebd6f3d.html）。チェスタトンへの先祖返りという印象はさほど外れていない、とこれを読んで感じた。

夕木の名を高めたのは二〇二二年の第三作『方舟』（講談社）である。〈週刊文春ミステリーベスト10〉一位を始め各種ランキングで上位に選ばれた。前二作が大正期の物語であるのに対し、『方舟』の舞台は現代であり、極限状況での犯人当てという魅力的な設定だ。外見はまったく違うが、基層に純粋な推理を置いてその上に物語としての構造体を組み立てるというやり方は同じである。『方舟』で作者を知った方は、本作と読み比べてみることで発見もあるだろう。推理の愉悦《ゆえつ》を味わいたい方は夕木春央、覚えておいて損のない名前だ。

この作品は、二〇一九年九月に小社より刊行され、文庫化にあたり、一部加筆・修正しました。

この作品はフィクションです。実在するいかなる個人、団体、場所等とは一切関係ありません。

|著者| 夕木春央　2019年、「絞首商会の後継人」で第60回メフィスト賞を受賞。同年、改題した『絞首商會』でデビューした。近著『方舟』（講談社）は「週刊文春ミステリーベスト10 国内部門」の１位となるなど各方面から激賞された。他の著書に『サーカスから来た執達吏』がある。

絞首商會《こうしゆしようかい》

夕《ゆう》木《き》春《はる》央《お》

2023年１月17日第１刷発行
2023年２月22日第２刷発行

発行者――鈴木章一
発行所――株式会社　講談社
東京都文京区音羽2-12-21　〒112-8001
電話　出版（03）5395-3510
　　　販売（03）5395-5817
　　　業務（03）5395-3615

Printed in Japan

講談社文庫
定価はカバーに
表示してあります

KODANSHA

デザイン―菊地信義
本文データ制作―講談社デジタル製作
印刷―――株式会社KPSプロダクツ
製本―――加藤製本株式会社

ISBN978-4-06-530770-0

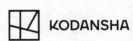

講談社文庫刊行の辞

二十一世紀の到来を目睫に望みながら、われわれはいま、人類史上かつて例を見ない巨大な転換期をむかえようとしている。

世界も、日本も、激動の予兆に対する期待とおののきを内に蔵して、未知の時代に歩み入ろうとしている。このときにあたり、創業の人野間清治の「ナショナル・エデュケイター」への志を現代に甦らせようと意図して、われわれはここに古今の文芸作品はいうまでもなく、ひろく人文・社会・自然の諸科学から東西の名著を網羅する、新しい綜合文庫の発刊を決意した。

激動の転換期はまた断絶の時代である。われわれは戦後二十五年間の出版文化のありかたへの深い反省をこめて、この断絶の時代にあえて人間的な持続を求めようとする。いたずらに浮薄な商業主義のあだ花を追い求めることなく、長期にわたって良書に生命をあたえようとつとめるところにしか、今後の出版文化の真の繁栄はあり得ないと信じるからである。

同時にわれわれはこの綜合文庫の刊行を通じて、人文・社会・自然の諸科学が、結局人間の学にほかならないことを立証しようと願っている。かつて知識とは、「汝自身を知る」ことにつきていた。現代社会の瑣末な情報の氾濫のなかから、力強い知識の源泉を掘り起し、技術文明のただなかに、生きた人間の姿を復活させること。それこそわれわれの切なる希求である。

われわれは権威に盲従せず、俗流に媚びることなく、渾然一体となって日本の「草の根」をかたちづくる若く新しい世代の人々に、心をこめてこの新しい綜合文庫をおくり届けたい。それは知識の泉であるとともに感受性のふるさとであり、もっとも有機的に組織され、社会に開かれた万人のための大学をめざしている。大方の支援と協力を衷心より切望してやまない。

一九七一年七月

野間省一

講談社文庫　目録

我孫子武丸　新装版8の殺人
我孫子武丸　眠り姫とバンパイア
我孫子武丸　狼と兎のゲーム
我孫子武丸　新装版殺戮にいたる病
有栖川有栖　ロシア紅茶の謎
有栖川有栖　スウェーデン館の謎
有栖川有栖　ブラジル蝶の謎
有栖川有栖　英国庭園の謎
有栖川有栖　ペルシャ猫の謎
有栖川有栖　幻想運河
有栖川有栖　マレー鉄道の謎
有栖川有栖　スイス時計の謎
有栖川有栖　モロッコ水晶の謎
有栖川有栖　インド倶楽部の謎
有栖川有栖　カナダ金貨の謎
有栖川有栖　新装版マジックミラー
有栖川有栖　新装版46番目の密室
有栖川有栖　虹果て村の秘密
有栖川有栖　闇の喇《らっ》叭《ぱ》

有栖川有栖　真夜中の探偵
有栖川有栖　論理爆弾
有栖川有栖　名探偵傑作短篇集　火村英生篇
浅田次郎　勇気凜凜ルリの色
浅田次郎　霞町物語
浅田次郎　ひとは情熱がなければ生きていけない〈勇気凜凜ルリの色〉
浅田次郎　シェエラザード(上)(下)
浅田次郎　歩兵の本領
浅田次郎　蒼穹の昴　全四巻
浅田次郎　珍妃の井戸
浅田次郎　中原の虹　全四巻
浅田次郎　マンチュリアン・リポート
浅田次郎　天《てん》子《し》蒙《もう》塵《じん》　全四巻
浅田次郎　天国までの百マイル
浅田次郎　地下鉄《メトロ》に乗って〈新装版〉
浅田次郎　おもかげ
浅田次郎　日輪の遺産〈新装版〉
青木玉　小石川の家
天樹征丸　画・さとうふみや　金田一少年の事件簿　小説版〈オペラ座館・新たなる殺人〉

天樹征丸　画・さとうふみや　金田一少年の事件簿　小説版〈雷《いかずち》祭《まつり》殺人事件〉
阿部和重　アメリカの夜
阿部和重　グランド・フィナーレ
阿部和重　ABC〈阿部和重初期作品集〉
阿部和重　ミステリアスセッティング
阿部和重　IP/NN 阿部和重傑作集
阿部和重　シンセミア(上)(下)
阿部和重　ピストルズ(上)(下)
甘糟りり子　産む、産まない、産めない
甘糟りり子　産まなくても、産めなくても
赤井三尋　翳《かげ》りゆく夏
あさのあつこ　NO.6〔ナンバーシックス〕#1
あさのあつこ　NO.6〔ナンバーシックス〕#2
あさのあつこ　NO.6〔ナンバーシックス〕#3
あさのあつこ　NO.6〔ナンバーシックス〕#4
あさのあつこ　NO.6〔ナンバーシックス〕#5
あさのあつこ　NO.6〔ナンバーシックス〕#6
あさのあつこ　NO.6〔ナンバーシックス〕#7
あさのあつこ　NO.6〔ナンバーシックス〕#8

2022年12月15日現在